W0239406

Adiós, Tierra del Fuego

Jean Raspail

Adiós, Tierra del Fuego

Albin Michel

IL A ÉTÉ TIRÉ DE CET OUVRAGE
Trente exemplaires sur vergé blanc chiffon, filigrané,
des Papeteries Royales Van Gelder Zonen, de Hollande
dont vingt numérotés de 1 à 20
et dix, hors commerce, numérotés de I à X

© Éditions Albin Michel S.A., 2001
22, rue Huyghens, 75014 Paris

www.albin-michel.fr

ISBN BROCHÉ 2-226-12154-4
ISBN LUXE 2-226-12229-X

Ce livre est dédié à Pierre Joannon,
membre du corps diplomatique patagon,
et à Annick Joannon,
pour célébrer vingt-cinq ans d'amitié et de complicité.

J.R.

« Quand pars-tu ?
— Dès que je pourrai.
— Tu iras loin ?
— Aussi loin que possible.
— La Terre de Feu ?
— Peut-être. »

Michel Déon,
Les Vingt Ans du jeune homme vert.

Les canaux chiliens, le détroit de Magellan,
la Terre de Feu, le Canal de Beagle et les îles du Cap Horn.

1

Où l'auteur reprend une piste qu'il avait quittée il y a quarante-huit ans. — Réception chez les seigneurs cavaliers. — San Gregorio, estancia fantôme. — Toute la Patagonie est à vendre. — Que sont les Tehuelches devenus ? — En route pour le sud du Sud.

Estancia San Gregorio, janvier 1999, sur la route de Punta Arenas, au Chili, à la hauteur du deuxième goulet du détroit de Magellan.

J'ai arrêté ma voiture au bord du chemin. Des nuages bas chargés de pluie courent en meutes sur le détroit, poussés par un vent violent qui soulève sur l'eau grise de méchantes vagues hachées. Quelques camions passent sur la route. Les bâtiments de l'estancia sont vides. Aux alentours, pas une âme. Que sont devenus les cavaliers qui peuplent encore ma mémoire ? L'endroit est aujourd'hui désert. Mais dans quelle autre vie suis-je déjà venu ici ?

À l'abri dans ma voiture, je me plonge dans mon journal de bord, celui d'il y a quarante-huit ans (équipe Marquette, expédition automobile Terre de Feu-Alaska). À la date des 15 et 16 novembre 1951, il indique en effet que c'est là, dans cette estancia bien vivante, que mes cinq camarades[1] et moi nous avons passé ces deux jours. L'hospitalité, en ce temps-là, était sacrée en Patagonie. Il existait une règle non écrite, mais connue de tous et respectée, selon laquelle tout voyageur qui se présentait avant le coucher du soleil au portail d'une estancia y recevait gîte et couvert, avec tout de même quelques variantes dues à ses titres et qualités, et aussi à l'humeur du maître des lieux, soit un lit et une invitation à dîner, soit une couchette pour dormir enroulé dans son poncho, du maté pour la *bombija* et un quartier de mouton grillé. Nul, jamais, n'était abandonné dehors, à condition d'arriver dans les délais.

Nous avions été accueillis comme des princes, conduits à nos chambres par un domestique botté, réchauffés (nous étions transis et trempés), douchés (nous étions couverts de boue, ayant dû désembourber dix fois nos grosses Renault sur ce qui n'était à ce moment-là qu'une piste), abreuvés, nourris, reçus à dîner par l'intendant, une sorte de vice-roi en exil, servis par des valets en veste blanche, le pisco du soir dans de vastes fauteuils recouverts de peaux de guanaco autour de l'immense cheminée en parlant avec ce seigneur d'autrefois de Mermoz, de Guillaumet, de Saint-Exupéry, de Drieu La Rochelle, de Roger Caillois et de Victoria

1. Philippe Andrieu (†), Guy Desmarchelier (†), Daniel Guian, Guy Morance, Marc Valette. (*N.D.A.*)

de Ocampo, puis baladés le lendemain à cheval, escortés par une troupe de *gauchos* digne d'un pronunciamento, tandis que les mécaniciens de l'estancia changeaient les ressorts cassés de nos voitures, qu'ils les vidangeaient, graissaient, décabossaient, purgeaient, alimentaient, et que notre linge ayant pris le chemin du *lavadero* (buanderie) réapparaissait le soir même en un alignement miraculeux, sur nos lits, impeccablement repassé, et le surlendemain, au matin de notre départ vers Punta Arenas en forme d'apothéose sous une pluie glacée tournant au grésil, salués au portail par vingt cavaliers, et par notre hôte, à cheval, botté de noir, éperons d'argent, chapeauté à l'espagnole, agitant lentement son bras pour l'adios. *Son cosas de Patagonia...*

J'ai refermé le journal de bord, je suis sorti de la voiture, j'ai relevé le col de mon blouson sous la pluie qui se changeait cette fois en grêle et j'ai traversé la route pour m'en aller visiter le passé. Vides, les maisons de bois du personnel, alignées comme une sorte de coron patagon. Les écuries, les ateliers, les bureaux de l'estancia, la villa des maîtres du lieu, tout aussi abandonnés que si la peste avait frappé. Plus un cheval dans les corrals, plus un mouton dans les enclos, sur les cent mille qui défilaient là pour la tonte, et pas la moindre pièce de harnais aux râteliers de la sellerie. Sous le hangar de la cantine il ne reste que les tréteaux des longues tables que j'y avais vues. Des portes claquent un peu partout dans les bâtiments de la cité fantôme. C'est le seul bruit qu'on entend avec celui du vent furieux qui siffle à travers les carreaux cassés et quelquefois met en branle, de façon imprévisible, la petite cloche de la chapelle pour une manière de tintement posthume. Envolées, les voix d'enfants dans la cour de l'école, mais la pancarte de bois, au fronton, indique toujours en lettres noires sur fond blanc : *Escuela.* Ailleurs on peut lire : *Capilla, Enfermería, Pulpería, Bodega, Officina,* etc., rappel de l'ordre tutélaire qui régnait là comme dans toutes les autres estancias de l'empire Braun-Menendez-Behety, millions d'hectares, millions de moutons, escadrons de centaures rustiques attachés comme des serfs à leur emploi.

Une autre pancarte, neuve cette fois, clouée au sommet du portail, annonce :

ESTANCIA SAN GREGORIO
MONUMENTO NACIONAL

dérisoire et ultime défense à la mémoire de cette société féodale et cavalière qui a été balayée en quelques années par l'effondrement des cours de la laine. Toute la Patagonie, aujourd'hui, est à vendre. Ruinés, les estancieros argentins et chiliens bradent. Ils étaient le dernier maillon humain de ceux qui avaient autrefois souffert sur cette terre, héritiers des peuples indiens par le sang qu'ils avaient versé et non par la blafarde puissance de l'argent. Rien ne résiste aux millions de dollars des Ted Turner, George Soros, Benetton et autres froids prédateurs qui se taillent à bon compte des domaines aussi vastes qu'un département français. Ils se découpent la Patagonie en tranches énormes et nul ne peut la leur disputer. Ils y ont tué à jamais l'ancienne hospitalité sacrée. Leurs tentacules, aux dernières nouvelles, se déploient jusqu'en Terre de Feu. Ils s'approprient l'infini, lequel perd aussitôt tout son sens par le seul fait de leur présence, mais cela est une autre histoire à écrire dans quelques années...

J'y ai aussi croisé lors de ce voyage des randonneurs à l'allure militaire, à quatre ou cinq dans de puissants 4 x 4, équipés de jumelles, d'appareils photo, de trépieds de visée, prenant des notes, traçant des croquis. Leur présence m'a été confirmée par plusieurs estancieros qui louent des chambres aux touristes. D'un abord rugueux, pas toujours aimables, ils ne semblent pas dépourvus de moyens. Il s'agirait de jeunes officiers de réserve israéliens auxquels leur gouvernement alloue des bourses confortables pour quadriller la Patagonie australe. L'eau n'est pas loin. Elle ruisselle des Andes. Avec de l'eau et des rideaux d'arbres pour couper le vent, en Patagonie tout pousse, et les Israéliens sont des maîtres de l'eau. Se cherchent-ils une terre promise de rechange pour les colons de Cisjordanie ? À la lueur des événements d'octobre 2000, on se prend à penser qu'en effet... J'en ai parlé à mon retour à l'ambassadeur d'Argentine à Paris. Il n'a pas démenti, soulignant simplement que le gouvernement argentin demeurait très vigilant sur ce point.

Au bord du détroit, sur le sable gris, devant l'estancia San Gregorio, deux carcasses de navire sont échouées, réduites à l'état de squelettes, gigantesques cages thoraciques à l'intérieur desquelles on peut se promener. J'avais vu flotter ces bateaux, déjà très vieux, au mouillage. Je me rappelais même leurs noms, le voilier mixte *Ambassador* et le vapeur *Amedeo*, construits vers 1880. Tous deux sont également classés *monumento nacional*. Une petite pancarte le signale aux rares visiteurs. Les tempêtes d'ouest l'ont presque arrachée. Je la redresse tant bien que mal sur son piquet. L'unique gardien, mélancolique, m'observe avec sympathie mais sans bouger le petit doigt.

Il vit là seul et s'ennuie. Il a les yeux plissés des métis, un regard où passent des reflets verts hérités d'ancêtres croates ou gallois. Indien par sa mère, sans doute. Je risque un mot avec point d'interrogation : Tehuelche ? Il trace dans l'air un geste évasif, comme si rien de tout cela n'avait d'importance. À San Gregorio, en 1951, j'avais vu quelques fils métissés des Tehuelches du Sud patagon, peuple cavalier disparu. Ils y servaient comme péons. Ils chassaient le guanaco à la *bola*, ce lasso à trois lanières lestées d'une boule de pierre et qui est une arme redoutable. Je les avais entendus chanter, le soir, dans ce parler guttural et rauque qui a pris à son tour le chemin du désolant cimetière des langues mortes. Nouveau geste d'indifférence du gardien. En 1951, il n'était pas né. Il ne souvient pas de ces chansons. Il regarde la télévision qu'on vient de lui installer. Comme je lui ai dit que j'étais français, brusquement le voilà qui s'anime et m'entreprend sur le Mondial de foot. Dois-je lui avouer que j'ai filé jusqu'au fin fond de l'Écosse pour fuir l'hystérie des Champs-Élysées ? Je me tais. Il continue. Est-ce que je connaissais Zidane ? Est-ce que j'avais assisté à la finale ? Ayant répondu non aux deux questions, je ne l'intéressais plus du tout. Et moi qui voulais lui demander où étaient passés mes Tehuelches et si l'on chassait encore à la bola... Un fossé nous séparait, mais à rôles renversés, lui dans le présent, moi dans le passé. C'est sans doute lui qui avait fait le bon choix. Nous n'avions plus rien à nous dire. Tandis que je remontais dans ma voiture, il me salua vaguement. Au bout du compte, cela me plaisait assez. J'avais l'impression de me dédoubler. Ayant vécu là autrefois, ne fût-ce même que deux jours, y ayant connu ceux que j'ai dits, toutes ces ombres escamotées, n'étais-je pas en réalité devenu l'une d'entre elles, une infime fraction, moi aussi, de ce *monumento nacional* oublié sur les bords du détroit de Magellan ?

Visitant San Gregorio, en somme je me visitais moi-même. Après quoi je pris la route du Sud, et même au-delà, au sud du Sud.

2

Salut de l'auteur au cap Froward, sur le détroit de Magellan. — Punta Arenas, 1951 : le bar des paumés du monde austral. — 1999 : sur la route de Port Famine. — Qui a découvert le détroit de Magellan ? — Les initiés de Nuremberg — Sarmiento de Gamboa fonde la Ciudad del Rey Felipe. — Où la mort fauche l'orgueil espagnol et où la ville se peuple de fantômes. — Le chemin de croix du capitaine Andrès de Viedma. — Où les « singes sans poils » s'enhardissent. — L'agonie de Port Famine. — Une garnison de cadavres.— Le corsaire anglais Cavendish sauve le dernier survivant. — Un étrange monument national.

Au-delà de Punta Arenas, vers le sud, la route nationale n° 9 se prolonge d'une soixantaine de kilomètres sur la rive du détroit de Magellan, puis s'arrête en un lieu désert qui s'appelle Puerto de Hambre. Elle ne continuera pas plus loin. Plus loin il n'y a rien et personne n'habite ce rien. Une chaîne de petits sommets hostiles qui culminent à neuf cents mètres d'altitude au milieu d'épais nuages noirs et plongent leurs flancs ruisselants dans les eaux sombres du détroit, annonce le mythique cap Froward où le détroit de Magellan se rétrécit et change brusquement de direction, droit au nord-ouest. Le cap Froward est le point le plus austral du territoire continental sud-américain. Les vents y tournoient follement. Des courants contraires y livrent bataille, soulevant des vagues furieuses. La marée n'y obéit à aucune règle et le flot et le jusant s'y bousculent selon des horaires imprévisibles. Avant de passer le cap Froward, les Indiens Alakalufs imploraient leur dieu cruel, Ayayema, tapi en embuscade au fond des eaux. Les capitaines des rares navires, au XVIIe et au XVIIIe siècle, qui s'aventuraient jusque-là, se signaient. Beaucoup rebroussaient chemin, préférant affronter le Horn plutôt que de s'engager dans ce couloir maritime où tant et tant avaient péri. Les Chiliens ont planté une croix au cap Froward, *la Cruz de los mares,* la Croix des mers. Saluer le cap Froward depuis le pont d'un navire procure une impression aussi forte, de nature presque religieuse, que de franchir le cap Horn. Cette chance m'a été donnée trois fois.

Bien que ce verbe semble mal s'appliquer à un environnement aussi désolé, la route nationale n° 9 m'enchante. Je donne tous les lagons bleus et translucides, toutes les plages semées de cocotiers que j'ai toujours trouvées vides de sens (« Ah ! les îles Aléoutiennes ! » soupire Palabaud, le héros de Jean Reverzy, en contemplant la mer du Sud qui baigne son île de Raïatéa, en Polynésie française...[1]), je donne tous ces paysages de rêve pour la vue énigmatique et grandiose du détroit de Magellan depuis la *ruta nacional* 9. Passé la base de la Marine chilienne, à la sortie de Punta Arenas, on bascule dans un autre univers. La première fois que j'ai emprunté cette route, en 1951, d'extravagantes antiquités militaires navales, dotées de proues à éperon, leurs trois cheminées obsolètes crachant des volutes de fumée noire, manœuvraient au large de la base en échangeant frénétiquement des signaux de pavillon, seules notes de couleur dans le paysage, et les clairons des fusiliers marins, de la plate-forme du mirador qui dominait les baraquements, saluaient l'aube et le crépuscule, des sonneries plutôt graves, à l'allemande. Plusieurs grandes coques de fer de trois-mâts désarmés et échoués servaient de digue et de quai au chantier de réparation de la base. L'alignement de leurs mâts tronqués à hauteur du premier hunier faisait songer à un gigantesque peigne rouillé. L'une de ces épaves, m'a-t-on dit, celle qui formait l'extrémité de la digue, était celle d'un navire cap-hornier français, le *Capitaine-Barbarin.* Son armateur avait préféré le vendre sur place en 1920, lui évitant la lente agonie au canal de La Martinière, à Nantes. Au moins baignait-il encore dans les eaux de cet océan Austral pour lequel il avait été conçu et où il avait accompli sa destinée. En 1951, le faubourg sud de Punta Arenas s'arrêtait là, juste après la base, au bord d'une méchante route de terre. Je me souviens de la der-

1. *Le Passage*, de Jean Reverzy, Julliard, 1954.

nière maison, un petit bar bien nommé, La Ultima Esperanza, fabriqué avec des tôles et des planches. Il était ouvert jour et nuit. Pendant les longues nuits d'hiver, à la lueur de lampes à pétrole, les paumés du monde austral s'y abreuvaient jusqu'à l'oubli. Ce bar recélait une mine d'histoires, pour peu qu'on eût un estomac blindé capable d'entonner bières et piscos aux tables où elles se racontaient. Leur conclusion ne variait jamais : « *Son cosas de Patagonia...* », ce qui pourrait se traduire à peu près par : « Eh oui, c'est ça, la Patagonie... », et l'on se servait un autre verre. Un vieil autobus bringuebalant avait son terminus à la porte de La Ultima Esperanza. On l'entendait venir de loin. Il grinçait et il toussait. Son chauffeur était toujours fin saoul. Au-delà de ce bar de *fin del mundo*, on ne rencontrait plus personne, et nul était le trafic sur la route de Puerto de Hambre.

En février 1999, la ville de Punta Arenas ayant triplé sa population pour atteindre cent mille habitants, le faubourg s'est allongé au bord de la route nouvellement asphaltée, et des bâtiments en dur, protégés par de hautes grilles, ont remplacé les anciens baraquements de la base navale. Plus de miradors, plus de clairons, mais des aboiements de haut-parleurs et des sonneries électriques. Plus de croiseurs à éperon. L'escadre australe de la flotte chilienne est désormais composée de patrouilleurs rapides lance-missiles, bas sur l'eau, tout de noir peints et sans hublots. Ce sont les nouveaux chiens de garde du désert maritime fuégien. On rencontre ces petits navires lugubres embossés dans les chenaux où ils se confondent avec le flanc noir des montagnes. Le bar de La Ultima Esperanza a vécu, et ses raconteurs d'histoires avec lui. Un supermarché a pris sa place, mais j'ai pu saluer encore une fois, en passant, l'épave du *Capitaine-Barbarin* et celles de ses trois compagnons qui protègent toujours le quai. Le peigne a perdu ses dents. Les mâts tronqués ont disparu. Ils ont la vie dure, ces morts...

Mais plus loin, la magie reprend, intacte. La frontière entre la vie et rien s'est simplement, en cinquante ans, déplacée de dix kilomètres. L'asphalte de la route disparaît. Elle redevient ce qu'elle était, un chemin de terre, mieux entretenu il est vrai, longeant le détroit de Magellan. Guère plus de trafic qu'autrefois. La dernière maison est aussi un bar, sa façade soulignée au néon. Pour toute enseigne un cercle lumineux portant ces deux mots : Coca-Cola. Ce sirop pour obèses américains ayant dû faire fuir les derniers vieux marins, je ne m'y suis pas arrêté. N'empêche, pour marquer l'ultime frontière, quel symbole ! Il y en a malheureusement d'autres, sur la route, plantés de loin en loin le long du détroit, des pancartes officielles apposées par le gouvernement provincial et où il est signalé en termes énergiques « l'interdiction absolue de pêcher, de ramasser, de vendre ou de consommer des moules et toute autre sorte de coquillages, sous peine de danger grave pour la santé pouvant aller jusqu'à *la muerte* ». Les moules du détroit de Magellan ! La manne des Indiens Alakalufs ! Pendant dix mille ans ils avaient vécu de ces moules dont on retrouve les coquilles entassées sur tous leurs anciens sites de campement. De moules et d'algues comestibles. Les algues aussi sont empoisonnées. Les égouts d'une ville de cent mille habitants ont suffi... Avant la fondation de Punta Arenas pour laquelle on abattit énormément de bois, la forêt magellanique descendait, impénétrable, jusqu'à la rive du détroit, rejoignant des escarpements de rochers difficilement franchissables qui s'avancent encore aujourd'hui, comme des digues, fractionnant en petites plages séparées la longue grève de sable gris, constamment humide et spongieuse. La magie des lieux s'appelle solitude. Ici, bravant cette solitude, en mars 1584, ont péri de fatigue, de froid, de faim, de désespérance, près de cent soldats espagnols conduits par Sarmiento de Gamboa, puis d'autres encore, deux ans plus tard, en décembre 1586, sous le commandement d'Andrès de Viedma, le long de ce chemin qui, en ce temps, devait être interminable, et dont le terme était la mort : *Puerto de Hambre*, Port-Famine.

Remontons dans le passé.

De même que ce n'est pas Christophe Colomb qui a découvert l'Amérique (en l'occurrence les Antilles et les rivages de Panama), ce n'est pas non plus Magellan qui a découvert le détroit qui porte son nom. Tous deux savaient où ils allaient. Un homme les avait renseignés. Il s'appelait Martin Behaïm. C'était lui, le visionnaire méthodique de notre globe rond et achevé. C'était lui qui était passé du portulan au globe terrestre, illumination majeure de cette fin du XVe siècle, coup de tonnerre qui fit claquer les voiles des lourdes caravelles tapies au fond des quais à l'abri des regards indiscrets, et dont les seuls capitaines connaissaient les destinations insensées.

Il vivait à Nuremberg, la Rome des géographes de ce temps-là, loin des mers et des océans. Tout capitaine d'ambition se devait avant le grand départ d'accomplir le pèlerinage de Nuremberg, comme les médecins allaient à Montpellier, les mathématiciens à Salerne et les philosophes à Heidelberg. Behaïm en était le maître, la lumière de la géographie. Il connaissait les secrets de la tour de Sagres que lui avaient transmis les savants juifs qui entouraient naguère Don Enrique, Henri le Navigateur. On ne parvenait pas jusqu'à lui facilement. Il fallait d'abord franchir tout un réseau d'initiateurs secondaires qui filtraient les visiteurs. Il ne recevait qu'en secret. Au capitaine enfin admis qui se présentait, il demandait : « Qu'avez-vous d'abord à m'apprendre ? » C'était le prix à payer pour accéder au monde de Martin Behaïm, la face encore cachée de la terre, cette Amérique que lui, déjà, entrevoyait. Assis dans un fauteuil droit, vêtu de noir, un bonnet à oreillettes enfoncé sur le crâne, il écoutait en silence : un Flamand avait couru la baleine blanche au pied de falaises immenses, un Malouin avait troqué l'ambre loin à l'ouest avec des sauvages emplumés, un Portugais avait longé les côtes du Brésil sans parvenir à imaginer qu'il avait découvert un continent, un Hollandais qui marchait au sud entraîné par une tempête avait vu surgir un cap neigeux dominant un puissant courant qui semblait venir de l'intérieur des terres... Des scribes muets comme des tombes notaient : vents dominants, courants de haute mer, terres incertaines entrevues dans la brume, récits de capitaines égarés découvrant des bois flottés encore recouverts de feuillage vert ou des vols d'oiseaux inconnus à des milliers de lieues supposés d'un rivage identifié, légendes celtiques ou norvégiennes, journaux de bord volés, propos de gabiers qu'on a fait boire dans les tripots de Lisbonne ou d'Anvers et qu'on retrouvait plus tard un poignard planté dans le dos, telles étaient les monnaies d'échange que Martin Behaïm entassait dans les épais dossiers cadenassés qui tapissaient les murs de sa bibliothèque : un puzzle géographique qui peu à peu se construisait et dont il était le seul à posséder la clef.

Puis il posait des questions : Combien de jours en mer ? Par quels vents ? Quels changements de cap ? Quelle position estimée ? Quelle vitesse au jugé ? Quelles appréciations de chaleur ou de froid ? De l'eau ? De l'air ? Quelles étoiles dans le ciel et leur position au firmament ? Quelles espèces de poissons ou d'oiseaux rencontrées ? Les scribes grattaient, grattaient. Le capitaine savait-il dessiner ? Alors qu'il dessine ce canot qu'il avait vu flotter à demi coulé et qui ne ressemblait à rien de connu... Ensuite Behaïm congédiait le visiteur, souvent venu d'un port lointain, après lui avoir livré en échange quelques informations fragmentaires, et se retirait dans son cabinet secret. Là trônait l'œuvre de sa vie, éclairée par des chandeliers, une sphère fabuleuse, monumentale, représentation interdite de notre monde, le pôle Nord atteignant le plafond et l'équateur cerné d'une galerie accessible par une échelle. Une merveille d'ébénisterie tendue de parchemin sur lequel il n'était pas un détail de la géographie du globe que

Behaïm n'ait recoupé plusieurs fois, de la bouche de différents capitaines, avant de l'y faire figurer lui-même à la pointe de son pinceau. Personne n'entrait jamais dans cette pièce, à l'exception du maître des lieux et des plus grands marins de ce temps qu'il jugeait seuls dignes de la révélation, Dias, Vasco de Gama, Colomb, Balboa, Magellan, auxquels il confiait aussi les secrets d'un instrument magique qu'il avait inventé : l'astrolabe. Lorsque Christophe Colomb, affrontant la révolte de ses équipages, leur jura qu'après un nombre de jours donné une terre surgirait de l'horizon, cette terre, il l'avait déjà vue, à sa position presque exacte, sur le globe de Nuremberg, dans le cabinet de Martin Behaïm. Quand enfin elle lui apparaîtra, il en sera soulagé, certes, mais étonné, non pas. Il *savait.*

Magellan, aussi, savait, et Pigafeta, l'historiographe de l'expédition, notait : « Sans les connaissances dont dispose l'amiral, quel autre que lui se serait avisé d'entreprendre un tel voyage et de chercher ici un canal... » Voilà pourquoi, le 1er novembre 1520, après avoir réprimé quelques jours plus tôt, dans le sang, une révolte de ses marins terrifiés qui refusaient de faire route plus au sud, Magellan, initié de Nuremberg, doubla le cap qu'il baptisa cap des Vierges, ou plutôt cap des Onze Mille Vierges, à cause des milliers d'embruns qui l'entourent et lui forment un cortège de voiles blancs, et s'enfonça dans le détroit. Après quoi, sachant que la terre était ronde, il avait poursuivi sa route...

Le détroit de Magellan se défendit âprement. Aucune des expéditions maritimes envoyées par le roi d'Espagne ne parvint à en retrouver l'entrée :

Elcano, en 1526, perdit ses cinq navires et sa propre vie... Sébastien Cabot, en 1534, ne put jamais dépasser le Río de la Plata... L'amiral Alcoçoba, en 1535, avec deux navires. Famine. Mutinerie au cap des Vierges, où la croix plantée par Magellan n'empêcha nullement les marins de massacrer leur amiral et tout son état-major et de balancer leurs corps pardessus bord... En 1540, le capitaine Camargo parvint tout de même jusqu'au premier goulet du détroit, mais là, en l'espace de quelques minutes, dévalant de la montagne, un *williwaw*[1] transforma sa caravelle en un ponton ingouvernable qui se fracassa sur les rochers... Il fallut attendre l'an 1560 et l'expédition cette fois couronnée de succès du capitaine Juan Ladrillero, à bord du *San Luis*, pour qu'on commençât à se faire une idée de la configuration affolante et proprement labyrinthique du détroit et de ses abords, mais les cartographes du roi ne valaient pas ceux de Nuremberg. D'autres tentatives, encore... Pour un qui passait, dix échouaient ou disparaissaient corps et biens. Le détroit de Magellan était un cimetière de navires, un cimetière d'illusions...

L'orgueil espagnol, au XVIe siècle, c'était quelque chose d'inimaginable, de terrible, d'implacable. Bien qu'on ne sût pratiquement rien des conditions de vie là-bas, des ressources qu'on pouvait attendre de la terre et de la mer, et qu'on n'eût procédé à aucune reconnaissance préalable, le roi Philippe II d'Espagne prit la décision insensée de fonder une

---

1. Mot de la langue alakaluf désignant une sorte de tornade brutale, imprévisible et rapide (quelques secondes), particulière aux canaux fuégiens.

ville sur le détroit. C'est ainsi qu'appareilla du port de San Lucar de Barrameda, en septembre 1581, une puissante flotte de vingt-cinq navires portant des milliers de gens représentant tous les corps de métier, des couvents avec leurs moines et leur abbé, des tribunaux tout équipés, des gibets avec juges et bourreaux, des régiments, de l'artillerie, des armes, des outils de toutes sortes, des charrues, une profusion de matériel, des caisses remplies d'uniformes chamarrés, de vases et d'ornements du culte, de reliques de saints pour les autels, des graines, des semences, du bétail, des chiens et quelques chevaux, et des évêques, des scribes, des notaires, des prêtres, tout ce branle-bas grandiose placé sous le commandement de l'amiral Sarmiento de Gamboa, « capitaine général du détroit de Magellan par la volonté du roi et gouverneur de tous ceux qui le peuplent et le peupleront ». Un royaume ! Un royaume en kit, avec tous les accessoires et la majesté du pouvoir.

Il aurait fallu plus que de la chance, et il en manqua singulièrement, le capitaine général du détroit. Fortunes de mer, désertions, mutineries, rivalités, tempêtes, rendez-vous manqués, abandons, trahisons, retards, c'est avec cinq navires seulement sur vingt-cinq que Sarmiento de Gamboa jeta l'ancre le 1er février 1584 dans une baie assez mal abritée, aujourd'hui baie de la Possession, entre le cap des Vierges et le premier goulet. En cet endroit mal choisi, presque par hasard, fut fondée la première capitale, baptisée Nombre de Jesús. On y débarqua cinq cents colons, parmi lesquels trente femmes et vingt-trois enfants. Il ne s'était pas passé dix jours que des cinq navires qui restaient, quatre furent emportés en une nuit par une formidable tempête d'ouest et chassés hors du détroit, loin dans l'océan Atlantique. On ne les revit qu'en Espagne. Équipages et officiers avaient préféré sauver leur peau. Ne demeurait au mouillage que le plus petit des cinq, la *Maria*, sous le commandement d'un capitaine fidèle. Et l'on se mit au travail.

Philippe II avait ordonné : « La cité sera comme un échiquier. Les rues tracées au cordeau. On y élèvera une cathédrale, un gibet, une forteresse, un palais pour le gouverneur, un autre pour le tribunal et pour le grand conseil, un couvent, des magasins, des entrepôts, une caserne, et des maisons convenables pour les couples mariés... » Majesté et puissance de l'État.

Majesté fangeuse. Puissance mort-née. Rien ne sortit de ce bourbier. Cathédrale, palais, couvent : des cabanes à ras de terre, pourrissant sur pied comme les arbres morts de la forêt, où survivaient les malheureux colons, efflanqués, la peau grise, grelottant dans des vêtements trempés, roides de froid. Les titres ronflants du clergé et des officiers civils et militaires ne signifiaient plus rien dans cette misère commune. Les rues avaient l'aspect d'une tourbière. Aucune botte ne résistait à la corrosion de la boue. Les uniformes partaient en lambeaux, couleurs délavées, confondues. Les cuirs fondaient comme du papier. Les cuirasses et les morions rouillaient. Les semences plantées avaient pourri. La terre n'était qu'une pestilence de déchets végétaux accumulés et impropres à toute culture. On se nourrissait de moules à peine comestibles, faute de pouvoir plonger dans l'eau glacée pour atteindre les plus saines, et de viande de phoque qui se putréfiait sitôt l'animal tué. Il aurait fallu, comme chez les Indiens, Yaghans et Alakalufs, cinq mille ans d'accoutumance. Les organismes n'y résistaient pas. On avait même mangé les chiens, et les derniers s'étaient enfuis, hurlant à la mort autour de la cité. Chacun vivait désormais prostré, sans forces, sans espérance. Et toujours ce brouillard poisseux, cette pluie opaque, et rien, rien d'autre autour de soi, à des lieues et des lieues à la ronde, que ce paysage de forêts trempées, de rocs luisants, de montagnes inaccessibles et couvertes de neige. Aucun secours, aucun acte fraternel à attendre des rares habitants de ce pays. Leurs canots se confondaient avec les rochers et s'enfuyaient dès qu'ils étaient repérés. Leurs silhouettes brandissaient des tisons avec des gestes menaçants et disparaissaient l'instant d'après. Sur l'autre rive du détroit, un feu de campement fumait dans le lointain, répondant à un autre feu (d'où le nom de Terre des Feux, ou Terre de Feu, ces Indiens-là étant des Onas). Les colons de Nombre de Jesús avaient l'impression d'être cernés par des fantômes et observés jour et nuit, comme si l'on attendait leur mort pour investir la cité. Leur désespoir redoublait. Les plus vigoureux se révoltèrent. La révolte fut durement matée. Le capitaine général du détroit fit dresser d'autres gibets pour l'édification des survivants. Autour de la croix, le cimetière se peuplait.

Cette situation ne pouvait plus durer. Sarmiento de Gamboa se souvint d'un meilleur site signalé naguère par Ladrillero plus en avant dans le détroit, avec un bon port, bien abrité, une plage, un ruisseau, un peu de terre solide au fond d'un vallon que l'on espérait cultivable, et de beaux arbres sains dans la forêt qui fourniraient du bois de construction. Il fallait retrouver cet endroit, situé à la pointe Santa Anna, quinze lieues au nord du cap Froward. La *Maria* ne pouvait embarquer que cinquante personnes, d'abord les femmes, les enfants, et les colons les moins vigoureux. Laissant le commandement de Nombre de Jesús au capitaine Andrès de Viedma, Sarmiento de Gamboa, suivi de deux cents soldats pieds nus croulant sous le poids de leurs armures, de leurs mousquets, de leurs hallebardes, s'ouvrit un chemin par voie de terre en longeant la rive du détroit. Du 7 au 25 mars 1584, un calvaire de quatre cents kilomètres. Le tragique petit poucet espagnol semait des cadavres sur sa route et les chiens qui l'accompagnaient gémissaient de terreur. Un seul réconfort à l'arrivée : la *Maria* était au rendez-vous.

À s'en tenir aux apparences, le site s'annonçait favorable. Il fut décidé de s'installer là. Aucun de ces malheureux n'aurait d'ailleurs été capable de prolonger plus loin les recherches. Selon l'immuable cérémonial espagnol, « *en forma por Vuestra Majestad* », le capitaine général du détroit prit solennellement possession des lieux, baptisés *Ciudad del Rey Felipe,* la Cité du Roi Philippe, mais le ressort était cassé. Rassemblant leurs dernières forces, les colons se mirent tout de même au travail. L'emplacement fut déboisé. La croix, l'église cathédrale, le gibet. Les rues tracées au cordeau. Une petite forteresse armée des six canons de la *Maria* et un rempart en palissade avec des miradors de guet aux quatre coins. Mais la mort poursuivait son œuvre. Comme à Nombre de Jesús, les tombes s'alignaient au cimetière tandis que le rempart se dégarnissait et que les paysans épuisés, vaincus, renonçaient l'un après l'autre à cultiver d'improbables champs. L'hiver fut précoce cette année-là. La neige, dès le mois d'avril, recouvrit les misérables cabanes. Révoltes, décapitations, gibets. Les bourreaux en capuchon rouge, ayant à peine la force de manier la hache, devaient s'y reprendre à plusieurs fois. Le 25 mai, avec trente hommes, Sarmiento de Gamboa s'embarqua sur la *Maria* pour s'en aller chercher des secours. À Nombre de Jesús, la situation n'était pas meilleure. Le capitaine général du détroit transmit son titre dérisoire au capitaine Andrès de Viedma et mit le cap sur la petite colonie de La Plata, où aucun navire de renfort ne l'attendait, puis en désespoir de cause au Brésil, où le vice-roi portugais refusa de l'aider. Restait l'Espagne. Il ne revint jamais dans sa capitainerie générale éphémère, mais l'honneur sauf, capturé par le corsaire Walter Raleigh qui le débarqua en Angleterre, prisonnier. La plus haute montagne de Terre de Feu porte aujourd'hui son nom, au sud du détroit de Magellan. On aperçoit parfois le cône glacé de son sommet émerger entre les nuages. Elle figure comme une sorte de divinité inquiétante sur nombre de gravures du XVIIe et du XVIIIe siècle inspirées des croquis et journaux de bord des navigateurs de ce temps, visiblement impressionnés. Nul n'a encore gravi, ni conquis, ses 2 234 mètres de glace exposés aux vents furieux. Les âmes de tous les disparus de Terre de Feu forment la garnison imprenable du mont Sarmiento...

Sur le détroit, c'était l'hiver, la longue nuit. Le nouveau capitaine général du détroit attendit presque deux ans, en son agonisante capitale, l'arrivée des secours promis par Sarmiento, mais nul navire n'apparaissait, doublant le cap des Vierges, au loin, dont la pointe extrême se devinait entre bancs de brume et neige ou pluie. Aucune nouvelle non plus de la Cité du Roi Philippe. Double solitude : coupées du monde, les deux petites colonies semblaient également mortes l'une pour l'autre. Et l'on mourait, en effet. Il ne se passait pas de semaine qu'on ne portât en terre l'un de ces malheureux, au moins tant qu'il resta des bras pour creuser les tombes. Un jour le pic de la douleur fut atteint, quand l'évêque trépassa de chagrin en tenant sur ses genoux le cadavre d'une fillette qui était la dernière des enfants. Il fallait s'échapper de ce piège. Viedma décida de tenter une sortie par mer. Les charpentiers encore valides entreprirent la construction de deux chaloupes sommaires et rustiques sur lesquelles une partie de la population embarqua. La première se brisa sur un rocher à peu de distance du point de départ, mais ses occupants furent sauvés. L'autre, emportée par le courant, disparut, engloutie par la tempête qui s'était levée au cap des Vierges.

C'est alors que parmi la centaine de survivants, soldats et marins principalement, surgit une incompréhensible espérance : le salut, c'est à la Ciudad del Rey Felipe qu'ils le trouveraient ! De quoi manger, se soigner, se vêtir, parmi leurs compagnons plus chanceux et fraternels... Dans leurs cervelles anesthésiées par la faim et le désespoir, la Cité du Roi Philippe brillait comme une sorte d'eldorado, à la façon de ces mirages, dans le désert, où le voyageur épuisé croit voir des lacs et des palmeraies. Ceux qui raisonnaient encore se disaient que lorsque tout est perdu, il n'y a plus de salut que dans le mouvement, que cela ne pouvait être pire ailleurs, et même peut-être mieux, pourquoi pas, et l'imagination prenait le relais. Là-bas, là-bas, l'autre côté des choses... Et Andrès de Viedma se mit en route, par le même chemin qu'avait suivi deux ans plus tôt Sarmiento, chemin balisé de cadavres dévorés par les oiseaux de mer qui nichaient dans les cuirasses. Le suivait qui pouvait. On ne relevait pas ceux qui tombaient. L'étendard rouge et or du roi d'Espagne changea cinquante fois de mains, transmis de celles d'un mort à celles d'un mourant. Au terme de ce calvaire, à la Ciudad del Rey Felipe, Viedma et ses vingt derniers soldats virent s'avancer à leur rencontre une garnison d'êtres faméliques qui n'était guère plus nombreuse. Les fantômes s'entreregardèrent. Un même sentiment silencieux leur serrait le cœur, celui d'une espérance trahie : les uns croyaient voir arriver des secours, les autres croyaient en trouver. Le commandant de la ville n'avait plus que la peau sur les os. Ses yeux luisaient comme ceux d'un fou. Montrant un banc de sable émergé à portée de canon du rivage, il dit à Viedma :

— Tous les jours je tire quelques boulets. Cela me donne l'impression d'être encore en vie. Et je ne veux pas qu'ils s'installent pour nous regarder tranquillement mourir.

— De qui parlez-vous ? demanda Viedma.

— Je parle des sauvages, Excellence. Pendant deux ans on ne les a pas vus. À présent ils s'enhardissent jusqu'à nous narguer depuis ce banc de sable. On les renifle avant de les apercevoir, car c'est effrayant ce qu'ils puent ! On commence à savoir à quoi ils ressemblent. Leur laideur vaut leur odeur. Des singes sans poils, enduits de graisse. Et nos derniers chiens les ont rejoints ! Eux ont compris où est la vie. Car ces pouilleux vivent, Excellence...

Ces pouilleux, ces singes sans poils, ces sauvages : sujets de Sa Majesté le roi d'Espagne, selon le brevet frappé du grand sceau royal et transmis par Sarmiento de Gamboa à Andrès de Viedma, « capitaine général du détroit de Magellan et gouverneur de tous ceux qui le peuplent et le peupleront »... Andrès de Viedma, gouverneur du néant, vice-roi des confins inhumains, amiral et suprême commandant de quarante fantômes encore debout. Hallebardiers agrippés à leur hallebarde pour ne pas tomber de faiblesse. Soldats qui se servent de leur mousquet comme béquille. Marins orphelins de leurs navires. Colons d'Andalousie rêvant à leur misère passée comme à un paradis, au pays qu'ils avaient quitté. Cadets de famille vêtus de haillons, vieillards parcheminés de vingt ans, l'âme floue se dissolvant sous la pluie glacée, le corps flottant sous les rafales du vent. D'autres ne quittaient plus leurs cabanes, recroquevillés en fœtus, agonisant sur des grabats. Le piège s'était refermé. Les cœurs aussi. Les mourants réclamaient à boire, en vain, et personne ne leur fermait les yeux. Les soldats, au rempart, s'écroulaient face contre terre, à leur poste près des canons, le dernier chapelain au pied de la croix, là où devait s'élever son église...

Viedma devint fou.

Chaque matin, en cuirasse rouillée et morion, ceint de son écharpe de commandement dont les glands d'argent avaient noirci, il faisait saluer au canon l'étendard or et sang du roi. Il lui restait cinq soldats. Ses derniers marins, il les avait fait pendre, parce qu'ils avaient construit un radeau pour s'enfuir. Morts ou vivants, les colons ne comptaient plus pour lui. Il ne quittait plus l'enceinte du fort. À la fin les canons se sont tus. On approchait de la Noël 1586.

Quelques jours plus tard, le 7 janvier 1587, le corsaire anglais Cavendish débarqua dans la cité déserte. Des cadavres sans sépulture gisaient encore dans les maisons. Aux gibets se balançaient les corps des trois derniers suppliciés. Quant à Viedma, on le retrouva étendu sur le sol détrempé de son palais de dérision. Il avait les yeux ouverts sur une expression d'intense étonnement. Quelle avait été son ultime vision, celle qu'il avait emportée avec lui ? Peut-être des flottes pavoisées qui manœuvraient dans la rade et saluaient au canon le capitaine général du détroit de Magellan ? Ou encore des troupes aux armes étincelantes défilant dans les avenues immaculées de la Ciudad del Rey Felipe, sa capitale ? Ou peut-être, plus simplement, la face d'un petit homme jaune et nu, chevelu, sale et puant, qui se penchait sur lui en grimaçant...

Les Anglais enterrèrent les morts et embarquèrent à bord de leur navire les six canons de la forteresse. Au moment où ils s'apprêtaient à lever l'ancre, un homme sortant de la forêt apparut sur le rivage, criant et agitant les bras. Il s'appelait Tomé Hernandez, seul rescapé du désastre. C'est par lui qu'on connaît l'histoire.

Cavendish baptisa l'endroit Port Famine, et ce

nom lui restera. Nul ne s'avisera plus jamais d'y élever une ville.

Ce site a accédé lui aussi à la dignité de *monumento nacional*, en été une charmante prairie semée de petites fleurs blanches au bord du détroit de Magellan. Un sentier entretenu descend en sinuant jusqu'à la grève où tant de malheureux perdirent toute espérance. On peut y pique-niquer bourgeoisement en contemplant la côte en face qui est celle de l'île Dawson, plate et triste, autre mouroir — d'Indiens, cette fois. Une pancarte de l'Instituto de la Patagonia, portant les armoiries de Gamboa surmontées d'un heaume emplumé de chevalier, indique :

EL 25 DE MARZO DE 1584
SIENDO REY DE ESPAÑA FELIPE II
EL CAPITAN GENERAL DEL ESTRECHO
PEDRO SARMIENTO DE GAMBOA
FUNDO EN ESTE LUGAR LA CIUDAD DEL REY DON FELIPE.

La pancarte, déjà, s'écaille. Hormis une vingtaine de pierres alignées à l'intérieur d'un enclos, vestiges supposés des fondations avortées de la cathédrale qui ne fut jamais qu'une cabane de bois, il n'y a rien d'autre à voir. On y a effectué des fouilles, en vain. La terre n'a rien restitué, ni ossements, ni pièces d'équipement, ni armes. C'est le mystère de Port-Famine, alors que nul n'a jamais douté que c'est bien là son exact emplacement relevé par Sarmiento de Gamboa lui-même, par Cavendish, et quelques années plus tard par l'amiral hollandais Jacob L'Hermite.

Seulement peut-on supposer que les chiens à demi sauvages, descendants de ceux des Espagnols, déterrèrent les cadavres inhumés à la hâte à fleur de sol pour d'épouvantables festins, et que les Indiens du détroit, sitôt les navires de Cavendish éloignés, récupérèrent tout ce qui était en métal, couteaux, épées, cuirasses, récipients, un trésor pour ces pauvres hères émergeant à peine de la préhistoire. On les imagine tout nus, parcourant la cité morte, partagés entre terreur et cupidité. « Car, au moins, ces pouilleux vivent, Excellence ! » avait dit le commandant de la place au dernier capitaine général...

3

Où j'embarque sur le vieux Micalvi *en 1951 et où je le retrouve cinquante ans plus tard transformé en bar du bout du monde. — À bord, en route pour la mer d'Otway. — Une navigation périlleuse. —* « Indios ! » *crie la vigie. — Le dernier canot des Alakalufs. — Dix mille ans nous séparaient.*

Ce petit navire était un personnage de roman. Je n'avais passé que trois jours à son bord, en 1951, mais ils ont été déterminants dans ma vie.

Ma grande surprise fut de le retrouver, un demi-siècle plus tard, échoué le long du rivage au fond d'une baie bien abritée du canal Beagle, machine démontée, mais toujours paré de son étonnante cheminée, une sorte de nez de Cyrano planté verticalement sur le pont, la passerelle et le carré des officiers ayant été transformés en un joli bar chaleureux à l'enseigne du yacht-club de Puerto Williams, *el mas austral del mundo,* où j'ai éclusé pas mal de verres en janvier 1999 avec des skippers suisses ou français, patrons de voiliers charters et grands rêveurs des confins fuégiens. Eux ne l'avaient pas connu à flot, mais la tendresse que nous éprouvions tous ensemble pour ce bateau reste un de mes meilleurs souvenirs, une célébration commune, fortement arrosée de pisco, accompagnant l'évocation rituelle d'autres chevaliers de la pluie que cet ancêtre avait autrefois embarqués, Francisco Coloane, Jean Delaborde, José et Annette Emperaire, dont je reparlerai, sans oublier Roger Caillois, qui fut académicien français, et qui a écrit sur la Patagonie des phrases inoubliables, dont celle-ci : « Je rends grâce à cette terre d'exagérer à tel point la part du ciel... »

Ce bateau s'appelait le *Micalvi,* du nom d'un modeste quartier-maître de l'Armada nacional chilienne, héros de la guerre du Pacifique, celle de 1880 qui avait opposé le Chili à la Bolivie. Qu'on me permette une diversion : la Bolivie disposait en ce temps-là d'une large fenêtre sur l'océan, avec des rivages et des ports sur la côte du désert d'Atacama, dont le Chili l'en priva à coups de canon lors d'une bataille navale, celle-là même où périt bravement le quartier-maître Micalvi. Rétrécie dans ses montagnes, condamnée à l'isolement, elle n'a plus de marine ni de bateaux, mais toute une palanquée d'amiraux, de capitaines de vaisseau et d'équipages sans embarquement, perpétués au nom du souvenir et qui défilent fièrement dans les rues de La Paz (4 000 mètres d'altitude) chaque année, le jour de la Mer, fête nationale. Ce jour-là le Chili ouvre magnanimement sa frontière et des milliers de Boliviens descendent en autocars jusqu'au Pacifique perdu où ils vont marcher dans la mer en versant des larmes d'émotion...

Pour en revenir au *Micalvi,* avant de tutoyer le cap Horn, c'est sur le Rhin qu'il naviguait, battant pavillon de la Marine impériale allemande, aux alentours de 1913. Germanophile jusque dans ses sonneries de clairon et le boutonnage de ses uniformes, la Marine chilienne s'approvisionnait traditionnellement en Allemagne. Ayant passé une commande de munitions à la veille de la Première Guerre mondiale, Berlin lui expédia la marchandise à bord de ce brave bateau qui n'avait jamais vu la mer et se tira fort bien du voyage. Ensuite, la guerre ayant éclaté, et plutôt que de le voir coulé lors de sa traversée de retour par la flotte anglaise des Falkland, l'Amirauté impériale télégraphia avec un certain humour à sa petite filleule chilienne : « Emballage perdu. Gardez tout. » C'est ainsi que le *Micalvi* accéda au rang et fonction d'unique navire de guerre chilien des confins magellaniques, responsable d'une zone immense et encore à peu près inconnue. Il y exerça tous les métiers, ravitailleur de phares, mouilleur de bouées, poseur de balises, sauveteur d'Indiens, topographe et hydrographe, météorologue, postier, passeur, épicier ambulant, dispensateur de soins médicaux et parfois même de sacrements quand l'aumônier embarquait pour sa tournée annuelle, officier d'état civil enregistrant les décès, les naissances et les mariages, à la fois gendarme et juge de paix, ultime secours et dernier recours des petits *pobladores* isolés, éleveurs, bûcherons, chasseurs de phoques, chercheurs d'or, pêcheurs de crabes, qui tentaient de survivre au fond d'un fjord ou sur les pentes d'une vallée accessible par la seule voie maritime. L'apparition de sa drôle de cheminée sous la grêle ou sous la pluie, à l'île Hoste ou à l'île Wollaston, rendait courage pour un an au pauvre bougre condamné à la seule compagnie de ses moutons et pour lequel c'était l'unique occasion d'échanger quelques mots avec ses semblables. À ce régime-là, le *Micalvi* se fatigua vite, mais sa carcasse était solide et sa machine increvable. On bricolait, on repeignait par-dessus la rouille qu'on avait à peine le temps de piqueter, on faisait le plein de charbon et le saint-bernard du cap Horn repartait. Il y perdit peu à peu toute sa vaine fierté militaire. Pour faire de la place sur le pont, on avait démonté ses deux canons. La soute à munitions fut garnie de couchettes en bois où s'entassaient des familles entières s'en allant rejoindre leur papa berger, et d'autres qui, au contraire, revenaient, baissant les bras, exténuées, vaincues par la solitude.

En 1951, le monde n'avait pas encore changé, par là-bas. Punta Arenas n'avait toujours pas décollé, Ushuaïa, embryonnaire, avec son pénitencier et sa garnison *del fin del mundo* était à mille lieues d'imaginer qu'un jour des Boeing 747 y cracheraient des touristes par centaines, et Puerto Williams n'existait pas. Le *Micalvi,* où j'embarquai, n'avait jamais été relevé depuis 1913. La courageuse vieille baille avait alors plus de quarante ans, des années qui comptaient double, quarante ans de lutte quotidienne dans la brume et l'humidité, sous la neige et le vent furieux qui soulève de méchantes vagues vertes tueuses de petits navires, ainsi qu'en témoignent les épaves qui jalonnent *los canales australes,* émergeant encore de la surface de l'eau comme si elles attendaient, pour couler définitivement, la venue d'autres recrues. Bien vivante tout de même, la vieille baille, mais si meurtrie dans sa grisaille et sous les épreuves du temps, qu'elle avait pris un aspect presque misérable. Jean Delaborde, en parlant de ce bateau, a eu cette jolie phrase : « On aurait dit que le *Micalvi,* providence des abandonnés, par une sorte de pudeur franciscaine, avait voulu se faire aussi pauvre qu'eux... [1] »

Au moins n'y mourait-on pas de faim. Dans un enclos aménagé sur le pont, entre des balises et des sacs de ciment, cinquante brebis pissaient de peur, attendant le couteau du matelot cuisinier, à deux par jour, en ragoût, la base des repas de l'équipage, trente hommes et trois officiers, et d'une vingtaine de passagers, dont j'étais, souvent accompagnés de leurs chiens. Des enfants dormaient, d'autres pleuraient. Il y avait aussi une vache à bord, et un poulailler. Complètement déboussolé, le coq chantait à contretemps, en pleine nuit, laquelle est pourtant très courte, en décembre, sous ces latitudes. *Son cosas de Patagonia...* Les deux lieutenants avaient mon âge, et le capitaine guère plus. Ils m'avaient accueilli sur la passerelle, que je n'ai guère quittée pendant ces trois jours. Je me serrais dans une encoignure, en silence, écoutant les ordres de changement de cap du commandant au timonier qui se succédaient comme les grains d'un chapelet en raison de la dérive des vents, des courants, qui changent sans cesse dans les canaux, d'un rocher à éviter, d'une passe étroite à franchir, route étrange, d'amer en amer, les jumelles vissées aux yeux, sans radar, la

1. *Patagonia,* Éditions Robert Laffont, 1981.

carte fréquemment consultée, la position relevée et notée de cinq minutes en cinq minutes, une navigation au point de croix, au cas où la brume se lèverait, ce qu'elle fait là-bas sans prévenir, d'un coup, une sorte de suaire qu'elle vous jette à la tête. J'allais aussi rejoindre dans la chambre de veille l'officier de quart penché sur la table à cartes. Les cartes de l'Amirauté chilienne, en ce temps-là, dérivaient encore des cartes marines françaises levées par l'aviso hydrographique *La Romanche*, commandant Louis Martial, en 1882-1883. De nombreuses côtes figuraient en pointillé, des îles et des bancs de rochers étaient seulement signalés comme probables, ou incertains, car ce n'est que trente ans plus tard que les satellites achevèrent le travail. Le *Micalvi* était pourtant passé là — en l'occurrence le canal Saint-Jérôme qui relie le détroit de Magellan à la mer d'Otway — des dizaines de fois depuis 1913, mais chacun de ses nouveaux voyages relevait toujours de l'exploration. Aucun secours à attendre en cas de naufrage puisqu'il n'existait pas d'autre saint-bernard que le *Micalvi* à mille kilomètres à la ronde et qu'aucun hélicoptère n'avait encore brassé de ses pales le ciel de la Terre de Feu. L'officier notait, gommait, rectifiait, regommait, et puis, au mouillage pour la nuit, on s'en allait boire une bière ou un pisco au carré des officiers où venaient nous rejoindre le chef mécanicien et le bosco. On y boit toujours des piscos, je l'ai dit, dans ces trois petites pièces (carré, chambre de veille et passerelle) qui n'en font désormais plus qu'une, servis par la jolie barmaid du yacht-club de Puerto Williams...

Le deuxième jour de mon embarquement, vers cinq heures de l'après-midi, tandis qu'il pleuvait très fort, une pluie chargée de grêle, le matelot de quart posté en vigie sur l'aileron extérieur de la passerelle cria :

— *Indios !*

Il désignait un point au ras de l'eau, vingt degrés tribord en avant du bateau, quelque chose qui sautait comme un bouchon sur les vagues et ressemblait à un canot.

— Alakalufs, me dit le capitaine. Je n'en ai plus rencontré depuis trois ans. Ils ne viennent sûrement pas de Puerto Eden, c'est trop loin. Sans doute une des deux ou trois familles qui s'obstinent encore à naviguer. On les croyait disparues.

Il modifia aussitôt sa route pour les placer sous le vent, puis releva la manette du chadburn jusqu'au stop. Des Alakalufs, en effet. Ils étaient six dans cette barque qu'ils manœuvraient à l'aviron, trois hommes, deux femmes et un enfant d'une huitaine d'années, un garçon. Au centre du canot, sur un lit de gravier, un feu de braises, le précieux feu des temps néolithiques. Ils ne venaient pas de Puerto Eden, mais de « par là », et ils montraient, derrière eux, le sombre décor d'où ils avaient surgi, un dédale de canaux obscurs s'enfonçant dans l'île Riesco, aux sommets couverts de glace et de neige. Et où allaient-ils ? « Par là. » Par là se dressait l'île Santa Inès, un massif montagneux inexploré battu par le Pacifique qui s'y abat en vagues énormes, au sud du détroit de Magellan. Le petit garçon ne souriait pas. Tous avaient le regard mort. Ils nous regardaient sans nous voir. Vêtus de haillons, les os saillants, ils étaient d'une saleté repoussante, couverts de croûtes. L'un d'eux, blessé, avait le pied enveloppé dans des chiffons sanglants. Ils ne prononcèrent pas un mot de plus et ne manifestèrent aucune reconnaissance apparente quand le capitaine fit descendre le long du bord, au bout d'une corde, une palanquée de vivres et de vêtements qu'il avait rassemblés à la hâte, quelques couteaux, un fer de hache, un paquet de fil à pêche et d'hameçons, un stock d'allumettes, du tabac, auquel il ajouta, hésitant, sachant le ravage qu'elles causeraient, deux bouteilles de pisco, parce que Noël approchait. Tout cela ne dura pas plus de cinq minutes, car le *Micalvi,* ayant stoppé, dérivait dangereusement.

Je criai dans le vent pour savoir au moins leurs noms. Sans réponse. Une femme leva la tête vers moi. Elle avait les cheveux plaqués sur le visage par la pluie qui tombait à torrents. J'aperçus une épaule décharnée à travers un trou de la couverture trempée qui lui servait de vêtement et je me souvins que les Alakalufs, jadis, vivaient nus enduits de graisse de phoque par les froids les plus rigoureux. Accroupie au fond de la barque non pontée, l'autre femme écopait avec une vieille boîte de conserve. Déjà les deux hommes et le garçon avaient empoigné les avirons. La barque déborda rapidement, s'éloignant du navire qui avait repris sa route. Je fis un geste de la main, en adieu. La femme qui me regardait baissa aussitôt la tête. Me vint alors la conviction que dix mille années nous séparaient, à laquelle s'en ajouta une autre : cette conviction était partagée. Ces malheureux aussi le savaient, écrasés par cet éloignement sidéral. La distance entre la barque et le navire augmentait rapidement, jusqu'à ce qu'elle ne fût à nouveau qu'un point semblable à celui que nous avions vu s'avancer à peine dix minutes auparavant, et qui disparut bientôt. Sur l'autre rive d'un fossé de cent siècles, les Alakalufs nomades s'enfuyaient encore plus loin dans le passé.

Transi, mouillé jusqu'à l'os, l'âme désolée, je regagnai ma cabine. Par le hublot je ne vis plus rien que la pluie, et le pot du soir, au carré, fut empreint de mélancolie. L'émotion que j'avais ressentie est demeurée aussi forte durant les cinquante années qui ont suivi...

4

Les peuples nomades de Terre de Feu. — Où l'on fait la connaissance des « Indiens de canots » et où le commodore Byron, en 1741, se marie avec une sauvagesse. — Un voyage qui dure dix mille ans : du détroit de Béring au détroit de Magellan, les Alakalufs traversent l'Amérique. — Une métamorphose de mille ans : les Alakalufs quittent la terre pour la mer et s'enfoncent dans le labyrinthe. — Au rendez-vous des clans à l'île Charles. — Des dieux cruels. — Une nuit de campement en hiver. — Les Alakalufs se croient seuls au monde...

Trois, et même quatre si l'on compte les Haush, très tôt disparus, quatre peuples minuscules — en tout une vingtaine de milliers d'individus — se partageaient la Terre de Feu avant l'arrivée des Blancs : les Alakalufs (ou Kaweskars), les Yaghans (ou Yamanas), les Onas (ou Selk'nams) et leurs proches cousins les Haush. Les deux premiers vivaient sur l'eau, nomadisant avec leurs canots à travers l'immense labyrinthe maritime, les Alakalufs au détroit de Magellan, dans les mers de Skyring et d'Otway et dans tout cet univers inconnu de fjords, de passes et de chenaux qui longe le Chili austral entre le glacier infranchissable du Hielo Patagonico et l'océan Pacifique, les Yaghans au canal de Beagle et dans les archipels du cap Horn. La terre ferme leur inspirait une telle terreur que jamais ils ne s'aventuraient au-delà des grèves étroites où ils campaient. En revanche, les Onas et les Haush risquaient rarement un orteil dans l'eau. C'étaient des terriens, des marcheurs, des chasseurs. Les Onas sillonnaient la grande île de leurs pas infatigables et les Haush se contentaient de la pointe extrême de la Terre de Feu, toujours inaccessible aujourd'hui, qui par le cap San Diego et le détroit de Le Maire fait face à l'île des États où Jules Verne planta son phare imaginaire. Deux modes de vie radicalement différents et quatre peuples qui parlaient chacun leur langue, alors que Darwin, en 1834, les considérant avec mépris, jugeait qu'ils n'avaient pour tout langage que des cris inarticulés...

Alakalufs et Yaghans ne se comptèrent jamais plus de quatre ou cinq mille. On les appelle aussi « Indiens de canots ». Ils se nourrissaient de moules crues, que les femmes pêchaient en plongeant, de viande de phoque ou de baleine quand ils en découvraient une, échouée, d'œufs d'oiseaux de mer, d'algues aussi, et de céleri sauvage qui pousse à l'embouchure des rivières. Ils allaient nus, les épaules couvertes d'une peau de phoque qu'ils orientaient face au vent chargé de pluie et de neige. Ils campaient sur les grèves, sous des huttes rondes de peaux de phoque, les *tchelo*, dont ils laissaient les arceaux installés, abandonnant également des amoncellements de coquilles de moule qu'un tabou leur interdisait de rejeter à la mer. Avec leurs barques creusées dans un arbre et rehaussées d'écorce cousue, leurs harpons, leurs aiguilles, leurs pointes de flèche et de javelot taillés dans des os de baleine, ils représentaient, de façon primitive, un miracle d'adaptation au milieu et au climat. Le futur commodore sir John Byron, midship en 1741 à bord du HMS *Wager*, naufragé au nord de Magellan, n'échappa à une mort certaine qu'en vivant nu pendant deux ans parmi les sauvages, se nourrissant exactement comme eux et les imitant en tous points, poussant même le mimétisme jusqu'à s'épiler le menton avec une coquille de moule en guise de pince, tandis que les quatre autres rescapés, refusant ce qu'ils considéraient comme un état dégradant, périrent tous dans les trois mois. Même les chiens des Alakalufs s'étaient habitués à lui, parce que son odeur de Blanc s'était modifiée. Recueilli par une famille sous un tchelo, la généreuse nature de sa jeunesse le poussa dans l'obscurité vers une des jeunes filles du clan, laquelle le reçut comme il convient. On les maria à la mode locale. Il a raconté dans ses mémoires que la jeune sauvagesse qui venait se blottir la nuit contre lui, sous la hutte, en savait autant en amour que bien des dames de la cour d'Angleterre et qu'après tout, à la longue, on s'habituait au remugle de graisse de phoque rance aussi bien qu'au parfum de musc dont usaient les ladies, à Londres. C'était un homme sage, Byron, et aussi, probablement, le seul mâle occidental à avoir mis un peu de tendresse dans ses accouplements avec la femelle néolithique. Pour peu qu'on y pense, cela laisse rêveur...

Les Alakalufs étaient un des peuples les plus vieux de la terre. Ils venaient d'Asie. On le sait à présent, notamment par les travaux du professeur Rivet, c'est l'Asie qui a peuplé l'Amérique, au temps où la Sibérie et l'Alaska étaient reliés par un isthme naturel. Cela se passa entre dix mille et vingt mille ans avant notre ère. Il est impossible de savoir à la suite de quelles circonstances exceptionnelles se mit en marche, vers l'Amérique inhabitée, ce déferlement de peuplades qui se télescopaient les unes les autres en une gigantesque partie de billard planétaire. Les Alakalufs furent les premiers à se mettre en route, eux-mêmes poussés en avant par des tribus plus fortes et puissantes. Ils n'étaient pas belliqueux. Ils chassaient, ils pêchaient, ils pratiquaient la cueillette. De temps en temps ils s'arrêtaient, quelques mois, quelques années, quelques centaines d'années. Et puis d'autres peuples arrivaient, plus nombreux, mieux organisés, plus évolués, qui leur tuaient du monde et leur raflaient leurs femmes. Alors ils reprenaient la route.

On suit à peu près leurs traces en Amérique par quelques gisements préhistoriques connus. Ils marchèrent ainsi pendant des centaines d'années, s'enfonçant toujours plus loin vers le sud encore désert, refoulés siècle après siècle dans les parties les plus déshéritées du continent sud-américain que personne, au moins, ne leur disputait. Arrivés au golfe de Peñas, à l'entrée du canal Messier, qui est la porte du labyrinthe maritime fuégien, ils s'arrêtèrent, et cette fois ils étaient seuls. Poursuivis depuis tant d'années, aussi longtemps que remontait leur mémoire, ils étaient tout de même loin d'être rassurés. Qui sait s'ils ne seraient pas une fois de plus chassés de là, contraints de fuir, de fuir encore ? Mais où ? Comment ? Des montagnes infranchissables et des glaciers terrifiants leur barraient le chemin vers le sud, et tout un univers liquide qui était complètement différent de leur univers terrien ancestral.

C'est à partir de ce moment-là qu'ils accomplirent leur mutation et que ces marcheurs de terre ferme se changèrent en nomades de la mer. Cela dura peut-être mille ans. Car c'est long, très long, d'apprendre à fabriquer des embarcations, d'apprendre à pêcher en mer, d'apprendre le mouvement des marées, des courants, de savoir que certaines algues géantes balisent les côtes dangereuses et signalent l'intensité des courants. C'est long d'apprendre les changements de temps, de savoir que par vent de nord-ouest il faut remonter les canots haut sur la grève. C'est long d'apprendre à chasser le cormoran, l'albatros, à découvrir les bancs de moules, à se familiariser avec les étoiles nouvelles dans un ciel qu'on n'avait jamais vu auparavant, à comprendre qu'il faut se méfier des forêts pourries où l'on enfonce jusqu'à mi-corps. C'est long de nommer des îles innombrables, de passer de la pierre taillée à la coquille de moule aiguisée, de la fourrure de loup à la peau de phoque, de la relative chaleur à un froid qui peut être rigoureux. Mille ans, probablement...

Et puis ce qu'ils redoutaient arriva, mais cette fois, ils étaient prêts. Un matin, venant du nord, ils entendirent des voix humaines, des cris, tout un bruit.

C'était une puissante tribu, les Chonos, qui avait été poussée jusque-là par un autre peuple encore plus puissant qui prendrait plus tard le nom d'Araucans, ou Mapuches. Tout ce mouvement fait fuir les Alakalufs. Embarquant femmes et enfants, leurs barques s'engouffrent dans le canal Messier, vers le sud, toujours plus loin vers le sud, et se fondent dans ce labyrinthe liquide pour au moins cinq mille années. Jusqu'à l'an 1520, qui vit l'irruption de Magellan dans le détroit, ils ne seront plus rattrapés. Qui irait les débusquer là ? À l'est, à l'ouest, au sud, trois océans furieux. Au-dessus de leurs têtes, un ciel toujours noir et bas tourmenté de vents furieux, et à quelques mètres du rivage, la forêt qui commence n'est qu'un piège, un entrelacs de morts-vivants qui se nourrissent de leur pourrissement. Des arbres vifs s'effondrent soudain, vermoulus, entraînant d'immenses lianes qui s'entremêlent comme un filet. Rien n'est solide. La végétation terrestre rejoint sans discontinuité le monde des algues sous-marines et de ce mariage monstrueux naissent des marécages mortels. À cette forêt qui jaillit d'une humidité absolue, les Alakalufs tournent le dos. Ils n'y pénètrent que par nécessité vitale, comme des voleurs, juste le temps d'en arracher pour les rapporter vite sur la grève le tronc droit d'un coigué[1] dont on fera le canot, ou des branches flexibles de canelo pour servir d'arceaux à la hutte. De cette forêt descendent aussi des rats, quelques renards, dans un silence à peine troublé par le remue-ménage du hued-hued, un pic à plumage noir et tête rouge qui s'aventure

1. Hêtre des confins fuégiens.

parfois jusque-là, le jour, ou par le hurlement de la chouette, la nuit, qui glace le sang de ces malheureux : les seuls bruits de vie. Ils n'avaient pas d'autre conscience du monde.

Ils ne formaient pas une nation. Pas même un peuple. À peine des clans, c'est-à-dire des additions de bras nécessaires à la manœuvre des canots. Les grands canots portaient dix personnes, une famille et quelques isolés pour faire nombre. Le père était le chef et au-dessus de lui il n'existait pas d'autre chef. Combien de canots, autrefois ? Peut-être une centaine. Au détour d'une île, parfois, on se rencontrait. Si l'on découvrait une baleine morte échouée, on s'appelait par des feux de fumée pour banqueter jusqu'à en crever, le visage barbouillé de sang, fouillant à pleins bras dans une chair faisandée qui puait à des lieues à la ronde. Une fois par an, on se retrouvait à l'île Charles, qui est proche du cap Froward, au centre stratégique du labyrinthe[1]. Pour un jour ou pour une lune, l'isolement était brisé. Chacun considérant les autres, ceux des autres canots, pour une fois on se sentait moins seul et tous parlaient la langue des Hommes, car c'est ainsi qu'ils se nommaient :

1. Avant la fondation de Punta Arenas dans les années 1850, un « bureau de poste » agrémenté d'un poteau de signalisation avait été aménagé à l'île Charles, précisément, dans une anfractuosité de rocher. Il s'agissait seulement d'un baril marqué en lettres rouges *Post Office* dont le couvercle amovible n'était pas cadenassé. Les navires montant vers le Pacifique y déposaient leur courrier que d'autres navires, qui descendaient, en route pour l'Atlantique et l'Europe, récupéraient en passant. Et vice versa. Ce bureau de poste du détroit de Magellan fonctionna pendant près d'un siècle sans distinction de pavillon et dans le respect sacré de la correspondance.

Kaweskars, les Hommes. On échangeait des nouvelles, on complétait les équipages au rythme des morts et des naissances, les mâles se choisissaient des femmes, et l'on repartait. C'était le destin, et voici venu le moment de faire plus ample connaissance avec eux.

Ils portent des noms gutturaux. Ils s'appellent Tséfayok, Lafko, Yatsé, Yuras, Tchakval, Ksafak, pour les hommes... Waka, Chayatakara, Tellapakatcha, Samakanika, Kamankar, Yerfa, pour les femmes. Ils sont petits, un mètre cinquante en moyenne, avec un gros torse et des pieds de canard gluants de crasse. Ils sont nus, mais sans pilosité, les femmes comme les hommes, avec, en revanche, une tignasse noire pleine de poux, et le corps enduit de graisse de phoque. Ils empestent terriblement. Ils ne rient pas, ou très rarement. Ils n'ont d'ailleurs pas de mot pour dire « rire ». L'ethnologue José Emperaire, qui a recueilli in extremis l'essentiel du vocabulaire de cette langue moribonde, souligne que s'ils avaient trente façons de nommer des vents différents, ils n'en avaient en revanche aucune pour exprimer la beauté, la gaieté, le bonheur. Quant à la bonté, n'en parlons pas. Leurs dieux, au nombre de trois, sont particulièrement terrifiants. Ce sont des dieux qui n'existent que pour les écraser !

Le premier, le plus puissant, c'est Ayayéma. C'est lui qui déclenche les tempêtes, les naufrages, les accidents, les incendies. Le deuxième, tout aussi effrayant, s'appelle Kwatcho. Il règne sur la nuit et les rivages. S'il surprend un Alakaluf la nuit hors du tchelo, il lui crève les yeux et l'étrangle. On ne le voit jamais. Il n'attaque que par-derrière. Enfin,

Mwono, le troisième larron, fait énormément de bruit. C'est lui qui précipite les avalanches, les blocs de glacier, les pans de montagne, les coulées de boue, les rochers, et ces funestes tourbillons de vent, les williwaw, qui tombent sur les malheureux Alakalufs. Imaginons une nuit de campement d'hiver, qui n'en finit pas, dans un chenal, sur une grève, des milliers et des milliers de nuits tout aussi intensément obscures, et l'Indien, noyé sous des torrents de pluie, submergé par le bruit lugubre de la tempête, qui n'a d'autre abri que sa hutte de peau, avec, par-dessus le marché, ces trois divinités infernales qui le guettent pour l'achever. Chose étrange : mis en présence du Christ rédempteur et de l'Évangile prêché par les missionnaires, c'est-à-dire une religion de compassion et de recours, les Alakalufs la refuseront, la fuiront, contrairement aux Yaghans et aux Onas, qui, d'ailleurs, en mourront tout autant...

5

Coup de tonnerre dans la solitude : Magellan embouque le détroit. — Terreur et révérence des Alakalufs. — Le temps du mépris : Cook et Darwin. — Bougainville sauve l'honneur des Blancs. — Razzia de femmes et beuveries : les Alakalufs commencent à mourir. — Arrivée des grands paquebots : les Alakalufs sont donnés en spectacle. — Réception à bord de La Junon *et danse avec les passagers. — Le temps du mépris (suite) : M. Maurice, dompteur de « cannibales », exhibe quatre « sauvages » à Paris. — Les derniers Alakalufs, clochards de la mer. — Où l'on retrouve enfin le bienveillant* Micalvi.

Les siècles ont passé. Après cinq mille années de solitude, les Alakalufs avaient fini par s'imaginer qu'ils étaient seuls sur cette terre. On comprend alors leur épouvante, et le traumatisme sans remède qui suivra, lorsqu'ils voient surgir de derrière le cap Froward, en 1520, les trois vaisseaux de

Magellan. Cette découverte les terrifie, comme s'ils avaient déjà compris que c'était leur mort qui arrivait avec la venue de ces étrangers. Essayons de nous mettre à leur place :

Ces hommes qui arrivent, qui ont des cheveux au menton et dont on ne voit pas la peau, sont montés sur des canots gigantesques, avec trois arbres plantés aussi haut qu'une falaise, les trois mâts des caravelles. Les Alakalufs sont des marins. Ils savent reconnaître des cordages, des assemblages de bois. Eux qui ont tant de peine et qui mettent tant de temps à tresser de méchantes cordes de jonc ou de liane, ou à coudre trois planches mal équarries pour rehausser les bordées de leurs embarcations, ils sont parfaitement capables de mesurer le miracle technique que représentent ces cordages énormes et ces canots monstrueux qui ne sont mus par aucune rame et pourtant avancent, changent de cap, tandis que des voix formidables s'élèvent par-dessus les vagues et le vent et qui sont celles des capitaines, amplifiées par leurs porte-voix. Ils comprennent l'écrasante supériorité de ceux qui viennent. Face à ces étrangers qu'ils reconnaissent pour leurs semblables (il n'existe, chez les Alakalufs, aucune légende du dieu blanc, comme celle qui livra le Mexique à Cortez), ils prennent conscience de leur propre faiblesse, de leur néant, de leur tragique infériorité. Ce jour-là, entre eux-mêmes et les autres hommes, se creuse un fossé infranchissable qui s'élargira sans cesse. Dès l'apparition de Magellan, les Alakalufs sont vaincus d'avance...

Vers la fin du XVIIe siècle et le début du XVIIIe, il commence à passer pas mal de monde au détroit de

Magellan, des chasseurs de phoques, des baleiniers, des flottes de guerre, des expéditions scientifiques, des voiliers de commerce. Les Alakalufs, fascinés, se portent de plus en plus souvent sur le passage des grands navires, au goulet qui contourne l'île Charles. On fait du troc, des peaux de loutre et de phoque contre de la verroterie et du tabac, quelques couteaux, des clous, un fer de hache. Et puis l'eau rouge, le terrible tafia des équipages qui fera naturellement des ravages chez les Alakalufs. Contre l'eau rouge, ils offrent leurs femmes. Elles ne sont pas belles, ces malheureuses. Elles ne sont vraiment pas appétissantes, Waka, Yerfa, Chayatakara, Kamankar et les autres, mais les équipages qui embouquent le détroit de Magellan, pour beaucoup, n'ont pas vu de femmes depuis un ou deux ans. Ils ne sont pas difficiles. Ils se précipitent comme des bêtes. Rien à voir avec les manières de l'aimable midship Byron. Il faut y ajouter le mépris, la méchanceté. Pas un regard de compassion pour ces pauvres hères. Pas une lueur d'intérêt pour les « Pêcherais » — c'est ainsi qu'après Bougainville on appellera pendant plus d'un siècle les Alakalufs. Écoutons Darwin, embarqué comme naturaliste sur le HMS *Beagle* du capitaine Fitz Roy, et qui ne s'est même pas enquis de leur nom : « Quand on voit ces hommes et ces femmes, écrit-il en 1840, le visage hideux, la peau sale et graisseuse, les cheveux mêlés, la voix discordante, les gestes violents, c'est à peine s'il faut croire que ce sont des créatures humaines, des habitants du même monde que le nôtre... » Darwin ne faisait que reprendre les propos du célèbre capitaine Cook, un autre Anglais : « Leur vie affective approche plus celle des brutes que celle de toute autre nation. Nous ne pûmes discerner s'ils ont des chefs ou une forme quelconque de gouvernement. En un mot ils sont sans doute le plus misérable groupe d'êtres humains qui existe de nos jours sur terre... » Alors, pourquoi se gêner ? On ne se gêne pas. Les goélettes baleinières, en particulier, font une grande consommation de femmes qu'on rend rarement à leurs propriétaires, et dans quel état ! À ce régime-là, il n'y a presque plus de naissances chez les Alakalufs. C'est pourquoi ils se mettent à cacher leurs femmes dès qu'ils aperçoivent une voile. Il y a des batailles qui sont autant de massacres : le fusil contre la fronde et l'arc.

Il arrivait que l'accueil fût plus humain, notamment sur les vaisseaux français. Relâchant dans la baie Fortescue, face à l'île Charles, Bougainville avait nuancé son jugement, non sans humour : « Les femelles pissent debout, mais les hommes pissent accroupis, serait-ce la façon de pisser la plus naturelle ? Si cela était, Jean-Jacques Rousseau, qui pisse très mal à sa manière, aurait dû adopter celle-là. Il nous renvoie tant à l'homme sauvage... Les Pêcherais sont exactement dans ce qu'on peut appeler l'état de nature ; et, en vérité, si l'on devait plaindre le sort d'un homme libre et maître de lui-même, sans devoir et sans affaires, content de ce qu'il a parce qu'il ne connaît pas mieux, je plaindrais ces hommes qui, avec la privation de ce qui rend la vie commode, ont encore à souffrir la dureté du plus affreux climat de l'univers... » Bougainville et quelques autres traitèrent les Alakalufs humainement, mais les dégâts ne furent pas moindres. C'était étrange à constater, le bien comme le mal qu'on leur faisait concourait de la même façon, et le bien plus encore que le mal, à leur disparition. De certains navires où ils étaient reçus, les Alakalufs redescendaient comblés. On leur donnait des haches de bon àcier, des couteaux de qualité, de vieux fusils encore en état de tirer, des briquets, des cordages. Tout cela remplace peu à peu leur propre outillage rudimentaire qu'ils mettaient si longtemps à fabriquer, et qu'ils vont cesser de fabriquer. Désormais ils s'ennuient. Ils ne connaissent plus de sens à leur vie. Même leur instinct nomade s'affaiblit. Les grands rassemblements de clans se font rares, et c'est pour s'y saouler à mort avec l'alcool des Blancs, et non, comme autrefois, pour célébrer la vie autour d'un banquet de baleine. Au lieu de partir, libres, pour leurs expéditions de chasse, ils se contentent, à présent, de se porter au-devant des navires comme des mendiants qu'ils sont devenus. Ils attendent en deux points du détroit, l'île Charles, déjà nommée, et l'île Providence, à la sortie ouest du détroit.

Ce sont maintenant de grands paquebots qui s'arrêtent, ceux de la Cunard South America Line, des Chargeurs Réunis, de la Hambourg America Line qui assurent une ligne régulière par le détroit de Magellan, et cela jusqu'à l'ouverture, en 1914, du canal de Panama. Passent aussi des yachts de luxe, à vapeur, frétés par des milliardaires romantiques et des touristes fortunés. La réception des Alakalufs fait partie du programme. On a beau les arroser au jet d'eau dès leur arrivée sur le pont, leur forte odeur rappelle le cirque, et c'est exactement de cela qu'il s'agit. On leur sert des plats de viande et de pain. Les passagers se tordent de rire — nous sommes au XIXe siècle, on n'avait pas les sensibilités de notre époque — à les voir assis tout nus à s'empiffrer avec leurs doigts et à s'inonder de vin lorsqu'ils boivent à la bouteille. Les passagers sont peut-être émus, tout de même, à l'idée que ces malheureux mangent à leur faim, sans penser, d'ailleurs, qu'ils en seront malades comme des chiens le lendemain. Les dames écrasent une larme. Puis on amène les visiteurs au salon. Quelqu'un se met au piano, et naturellement ça ne rate pas : l'un de ces sauvages plonge la tête dans le piano pour savoir qui fait tout ce bruit-là, et comme il n'y trouve personne, il prend un air si ahuri que cette fois on pleure de rire. Le commissaire de bord se frotte les mains. La soirée est réussie. Ensuite chacun se prend par la main et danse. La farandole avec les sauvages est une des spécialités des tour-opérateurs de ce temps-là, au détroit de Magellan. Passagers et sauvages mélangés, un tout nu pour un tout habillé, et tout le monde est d'une gaieté folle, mais nul ne songe, chez les passagers, que les Alakalufs qui se tordent de rire ne sont en réalité pas gais du tout. C'est un état qui leur est étranger. Et pourquoi, mon Dieu, seraient-ils gais ? Nul ne sait ce qu'ils éprouvent, en vérité. Seulement, voilà, ils *miment* la gaieté. Ils ont observé les passagers, et ce sont de prodigieux mimes. De Bougainville à José Emperaire, tous ceux qui se sont donné la peine de les étudier l'ont remarqué. Ils peuvent même répéter des phrases entières dans n'importe quelle langue, impeccablement, avec l'accent qui convient, mais sans comprendre, sans *jamais* chercher à comprendre. Le fossé, toujours le fossé. À la fin, il faut les pousser dehors. Chacun se penche sur la lisse. Le minuscule canot déborde lentement de la haute coque du navire. Les sauvages s'éloignent à coups d'aviron. On s'aperçoit qu'on a trop ri et qu'on aurait peut-être pas dû tant rire. Le commissaire de bord fait servir du punch flambé, et l'image du canot solitaire disparaît...

Je n'ai pas inventé cette scène surréaliste. Je l'ai lue de différentes sources, je l'ai même vue dessinée dans des relations de voyage de ce temps. M. Gaston Lemay, notamment, de la Société de géographie de Paris, correspondant du journal *Le Temps*, la raconte dans son ouvrage *À bord de La Junon*[1], illustré de cent cinquante dessins. Une expédition de *happy few*, à coloration scientifique, vingt-cinq passagers seulement, français, russes, allemands, polonais, suisses, belges, hollandais, avec trois savants professeurs à bord et un aumônier, l'abbé Mac, lequel semble n'avoir rien deviné de plus que les autres derrière « ce mélange de bonhomie idiote et de finesse inexplicable » dont faisaient preuve ces sauvages. Écoutons M. Gaston Lemay. Ces « pauvres diables de cannibales » (toujours cet inepte a priori) étaient venus mendier et danser à bord de *La Junon.* On les avait nourris de sardines, qu'ils aimaient particulièrement. Il y avait deux femmes jeunes avec une « gorge assez forte », un jeune homme qui avait de « belles dents », d'autres encore, très laids, très sales, et un vieillard horrible à voir auquel on avait donné un vieux costume tropical blanc et qui se pavanait dans le salon en fourrant dans ses poches des débris

1. G. Charpentier, éditeur, Paris, 1881.

de sardines, « plus satisfait encore que s'il avait mangé de l'Européen, supposition que son âge rendait assez vraisemblable ». Pendant qu'on amusait les sauvages avec une montre dont le tic-tac les intriguait fort, le professeur d'histoire naturelle avait examiné leurs mâchoires, mesuré leurs têtes, palpé leurs membres, « et je ne doute pas, avait conclu M. Gaston Lemay, de la Société de géographie, qu'ils ne prenaient ces attouchements scientifiques pour des marques d'amitié, car on pouvait déduire de leurs grimaces qu'ils souriaient aimablement, et même, parfois, riaient franchement... ».

On se demande ce que pensa M. Gaston Lemay, débarqué quelques mois plus tôt de *La Junon*, (1878), découvrant dans son propre journal, daté du 15 juin 1879, cet article en forme de publicité rédactionnelle, formule d'usage courant dans la presse de ce temps :

DES ANTHROPOPHAGES
À L'EXPOSITION UNIVERSELLE DE PARIS

Depuis que l'Exposition universelle a ouvert ses portes aux milliers de visiteurs accourus de l'Europe entière pour admirer les prodiges de la fée Électricité, il est, au parc des Expositions du Champ-de-Mars, un spectacle que ne voudront pas manquer tous ceux qui veulent mesurer l'immensité du progrès accompli par les peuples civilisés, en comparaison des ténèbres de la sauvagerie où sont encore plongées tant de peuplades.

M. Maurice, chasseur de baleines, explorateur et dompteur, a rapporté de ses dernières campagnes dans les mers glacées australes une famille complète d'anthropophages de la Terre de Feu. Il les offre aux regards sous un chapiteau, enfermés dans une grande cage pour la sécurité des visiteurs. Ces sauvages vivent nus, mangent leurs poux, parlent un langage guttural proche de l'aboiement du chien, se peignent en rouge s'ils sont joyeux. M. Maurice les nourrit deux fois par jour de viande crue de cheval dont le goût, semble-t-il, s'apparente à celui de la chair humaine dont ils font leur ordinaire aux confins désertiques du détroit de Magellan. Une leçon de choses vivante, pour l'édification des petits et des grands. On est confondu à l'idée que ces misérables créatures appartiennent à l'espèce humaine...

Dans la dernière phrase de ce monument de bêtise et de mépris, on reconnaît presque mot pour mot le jugement sans appel de Darwin. La visite coûtait cinquante centimes. M. Maurice bonimentait sur l'estrade, vêtu comme un marin de grande pêche, chaussé de hautes bottes de caoutchouc curieusement accompagnées d'un chapeau de melon gris, après quoi, prenant de grands airs, armé d'une sorte de trident, il entrait courageusement dans la cage où quatre malheureux « cannibales » — de vrais Alakalufs, hélas — étaient tassés les uns contre les autres dans un coin, et là il reprenait son discours, qu'avait noté l'auteur de l'article :

— Mesdames, Messieurs, quand je chassais la baleine blanche aux confins de la Patagonie et que le navire que j'avais l'avantage de commander jetait l'ancre à l'abri d'une terre pour la nuit, des sauvages venus en canot, silencieusement, comme des ombres, se glissaient à bord pour attaquer mes matelots dans leur sommeil et les emmener jusqu'à leur repère où ils les dévoraient tout crus. Je perdis ainsi plusieurs hommes dans l'affreuses circonstances que je vous laisse imaginer...

C'est vrai que la nuit, au mouillage, sur les navires qui s'aventuraient à faire halte dans le détroit de Magellan, notamment à bord de *La Junon* et suivant la recommandation du capitaine du port de Punta Arenas, on répandait des clous de tapissier sur le pont afin de décourager les sauvages venus se livrer à leurs larcins. L'immortel Joshua Slocum, premier de tous les navigateurs solitaires, à bord de son *Spray*, mouillant à l'abri de l'île Charles en 1895, raconte comment il avait repris cette technique de défense avec succès, riant tout seul dans sa barbe au spectacle des intrus, les pieds sanglants, qui s'enfuyaient en poussant des cris affreux. Il y eut aussi, en vingt ans, deux tentatives d'incendie, les Indiens s'étant hissés sur le pont avec des torches allumées pour mettre le feu, unique et dernier acte de guerre du dernier clan désespéré, mais des matelots, mangés, ou même seulement enlevés, jamais.

M. Maurice n'était d'ailleurs pas marin, encore moins capitaine de pêche, mais montreur professionnel de foire au service du cirque allemand Hagenbeck qui lui sous-traitait ses meilleurs numéros. « Les nains féroces de la Bulgarie », « Les frères siamois et ennemis », « Les anthropophages de la Terre de Feu »... Ces quatre malheureux (ils étaient six au départ, mais les autres étaient morts de tristesse pendant la longue traversée), deux hommes, deux femmes, inoffensifs, avaient été bel et bien enlevés par des chasseurs de phoques sans scrupules, dans les parages du détroit de Magellan, sous le prétexte d'une invitation à venir boire un coup à bord, puis saoulés, peut-être drogués, s'étaient retrouvés en pleine mer à des centaines de miles de leurs frères : par mandataire interposé, une commande du cirque Hagenbeck. Complicités, douaniers arrosés, ils avaient fait l'objet d'un contrat en règle qu'ils avaient signé d'une croix, sans comprendre. Lors d'un contrôle par la police française, celle-ci n'y avait vu que du feu. Ils étaient arrivés de Hambourg, couchés sur la paille d'un wagon à bestiaux qui faisait partie du train Hagenbeck. À Hambourg, ils avaient été un peu mieux traités, exposés en plein air au zoo, sans boniments, disposant d'une hutte de toile qui ressemblait vaguement à un tchelo et d'un feu de campement bien pourvu de bois. Convenablement habillés de fourrures qui leur donnaient l'allure d'Esquimaux, ils mimaient la chasse au javelot, la pêche dans une fausse rivière qu'on avait agrémentée de carpes et de pingouins, et psalmodiaient leurs chansons tristes. J'ai sous les yeux le compte rendu d'un journal illustré de Hambourg que je dois à l'obligeance d'une lectrice alsacienne. Un dessin pleine page, dans le style de l'époque, montre une foule endimanchée se pressant le long des grillages qui entourent le « campement ». On y voit un monsieur qui soulève son chapeau, pour saluer, une dame qui tend des biscuits, des enfants qui contemplent, stupéfaits, un sauvage qui marche gravement au bord de la « rivière », comme un figurant d'opéra, brandissant mécaniquement un javelot de pacotille en un geste qui n'était plus que le souvenir du souvenir des chasses d'autrefois, là-bas, au pays perdu.

Cette exhibition de Hambourg respectait sans doute un peu plus la dignité humaine que celle du Champ-de-Mars la même année, il n'empêche que nulle autorité scientifique de l'époque ne se pencha de quelque façon que ce soit sur le destin de ces quatre Alakalufs noyés vivants en Europe. On ignorait même le nom de leur peuple et jusqu'à leurs propres noms — M. Maurice, pour faire rire, les appelait avec une solennité de dérision « Monsieur Premier, Madame Seconde, Monsieur Troisième, Mademoiselle Quatrième » — et ni M. Gaston Lemay, de la Société de géographie de Paris, ni aucun des éminents professeurs qui avaient embarqué avec lui à bord de *La Junon*, ne levèrent le petit doigt pour adoucir le sort de ces malheureux qui moururent l'un après l'autre rapidement sans revoir jamais les rivages où ils étaient nés. On imagine ce que peut être la mort solitaire du dernier d'entre eux, sans personne pour lui parler sa langue, grabataire abandonné au fond d'un hôpital pour indigents. Dans *Qui se souvient des hommes ?*[1], qui était un roman, suivant en cela ma nature, j'ai fait de M. Gaston Lemay un personnage généreux, émouvant, lui prêtant des aventures et des sentiments que, le connaissant mieux à présent, il ne méritait sans doute pas.

Soixante-dix ans après *La Junon*, on ne rit plus et on ne danse plus la farandole avec les sauvages au détroit de Magellan. D'ailleurs on n'y voit presque plus de paquebots depuis l'ouverture du canal de

1. Éditions Robert Laffont, Paris, 1986.

Panama, seulement des cargos, des bateaux de pêche, en petit nombre. Les Alakalufs ne sont plus que des clochards de la mer. Naguère encore ils disparaissaient dans le dédale des chenaux intérieurs, repris par l'instinct de la chasse et le souvenir des festins de baleine, mais ces rémissions duraient peu, jusqu'à cesser complètement. On les retrouvera vite sur la *carrera* (le détroit de Magellan) qui est maintenant balisée, amarrant leurs canots à une bouée pour attendre les rares navires de passage sans être entraînés par le courant. Leur mode de vie s'est écroulé. C'est vivre nus et enduits de graisse qui les maintenait en bonne santé, avec une alimentation adaptée. Les vieux vêtements qu'on leur donne et qu'ils portent pour imiter les Blancs ne sèchent jamais sous ce climat. Sans compter les dérèglements alimentaires mortels dus à toutes les cochonneries qu'on leur jette et qu'ils avalent sans discernement, et l'alcool, surtout l'alcool. Leur organisme est sans défense au contact des maladies des Blancs. La tuberculose les tue, la grippe, la variole, ainsi que toute la riche collection des maladies vénériennes rameutées de tous les ports d'Amérique et d'Europe. Il ne leur naît presque plus d'enfants, selon cette règle cruelle que toute communauté humaine en voie d'extinction se voit imposer par le destin le renoncement inconscient à sa perpétuation biologique. Le découragement absolu engendre la stérilité.

Les derniers d'entre eux feront route vers le nord, abandonnant le détroit de Magellan qui est devenu leur tombeau. Ils s'enfoncent dans le canal Messier, plus étroit, mieux abrité, mieux adapté à leur petit nombre, et là... ils tombent sur les *loberos* descendus de Chiloé, la dernière île habitée du Chili, à la sortie du canal Messier. Les *loberos* sont des chasseurs de phoques, des métis, avec du sang chonos dans les veines, ces mêmes Chonos qui avaient été, cinq mille années auparavant, les derniers ennemis des Alakalufs. Les loberos ne leur feront pas de cadeaux. Ils enlèvent ce qu'il leur reste de jeunes femmes. Ils enrôlent de force les garçons pour ramer dans les chaloupes et accomplir les plus rebutantes besognes, tout cela en échange de brutalités, de galettes de farine et d'alcool. Ces loberos sont violents, cruels, ivrognes, tueurs, mais leurs campements fascinent les Alakalufs. Les loberos les volent, les violent, les exploitent, les rouent de coups, mais ils y reviennent toujours, relation type de maître à esclave, et l'esclave ne peut plus se passer de maître...

Alors apparaît le *Micalvi*, encore dans la force de son âge à trente ans, le petit navire compatissant de l'Armada chilena, commandé par de jeunes officiers qui témoignent à ces malheureux une fraternité de marin. Leurs rapports finiront par alarmer quelques hauts fonctionnaires plus humains, mais que faire ? On fait une loi, la loi de protection des Indiens, promulguée en 1940 par le gouvernement chilien. Comme le disent les anciens cadrans solaires, il est plus tard que tu ne penses. Il est trop tard. Sans compter la poignée d'Alakalufs de Punta Arenas, qui ne représentent plus rien, absorbés au sein d'un sous-prolétariat misérable[1], ceux de Puerto

1. Selon Francisco Coloane, il en est sorti tout de même un jeune anthropologue à l'université de Santiago, du nom de José Tonko.

Natales, qui ne valent guère mieux, et les disparus raflés par les loberos de Chiloé, il ne survit en tout et pour tout qu'une quarantaine d'« Indiens de canots ». Le ressort est brisé. Les derniers Alakalufs prennent le chemin de la petite station navale de Puerto Eden, dans le canal Messier, où cinq baraques préfabriquées suintantes d'humidité ont été montées pour les recueillir avec leurs chiens qui sont plus nombreux qu'eux, dans un entassement atavique. Durant les dix années qui vont suivre, le *Micalvi* en secourra encore quelques-uns qui campent au hasard sur les grèves et tournent en rond à bord de leurs canots...

6

Puerto Eden : une solitude sidérale. — Le cimetière marin des Alakalufs. — Où l'on salue Annette et José Emperaire, derniers amis des nomades de la mer. — Du vieux Micalvi *à la* Calypso. *— Je débarque à Puerto Eden en 1994. — Le* Mermoz, *vaisseau du Roi et son commandant Francis Mosser. — Nous avons deux siècles de retard. — Le silence et les cadeaux. — Un retour mélancolique.*

Puerto Eden n'a rien du lieu idyllique que son nom semble indiquer. Un petit bout de plaine spongieuse — on ne peut y bâtir que sur pilotis — au fond d'une baie magnifique et tout aussi désolée, à des centaines de kilomètres à la ronde le seul havre propice à un établissement humain. Si l'on regarde la carte, sa solitude paraît sidérale. Un observateur qui le découvrirait depuis le ciel en aurait le cœur serré. Il y pleut tant et souvent qu'on ne voit pratiquement jamais les sommets avoisinants, seulement les parois de granit noir et de sombres forêts qui enserrent la baie comme des murs de prison. Puerto Eden est inaccessible par avion. Les rares navires qui s'y arrêtent — le cargo bimensuel de la Navimag qui relie Puerto Montt à Puerto Natales — sont dans l'impossibilité d'accoster. Ils doivent mouiller sur ancre dans la rade et ne s'y attardent guère. On ne débarque à Puerto Eden qu'en chaloupe par un môle plutôt branlant. Ce qu'on voit d'abord en s'approchant, c'est le cimetière des Alakalufs, sur un îlot, en face du poste. Voici comment le décrivait Annette Laming-Emperaire en 1953 :

« Les croix sont faites de deux planchettes clouées, peintes en blanc, sans nom ni date. Les tombes des enfants sont regroupées à l'écart. Ces enfants-là savaient encore d'où ils venaient, et comment, et ce qu'était la vie autrefois, mais ceux qui leur ont survécu ont presque tout oublié d'un passé qui leur est devenu indifférent et sont tout entiers tournés vers leurs objectifs dérisoires, le tabac que donnera un matelot, le riz et le sucre que distribuera le poste, l'eau-de-vie et le vin qu'apporteront secrètement les loberos — car c'est défendu — en échange d'une peau de phoque ou d'un moment passé avec une fille au fond de leur chaloupe crasseuse. Des tombes anonymes. Des tombes d'Indiens tout simplement. On saura seulement que là reposent les derniers Alakalufs. Ils n'auront plus droit qu'au manuel d'ethnographie ou à la pelle indécente de l'anthropologue. Seule une croix porte un nom ou une date : *Gregorio Eden, 1950.* Gregorio était un vieil Indien comme les autres. On ne sait quelle main amie a voulu lui éviter l'anonymat. Sa tombe est juste au sommet du cimetière. Elle domine l'îlot vert et ses croix blanches. De la tombe de Gregorio, la vue s'étend sur toute la baie, sur le poste, minuscule dans la brume, et sur les deux dernières huttes des Alakalufs dressées près des baraquements et qui fument dans la pluie...[1] »

Annette Laming était la femme de l'ethnologue José Emperaire. Elle l'a plusieurs fois accompagné là-bas, à Puerto Eden. Lui-même y vécut de longues semaines dans les années 1947 et 1948, puis de 1951 à 1953. Je l'avais rencontré à Punta Arenas en décembre 1951. Les Alakalufs l'habitaient tout entier. Il avait le sentiment de les retenir au bord du gouffre où leur mémoire allait sombrer. Pendant qu'il en était encore temps, il avait voulu tout savoir, tout comprendre, jusqu'à sa mort nette et brutale lors de sa troisième mission, en 1958, sous l'effondrement d'une grotte, dans l'île Riesco, entre les mers d'Otway et de Skyring, où il avait découvert l'un des plus anciens refuges identifiés de ces rescapés du néolithique. Une vie entière consacrée à cette inexplicable et infime peuplade. Il fut le dernier être vivant à parler leur langue quand les vieillards tristes auprès desquels il l'avait apprise disparurent. Les Alakalufs étaient peu de chose mais, pour José Emperaire, ils représentaient l'humanité entière. Son maître livre, *Les Nomades de la mer*, a été publié chez Gallimard en 1955, un chef-

---

1. *Tout au bout du monde*, Amiot-Dumont, Paris, 1954.

d'œuvre aujourd'hui introuvable, un admirable tombeau édifié pour l'honneur et l'illustration de ce minuscule peuple disparu.

À l'époque de José Emperaire, les Alakalufs fixés à Puerto Eden se comptaient encore une quarantaine. Ils vivaient de la charité du gouvernement. La distribution de vivres, tôt le matin, était l'unique éclairage de la journée. Riz, pâtes, sucre, saindoux, conserves de viande, légumes secs, lait en poudre jetés pêle-mêle dans la marmite et cuits délayés avec de l'eau, cette mixture était aussitôt dévorée et les heures se suivaient ensuite dans le désœuvrement et l'ennui. Seuls une douzaine de gamins semblaient encore saluer la vie. Le bienfaisant *Micalvi* prêtait deux ou trois fois par an son médecin qui procédait à des examens, administrait quelques piqûres et prescrivait des traitements qui étaient bien vite oubliés dans le laisser-aller général. Vingt-cinq ans plus tard, en 1978, lors du séjour à Puerto Eden de la *Calypso* du commandant Cousteau[1], rien n'avait véritablement changé, sinon le nombre des survivants à présent réduit de moitié, le point de non-retour cette fois largement dépassé. Le *Micalvi*, retiré du service, n'avait pas été remplacé. Le petit cargo de la Navimag ne s'arrêtait que quelques heures, annoncé par cinq ou six gamins, les derniers, grimpés sur le pylône des transmissions. Deux ou trois barques à rames prenaient le large et venaient tourner autour du bateau, menées par des femmes édentées et sans âge qui proposaient

1. *La Vie au bout du monde*, Flammarion, 1979.

aux passagers des petits paniers ou des harpons d'os, travail hâtif, bâclé, réalisé dans l'ennui et sans autre utilité que de pouvoir, avec beaucoup de chance, être vendu. Cela distrayait tout de même les passagers. On me l'a raconté. Je n'y étais pas. En 1990, mon bateau ne s'était pas arrêté. Tandis qu'à bâbord — nous remontions vers Puerto Montt — la rive du canal Messier défilait, j'avais pu attraper dans mes jumelles le cimetière sur son îlot. Les fougères l'avaient envahi. Seule émergeait une croix blanche, peut-être celle de Gregorio, et cet éloignement obligé me la rendait plus présente encore. Aucune barque ne s'était montrée.

C'est en 1994 que j'ai pu débarquer à Puerto Eden. Je n'y retournerai sans doute jamais. Le *Mermoz* avait mouillé pour la mi-journée dans la baie en attendant le renversement de la marée au plein de l'eau à l'Angostura Inglesa, un étroit goulet du canal Messier situé un peu plus au nord. Ce navire-là a été désarmé depuis, condamné par son grand âge. Sa silhouette blanche d'ancienne mode — j'allais presque dire d'Ancien Régime, si l'on considère la laideur et le gigantisme de ces usines à loisirs que sont devenus les paquebots de croisière aujourd'hui — n'insultait pas le paysage. Exceptionnellement le soleil brillait et Puerto Eden ressemblait de loin à un petit poste colonial exotique. La garnison s'étant étoffée, avec école, infirmerie, chapelle, quelques nouvelles maisons avaient poussé, dont une offrait un étage et une varangue assortie d'une manière de péristyle virginien surmonté d'un drapeau chilien, résidence de la plus haute autorité de la base, un trois-galons. Il y avait aussi une scierie et un petit chantier naval qui travaillait seulement le bois. C'est là que nous avons débarqué avec l'une des chaloupes à moteur du bord, Francis Mosser, commandant du *Mermoz*, le commissaire et le photographe, quatre officiers et marins, et moi. C'était sans doute quelque peu risqué — notre chaloupe a heurté un rocher immergé, sans dommages heureusement —, ce commandant qui plantait là, dans cette baie venteuse et paumée, son bateau et ses quatre cents passagers pour s'en aller faire l'explorateur, mais c'est ainsi qu'il était, le commandant Mosser, et pourquoi il me plaisait : il savait rêver. Il y a chez tout vrai marin un Bougainville ou un Dumont d'Urville qui sommeille, prêt à se réveiller pour peu que l'occasion lui en soit donnée. Je l'ai souvent observé, sur sa passerelle, précis, exact, vigilant, l'œil aux aguets, son attention jamais distraite, et en même temps une distance, une félicité intérieure silencieuse, comme s'il se souvenait d'une autre vie et d'un autre commandement à bord de l'*Astrolabe* ou de la *Boudeuse*. Il est vrai que son joli navire d'antan se prêtait à cette sorte de dédoublement. Je plains les commandants des nouveaux Las Vegas flottants : difficile, dans ces conditions, de se mettre dans la peau du capitaine Cook.

Il avait bien fait les choses, Francis Mosser, commandant virtuel de la *Boudeuse*. Il avait apporté des montres-bracelets à l'effigie de son bateau, des stylos à bille agrémentés d'un diorama de montagnes devant lesquelles un minuscule *Mermoz* avançait ou reculait selon le mouvement qu'on donnait au stylo, des cartouches de cigarettes, des couteaux Opinel à manche de bois, et même de ces petites trousses à couture, avec des aiguilles et des boutons, empruntées aux panoplies des salles de bain de passagers. Autrefois, à la vue de tels trésors, appuyés par une bonne salve à blanc des canons de notre frégate, n'importe quel roitelet emplumé se serait prosterné jusqu'à terre. Nous aurions planté une croix, hissé le drapeau fleurdelysé et enterré une bouteille contenant un parchemin daté et signé par lequel le roi Louis XVI prenait possession des lieux et assurait ses nouveaux sujets de sa royale protection. Mais nous arrivions avec deux siècles de retard. Les Chiliens nous avaient précédés. L'unique ouvrier du chantier, un vieux métis édenté, accueillit cette profusion de dons provenant de la boutique du bord avec un ahurissement incrédule. Était-il Alakaluf ? Nous lui posâmes la question. Il répondit en affirmant que oui, oui oui oui, en hochant énergiquement la tête. On lui aurait demandé s'il était Papou, ou Cherokee, qu'il n'aurait pas répondu différemment, ni avec moins de conviction. Cela faisait partie du contrat tacite entre visiteurs et visités. Pourquoi décevoir de braves gens qui étaient venus les mains pleines à la rencontre des Alakalufs ? Et peut-être disait-il la vérité... Là-dessus la pluie se mit à tomber. Une épaisse pluie fuégienne qui effaça aussitôt le soleil, noya le village et la baie, et dressa entre le *Mermoz* au mouillage et la côte où nous nous trouvions un rideau de plus en plus opaque derrière lequel le paquebot blanc finit par disparaître complètement, situation qui annonçait une traversée de retour difficile. Nous abrégeâmes la visite. La carte postale exotique s'était changée sous la pluie en un lieu perdu et désolé. On y circulait par un étroit chemin de planches sur pilotis. Mon pied passa deux fois à travers les planches vermoulues, ce qui valait mieux que d'enfoncer jusqu'aux genoux dans la terre spongieuse du rivage. Le commandant Mosser marchait précautionneusement. J'imagine qu'il se voyait mal, tout comme moi, revenir à bord du *Mermoz* avec un mollet déchiré par un clou rouillé. Nous croisâmes deux Indiennes sans âge vêtues de vieux chandails superposés, le tout empaqueté dans du plastique d'emballage faisant office d'imperméable. Nous déposâmes entre leurs mains ce qui restait de nos offrandes, une montre, deux couteaux et quelques stylos. Elles nous regardaient sans comprendre. Aucune parole ne fut échangée, ce qui me ramenait cinquante ans en arrière, sur le pont du *Micalvi,* tandis que leur canot s'éloignait et que je criais dans le vent pour au moins savoir leurs noms, sans obtenir de réponse.

Cabanes de bois sur pilotis, les maisons semblaient désertes. J'entrevis seulement le visage d'un enfant à travers une vitre sale. Mon sourire ne fut sans doute pas convaincant, car il ne me le rendit pas. Une autre cabane, un peu plus loin, arborait une enseigne Coca-Cola écaillée et rongée par la rouille. Buvette, épicerie, quincaillerie, fournitures diverses, bureau de tabac, poste, tout cela dans une pièce de cinq mètres sur cinq meublée d'une table et d'un unique banc, et si peu de marchandises disposées sur les rayonnages bricolés avec des vieilles caisses qu'il était tristement facile d'en déduire le dénuement de la population. C'était l'unique établissement commercial de Puerto Eden, un comptoir de bout du monde où l'argent était aussi rare que le soleil. Il y avait une ampoule électrique pendue au plafond, une télévision plus très jeune équipée d'un magnétoscope de la première génération, et, rangées sur une étagère, une dizaine de cassettes vidéo. Allons, tout n'était pas perdu pour eux... Nous bûmes en vitesse de la bière en boîte, une bibine à faible degré d'alcool, servie par le gérant des lieux — métis ? Indien ? Chilote ? —, tout aussi indifférent et silencieux. Cela devenait contagieux. Nous avons fait demi-tour sans un mot et sans plus rencontrer âme qui vive, marchant à la queue leu leu sur le chemin de planches en consacrant toute notre attention à regarder où nous posions les pieds. Revenus au petit chantier, c'est seulement quand la chaloupe eut débordé du ponton que nous ouvrîmes à nouveau la bouche. Nos propos n'étaient pas gais et je n'avais rien appris que je ne savais déjà.

Nous retrouvâmes le *Mermoz* au compas. Les passagers, en attendant, jouaient au scrabble ou au bridge, bien au chaud dans les salons. Nul canot d'Indiens, pour les divertir, n'était venu tourner autour du bateau, proposant des paniers d'osier ou des petites maquettes de barque, espérant surtout qu'on leur lançât quelque monnaie dans une bouteille de plastique bien bouchée, comme au temps où les derniers Alakalufs prenaient encore la mer pour mendier...

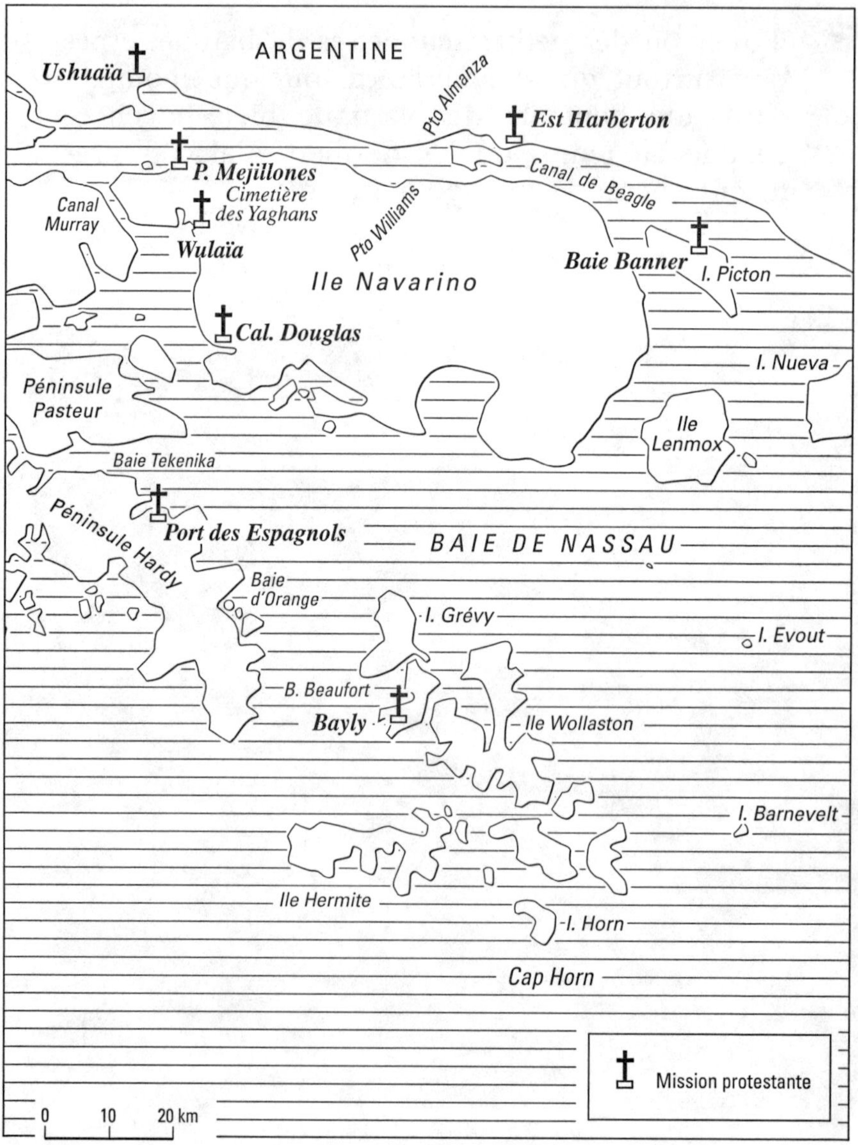

Les missions protestantes
de la Patagonian Missionary Society en Terre de Feu.

7

Les Yaghans de l'Extrême-Sud fuégien. — Premier voyage de la corvette Beagle. *— Trois sauvages en Angleterre : ils sont reçus par le roi. — Les illusions du capitaine Fitz Roy. — Darwin embarque sur le* Beagle *avec les conséquences que l'on sait. — Fin burlesque de la mission de Wulaïa. — Désarroi du Yaghan Jemmy Button.*

Le moment est venu de raconter l'édifiante et exemplaire histoire de Jemmy Button.

Jemmy Button était un Indien Yaghan.

Les Yaghans, ou Yamanas, cousins un peu moins rustiques des Alakalufs, étaient eux aussi des « Indiens de canot ». Ils nomadisaient depuis des siècles à l'extrême-sud de la Terre de Feu, sur les rivages du canal Beagle qui, comme le détroit de Magellan, relie l'Atlantique au Pacifique, mais plus au sud, et sur les îles tout à fait désolées qui environnent le cap Horn : Picton, Lennox, Nueva, Navarino, Wollaston, Hermite, Hoste... Leur éloignement de la route des navires les protégea un peu plus longtemps, mais ils ne perdirent rien pour attendre. Ils étaient moins nombreux que les Alakalufs, et leurs femmes, dans leur âge tendre, semble-t-il un peu moins laides. L'inévitable Darwin a émis ce jugement plein de tact : « Hormis leurs traits simiesques, je dois reconnaître que leurs formes volumineuses et juvéniles prêtées à une prostituée de Plymouth auraient pu valoir à celle-ci les faveurs d'un gibier de taverne ivrogne et illettré... »

En 1829, lors de la première expédition hydrographique de la corvette *Beagle*, son commandant, le capitaine Fitz Roy, pourtant un excellent homme, s'empara de quelques Yaghans dans le but de s'en servir comme otages pour récupérer une baleinière que les sauvages lui avaient volée, et aussi avec l'idée de leur enseigner un peu d'anglais et de les utiliser ensuite comme guides et comme interprètes. C'est ainsi qu'apparut à bord un quatuor d'Indiens sales et tout nus. D'abord une fillette d'environ huit ans, qu'on appela Fuegia Basket, Panier fuégien, parce qu'elle en avait un à la main, celui où elle mettait les moules quand elle plongeait pour les pêcher ; ensuite un garçon de vingt ans qu'on baptisa Boat Memory, en souvenir du bateau volé, puis York Minster, un costaud, à qui l'on donna le nom d'un cap qui se trouvait en face ; et enfin Jemmy Button, un jeune garçon de quatorze ans, qu'on nomma Button, ou Bouton, à cause du grand bouton de nacre contre lequel il fut le plus simplement du monde échangé à ses parents.

À bord on les débarbouille. On les habille en

marins. Ils font la joie du capitaine Fitz Roy, qui l'a raconté en détail, repris par plusieurs historiens, dont l'indispensable Braun Menendez, publié par Roger Caillois dans sa collection « La Croix du Sud[1] ». Nos quatre jeunes Yaghans s'acclimatent vite. Jamais ils ne chercheront à fuir. Fuegia Basket devient la mascotte du *Beagle.* Les trois garçons se baladent librement, donnent un coup de main à l'équipage et s'initient de bon cœur à la manœuvre. Vint le moment de retourner en Angleterre. Que faire de ces quatre sauvages ? On s'était éloigné de leurs côtes natales. Plus question de les débarquer, de courir le risque de les abandonner ou de les livrer à des tribus hostiles. Il ne restait qu'une solution : le capitaine Fitz Roy, toujours brave homme, décida de les ramener avec lui, convaincu, ainsi qu'il l'écrivit, « que les bienfaits inhérents à l'adoption de nos habitudes et de notre langue compenseront pour eux le fait d'être temporairement séparés de leur pays... ». Pendant la longue traversée, ils apprennent donc les bonnes manières, et l'anglais. Ils y font de grand progrès. Selon le capitaine Fitz Roy, horrifié, ils lui auraient même raconté, avec les mimiques appropriées, la façon dont ils s'y prenaient lorsque la faim les obligeait à dévorer l'un des leurs, immanquablement une très vieille femme, très fatiguée, qu'on aimait bien, mais il le fallait pour survivre, et seulement quand la famine menaçait de faire périr tout le clan. Ce paragraphe du récit de Fitz Roy est fortement sujet à caution. Il empeste les préjugés du temps. Tous ceux qui

1. *Chroniques australes,* Gallimard, 1961.

avaient vécu autrefois avec les Indiens fuégiens, notamment les calamiteux missionnaires protestants, ou même les brutes qui commandaient les bateaux des non moins calamiteux loberos, ont toujours vigoureusement affirmé le contraire. Mais la légende venait de loin. Elle était tenace. Peut-être a-t-elle fait déraper la plume du capitaine Fitz Roy, influencé par l'affreux Darwin lors de la rédaction de ses mémoires...

Les voilà donc en Angleterre. Cela commence mal : Boat Memory meurt de la variole, mais on vaccine dare-dare les trois autres. La suite n'est pas triste ! On leur apprend les principes chrétiens, ainsi que différents travaux manuels qu'on juge utiles à leur retour, comme la menuiserie, la forge, le labourage, les semis de légumes, et pour Fuegia Basket, naturellement, la couture, la pâtisserie, la dentelle et le point de croix. Le roi d'Angleterre Guillaume IV et la reine Adélaïde se les font présenter à la cour de Saint-James. La reine offrit à Fuegia Basket son propre bonnet de fine batiste, tandis que le roi lui passait une de ses bagues à l'annulaire, accompagnée d'une somme d'argent pour « subvenir à son trousseau ». Ils deviennent la coqueluche de la bonne société. On les comble de cadeaux en prévision de leur retour, des livres, des malles de vêtements, des provisions, salées, sucrées, des outils de jardin, des pelles à tarte, des pendules, des douzaines de fourchettes et de cuillères, des gravures de chasse avec des cavaliers en veste rouge, et quatre services de table en faïence, complets ! Lorsque trois ans plus tard, en 1832, ils remonteront à bord du *Beagle* en partance pour la Terre de

Feu, l'embarquement de leurs bagages de milliardaires nécessitera le va-et-vient de plusieurs canots en rade de Plymouth.

À bord se trouve aussi un jeune homme plein de promesses, fort intelligent, savant, observateur, ambitieux et sournois. Il s'appelle Charles Darwin, naturaliste. On doit mettre au crédit de Jemmy Button qu'il détesta Darwin aussitôt et saisira toutes les occasions de le lui témoigner, ce qui sans doute entraîna les jugements sévères de Darwin et peut-être influa sur toute son œuvre, les petites causes, on le sait, entraînant de grands effets... Il y avait encore un autre passager que le *Beagle* avait embarqué à Plymouth. Il se nomme Richard Mathews. c'est un pasteur protestant fraîchement promu, un homme bon, sincère et naïf, qui refuse avec horreur de suivre Darwin dans ses raisonnements. Les trois Yaghans sont ses « frères en Christ », il ne se lasse pas de le leur répéter. Pendant toute la traversée, il n'a cessé de les entretenir, principalement Jemmy Button, qui lui paraît intelligent, rempli d'intentions louables, et auquel il lit de longs passages de la Bible que l'autre affecte d'écouter sagement avec toutes les apparences du ravissement. Le pasteur Mathews est aux anges. La voie s'annonce limpide, toute tracée. Fuegia Basket, York Minster, et surtout Jemmy Button font partie du plan de Dieu, mis en œuvre par la London Patagonian Missionary Society, tout nouvellement fondée pour l'évangélisation véritablement évangélique et pure des Indiens, que menacent dangereusement, au nord de la Terre de Feu, les premières missions catholiques et papistes que le Vatican vient d'envoyer. Tel est le but fixé au pasteur Mathews et à ses trois auxiliaires providentiels : convertir et civiliser les Yaghans.

La mission s'appelle Wulaïa, sur la côte ouest de l'île Navarino, au bord du canal Murray qui la sépare de l'île Hoste. L'endroit n'est pas mal choisi, une prairie ouverte dans un bois touffu, face à un excellent mouillage. Les marins du *Beagle* y construisent trois maisons, genre cottage, une pour le pasteur, une pour Jemmy Button confirmé dans son rôle de second, et la troisième pour Fuegia Basket et York Minster, qui avaient quelque peu anticipé à bord, et que le révérend a pris soin de marier chrétiennement, avec Darwin, plutôt narquois, et le capitaine Fitz Roy comme témoins. Et puis tout le monde laboure la terre. On plante un potager complet avec des semences apportées d'Angleterre, même un jardin d'agrément pour le pasteur. Ces extravagantes activités attirent des centaines de Yaghans qui accourent de toutes parts en canot et viennent s'asseoir sur leurs talons pour profiter du spectacle. Impossible de les déloger de là. Il faut creuser un petit fossé à la pelle pour délimiter une sorte de frontière qu'ils ont l'interdiction de franchir. En redingote et chapeau, Jemmy Button fait l'important. Il trouve ses frères sauvages tout à fait *disgusting*. Quand on lui demande d'intervenir, il les apostrophe avec mépris, et commente ensuite en anglais : « Sauvages très bêtes, très sales, imbéciles ! Eux pas comprendre. » Puis il s'étrangle de fureur et tape du pied. Fuegia Basket, quant à elle, minaude. Elle se croit encore à la cour d'Angleterre et déploie au-dessus de sa tête une ombrelle. Aux malheureux qui la regardent stupidement, elle s'adresse exclusivement en anglais, ajoutant pour s'excuser : « Moi oublier parlé yaghan. » Le résultat se révèle catastrophique. Entre les sauvages gentlemen et les sauvages sauvages, le courant ne passe pas du tout. Darwin jubile et prend des notes. Mais la mission est installée et le capitaine Fitz Roy reprend la mer, laissant le révérend Mathews et ses trois Yaghans civilisés avec des provisions pour un an, un petit troupeau de moutons et un poulailler.

L'expérience durera quinze jours. À la suite de providentiels vents contraires, voici le *Beagle,* qui, heureusement, revient en vue de la mission de Wulaïa et découvre le pasteur Mathews barricadé au premier étage de son élégant cottage, tandis que le rez-de-chaussée est occupé par une foule hurlante de sauvages qui dévorent ses provisions dans un désordre gastronomique affligeant. Ils se sont partagé aussi les vêtements, et les mâles de la tribu arborent fièrement les chastes corsets dont les bonnes dames d'Angleterre avaient amplement pourvu le trousseau de Fuegia Basket. Les quatre services de table en faïence forment un tapis de vaisselle cassée. Le potager a servi d'aire de danse. Il n'en reste rien. Tout est brisé, mangé. Dans les deux autres maisons, c'est la même désolation. Le poulailler a été avalé tout cru. Les moutons gisent dans leur sang et la moitié de la tribu s'est collé une indigestion. La barbe blonde du pasteur Mathews ressemble à un champ de blé dévasté par l'orage. Les Yaghans, qui sont imberbes, se sont vengés. Ils la lui ont arrachée en touffes ! Fuegia Basket et York Minster ont disparu. Ils ont filé avec un canot se refaire une virginité sauvage. Seul est là Jemmy Button, à nouveau malpropre et repoussant — c'est Darwin qui parle, naturellement —, les cheveux en désordre, et tout nu, sauf une couverture qui lui ceint la taille, et des gants, ceux qu'il portait au palais quand il fut présenté au roi. Il mastique un morceau de lard de phoque qu'il coupe en lamelles au ras de ses lèvres avec une coquille de moule. Il a presque totalement oublié son anglais. Quand on lui demande ce qui s'est passé, il montre sa tribu de sa main gantée et répète mécaniquement : « Gens très mauvais. Grands imbéciles. Eux rien savoir. Maudits imbéciles... » Le capitaine Fitz Roy a fait débarquer ses fusiliers. On tire des coups de feu en l'air pour récupérer l'infortuné pasteur Mathews dont le zèle évangélique est nettement tombé à zéro, et le ramener à bord du *Beagle*, qui est prêt à appareiller.

Là se place une scène émouvante, fort étonnante si l'on connaît la suite de l'histoire qui sera plus loin racontée. Jemmy Button a l'air très triste. Au moment de se séparer, il offre deux peaux de loutre au pasteur Mathews, qui est sonné comme un boxeur, et son arc et ses flèches au capitaine Fitz Roy, avec un harpon de sa fabrication. L'Europe rembarque. Elle reviendra. Et tandis que le *Beagle* lève l'ancre et hisse les voiles, on voit Jemmy Button qui s'active comme un fou sur la grève. Il a allumé un grand feu qui fait énormément de fumée. Cette fumée — d'un gris bleuté, précise Darwin —, qui monte très haut dans le ciel fuégien, les gens du *Beagle* la verront longtemps, tout le temps que le navire mettra à remonter le canal Murray avant de disparaître définitivement. C'est l'adieu du Yaghan Jemmy Button. Étrange adieu, à double face, à l'image de ce pauvre diable qui avait été cueilli au néolithique pour aller passer trois ans en Angleterre, trois ans effacés en quinze jours...

Le rideau tombe sur le premier acte, tragi-comique et sans mort d'hommes.

8

Réapparition à Vevey des mémoires du pasteur Williams. — Sainteté et bêtise : la Patagonian Missionary Society. — Désolation à Baie Banner et hostilité des Indiens. — Tragique odyssée de la mission Gardiner. — « Rendez-vous au Port-des-Espagnols ». — Une macabre découverte.

Le second acte n'a plus rien de comique. La bêtise et la sainteté y forment un désolant mélange. Il pourrait s'intituler : *Rendez-vous au Port-des-Espagnols.*

Le livre auquel je me réfère et qui est en ma possession, découvert par hasard chez un bouquiniste de Vevey il y a une quarantaine d'années, dans son édition française traduite de l'anglais, s'intitule :

MÉMOIRES

DE

RICHARD WILLIAMS

CHIRURGIEN

CATÉCHISTE DE LA SOCIÉTÉ MISSIONNAIRE POUR LA PATAGONIE ET POUR LA TERRE DE FEU

RÉDIGÉS ET ÉDITÉS

PAR JAMES HAMILTON D. D.

TRADUIT DE L'ANGLAIS

VEVEY
R. EYMANN libr. édit.

GENÈVE
E. BEROUD LIBRAIRE

PARIS

GRASSART LIBRAIRE
3 rue de la Paix

MEYRUEIS ET Ce
2 rue Tronchet.

1857

Publié en 1857, soit six ans seulement après le drame où périrent le capitaine Allen Gardiner, le pasteur chirurgien Richard Williams, l'auxiliaire catéchiste John Maidment, le charpentier naval Joseph Erwin et trois solides pêcheurs de Cornouailles nommés Pearce, Badcook et Bryan, tous les sept volontaires par la grâce de Dieu de la London Patagonian Missionary Society, ce livre m'apportait en quelque sorte, avec plus d'un siècle de retard, des nouvelles fraîches et définitives de cette malheureuse expédition disparue en 1851.

Dans cet extrême-sud de la Terre de Feu, en 1851, la cartographie du labyrinthe demeurait encore sommaire, mais on pouvait tout de même y trouver à peu près son chemin. Les capitaines de baleiniers et de navires chasseurs de phoques avaient dégrossi le travail, mis en forme intelligible par les officiers des vaisseaux chiliens et anglais que leurs amirautés respectives commençaient à risquer par là-bas. La plupart des grandes îles et des baies avaient été nommées, les sommets mesurés et pourvus d'une identité, les canaux et les baies offrant un mouillage abrité dûment repérés et baptisés, comme la baie Banner, par exemple, dans l'île Picton, sur le canal Beagle, ou encore ce Port-des-Espagnols ouvert sur la baie Tekenika qui s'enfonce à l'intérieur de l'île Hoste à une soixantaines de milles marins du cap Horn.

Il faut remonter quelques mois en arrière, en septembre 1850. La London Patagonian Missionary Society, qui n'a jamais renoncé en dépit de précédentes tentatives avortées et ne finira par renoncer qu'à la mort du dernier Yaghan, a frété un petit navire de Liverpool, l'*Ocean Queen*, un nom royal qui cache mal les piètres qualités marines du bateau, la modestie des moyens et surtout l'impréparation de l'expédition d'Allen Gardiner. Le voyage durera trois mois, dans des conditions difficiles. L'*Ocean Queen* souffre beaucoup et ses sept passagers plus encore. Le lieu de débarquement a été choisi parce qu'il est déjà connu pour être le principal rendez-vous des Yaghans : la baie Banner. Les sept missionnaires mettent pied à terre et levant les yeux vers le ciel, tête nue, remercient le Seigneur pour ses bontés, puis entonnent une série de cantiques que le vent va emporter jusqu'au campement voisin des Yaghans qui dressent l'oreille, intrigués, mais nullement impressionnés. Le pasteur Williams note sur son carnet : « C'est une terre de ténèbres, un théâtre de sauvage désolation. Le lieu et le climat s'accordent bien : l'un est sombre et désolé, l'autre tempétueux et noir... » Encore sommes-nous en janvier, qui correspond à notre mois de juillet, au cœur du court été austral, avec de longues journées traversées de rafales de vent et de pluie, des températures qui oscillent entre cinq et douze degrés, au mieux, et des pointes de gel, la nuit. Qu'en sera-t-il en plein hiver, et qu'écrira le pasteur Williams, quand le froid les aura saisis, qui s'annonce dès la fin de février par des tempêtes et des chutes de neige au sein de l'interminable nuit ? Le délai d'adaptation qui leur reste est trop court. Le calendrier a été mal calculé. Il fallait arriver plus tôt. Il semble que nul n'y ait songé. Le pasteur Williams s'apprête à souffrir. Il l'appelait de tous ses vœux et il va être servi. Il écrit dans son carnet : « L'heure de souffrir est venue et comme j'y avais compté sans calculer toutefois ce que j'aurais à souffrir, je ne me trouve pas surpris. Je n'ai jamais compté sur mes propres forces, je ne me suis pas attendu à moi-même pour surmonter la douleur... » On a débarqué également le matériel de l'expédition, des lits, des malles, des provisions, des instruments de cuisine, des outils, quelques armes à feu, une caisse de bibles que l'humidité a déjà commencé à attaquer, de la toile goudronnée, des plaques de liège, deux tentes (« l'une pour nos gens, l'autre pour nous-mêmes »), et deux monstres, le *Pioneer* et le *Speedwell* (!), deux monuments d'incompétence navale et de stupidité maritime, conçus pourtant par un marin, le capitaine Gardiner, doublé il est vrai d'un pasteur, deux barques de fer de sept mètres de longueur, théoriquement démontables, pontées et cloisonnées de fer, qui pèsent des tonnes et se traînent tout autant à la voile qu'aux avirons, qui refusent à virer par gros temps et se mettent en travers de la lame, qu'il est impossible en raison de leur poids de remonter sur les grèves, en un mot des fers à repasser impropres à toute navigation difficile, et il n'existe pas, sous ces latitudes, de navigation facile. D'ailleurs une tempête s'annonce et l'*Ocean Queen* chasse sur ses ancres. Après des adieux écourtés, le navire appareille en catastrophe, plantant là les sept missionnaires qui le regardent s'éloigner en chantant d'autres cantiques de leur inépuisable répertoire pour se donner du courage. Désormais ils sont seuls, livrés à eux-mêmes.

Seuls mais pas complètement oubliés. La Patagonian Missionary Society veille sur eux depuis sa nouvelle base avancée des îles Falkland. Dix mois plus tard, soit en octobre 1851, c'est au tour du *John E. Davison*, navire de renfort apportant des approvisionnements, de jeter l'ancre dans la baie Banner.

L'endroit est désert. Aucune trace de la mission. Seulement deux canots d'Indiens qui s'enfuient visiblement en faisant force de rames et que le capitaine Lafone, du *John Davison*, examine à la longue-vue : certains de ces sauvages sont habillés de vêtements européens, sans doute pillés, sinon pourquoi fuir ? Il a également repéré un morceau de bois et une planche formant une croix fichée sur un rocher un peu en arrière de la plage, et peinte en lettres blanches sur ce socle improvisé, une inscription qu'il ne peut déchiffrer d'aussi loin. Deux hommes débarquent avec une chaloupe. Sur le roc il est écrit :

DIG BELOW
GO TO SPANIARD
HARBOUR
MARCH
1851

ce qui se traduit par : « Creusez là-dessous. Allez au Port-des-Espagnols. Mars 1851 [1]. » Une bouteille a été enterrée dans le sable. Elle contient une page arrachée d'un carnet sur laquelle le capitaine Allen

1. Un officier de *La Romanche*, navire hydrographique français, a photographié ce rocher en 1882, après avoir ravivé à la craie blanche l'inscription qu'on lit ainsi parfaitement. J'ai cette photographie sous les yeux. L'inscription existe-t-elle encore aujourd'hui ? J'ai posé la question à Alex Foucard, skipper du voilier austral *Croix-Saint-Paul II*. Il m'a promis d'aller voir lui-même, mais je n'ai pas encore la réponse. La baie Banner n'est pas la porte à côté...

Gardiner a tracé quelques mots d'une écriture tremblante :

> Baie de Banner, mercredi 26 mars 1851.
>
> Les natifs nous sont hostiles. Nous sommes obligés pour leur échapper d'aller de lieu en lieu. Allez au cap Rees ou au cap James au nord-est de l'île Navarino. Si vous ne nous trouvez pas là, nous serons à la baie des Espagnols qui n'est pas loin du cap Kinnaird. La maladie est à notre bord. Nos provisions sont presque épuisées. Si nous ne sommes pas bientôt secourus, nous ne tarderons pas à mourir de faim...
>
> Allen F. Gardiner,
> surintendant de la mission.

De janvier à mars : à peine quatre-vingt-dix jours. Les sept missionnaires n'avaient pas tenu longtemps. Le *John E. Davison* mit à la voile aussitôt. Cette fois c'était un excellent navire, et son capitaine, par chance, plus marin qu'il n'était pasteur, mais il avait sept mois de retard sur cet ultime appel au secours...

Que s'était-il donc passé ?

Simplement que nos sept missionnaires s'étaient lancés comme des enfants, sans se renseigner sur la nature véritable et sur la psychologie des « natifs », et que ceux-ci, lassés des cantiques et des prières, des agenouillements les yeux au ciel et des saintes exhortations dans une langue qu'ils ne comprenaient pas, en étaient tout de suite arrivés à ce qui constituait pour eux l'essentiel, voler tout ce qui traînait, piller le campement de la mission dès que ses occupants avaient le dos tourné, s'emparer des cordages et des avirons des canots, exiger d'être nourris et vêtus comme des Blancs, quémandant du matin au soir en meute hurlante et brandissant arcs et javelots de façon de plus en plus menaçante quand on leur refusait ce qu'ils exigeaient. La situation était devenue intenable, d'autant plus que les bons pasteurs, tout à la joie séraphique de fouler enfin cette terre de mission, avaient oublié à bord de l'*Ocean Queen* la réserve de poudre et les munitions ! Avec leurs fusils inutiles, ils ne pouvaient même pas tirer en l'air pour effrayer ceux que le pauvre Allen Gardiner, dans un moment de juste colère, avait fini par appeler : « ces parasites incommodes ». Plus d'autre espérance que la fuite. Venus de la lointaine Angleterre à travers tant de périls pour évangéliser les Indiens, les sept malheureux, en vérité, allaient passer les derniers mois de leur vie à fuir pour les éviter !

Reprenons par son début le cours de cette triste chronologie.

À Baie Banner, dans l'île Picton, dès la fin de janvier, un fort parti de Yaghans a attaqué la mission. Le pasteur Williams écrit : « Cette fois nous avons véritablement craint pour nos vies. Nous sommes agenouillés sur le sol trempé, nous recommandant à la grâce et à la protection du Père céleste. Dieu nous écouta : les Indiens, stupéfaits, reculèrent en nous voyant prier... » Le capitaine Gardiner, sagement, décide de profiter de ce répit pour quitter la baie Banner et ses visiteurs « incommodes ». Encore faut-il en être capable, et c'est là que se révèlent tous les vices et les défauts de leurs calamiteuses barques de fer. Comme on n'a pas pu les remonter sur la grève, il faut d'abord, pour y embarquer, entrer jusqu'à la ceinture dans l'eau glacée. Gardiner commande le *Pioneer*, et Williams le *Speedwell.* Une combinaison de marée et de vents violents a transformé la baie Banner en un océan furieux. Aussitôt drossé à la côte, le *Speedwell* abandonne, tandis que le *Pioneer*, ayant réussi à prendre le large, erre pendant deux jours comme un bouchon dans la tempête et se résigne enfin à rebrousser chemin pour revenir s'échouer providentiellement sur la plage de Baie Banner. On imagine les efforts des sept malheureux, épuisés, pour remettre à flot leurs mastodontes. La tentative de sortie sera renouvelée plusieurs fois sans plus de succès, avec pour seul résultat une immense fatigue des corps et des âmes. Les ancres ont été perdues dans la bataille. Le charpentier de la mission, Joseph Erwin, en bricolera d'autres tant bien que mal avec les poêles et les chaudrons de la cuisine. Ainsi équipées, mal mouillées, les deux barques chassent, traînant leurs chaudrons. Elles talonnent et commencent à se remplir d'eau. De peur qu'elles ne se gâtent rapidement, il faut débarquer les vivres que les missionnaires y avaient embarqués. Profitant d'une absence des sauvages, on en enterre la plus grande partie... qu'on oublie ou qu'on n'aura pas le temps de déterrer et de récupérer quand se présente enfin une courte accalmie qui permet l'appareillage des deux canots. Les sept hommes se précipitent à bord et fuient sans regret ce lieu maudit. C'est la panique, désormais, qui va les conduire à la mort, sans logique.

Arrivés sains et saufs au Port-des-Espagnols, à deux jours de navigation vers l'ouest, ils s'installent. Une grotte humide les accueille, où ils transportent leur matériel, abritant leurs lits pliants de l'eau qui suinte de la roche avec ce qui leur reste de toile de tente. Dernière manifestation d'humour chez ces malheureux : ils baptisent cet abri insalubre « Hermitage ». Et le cycle infernal des coups de vent reprend. L'ancre-chaudron du *Pioneer* dérape et la barque s'écrase sur un rocher qui ouvre dans sa coque une blessure mortelle. Ultime effort : la barque est remontée au sec, sur la plage. Sous le pont de fer à peu près étanche, la cale vidée servira aussi d'habitation. Quant au *Speedwell*, pour lui éviter le même sort, on parvient après un combat acharné contre les vagues et le vent à le mouiller un mille plus loin dans un endroit abrité. Les sept hommes sont exténués. À peine capables de se mouvoir, ils ne quittent plus guère leurs grabats. Le scorbut a fait son apparition. Le 22 mars 1851, le pasteur Williams écrit :

> J'ai été excessivement malade la nuit dernière. Mon épuisement était tel qu'il me semblait que j'allais perdre connaissance. Je ne doute pas que cet accroissement de faiblesse ne soit, en partie, le résultat des efforts que j'ai faits *en chantant et priant avec mes frères, efforts qui m'ont procuré trop de joie pour que je les regrette*[1]. Mais cependant la raison essentielle est toujours et certainement le manque de nourriture convenable. J'ai passé une nuit blanche. Sur le matin, les frissons m'ont repris...

1. C'est moi qui souligne en italiques.

Du rivage, la pêche ne donne rien. Sans munitions, ils ne peuvent chasser, et les vivres, en effet, s'épuisent : des conserves fermentées et du biscuit de mer avarié. Dans leur hâte désordonnée à fuir Baie Banner, ils ont abandonné là-bas tout le stock emballé dans de la toile goudronnée. À présent qu'ils ont faim et que la mort les guette, ils s'en souviennent, en même temps qu'ils découvrent avec effroi que si on les cherche Baie Banner, nul ne saura où ils sont allés, car ils n'ont laissé aucun signe derrière eux permettant de les retrouver. Ainsi Gardiner reprend la mer avec sa dernière coque de fer, le *Speedwell*, et son équipage de fantômes, sept hommes affamés et malades qui souquent sur les avirons. Dieu ne les a pas encore condamnés. À Baie Banner ils déterrent le ravitaillement et tracent sur le roc le message que l'on connaît. Alors qu'ils envisageaient de s'y reposer quelque temps et peut-être d'y rester pour ne pas s'éloigner encore des secours qui finiraient bien par arriver un jour, voilà que les clans yaghans apparaissent avec leurs canots à l'entrée de la baie, la fronde ou le harpon au poing, en poussant des cris assourdissants. Il n'est plus question d'y répondre par des cantiques et des prières, seulement de fuir au plus vite en profitant d'un vent d'est que Dieu a levé en leur faveur pour solde de tout compte ici-bas. « Dieu veillait ! Dieu savait ! exulte le pasteur Williams, et il a pourvu notre sûreté. Que son nom soit béni ! » Il ajoute cependant : « La nuit est tombée. Elle sera sans repos. Si nous avons échappé aux dangers du jour, n'échapperons-nous pas à ceux de la nuit ?... » Et le vent de Dieu les ramène jusqu'à Port-des-Espagnols où ils parviennent à échouer définitivement le *Speedwell* à quelques centaines de mètres de la grotte et de la carcasse de l'autre canot, ayant épuisé leurs dernières forces. Ils avaient tourné quatre jours en rond, à la façon de mouches prises au piège, pour réparer les inconséquences de leur double irréflexion : vivres oubliées à Baie Banner et signal d'appel au secours qu'ils avaient omis d'y laisser lors de leur premier départ. Le pasteur Williams écrit : « Notre situation actuelle est une vivante image de la séparation du chrétien d'avec le monde... » À partir de ce moment-là, ils n'auront plus qu'un souci, celui de mourir chrétiennement, comme s'ils n'étaient venus là que pour cela...

Rien, désormais, ne semble plus réfléchi dans leur conduite. Ils se séparent en deux groupes et on en ignore la raison : Gardiner, le catéchiste John Maidment, le charpentier Erwin et le matelot Bryan bivouaquant dans la coque du *Pioneer*, Williams et les deux autres marins, Badcook et Pearce, dans celle du *Speedwell*. L'Hermitage est abandonné, la grotte étant trop humide et infestée par les renards qui rongent les bibles et leurs derniers souliers. Ils parviendront à en prendre un au piège après des nuits et des jours de guet. Ce sera leur seul repas de viande fraîche pour tout le reste de leur vie, et les vivres de Baie Banner, prévues seulement pour deux mois, s'épuisent. À présent, l'hiver les tient. Le pasteur Williams écrit : « Le froid est sévère. La pluie, la grêle, la tempête rugissent autour de nous. Ce n'est pas gai. Badcook est mon compagnon de souffrance. Nous n'allons pas mieux. Au contraire, nous allons plus mal... » C'est Badcook qui va mourir le premier, à la fin de juillet. Puis le 23 et le 25 août, coup sur coup, le charpentier Erwin et le matelot Bryan, lequel tombe d'inanition et agonise seul à l'orée de la forêt où il s'était traîné à quatre pattes pour tenter de ramasser du bois sec. Il y a dans cette succession de désastres quelque chose d'inexorable qui révolte par sa gratuité et à la fois force le respect, car c'est en creusant leur tombe — une seule tombe pour ses deux compagnons — que le catéchiste John Maidment meurt à son tour d'épuisement. Avait-il achevé sa tâche ? On ne sait. Il ne reparut plus au campement. On ne sait rien non plus de la mort de Pearce que ni Gardiner, ni Williams, ne mentionnent dans leur journal. Le 4 septembre, cependant, le capitaine Gardiner, qui ne quitte plus son grabat dans la cale du *Pioneer*, écrit une lettre au pasteur Williams, qu'il suppose vivant encore dans son refuge du *Speedwell*, à quelques centaines de mètres de là. On a retrouvé cette lettre, en partie effacée par l'eau qui ruisselait sur les parois de fer du bateau :

Mon cher M. Williams,

Il a semblé bon au Seigneur d'appeler chez lui un autre de nos compagnons. Ce cher frère absent quitta le bâtiment mardi, dans l'après-midi (2 sept.). Depuis lors, il n'est pas revenu. Il est sans aucun doute en la présence de son Sauveur qu'il servit avec fidélité. Encore un peu de temps et quoique...... le Tout-Puissant pour chanter ses louanges...... trône. Je n'ai ni faim ni soif, quoiqu'il y ait cinq jours que je n'aie pris aucune nourriture. Votre affectionné frère en......

Allen F. Gardiner.

Car ne pouvant plus bouger, désormais seuls, chacun de son côté, séparés par une courte distance qu'ils étaient incapables de franchir, ils s'écrivaient ! Aucun de ces messages, naturellement, ne parvint jamais à son destinataire. Quant à celui que je viens de citer, il avait été écrit par un moribond à quelqu'un qui avait déjà cessé de vivre. Le journal du pasteur Williams s'arrête en effet le 1er septembre après quelques phrases incohérentes qui laissent supposer qu'il délirait, mais que sa foi en Dieu restait intacte, ainsi qu'en témoignent les derniers mots qu'il eût encore la force de tracer : « Heureusement le froid ne me gagne pas le cœur. La prière, l'action de grâce, l'amour de Dieu, mon Père, et de Dieu, mon Sau... »

Il s'en était fallu d'un mois. On se souvient que le *John E. Davison*, capitaine Lafone, navire de renfort de la London Patagonian Missionary Society, en octobre 1851, ayant reconnu le signal de Baie Banner (« Allez au Port-des-Espagnols... »), a pris aussitôt la piste, l'affaire d'une dizaine d'heures. Je ne m'attarderai pas sur le spectacle qu'ils découvrent. Avec le retour des beaux jours, du moins ce qui en tient lieu en Terre de Feu, les Indiens sont passés par là. Le sol est couvert de vêtements, flacons de médicaments, objets divers, papiers détachés, parmi lesquels, miraculeusement conservé, le journal du docteur Williams. Les Indiens, mais aussi les oiseaux de mer. Les visages sont méconnaissables, les corps à moitié dévorés. On les ensevelit à la hâte, car l'inexorable se répète, une épouvantable tempête. Le *John Davison* met en fuite, emporté vers le canal Beagle, d'où il regagnera directement les

Falkland. Il faudra attendre le mois de janvier 1852 pour qu'un autre navire de secours fasse route vers le Port-des-Espagnols. Il s'agit d'un vaisseau de guerre britannique, le *Dido.* Cette fois on fouille méthodiquement et on retrouve la carcasse du *Pioneer* qui avait échappé au *John Davison.* On découvre à quelques mètres de la barque un squelette entouré de toutes sortes d'objets : ce sont les restes du catéchiste John Maidment. Quelques mètres ! Alors que le capitaine Gardiner écrivait qu'il ignorait ce qu'était devenu Maidment... De l'autre côté de la barque gisait le cadavre du capitaine-pasteur. Sans doute avait-il voulu mourir à l'air libre. Les oiseaux l'avaient presque entièrement dévoré, à l'exception de son épaisse casquette de laine enfoncée profondément jusqu'aux yeux et à l'intérieur de laquelle il avait dissimulé un paquet contenant les feuillets de son journal.

Il fut enterré avec les honneurs militaires. Les trois salves réglementaires dispersèrent aux quatre coins du ciel des nuées d'oiseaux au bec tranchant... Mais ce sont des gens têtus, les pasteurs méthodistes protestants de la Patagonian Missionary Society : ils reviendront !

9

La goélette Allen Gardiner *appareille pour Wulaïa. — Où l'on retrouve Jemmy Button. — Le massacre du 6 novembre 1859. — Étrange mansuétude des pasteurs. — Retour de l'*Allen Gardiner. *— Transportation des Yaghans aux îles Falkland. — Ouverture de la mission d'Ushuaïa. — Le pasteur Bridges arrive trop tard. — Son combat contre l'inéluctable. — Il renonce et se retire à l'estancia Harberton. — Il y a un mystère Thomas Bridges.*

La tragédie de Port-des-Espagnols a ému l'Angleterre. L'argent afflue. On construit un bon bateau, une jolie goélette qui ressemble à un yacht et qu'on baptise *Allen Gardiner* en hommage au capitaine-pasteur, sans imaginer une seconde qu'un aussi désastreux patronage risquait de porter la poisse. Escale à l'île Keppel, aux Falkland. La mission y installe solidement sa base arrière et construit les premiers baraquements destinés, du moins l'espèret-on, à la transplantation des Indiens que l'on parviendra à convaincre et qu'il sera plus facile d'évangéliser en les arrachant à leur vie sauvage. Puis trois ans de reconnaissances prudentes pour repérer les clans yaghans et prendre contact avec eux. La goélette visite Wulaïa, Baie Banner, Port-des-Espagnols, symboles des échecs précédents. On y débarque en surplis de prières, on y chante force cantiques, on lit des psaumes interminables. On tire aussi quelques coups de canon à blanc, histoire de faire comprendre aux Indiens que la Patagonian Missionary Society est bien décidée cette fois à s'implanter définitivement. Attirés par des cadeaux voyants, de la pacotille qui brille, et par la promesse d'en recevoir d'autres aux Falkland, les premiers transplantés volontaires montent à bord de l'*Allen Gardiner*. En réalité la moisson est maigre. La plupart refusent énergiquement, mais c'est tout de même un début. Débarbouillés, vêtus, nourris, chauffés, baptisés, pourvus de rudiments d'anglais, on compte bien que la douzaine d'appelés, ayant découvert la foi à l'île Keppel, reviendront, tels des apôtres, enseigner leurs frères ignorants. On a oublié les déboires du capitaine Fitz Roy en 1832 et le retour à l'état sauvage de York Minster, Fuegia Basket et Jemmy Button, à Wulaïa, après les trois années dorées qu'ils avaient passées en Angleterre. Enfin, sans vouloir retenir la leçon, on recherche Jemmy Button. Tout le plan du capitaine-pasteur Robert Fels, commandant l'*Allen Gardiner*, repose sur Jemmy Button !

Car il vit toujours, Jemmy Button. Il va sur ses quarante-trois ans. Il se porte comme un charme.

Il est devenu une sorte de vedette des confins du canal Beagle. Comme il a retenu quelques mots d'anglais, on le voit souvent avec son canot se porter à la rencontre des navires baleiniers ou des corvettes britanniques qui lèvent les premières cartes marines du sud de la Terre de Feu. Il fait du commerce à son échelle, des peaux de loutre et des centolas (araignées de mer) contre de l'alcool et du tabac. Il sert d'interprète dans les transactions. On le considère comme un bon garçon, bien qu'un peu soupe au lait et imprévisible. Ce qu'on ignore ou veut ignorer, c'est qu'il hait les missionnaires. On aurait dû se méfier. Il s'était pourtant fait connaître, à Baie Banner, sous son plus mauvais jour, exigeant, menaçant, harcelant Gardiner et ses compagnons. À la date du 8 janvier 1851, le pasteur Williams avait noté : « Jemmy est arrivé avec huit canots bien pourvus d'hommes et d'armes de guerre, chargés de pierres pour les frondes. Il était peint en noir et en blanc, couvert d'une sorte de tatouage fait avec des raies et des points. Tous poussaient des cris discordants... » Le capitaine Fels, de l'*Allen Gardiner*, a lu le journal du pasteur Williams. Il n'en a rien retenu, ou voulu rien retenir. Il a pris deux décisions. Primo : c'est à Wulaïa qu'il implantera la nouvelle mission. En sachant ce qui s'y était passé en 1832, il ne pouvait choisir pire endroit. Secundo : confiant dans les desseins de Dieu, il « retournera » Jemmy Button et s'en fera un allié. Il se prend pour une sorte de saint Remi méthodiste convertissant un Clovis fuégien. On ne sait comment juger cela. Naïveté ? Bêtise ? Emportement d'illuminé ? Défi mal pesé ? Il faut d'ailleurs s'en garder, compte tenu du dénouement.

Nous sommes en novembre 1859.

L'*Allen Gardiner* a jeté l'ancre dans une baie du canal Murray, sur la côte ouest de l'île Navarino, où se trouve le site de Wulaïa. La goélette est bourrée de pasteurs, de catéchistes, de bibles et d'équipements, avec des *candies* et des cadeaux pour amadouer les Yaghans. Et les Yaghans sont là, nombreux. Leurs canots entourent la goélette. Accueillants ? Menaçants ? Difficile à dire. Le Yaghan interprète Schwey Muggins, frais émoulu de la première « promotion » de l'île Keppel, refuse de se prononcer. Il fait la gueule. Dans les canots, les hommes, debout, tapent sur des sortes de tambours de cuir, tandis que les femmes, accroupies, manœuvrent les avirons. Jemmy Button monte à bord dans la tenue habituelle des Yaghans, c'est-à-dire tout nu et enduit de graisse de phoque. Apercevant tous ces Blancs habillés, il lui vient un retour de pudeur britannique. Il réclame un pantalon, puis des bretelles pour le faire tenir, ce qui paraît plutôt bon signe. Le capitaine Fels est ravi de ce premier contact. La suite l'amusera moins.

L'histoire de la mission de Wulaïa II, en 1859, débute de la même façon que celle de Wulaïa I en 1832. Les missionnaires débarquent. Action de grâce, cantiques, lecture de la Bible. On défriche. On élève des clôtures, des enclos pour les moutons et les poules. On trace au cordeau des jardins, des potagers, ainsi qu'une place carrée autour de laquelle on dressera les baraquements préfabriqués. En attendant qu'ils soient habitables, les pasteurs regagnent chaque soir, pour y dormir, l'*Allen Gardiner* mouillé à peu de distance dans la baie.

Tout ce matériel déployé excite considérablement les Yaghans qu'il faut « désintéresser » afin de leur ôter l'envie de piller pendant la nuit la mission laissée sans surveillance. Pour cela on compte sur Jemmy Button mais, en dépit de son pantalon neuf, il semble ne pas avoir choisi son camp. La première distribution de cadeaux, à terre, tourne à l'émeute. Comme Jemmy Button, depuis vingt ans, auréolé de son prestige, a eu quantité de femmes et d'enfants, Wulaïa est peuplé de Button petits et grands qui chapardent à qui mieux mieux dans ce bazar fabuleux étalé imprudemment sous leurs yeux, puis viennent tourner la nuit, en canot, autour de la goélette, grimpant à bord et courant sur le pont en s'appropriant tout ce qui traîne. « Une sorte d'impôt nécessaire », constate avec indulgence le bon capitaine Robert Fels. Celui-ci multiplie les erreurs. Il abat ses (mauvaises) cartes trop tôt. Ainsi propose-t-il d'emblée à Jemmy de confier quelques-uns de ses innombrables enfants à la maison-mère de l'île Keppel, aux Falkland, où coulent le miel et le lait et où l'on apprend, en chantant, des tas de choses amusantes, et comment devenir un bon chrétien dans la paix du Seigneur et dans la joie. Cette idée plonge Jemmy Button dans de furieuses colères rentrées. Il marmonne en yaghan des imprécations que son frère de clan, Schwey Muggins, l'interprète formé à Keppel, se garde bien de traduire. Puis tout semble rentrer à peu près dans l'ordre. Le capitaine-pasteur Robert Fels n'a rien vu, rien compris.

Le sixième jour, 6 novembre 1859, est un dimanche. Le soleil brille dans un ciel bleu et pur qui réchauffe les cœurs et les corps. Dieu a marqué cette journée bénie d'une pierre blanche. Joliment peinte de couleurs vives et entourée d'herbe verte d'où pointent quelques timides fleurs sauvages, la première maison de la mission ressemble à un cottage anglais au printemps. Les pasteurs ont d'ailleurs prévu d'y prendre le thé après l'office et d'y découper leur premier pudding en Terre sainte fuégienne. Car ils ont débarqué ce matin-là au complet, ne laissant à la garde du navire que le catéchiste-cuisinier Alfred Cole. Ils sont huit, vêtus de leurs plus beaux habits, la Bible sous le bras, et sans armes, l'air à la fois grave et joyeux : Robert Fels, le capitaine, son frère John, le catéchiste Garland Phillips, le catéchiste-menuisier Johnston, et les quatre marins de l'équipage. À cette dernière minute de leur vie, considérons-les avec respect. Ils marchent entre deux rangées de Yaghans qui les regardent en silence et sans animosité apparente pénétrer l'un après l'autre à l'intérieur de la petite maison qui n'a encore ni porte ni fenêtres et où le capitaine Fels, ayant ôté son chapeau, entame la prière d'entrée : « Élevons nos voix vers le Seigneur... » Il n'achèvera pas, le crâne fracassé à coups de massue, et c'est Schwey Muggins, l'interprète, le premier pensionnaire yaghan des Falkland, qui la brandit, cette massue rouge de sang, chaque coup frappé le remboursant des bienfaits prodigués à l'île Keppel. Jimmy s'est chargé personnellement de Garland Phillips, celui-là même qui, à sa demande, six jours plus tôt, lui avait offert l'un de ses pantalons, le plus beau, avec le sourire. Il l'a cueilli à la fronde, par-derrière, dehors, alors que le malheureux s'enfuyait. Il l'a achevé au harpon. Après quoi, posément, il s'est débarrassé de son pantalon, il l'a abandonné à ses pieds comme un déguisement devenu inutile, et s'en est allé, tout nu, rejoindre la horde des Button qui poursuivent en hurlant le menuisier Johnston et les marins qui ont couru jusqu'à leur chaloupe et tentent de la pousser à l'eau. Mais les avirons ont disparu. Le massacre était prémédité. Aucun d'entre eux n'en réchappera.

Depuis le pont de l'*Allen Gardiner*, le cuisinier Alfred Cole a tout vu, horrifié. Il n'attendra pas les Yaghans qui ont déjà embarqué dans leurs canots. Il saute dans la petite yole du bord et ramant comme un fou vers l'autre côté de la baie, file se réfugier dans les bois. Il y vivra de longs jours, ne se risquant sur la plage que la nuit, à la recherche de coquillages et d'algues.

Quant aux Yaghans du clan Button, ils se sont installés dans la jolie goélette de la mission, qui n'est plus qu'une ruine flottante. Tout le fer a été arraché pour fabriquer des harpons. La cave a été bue. La réserve de vivres dévorés. Dans la cabine du capitaine Robert Fels, au milieu d'un foutoir indescriptible, dort chaque nuit Jemmy Button. Il s'est confectionné un collier avec les pièces d'or et d'argent du trésor de guerre de la mission. Il est en paix avec lui-même. C'est un navire de secours, la *Nancy*, dépêché des Falkland, qui récupérera l'*Allen Gardiner* et rapatriera le catéchiste-cuisinier Alfred Cole, auquel on doit le récit de ce drame qui fut publié à Londres un an plus tard dans *A Voice of Pity*, le bulletin de la Patagonian Missionary Society.

Jemmy Button ne sera pas inquiété, ni aucun des Yaghans assassins. Aucune expédition punitive (nous ne sommes pas aux États-Unis), ni même de simple justice — qu'auraient-ils compris à la justice des Blancs ? — ne sera envoyée contre eux. En dépit des torrents d'émotion soulevés en Angleterre, au Chili et en Argentine, les pasteurs de la London Patagonian Missionary Society font preuve d'une mansuétude proprement évangélique. Chose étrange : sans qu'ils l'eussent prémédité, c'est précisément cette mansuétude qui va sceller le destin des Yaghans. Lorsque les missionnaires, trois ans plus tard, à bord du même *Allen Gardiner* conduits par un nouveau pasteur, le révérend Thomas Bridges, reviendront en force sur les lieux du drame, à Wulaïa, tous les Button, à commencer par Jemmy, s'attendent à de terribles représailles. On n'en parlera même pas. Tout semble oublié, effacé. Mais les Yaghans se demanderont toujours si la vengeance des Blancs ne tombera pas sur eux un de ces jours, comme la foudre, sans prévenir. Alors ils se font dociles, obséquieux, et ils prendront par roulement, comme des moutons, le chemin de l'île Keppel, aux Falkland, pour leur stage « volontaire » de civilisation.

Les Falkland, c'est une sorte de Bretagne finistérienne herbeuse, avec un climat plus rude, et sans arbres. La ferme-école de la mission est un modèle. Là tout n'est qu'ordre et charité. La cloche rythme la journée. Le catéchisme, le matin, les cantiques, les besognes du ménage, le jardinage, la traite des vaches, les soins aux moutons, la couture... Imaginons ces nomades de la mer là-dedans ! Quand on les renvoie au pays pour les remplacer par d'autres, ils sont brisés, ils ne savent plus qui ils sont. Entendons-nous clairement : la bonne volonté des missionnaires n'est pas en cause, à l'évidence, mais leur ignorance, certainement, leur aveuglement, leur absence de réflexion devant ce drame d'une autre nature qui se met en place peu à peu sous leurs yeux : les Yaghans commencent à mourir, aux Falkland, à Wulaïa, et dans toutes les missions de Terre de Feu. Les missionnaires ne comprennent pas. Les missionnaires sont désespérés. Ils s'obstinent pourtant dans leur funeste système. En 1884, le révérend pasteur Thomas Bridges, une haute figure de la Terre de Feu, un homme intelligent et bon auquel on ne saurait rien reprocher et qui dirige la mission de Wulaïa III, à Navarino, recense 949 Yaghans. L'année suivante : 420. La même funèbre litanie des maux dont nous avons déjà vu les ravages chez leurs cousins les Alakalufs : rougeole, variole, tuberculose, pneumonie, syphilis, neurasthénie... Tous les soins médicaux sont inutiles. Dans la ferme modèle des Falkland, on a détruit les défenses naturelles des Yaghans et on les a exposés, en revanche, à ces contagions venues d'Europe devant lesquelles leur organisme jusqu'à présent épargné était beaucoup plus vulnérable que le nôtre. On a changé leurs habitudes alimentaires si exactement adaptées au climat et au pays. On les confinés dans des bicoques certes closes et bien chauffées mais dont ils ne sortent plus, perdant peu à peu l'énergie vitale et devenant la proie des maladies. On les a sédentarisés, et ils ne savent plus, désormais, quel est leur rôle sur cette terre. Alors ils se couchent, et ils meurent. Ceux qui nomadisaient encore en sont tout aussi atteints. Tous avaient, un jour ou l'autre, planté leur tchelo près de la mission. Leurs canots naviguent à équipage réduit. Les hommes se sont rasé le sommet du crâne en signe de deuil et les femmes libèrent leur douleur en poussant des hurlements qui glacent le cœur de ceux qui les croisent. Mais tant qu'il restera des Indiens, il restera des missionnaires ! C'est grandiose et ubuesque. L'*Allen Gardiner*, navire croque-mort, entre deux liaisons aller-retour avec les Falkland, recueille ici et là les mourants qui s'en viendront rejoindre les clans alignés par familles entières dans les cimetières des différentes missions.

Pour tenter d'enrayer l'hécatombe, le révérend Bridges tente une dernière diversion. Il ferme la mission de Wulaïa et va s'installer plus au nord, sur la rive même du canal Beagle, au fond d'une baie mieux abritée que les Indiens appellent Ushunaïa, ou Ushuaïa, ce qui veut dire en yaghan, langue d'une grande précision : *naïa*, baie ou anse, *ushu*, vers l'intérieur en direction de l'ouest, soit une baie profonde orientée à l'ouest, protégée des vents dominants. Le soleil y brille un peu plus qu'ailleurs et le cirque des montagnes arrête parfois la pluie. L'opération a été judicieusement méditée. Comme Jean-Baptiste annonçant Jésus, un autre pasteur, le révérend Stirling, courageux, véritablement héroïque, s'était fait débarquer à Ushuaïa où il avait vécu six mois seul, dans une cabane, à seule fin de préparer psychologiquement les Indiens qui relayaient souvent dans cette baie et de s'assurer que, désormais, munis de quelques rudiments évangéliques, et par la vertu de l'exemple, on pouvait se fier à leur hospitalité et ne plus craindre leurs colères irraisonnées. Démonstration couronnée de succès. Le révérend Stirling s'était tiré de cette expérience hasardeuse sans avoir perdu un cheveu de sa tête ni un poil de sa barbe.

La pasteur Bridges a d'autres idées. Il procède par intuitions, qui vont cette fois dans le bon sens. D'abord il met définitivement fin aux désastreux « stages de civilisation » de l'île Keppel, aux Falkland. Ensuite il n'oblige nullement les Yaghans à vivre dans les bâtiments en dur de la mission. S'ils préfèrent leurs tchelos de branches de canelo et de peaux de phoque, libre à eux de les planter à leur guise aux alentours de la mission où ils formeront bientôt un petit village de huttes. On les soigne, on les secourt, on complète leur alimentation, on les enseigne s'ils le désirent et beaucoup y sont assidus, et, pudeur chrétienne oblige, on s'obstine à les vêtir, mais si l'envie les prend, avec leurs canots, de se replonger dans la vie nomade, on ne les retiendra pas. Qu'ils sachent seulement, s'ils reviennent, qu'ils seront les bienvenus. À l'usage des équipages de navires aventurés dans ces parages, on prend toutefois soin de les munir d'un certificat contenu dans un sachet imperméable, indiquant leurs noms et leurs bonnes intentions, la situation géographique de la mission, ainsi que quelques recommandations en anglais et en espagnol sur la façon de les traiter pour éviter de les braquer — encore une idée du pasteur Bridges[1]. Seuls hôtes permanents de la mission : les orphelins. Toutes ces mesures excellentes, malheureusement, arrivent trop tard. Le mal est fait et ne lâchera plus les Yaghans. Le pasteur Bridges, désolé, impuissant, regarde la mort faucher l'un après l'autre ses paroissiens, même ceux qui avaient repris la mer, emportant avec eux, sans le savoir, toutes sortes de contagions...

Ce fut pourtant un beau combat, un noble combat contre l'inéluctable. Le pasteur Bridges s'y était préparé pendant des années, simple catéchiste, puis diacre, à l'île Keppel et à Wulaïa, apprenant la langue des Yaghans qu'il fut le seul Blanc à comprendre et à parler. Il en fit même un dictionnaire anglais-yaghan contenant plus de trente mille mots (ce que Darwin appelait : « leurs cris gutturaux » !), un monument à l'aide duquel il traduisit ensuite en yaghan les Évangiles de Luc et de Jean et les Actes des Apôtres. Il y travailla jusqu'au bout, c'est-à-dire jusqu'à la mort des derniers Yaghans d'Ushuaïa. L'achèvement de cette œuvre immense coïncida étrangement avec la définitive extinction de cette race. En 1884, après la signature d'un traité de partage de la Terre de Feu entre l'Argentine et le Chili, un croiseur de la Marine argentine vint prendre possession d'Ushuaïa, hissée au rang de préfecture magellanique, avec drapeau et garnison. Trois ans plus tard, en 1887, constatant que la population indigène, réduite à sa plus simple expression sans espoir de résurrection, ne nécessitait plus sa présence, le pasteur Thomas Bridges

1. Armando Braun Menendez, *op. cit.*

envoya sa démission à la Patagonian Missionary Society et, après avoir passé vingt ans de sa vie à l'évangélisation des sauvages, décida d'en consacrer le reste à l'élevage des moutons. Emportant avec lui son dictionnaire anglais-yaghan et les registres de baptême de la mission — langue morte, locuteurs morts —, il s'installa à Puerto Harberton, au bord du canal Beagle, à quatre-vingts kilomètres à l'est d'Ushuaïa, propriétaire de milliers d'hectares inhabités concédés sous le nom d'Estancia Harberton par le gouvernement argentin auquel cela ne coûta pas un centime, en reconnaissance de son action au service des malheureux Indiens qui avaient eu ensuite la bonne idée de débarrasser le plancher. Ses adjoints, les pasteurs Lewis (estancia Remolinos) et Lawrence (estancia Most), bénéficièrent des mêmes largesses étendues à toute la rive nord du canal Beagle, en lisière du territoire de chasse des Onas, la troisième « nation » de Terre de Feu. Voilà donc nos pasteurs reconvertis du messianisme chrétien à l'économie de marché. S'ils n'y édifièrent pas des fortunes, à l'image des Braun et des Menendez, millionnaires en hectares et en dollars, ils y gagnèrent une solide aisance qui s'est transmise jusqu'à nos jours à leur descendance.

Il y a un mystère Thomas Bridges.

Sa vie de missionnaire est un échec. S'il ne peut être tenu pour responsable du désastre qui se serait abattu de toutes les façons sur les Yaghans, et bien que durant les dernières années il eût tenté de l'enrayer en changeant quelque peu ses méthodes, ce sont tout de même les missionnaires de la Patagonian Society à laquelle il appartenait qui sont allés débusquer les Indiens, qui ne leur demandaient rien, jusque dans l'archipel du cap Horn, apportant leurs miasmes européens avec eux et les condamnant à mort en les sédentarisant. Il a sans doute réfléchi là-dessus, le pasteur Bridges. Difficile pour lui d'oublier du jour au lendemain les visages de ces centaines de défunts précoces dont les noms sont conservés dans ses registres de baptême. Les revoyait-il, le soir, en défilant ses souvenirs, fumant la pipe au coin de la cheminée du salon de l'estancia Harberton, entouré de sa femme et de ses enfants ? Toutes ces âmes, envolées trop tôt, ne venaient-elles pas le tirer par les pieds ? Ou bien se disait-il seulement, en homme de Dieu qu'il avait été, que tous ces morts, baptisés, grâce à lui, étaient au moins morts chrétiennement ? Peut-être est-ce pour cette raison qu'il ne s'est pas enfui au plus vite, horrifié, dès sa démission donnée, dégoûté à jamais de ce pays où il avait été témoin et acteur de tant de drames ? Peut-être que toutes ces âmes qu'il avait conduites à Dieu *in articulo mortis,* au contraire, l'accompagnaient en cortège séraphique, lui imposant de demeurer sur place comme le dernier témoin du passé, dans cette Terre de Feu qu'il avait aimée et qui avait été naguère peuplée par des gens qu'il avait aimés ? Telle est l'équation du mystère Thomas Bridges.

Il tira un trait sec entre ses deux vies.

Sauf à usage personnel et familial, le pasteur Bridges rengaina définitivement sa Bible. Ses supérieurs ecclésiastiques de Londres lui proposèrent d'autres missions, chez les Indiens Guaranis, au Chaco, au Nigeria, au Kenya. Il les refusa toutes. Craignait-il que l'histoire ne se répétât et que l'eau du baptême ne se transformât de nouveau en eau de mort entre ses mains ? Même pour les Indiens Onas, qui chassaient le guanaco presque à sa porte avant d'être eux-mêmes pourchassés par les chercheurs d'or et les éleveurs, il s'abstint de tout engagement évangélique. Amèrement déçu par l'inanité de son sacerdoce, peut-être avait-il simplement envie d'oublier et de vivre en paix avec sa famille, ses chiens, ses péons et ses milliers de moutons...

10

Mon voyage à l'estancia Harberton. — Les lions de mer du phare des Éclaireurs. — Naufrages au canal Beagle et considérations sur les épaves : le cimetière marin du cap Tamar. — Puerto Almanza : la drôle de guerre de Terre de Feu. — Un lieutenant Drogo chilien. — Snack et salon de thé à Harberton. — Histoire d'une coquille de moule. — Le jardin est planté de lupins.

Je suis allé à l'estancia Harberton à la fin de janvier 1999. Depuis Ushuaïa, une centaine de kilomètres d'une piste de terre très convenable qui serpente le long de la rive du Beagle en offrant des points de vue inoubliables. Si l'on a pris soin d'emporter de bonnes jumelles, on ne manquera pas de compagnie au milieu de cette solitude. Deux groupes d'îlots proches de la côte, les îles Bridges et le rocher des Éclaireurs qui a conservé le nom français que lui avait donné Dumont d'Urville, abritent de spectaculaires colonies de lions de mer. Ayant imaginé un jour, dans un roman [1], qu'un couple de ces seigneurs australs, remontant tout l'Atlantique à la suite d'on ne sait quel appel, s'en étaient allés s'échouer, épuisés, sur une plage déserte de Bretagne, j'avais jeté sur le papier cette épitaphe qui représente mon unique incursion dans le domaine poétique :

> Ci-gisent l'amiral des phoques du Sud, lion de mer de Patagonie,
> et la princesse Lionne, son épouse.
> Dieu les conduisit de la Croix du Sud à la Polaire sur la route des contresens.
> Ils ne firent rien comme personne puisqu'ils moururent à l'envers, comme les hommes du Nord, naguère, lorsqu'ils allaient mourir au cap Horn.
> Ils n'avaient rien à faire par ici, pas plus que les marins là-bas, sinon trouver un sens à la vie.
> Car il n'est pas nécessaire d'être un homme pour découvrir enfin, en mourant,
> où se trouve la Patagonie...

Le roman était vieux d'un quart de siècle, mais je n'avais pas oublié ce texte. Les yeux vissés à mes jumelles, je me le récitais comme une sorte de prière. On aurait tort de sourire : *son cosas de Patagonia*, c'est comme ça, la Patagonie, elle conduit souvent à des sentiments qui confinent au religieux, et peut-être est-ce pour cette raison aussi que le pasteur Bridges avait choisi d'y finir ses jours... Il y avait également une foule d'oiseaux de mer sur ces îles, cormorans impériaux qui ont les yeux bleus, goé-

1. *Le Jeu du Roi*, Éditions Robert Laffont, Paris, 1976.

lands de Scoresby au bec rouge, albatros du Beagle à sourcils noirs, et des Chionis blanc immaculé, des pétrels géants d'un noir absolu, qui nichent dans l'île des États, à trois cents kilomètres à l'est, au-delà du détroit de Le Maire, et viennent en voisins d'un coup d'aile, dans la journée, pour faire leur marché aux Éclaireurs. Dumont d'Urville, passant par là, avait fait tonner le canon à signaux de l'*Astrolabe*, s'offrant le spectacle magique de milliers d'oiseaux s'envolant ensemble et peuplant soudain le ciel dans un charivari de cris éperdus. Il m'aurait bien plu d'être matelot de quart à bord de l'*Astrolabe*, ce jour-là, en 1838, mais beaucoup moins à bord du *Monte Sarmiento* ou du *Monte Cervantès* qui se plantèrent sur les rochers, le premier en 1912, le second en 1930. Ces deux épaves sont toujours visibles depuis la route et forment avec le paysage, pour peu qu'il soit couvert de nuages bas et noirs, un sombre et saisissant tableau de naufrage. Échouée sur la plage devant la mairie d'Ushuaïa, l'épave du *San Christopher* fait aussi partie du décor. La poisse entraîne la poisse. Le *San Christopher* était un remorqueur de haute mer qui tenta en 1953, sans succès, de renflouer le *Monte Cervantès* au phare des Éclaireurs. Un jour de tempête, il rompit ses amarres et vint enrichir la collection qui classe les confins fuégiens comme le plus extraordinaire musée d'épaves du monde.

Pour ma part j'en ai vu des dizaines au cours de mes navigations, à des stades différents de conservation, certaines qui semblaient encore naviguer, la peinture à peine écaillée, d'autres dont on n'apercevait plus que les mâts plantés à la surface de l'eau comme des croix. C'est long à disparaître, une épave incrustée dans un banc de rochers. Si leur coque est en fer, au bout de cent ans elles n'ont pas bougé. Les cartes marines les signalent par de tragiques petits pictogrammes figurant une proue de navire émergeant des vagues et qui ont l'air d'avoir été dessinés par un enfant. Le plus important gisement de ces pictogrammes se trouve au large du cap Tamar, à la sortie ouest du détroit de Magellan. Le cap Tamar ressemble à une forteresse de granit défendue par des centaines de rochers qui l'entourent comme un immense champ de mines mouillées à fleur d'eau. L'endroit est sinistre et désert. À deux cents milles à la ronde, pas une âme, à l'exception des trois gardiens du phare des Évangélistes qu'un océan le plus souvent démonté coupe totalement du monde extérieur durant trois cents jours de l'année. Combien de centaines de marins ont péri là ? La température de l'eau ne laisse pas au naufragé plus de dix minutes à vivre, et s'il en réchappait, où aller, où se réfugier ? Même les Indiens, avec leurs canots, ne s'aventuraient jamais jusque-là...

Retour au canal Beagle, sur la route de l'estancia Harberton.

Cette rive du Beagle est argentine. Celle d'en face appartient au Chili. Ces deux pays se montrent fort sourcilleux dès qu'il s'agit de leurs frontières maritimes. Ils ont failli en venir aux mains plusieurs fois. On a même frôlé la vraie guerre il y a une vingtaine d'années, rappelé les réservistes et dépêché flottes et escadrilles à propos des îles Picton et Nueva où ne vivent pas dix personnes, à la sortie du canal. Curiosité diplomatique : en vertu d'un précédent sous le pape Alexandre VI en 1494, c'est le Vatican qui évita de justesse l'effusion de sang et sépara les combattants en fixant définitivement, à leur demande de médiation, la frontière la plus australe du monde. Il n'empêche que les deux ex-belligérants se regardent encore en chiens de faïence d'une rive à l'autre. De nombreuses restrictions militaires compliquent les rares déplacements possibles. Il n'existe aucune liaison maritime ou aérienne entre les deux petites « capitales » fuégiennes, Ushuaïa (Argentine) et Puerto Williams (Chili), pourtant à une heure de bateau ou dix minutes d'avion l'une de l'autre, ce qui oblige à d'énormes détours.

À une vingtaine de kilomètres avant l'estancia Harberton, la piste descend au bord de l'eau, et là on découvre un endroit délicieux — enfin délicieux au plein de l'été, et seulement les jours où il ne pleut pas — qui s'appelle Puerto Almanza. Une cabane en bois joliment peinte en bleu et blanc abrite la Prefectura Naval Argentina, ainsi que l'indique une pancarte fixée au fronton d'un petit portail en ogive, plus ornemental qu'efficace, formé de deux côtes de baleine. Pas de clôture autre que symbolique, des rangées de cailloux peints en blanc dans la pure tradition militaire et qui délimitent aussi l'allée conduisant à la Prefectura et la Plaza de Armas miniature où flotte au mât de pavillon le noble drapeau argentin, avec son soleil d'or sur fond blanc entre deux bandes d'un bleu pastel à l'effet on ne peut plus apaisant. La paix régnait, assurément. Deux marins débonnaires en kaki lavaient leur linge dans une bassine qui chauffait sur un feu de bois. Aucun véhicule sur le parking de la garnison bordé par les inévitables cailloux blancs. « *El capitan de fregata La Vega, comandante superior de la Prefectura Naval Argentina de Puerto Almanza* », était en permission. Tout cela ne semblait pas sérieux, une sorte de décor de cinéma bricolé pour pastiche sud-américain. Je me trompais. Dissimulés sous les arbres à la lisière de la forêt qui descendait jusqu'à la cabane, des canons de marine, sous leur housse boutonnée, étaient pointés sur la rive d'en face. J'en ai compté dix, ainsi que deux casemates enterrées. Sur la rive d'en face, à la jumelle, je voyais clairement les maisons aux toits rouge ou bleu et la jetée du port de Puerto Williams, la « capitale » chilienne.

Quinze jours plus tard, ayant changé de rive après un détour de mille kilomètres par trois avions différents, je me retrouvais en situation inverse, observant à la jumelle, depuis l'avenue en surplomb où se trouve la capitainerie de Puerto Williams, les positions argentines et les canons de Puerto Almanza. Avisant une guérite vitrée équipée de téléphones et d'antennes, je m'étais aperçu que le sous-officier chilien qui s'y tenait en faction enfouissait le haut de son visage, à intervalles réguliers, dans le double œilleton d'une jumelle télescopique d'artillerie à trépied et commande électrique, pour observer, tout comme moi, mais en service commandé, les Argentins de Puerto Almanza. Ensuite il balayait lentement, les yeux rivés à sa lunette, le chemin d'eau du canal Beagle, d'est en ouest, puis d'ouest en est, après quoi, visiblement satisfait, il décrochait un téléphone pour en aviser, j'imagine, l'autorité supérieure. Je n'entendais pas ce qu'il disait, mais ce devait être quelque chose comme « Rien à signaler sur l'ensemble du front », à la façon des communiqués de notre grand État-Major pendant la « drôle de guerre » de 39-40. Il allumait une cigarette, et dix minutes plus tard il recommençait son manège, toujours aussi attentif, stoppant parfois le balayage horizontal pour fixer un point précis au milieu du canal, comme s'il venait de repérer le périscope d'un sous-marin, puis achevait son observation et décrochait à nouveau le téléphone : « Rien à signaler sur l'ensemble du front. » Un lieutenant Drogo chilien guettant les Tartares argentins aux confins du désert liquide fuégien... En bas de l'avenue, le long du quai — *zona militar* —, deux petits navires de guerre entièrement peints en noir très noir (le meilleur camouflage en Terre de Feu pour se confondre avec le paysage) étaient amarrés à couple, vedettes rapides lance-missiles dont les haut-parleurs de passerelle ne cessaient de déverser des torrents d'appels, de commandements et de hurlements de klaxon, excellent bruitage de film de guerre, hautement professionnel, comme s'ils s'apprêtaient à appareiller pour la mère de toutes les batailles. Peut-être avaient-ils aperçu les Tartares ? Et puis le calme était revenu. Sans doute le dîner approchait-il, l'heure sacrée du pisco sawa dans les mess et les carrés où s'exalte la fraternité des combats. Le lieutenant Drogo avait fermé sa guérite, m'adressant en passant un signe amical de la main. Allons, la guerre n'était pas encore pour aujourd'hui. Demain, après une nuit réparatrice, on reprendrait le jeu où on l'avait laissé...

À l'estancia Harberton, propriété de Tomi Goodall, arrière-petit-fils du pasteur Bridges, j'ai acheté pour cinq dollars une coquille de *cholga* (moule) d'une vingtaine de centimètres de longueur provenant d'un ancien site de campement yaghan tout proche appartenant à l'estancia. Il y en avait tout un panier, avec le prix sur une étiquette. Je songeais à l'Indienne qui l'avait pêchée autrefois en plongeant nue dans l'eau glacée. Entre elle et moi, sans trop altérer la transmission du toucher par laquelle certains objets nous relient au lointain passé, deux intermédiaires seulement, d'abord l'Indien qui avait ouvert cette coquille au couteau (acier ? fer ? silex ?) pour en dévorer le contenu tout cru ou grillé à la pointe d'un bâton, ensuite l'homme blanc, mon contemporain — en fait un gamin de la famille Goodall, pour se faire un peu d'argent de poche —, qui l'avait ramassée parmi l'amoncellement de coquilles entassées d'année en année, de siècle en siècle, par les Yaghans, puisqu'un tabou leur interdisait de les rejeter à la mer. J'ai rapporté cette coquille chez moi, où elle tient à hauteur d'œil, en bordure d'un rayon de bibliothèque, la place d'un souvenir très important. De temps en temps, je la prends dans ma main, je la soupèse — elle est assez lourde —, je la frotte doucement entre mes doigts comme une sorte de lampe d'Aladin, mais aucun visage ne se forme, aucune voix gutturale ne se fait entendre...

J'ai également avalé un bol de soupe et mastiqué un croque-monsieur à l'estancia Harberton, servi par une jeune fille de la maison, dans l'ancienne cuisine du pasteur Bridges transformée en snack-salon de thé. J'avais parcouru des milliers de kilomètres pour arriver jusque-là. Au mur, un tableau généalogique détaillait l'abondante postérité de Thomas Bridges dispersée à travers l'ancien Empire britannique, jusqu'au Zimbabwe, ex-Rhodésie, où ils sont en train de faire leurs paquets. Quelques photos encadrées de Yaghans — il semble qu'on n'ait pas trop voulu insister — étaient disposées autour d'une petite vitrine contenant de l'outillage néolithique, mais rien d'un passé plus récent. Les registres de la mission — dates de baptême et dates de décès de la main même du pasteur Bridges — sont exposés à Ushuaïa, au *Museo del Fin del Mundo.* Dès la fondation du musée, en 1979, la famille Bridges s'en était séparée. Certains souvenirs peuvent devenir encombrants. On n'a pas envie de les avoir sous les yeux tous les jours.

En tout cas, l'endroit est charmant. On dirait que le climat a changé. Derrière une jolie clôture basse campagnarde, le jardin est planté de lupins de toutes les couleurs d'une extraordinaire vivacité. Le long de la façade abritée du vent, j'ai même vu un rosier. Les mains protégées par des gants de jardinier, une jeune femme blonde le taillait au sécateur, un panier posé à ses pieds. Elle chantonnait. Une autre jeune femme vint la rejoindre. Il y avait aussi une balançoire et deux petites filles qui jouaient. Exactement le genre de cottage et de jardin d'agrément que les pasteurs avaient tenté de construire et de défricher, autrefois, à la mission de Wulaïa, et que les Yaghans de Jemmy Button, bien vivants, avaient détruits et pillés.

11

Mission scientifique de La Romanche *en 1882. — Le commandant Martial et les Yaghans. — Réapparition en 1991 du matelot Charles Bouché. — Sa vie, son œuvre. — Où est éclairci le mystère des Indiens en tonneau du musée de l'Homme. — Poèmes de Charles Bouché. — Lettre à sa mère.*

Au début des années 1880, un petit groupe d'Indiens Yaghans persistait à se tenir éloigné d'Ushuaïa et de Harberton, les missions du pasteur Bridges. Pour cela ils s'étaient enfoncés loin au sud, jusqu'aux confins du cap Horn. C'est là que les découvrit l'aviso français *La Romanche,* commandé par le capitaine de frégate Louis Martial, lors de sa mission scientifique de 1882-1883 (première Année polaire internationale).

La baie d'Orange, où il mouilla et où furent installés à terre les baraquements de la mission, est située à la pointe ouest de l'île Hoste, en vue de l'archipel du Horn qui s'achève par le cap du même nom. Les Yaghans fréquentaient la baie d'Orange depuis des milliers d'années. Bien abritée, protégée des vents, elle offrait d'abondantes ressources, phoques, otaries, poissons, oiseaux, coquillages, plantes de céleri. C'était un de leurs sites de campement préférés. Deux ou trois cents de ces « Indiens de canots » s'y relayaient encore à cette époque, soit la moitié de ce qui restait de ce petit peuple isolé qui n'avait jamais compté plus de trois mille individus, même avant l'arrivée des Blancs. Des relations s'établirent aussitôt entre les Yaghans, plutôt méfiants au début, et l'équipage de l'aviso. Le premier jugement des Français est dur. Voici ce qu'en écrivait dans son journal publié par *Le Tour du Monde* le médecin de première classe Paul Hyades : « Ils nous apparurent d'entrée comme les êtres les plus déshérités de l'humanité et les plus rapprochés de la brute par leur défaut d'intelligence. » Le commandant Martial n'était pas plus tendre : « Il est difficile de se figurer un plus triste spécimen de l'espèce humaine que celui que nous avons sous les yeux. » Tous deux révisèrent leur jugement. Le commandant Martial ajoutait : « Bien que par la suite nos premières impressions aient été profondément modifiées, nous comprenons cependant l'effet qu'ils ont produit sur les voyageurs qui les voyaient pour la première fois... »

L'état-major de *La Romanche* avait été trié sur le volet, ce que la Marine nationale pouvait offrir de mieux — humanité, charité, honnêteté intellectuelle, indulgence — en cette fin du XIXe siècle, le siècle de l'orgueil blanc. Il n'existait aucun ethnologue à bord (on parlait à cette époque plutôt d'anthropologie). Les seuls spécialistes embarqués ne s'occupaient que de zoologie, de botanique, de géologie, de minéralogie, et l'étude des Indiens Yaghans n'était pas prévue au programme, excepté quelques mesures d'ordre strictement anthropométrique. Les officiers de *La Romanche* durent innover, inventant leur propre ethnologie mêlée de bonté et de modestie, particulièrement les deux médecins, Paul Hyades, déjà nommé, et Philippe Hahn, qui tout en soignant avec dévouement les Indiens recueillirent une masse impressionnante d'observations, et surtout le commandant en second, lieutenant de vaisseau Jean-Louis Doze, spécialiste de la photographie, auquel on doit un trésor inestimable de deux cent soixante-sept plaques négatives qui sont la mémoire vivante des Yaghans. Tout cela a été publié récemment à l'initiative de l'ethnologue Anne Chapman dans un gros album passionnant, émouvant, poignant, remarquablement documenté, où chacun de mes lecteurs devrait ensuite se précipiter[1]. Je voudrais seulement ajouter une pierre, une petite pépite inédite à cet inestimable édifice. Il s'agit du matelot Charles Bouché.

Entre autres utilités distrayantes et réjouissantes pour l'esprit, le consulat général de Patagonie se trouve au centre d'un réseau d'informateurs spontanés qui ont hissé depuis vingt-cinq ans nos archives au rang de Bibliothèque nationale patagone.

1. *Cap Horn, rencontre avec les Indiens Yaghans.* Éditions de la Martinière, Paris, 1995.

C'est ainsi qu'un beau matin de 1991, le courrier m'apporta la nouvelle de l'embarquement à bord de *La Romanche*, en 1882, du matelot Charles Bouché.

Le matelot Charles Bouché était le cuisinier du capitaine de frégate Louis Martial, commandant *La Romanche*. Il écrivait ses souvenirs au jour le jour, soit sur un cahier d'écolier, soit sur les formules réglementaires de la cambuse du carré des officiers : lettres à sa famille, petits récits de forme journalistique, et surtout de nombreux poèmes naïfs, de facture et d'orthographe maladroites, grammaire et syntaxe approximatives, mais chargés d'émotion et de grandeur. On les dirait écrits par un personnage de Marcel Aymé, tel l'inoubliable patron de bistro, dans *Uranus*, qui compose des alexandrins « raciniens » et les déclame en servant ses clients.

Les documents avaient été pieusement — c'est le mot juste — conservés par son fils Stanislas Bouché, âgé de quatre-vingts ans. Le vieux monsieur répugnait à s'en séparer et à les confier à la poste. Comme il habitait une région relevant du vice-consulat de Patagonie dans le Bourbonnais, c'est donc à notre vice-consul le professeur Bernard Lugan, assisté de son collaborateur Michel Ville, qu'était revenue la mission d'emprunter un moment ces documents afin de les photocopier. Je leur donne vie ici pour la première fois [1] — un

1. À l'exception d'une édition en trois cents exemplaires, épuisée, dans *Le Moniteur de Port-Tounens*, *B.L.A.P.* n° V (1995), *Bulletin de liaison des Amitiés patagones*, publié à dates irrégulières par la chancellerie du consulat général.

choix seulement, il aurait fallu tout un livre pour en publier l'intégralité —, dans leur jus centenaire, sans corrections, sans modifications, bornant au minimum mes commentaires sous le signe NDLR. On se réjouira, notamment, d'y voir enfin éclairci le mystère des Yaghans en tonneau du musée de l'Homme...

Voici d'abord l'introduction que Stanislas Bouché avait préparée pour nous sur son père :

Mon père, Charles Bouché, est né à Saint-Vaast-La-Hougue en 1861, d'une famille de sept enfants. Son père était charpentier de marine. À quatorze ans, comme mousse, il alla en Amérique. En 1882, à vingt ans, il s'engagea à Cherbourg et partit comme matelot cuisinier à bord de *La Romanche,* en mission scientifique au cap Horn pour, je crois, voir une éclipse de lune sur le soleil. Y avait-il le commandant Charcot avec eux ? J'ai souvent entendu parler de ce dernier. [NDLR : Impossible. Le commandant Charcot, né en 1867, n'avait alors que quinze ans.] Ses notes sont datées de plusieurs endroits : Punta Arenas, baie Cook, baie Beagle, baie d'Orange, baie Basile Hale, détroit de Magellan... Je possède aussi quelques photographies de Fuégiens — c'est ainsi qu'il nommait les habitants de ces lieux. Les photos sont assez délavées. Elles montrent des hommes, des femmes nus, portant seulement un cache-sexe. Au dos de l'une de ces photos, le nom de deux jeunes filles, Chaonalonquipa, quinze ans, et Chananesquipa, seize ans. [NDLR : De petite taille et seins pointus, avec leurs cheveux noirs mi-longs, les deux jeunes filles sont assez jolies et pouvaient parfaitement faire rêver en ce bout du monde un romanesque matelot cuisinier. D'un « rousseauisme » légèrement érotique, cette photo porte le numéro 115 de la collection Jean-Louis Doze publiée par Anne Chapman. Comment le matelot Charles Bouché l'avait-il en sa possession ? Peut-être l'officier photographe de *La Romanche* l'avait-il tirée en plusieurs exemplaires et offerte en souvenir à l'équipage, photo punaisée au-dessus des banettes à la façon des calendriers de pin-up...]

Et le vieux monsieur poursuivait :

Quoique cela soit bien ancien, je me souviens des récits de mon père. Il disait que tous les Fuégiens faisaient deux mètres. [NDLR : Le matelot Charles Bouché a pourtant côtoyé les Yaghans plus d'un an, ce qui ne l'empêche pas d'enfourcher allègrement le mythe des Patagons géants inventé par Pigafeta, le chroniqueur de Magellan, et repris tant de fois par la suite. Licence poétique...] Les autochtones venaient autour de *La Romanche.* Les marins leur lançaient des pièces de monnaie. Ils plongeaient pour aller les recueillir. Ils étaient pratiquement nus et se protégeaient du vent par une peau posée sur l'une des deux épaules.

Un soir, deux Fuégiens ayant trop bu avec les membres de l'expédition furent incapables de revenir à terre. Mon père, avec d'autres membres de l'équipage, les retrouva noyés le lendemain. Ils les ramenèrent à bord, les mirent dans un fût d'eau-de-vie et je les ai vus moi-même au musée de l'Homme du Trocadéro, l'étage à gauche, lorsque j'étais jeune homme. Peut-être y sont-ils encore et l'on pourrait déterminer leur taille ? [(NDLR : Pour ma part, j'avais entendu il y a une vingtaine d'années, par Guy de Beauchêne notamment, mon camarade au club des Explorateurs, et chercheur au musée de l'Homme, parler de ces deux tonneaux où trempaient ces infortunés Fuégiens. Ils n'étaient plus exposés depuis longtemps, oubliés définitivement et même plus répertoriés, au fond d'une réserve obscure dans les ténébreux sous-sols du Trocadéro. On n'évoquait que par ouï-dire, entre plaisanterie fine et malaise, ces deux Belphégor yaghans que plus personne n'a revus. Lors de la rénovation prévue et programmée du musée, la trouvaille risque d'être encombrante...] Revenu à Cherbourg en 1883, mon père part en permission chez sa maman à Sèvres. Rappelé presque aussitôt, il embarque pour le Tonkin. Sur la route du retour à bord de *La Romanche*, il fait naufrage devant Tamatave et ne rentre à Toulon qu'en 1886 et part en permission libérable.

Une belle moisson de souvenirs qu'ils avaient, les marins de ce temps-là, aux confins de la terre encore en pointillé sur les cartes, avec un naufrage en bouquet final... Voici quelques-unes des œuvres du matelot Charles Bouché :

L'APPAREILLAGE

Rade de Punta Arenas le 14 novembre 1886.

Le soir on levait lancre
Pour décendre le détroi
Pour retourner baie d'Orange
Baie du vent et du froit
La neige tombe en flocon
Et blanchi nos cordages
Les matelots sur le pont
Sont à la pareillages
L'officier qui est de care
Presce le commendement
Car l'on est en retare

Et l'on preses le moment
Tout le monde à son poste
Gabiers et timoniers
La vigie en capote
Soufle dans ses doigts gelés
Elle doit annoncer
Le bâtiment en vue
Qu'on regarde de près
Avec la longue vue
On salue cés lusage
en issant le drapeau
Cés la France qui passe
Respectés son drapeau
Car qui conque méprise
La flame tricolore
Pairait chère la méprise.

PAYSAGE

Baie Cook, le 15 novembre au soir.

Nous entrons dans la baie Cook
Qui fut nomée un soir
Par le Capitaine Cook
Le célèbre marin
Renomé de courage
Y vint san carte en main
San crindre le naufrage
Les côtes verdoiantes
Et ces cimes blanchies
Les hauteurs éfrriantes
Non put être franchies
La Romanche encadrée
D'un ovale de verdure

Adiós, Tierra del Fuego

Des arbre centenaire
Domine sa mature
Et ses haute montagne
Se trouve souvent cachée
Par de sombre nuage
Que le vent a dispersée.

LES PHOQUES

Baie Cook, le 16 novembre 1882.

Dés le matin nous allames à la chasse au focques
Puisque cés la saison profiton de l'époque
Et pour aller à terre nous en étions trés proches
Des cartouches nous en avions plain nos poches
Nous en vimes bien deux et même trois aussi
Pour nous futs un instant pour charger nos fusis
Le lieutenant lui visa le premier
Nous en mancames deux nous tuames le dernier
Pour aller les chasser faut s'y prendre matin
Car pour faire leur peches il maite de lantrin
Les focques en folie se penche sur les roches
Et sente bien venir les poissons qui saproches
Avant que les poissons ne se soient retournées
Les focques qui les guetes sur eux se sont jettés
Et les poisson paisible qui devienne leurs prois
Sont des etres fragiles auprés de tels poids.

HYDROGRAPHIE CHEZ LES SAUVAGES

Baie Beagle, cap Horn, non daté.

Aujourd'hui trois embarcations à la mer
Pour aller faire l'hidrographie à terre
On exsécute les ordres dès cinque heures du matin

Au canote à vapeur la pression est en train
Ont pare bien armée on crain les Fuégiens
Car dans cette contrées ils sont plus vorace que leur chiens
Pendant notre résidance une baleinière de naufragé
Ont été pris par eux et ont été mangées
Cela vous fait voir la grande férocités
Et pour décendre à terre ont né pas en suretés
Et il faut décendre faire les observations
On emporte le pain le vin et les rations
Et les voila parties pour toute la journée
Et ils ne rentreronts que tares dans la soirée
Ils braves le danger ils ne sont pas peureus
Et ils poses le pier sur la ride rivages
Il est dix heures du soir ne sont pas revenuts
Ont se demandes à bord que sont-ils devenuts
Ent fin à dix heures vints appercevont point noirs
C'est eux à l'orison on vient de les appercevoirs
Les voila ariver bien fatigués de leur longue excurtion
En arrivant ont leur donne doubles rations
Ils manges de grand cœur leur deux cents grames de pain
Ils boives d'une seule trai leur deux quare de vins
Aprés avoir bien but et avoir bien mangers
Ils croche leur hamac et vont se reposer.

(NDLR : Le cannibalisme attribué aux Fuégiens par notre matelot ne correspond à aucune vérité connue. Le commandant Martial et le docteur Hyades se sont toujours élevés contre cette affirmation, légende incontrôlée qu'on doit à la méchanceté de Fitz Roy et Darwin, et l'on peut au contraire supposer que ces deux excellents officiers réunissaient de temps en temps l'équipage de *La Romanche* pour de petites conférences de mise au point, et sur la manière de considérer ces Indiens. Alors pourquoi ? L'épisode des « naufragés mangés » a été entièrement inventée par notre poète. Sans doute le désir de se faire mousser, de corser un peu le tableau... Au carré de l'équipage, entre deux « quare de vins », on devait se raconter des histoires, on jouait à se faire peur. Peut-être aussi le souvenir de quelque article du *Journal illustré* relatant l'exhibition à Paris, lors de l'Exposition universelle de 1879, et à Hambourg, par le cirque Hagenbeck, d'un groupe de malheureux Fuégiens présentés nus, comme des « cannibales », et nourris de viande crue.)

Pour terminer, quelques extraits d'une lettre de Charles Bouché à sa mère :

Romanche, baie d'Orange, cap Horn, non daté.

Cher Mère,

Je técrit ses quelques lignes pour te faire savoir l'état de ma santé qui a été trés bonne pendant la traversés (...) Je te prie de croire que l'on sannuis dans ce pey car l'on y trouve rien que des moulle et encore qui sont amaires et les Fuégiens ne se nourice que de ce la. Pour faire la peche ils sont 7 ou 8 dans une pirogue qui nat pas plus de 2 metres de longs sur 50 ou 60 cent. de larges. Les hommes ne font rien et les femmes sont aubliger de plonger pour avoir des coquillages. Ils sont tout nue car ils nons qu'une pau

qui leur couvre une épaule du coté que vient le vient et avec cela ils brave le vent comme la neige qui tombe toujours car il fait trés frois. Ils sont toujours accroupies et dans leur pirogues ils ont toujours un grand feu ils ne se leve que pour aller chercher de leau. Je te donnerai de plus enple détail quand je serait de retoure. Je te dirai que je écrit de la poésie en mamusant ce né pas du Hugo mais je les écrit telle que samevien en voici deux que jait fait en técrivant :
Le neige tombe en flocons

Et blanchi nos cordages
Les matelots sur le pon [...]

Jen nait comme cela au moins une 50 taine je croi avoire un beau cahier [...]. C'est de la pare de ton fils qui panse souvent à toit. Bouché Charles, cuisinier du commandant à bord de *La Romanche.* Punta Arenas, Patagonie.

À la dernière page de son « beau cahier », le matelot Charles Bouché conclut :

J'écris en m'amusant, je ne suis pas journaliste
Si voules lire mes verts ma foi je vous invite
Je ne les ait pas écrits pour les faire publiers
Mais en vous les praitant comme ça vous les lirés.

12

Obstination des missionnaires. — Les Indiens commencent à se métisser — L'île Baily, tombeau du pasteur Burleigh. — Mrs. Burleigh brode des phoques. — Transfert de la mission à Navarino — La Marine chilienne débarque. — Pèlerinage au cimetière des Yaghans. — Messages et offrandes mystérieuses.

Le pasteur Bridges, faute de fidèles, jugeant honnêtement son catastrophique bilan, avait fermé en 1887 la mission d'Ushuaïa, mais ce serait trop vite tirer un trait sur l'évangélique obstination de la London Patagonian Missionary Society, laquelle s'était avisée que des âmes lui avaient échappé et qu'il restait quelques groupes d'Indiens rétifs du côté de l'archipel Wollaston, au cap Horn (ceux-là mêmes qu'avait rencontrés l'équipage de *La Romanche*). Parmi eux, s'étant joints aux derniers Yaghans, une cinquantaine d'Alakalufs rescapés du détroit de Magellan. Les ultimes survivants de ces deux peuples minuscules s'étaient donc retrouvés là-bas, additionnant leurs faiblesses pour tenter de durer encore un peu. Leur histoire n'est pas achevée. Il nous faut les accompagner jusqu'au terme. Je sais, cela finit par devenir monotone, ces gens qui n'en finissent pas de mourir...

Ils avaient pourtant mis, si je puis dire, toutes les chances de leur côté afin de ne pas être rejoints. Une sorte de microclimat épouvantable où semblent s'être donné rendez-vous toutes les violences et les agressions de ce canton de l'univers auquel les observations météorologiques les plus optimistes attribuent une moyenne de trois cents jours de pluie, de grêle, de neige, et vingt-cinq tempêtes par an, de vraies tempêtes, celles du cap Horn, qui peuvent durer une ou deux semaines, sans compter les williwaws qui vous soulèvent un canot hors de l'eau pour le recracher en morceaux. Avec cela, un froid humide, pénétrant, persistant, aggravé par la morsure du vent, et des terres, une douzaine d'îles, parmi les plus inhospitalières au monde, immenses roches imbibées, suintantes, où ne poussent que des lichens et des mousses, et quelques arbres dénudés le long des grèves. Pour ma part, je n'ai pas navigué aux Wollaston, mais les rapports de mer que j'en reçois presque annuellement, bien qu'uniquement à la « belle saison », provenant de voiliers enregistrés au consulat général de Patagonie, sont édifiants. Et encore, semble-t-il, là-bas aussi le climat a changé. Cent ans plus tôt, l'hiver surtout, c'était l'enfer.

C'est pourquoi, sans réserves ni restrictions, nous saluerons le dernier héros de la Patagonian Missionary Society. Il s'appelle le pasteur Burleigh. Il est marié. Nous saluerons aussi Mrs. Burleigh. Tous deux se fixèrent à l'île Baily, dans les Wollaston, au nord-ouest de l'archipel, dès 1888. Cette fois, il n'est pas question de cottage ou de jardin anglais. Un unique baraquement qui tremble sous les ouragans, car le site a été mal choisi, dans une baie ouverte aux vents. Le bulletin de la Patagonian Society, tout en annonçant fièrement la fondation « de l'établissement le plus austral qu'aucun être humain habitât dans le monde », se montrera fort avare de détails sur l'échec de cette mission.

Ce combat d'arrière-garde dura cinq ans pendant lesquels le ménage Burleigh supporta d'innombrables privations, distribuant le peu qu'il avait et ne connaissant plus d'autre joie que d'aider les Indiens à mourir chrétiennement. C'est à cette époque-là également que ce qui restait de la population indigène — Alakalufs et Yaghans — commença à se métisser, à absorber du sang blanc. La mission de l'île Baily, toute misérable qu'elle était, représentait l'unique espérance pour les marins naufragés dont les navires s'étaient perdus au cap Horn, chasseurs de phoques ou baleiniers, et qui venaient s'échouer là, épuisés, incapables d'aller plus loin. Alors la loi de la nature joua, et cela d'autant plus facilement que les femmes, chez les Indiens, mouraient un peu plus tard que les hommes. Les deux langages aussi s'effacèrent — Alakalufs et Yaghans ne se comprenaient pas entre eux et n'étaient pas compris des Blancs —, remplacés par des rudiments d'espagnol mêlés à des bribes d'anglais qui devinrent en quelques années l'unique langue de transition des derniers habitants de l'île Baily. Là-dessus le pasteur Burleigh mourut, alors qu'il s'efforçait de rallier quelques familles encore nomades qui campaient sur une île voisine — toujours cette obstination funeste à rassembler, à regrouper... Pris dans un williwaw avec son canot, il se noya la veille de Noël, 24 décembre 1893. Quelques Indiennes tentèrent de le sauver — elles étaient les seules à savoir nager —, mais le froid l'avait déjà tué quand elles parvinrent à le sortir de l'eau. Le pasteur Burleigh clôt en quinzième et dernière position la liste des pasteurs protestants morts au service de la London Patagonian Missionary Society. Rapatriée en Angleterre, Mrs. Burleigh consacra le reste de son existence à des ouvrages de bienfaisance, brodant des caps Horn, des phoques et des petits canots indiens sur des napperons et des coussins. Quant à la mission de l'île Baily, transférée sous des cieux plus cléments, c'est-à-dire un peu moins furieux, à une centaine de kilomètres au nord, sur la côte ouest de l'île Navarino, au bord du canal Douglas, elle se survécut tant bien que mal pendant une douzaine d'années.

En 1906, elle fit ses comptes. À l'exception de l'orphelinat où la vie équilibrait encore la mort au fur et à mesure que les familles indiennes s'éteignaient, laissant parfois un ou deux enfants, la population de la mission s'était réduite à quelques dizaines d'âmes. Beaucoup avaient succombé aux maladies, d'autres s'étaient dispersés, surtout les métis, rejoignant Ushuaïa et même Punta Arenas, attirés par les mirages du progrès. Dans les faubourgs de ces deux villes, aux lisières de la misère, il m'est arrivé de croiser des visages aux yeux bridés. Lointains métis d'Alakalufs ? De Yaghans ? Je n'ai pas posé la question. On ne force pas la porte d'un tombeau...

Devant un bilan aussi éloquent, la Patagonian Missionary Society prit enfin une sage décision. Elle rapatria ses derniers pasteurs qu'elle expédia au Gran Chaco pour le bonheur des Indiens Guaranis et tira un trait sur sa dernière mission. Il faut noter, pour son honneur, qu'elle prit soin, à sa manière, des survivants de l'île Baily qu'elle transporta et installa, à ses frais, sur la rive du canal Beagle, au nord de l'île Navarino, en face du futur phare des Éclaireurs, en un lieu assez plaisant, baptisé Puerto Mejillones, cédé par le gouvernement chilien auquel cette générosité ne coûta rien et qui fut décrété réserve indienne. D'après les souvenirs qu'ils en ont conservés, il semblerait, bien qu'en sursis, qu'ils y vécurent à peu près heureux. Le rivage regorgeait de moules, les phoques de l'île des Éclaireurs fournissaient la graisse et la viande fraîche, et une forêt de petits hêtres obstinés, du bois à brûler, pour manger chaud. L'apparition du compatissant patrouilleur chilien *Micalvi*, dans les années vingt, assura leur sécurité. Nul ne vint plus razzier leurs femmes et enrôler de force leurs garçons à bord des navires de pêche. Ils n'en continuèrent pas moins à mourir, peuplant leur cimetière, au bord de l'eau, à un rythme sans cesse croissant que les rares naissances ne ralentissaient pas.

Battez, tambours ! Sonnez, clairons ! Tonnez, canons ! En 1956, pour stopper l'expansionnisme des Argentins d'Ushuaïa, l'Armada Chilena débarqua en force à Navarino, déclarée *zona militar* et propriété de la Marine chilienne ainsi que les trois îles voisines de Lennox, Picton et Nueva. La Marine chilienne, c'est le marquis de Carabas de l'Extrême-Sud fuégien : tout lui appartient, les forêts, les montagnes, le bétail, les moutons, les bergers, et la totalité des rivages. Nul ne peut y lever le petit doigt sans son autorisation. Les Indiens de Puerto Mejillones gênaient. À quarante kilomètres de la nouvelle « capitale », Puerto Williams, ils échappaient à l'œil du maître. En vertu des impératifs stratégiques et de la loi de protection des Indiens, il fut décidé de les déplacer et de les protéger de plus près. Cet ultime *Dérangement*, pour parler comme les Acadiens, ne fut certes pas *the trail of tears* (la « piste des larmes », lors de la déportation des Cheyennes), mais tout de même, sans les consulter, alors qu'ils se sentaient bien, là-bas, ils furent priés de faire leurs paquets. La Marine chilienne les relogea sous son aile, à dix minutes à pied de Puerto Williams, en un lieu assez ingrat nommé Ukika, réserve indienne, comme il se doit. Puerto Mejillones (Port-aux-Moules) fut rasé. Il n'en reste en effet que les moules, des dizaines de milliers de coquilles de moules vides entassées sur la plage selon le tabou — la consommation de cent personnes pendant cinquante ans — et le cimetière.

Cahotant sur la piste côtière en 4 x 4, l'unique taxi de Puerto Williams, j'y suis allé en pèlerinage le 19 janvier 1999, pour la première et la dernière fois. Là, on ne peut pas dire le contraire, le marquis de Carabas s'est surpassé. Barrières blanches fraîchement repeintes, enclos familiaux, stèles de bois brun régulièrement revernies, herbe parsemée de marguerites, le tout s'ouvrant par quelques marches conduisant à un portail surmonté d'une inscription proprement gravée :

CEMENTERIO INDIGENA MEJILLONES
declarado monumento nacional
por decreto nº 556 del 10 de junio de 1976.

Assurément, *el monumento nacional mas austral del mundo* et certainement le moins visité de tous les monuments nationaux au monde. Hommage tardif, quasi posthume, puisque les Yaghans de sang yaghan ne sont plus représentés aujourd'hui que par deux vieilles dames, à Ukika. Combien sont-ils dans ce cimetière ? À compter les croix de bois blanches, plantées de guingois, certaines abattues par le vent, un peu plus d'une cinquantaine. L'Amirauté chilienne, dans sa sollicitude, les a regroupées par familles : *Familia Rodriguez, Familia Gonzales, Famila Clemente, Familia Milicich, Familia Yaghan...* Que signifient ces noms ? Des identités récentes, inventées et imposées, alignées dans les registres des pasteurs conformément aux lois de l'état civil, et qui avaient métamorphosé d'un trait de plume les Yaghans Ceilapotensis, Latabolik Kipa, Tellapakacha, Ayak Kipa, Kamanakar, Ouchpoukatékanintsi, Chounakar, Athlinata, Bilouchmagorintjis, Chaoualouch, Eralaventsis, Tamakamika, Ouarououayensis, Mayachka, Oufhtaradika, Samakanika, Parouroumaonigon, Lapouchounentsis, Tikolaélé et les autres aux noms tout aussi imprononçables qui avaient tant écorché les oreilles de Darwin, en sujets chiliens présentables et répertoriés décemment, pourvus de prénoms chrétiens gravés sur les stèles du cimetière : Ignacio, Rosa, Amelio, Maria, Juan, etc. Quant aux patronymes, les pasteurs et les scribes navals ne s'étaient pas cassé le ciboulot. Rodriguez, Gonzales, Clemente, c'est Dupont, Durand, Dubois, probablement des métis, de même que la famille Milicich, un nom qui sonne vrai cette fois, celui de quelque mataf dalmate natif de Dubrovnik, de Kotor ou de Split comme la moitié des premiers émigrants européens de Terre de Feu, et qui avait fait souche à l'île Baily. Seule la famille Yaghan surprend par son patronyme « indigène ». Sans doute les membres de cette famille s'étaient-ils accrochés à ce nom qui était celui de leur peuple comme un naufragé à une bouée qui lui maintient la tête hors de l'eau.

Sur la stèle de la famille Clemente, sept noms. Le cinquième est celui de Daniel Juan Alakaluf, mort en 1953. Une sorte d'émigré, lui aussi, Alakaluf réfugié chez les derniers Yaghans de l'île Baily après la disparition de son peuple dans les brumes de Puerto Eden. Peut-être ne s'appelait-il pas Daniel Juan, mais Lafko, Lafko l'Alakaluf qui avait vécu dix mille ans et dont j'avais raconté l'histoire[1]. J'ai pensé fortement à lui. J'avais fait le tour de la terre pour venir le saluer.

À côté de la grande croix blanche du cimetière, rompant l'ordonnance militaire des lieux, quelqu'un, un Indien sans doute, juste avant l'exode, avait construit un petit tchelo qui servait de cha-

1. *Qui se souvient des hommes...*, *op. cit.*

pelle funéraire. Sur le sol, parmi quelques bondieuseries, chapelets, images pieuses, saintes vierges de pacotille, des offrandes résolument païennes avaient été déposées, certaines depuis fort longtemps, d'autres beaucoup plus récentes, crânes ou os d'oiseaux et de rongeurs, plumes, cailloux rappelant des formes d'animaux, et aussi des petites boîtes qui m'intriguaient, du genre de celles où l'on range les vis, les écrous ou les hameçons sur un bateau bien accastillé. J'ai hésité, puis j'en ai ouvert une. Elle contenait une simple feuille de papier pliée en huit sur laquelle il était écrit, en français :

> Voilier *Kekilistrion*
> Olivier, skipper, Édith, René, Jean-Jacques,
> et le signataire de ces lignes, Jean-Claude Maille,
> vice-consul de Patagonie à l'île de Saint-Barthélemy,
> se sont recueillis ici le 29 novembre 1996
> à la mémoire des Yaghans et de Daniel Alakaluf.

Son cosas de Patagonia... Ainsi se forme la chaîne de la mémoire, de la même façon que les navires, autrefois, qui franchissaient le détroit de Magellan, laissaient en doublant la croix du cap Froward une trace messagère de leur passage. Les autres boîtes semblaient moins récentes. Je demanderai aux anciens, chevaliers marins de la pluie, au docteur Stern-Veyrin, à Willy de Roos, au baron Alfred von Oppenheim et à quelques autres que je connais, si d'aventure, eux aussi, n'ont pas débarqué par là l'espace d'un court pèlerinage. J'ai ajouté mon offrande, un petit drapeau de table muni d'une hampe, bleu, blanc, vert, aux couleurs de la Patagonie. J'en avais apporté une dizaine. Je les ai plantés au pied des stèles. L'hommage aux morts étant sacré, et leur fabrication d'excellente qualité, j'imagine qu'ils y flotteront longtemps, à la plus grande perplexité des visiteurs non initiés, et pourquoi pas l'éternité...

13

Puerto Williams, base navale. — Joies australes de la vie de garnison. — Chez Kitty (ambiance familiale), entre Zidane et Pinochet. — No pasarán, *les Argentins ! — Merci à la Marine chilienne. — Ukika, réserve indienne : Ursula et Christina. — En relisant l'odyssée de grand-mère Julia, recueillie par Anne Chapman. — Où le colonel des carabiniers salue les derniers Yaghans. — Le combat perdu du conservateur. — Un si réjouissant naufrage.*

Puerto Williams a ravi à Ushuaïa, sa voisine sur l'autre rive du Beagle, la couronne de la ville la plus australe du monde, mais peut-on parler d'une ville ? Interdite aux civils pendant trente ans, jusqu'en 1986, c'est d'abord une base navale de l'Armada Chilena. Aujourd'hui, sur deux mille habitants, douze cents sont encore des militaires, des marins, sans compter les carabiniers en tunique vert olive. Hormis la logistique d'une petite flottille de trois ou quatre patrouilleurs (*secreto militar*), on se demande de quelle façon ils arrivent à occuper leur temps. Et pourtant on ne voit qu'eux, arpentant le quai et les trois rues de l'agglomération, affairés, toujours impeccables, l'uniforme strictement boutonné et la casquette ou le béret plantés bien droit sur le crâne, jamais les mains vides, au moins la gauche, vissée à la poignée d'une sacoche bourrée de dossiers ou sur une planchette à élastiques et protège-pluie en plastique recouvrant des tas de papiers à signer, l'autre main, la droite, servant à saluer les gradés, lesquels répondent, et vice versa. Il y a des pancartes partout, du même joli bois brun que celui des stèles du cimetière, Capitainerie, Trésorerie, État-Major, Aumônerie, Fusiliers-marins, Mess des sous-officiers, Direction de l'artillerie, Infirmerie, Intendance et j'en passe, plantées devant des bâtiments de tôle et de planches fort bien tenus et assortis de places de parking portant numéro et initiales de leurs titulaires, car la Marine se déplace aussi beaucoup en voiture dans cette capitale de poche qui comporte à tout casser un kilomètre de rues. Le capitaine du port et les huiles de la base ont droit à des ancres de navire artistement disposées sur un gazon bordé de cailloux peints en blanc à l'entretien desquels il m'a semblé qu'au moins un quart de la garnison était en permanence affecté. En face, chez les Argentins, on m'avait paru moins agité. C'est pourquoi ils doivent s'ennuyer, tandis que les Chiliens, manifestement, cultivent les emplois du temps chargés. Le Puerto Williams militaire perpétue aux portes de l'Antarctique l'ambiance des Empires coloniaux d'autrefois, cocotiers et tirailleurs indigènes en moins. On tourne en rond, entre soi.

Tout de même, le Puerto Williams civil a fini par sortir de terre. L'Amirauté a autorisé, récemment, l'élection d'un maire et d'un conseil municipal. Le résultat est assez gai. Quand le soleil se pointe entre deux averses, les toits et les murs de toutes les couleurs témoignent d'un optimisme réjouissant qu'on est prêt à partager. Dès que le temps consent à virer au sec, une partie de la population se précipite avec un pinceau pour raviver les verts clairs, les rouges vifs, les roses bonbon et toutes les nuances de bleu. De la taille de deux terrains de tennis, la place de l'Étoile locale est carrée, dédiée comme la nôtre au Libertador, ici le général Bernardo O'Higgins. Les quatre bancs, les quatre poubelles, les deux lampadaires et la plaque commémorant la fondation de la cité ont été offerts par le Rotary Club, *el mas austral del mundo,* assurément, dont la roue dentée familière, symbole ici comme partout de la soumission des élites au magistère américain, est plantée au sommet d'une colonne à la façon d'un monument. Il se réunit les premiers jeudis du mois au restaurant Los Dientos de Navarino, un bistrot de bout du monde crasseux mais plutôt sympathique — la ville n'offre pas d'autre choix —, dont le plat unique est un *churrasco palta,* gros pain garni de minces filets de bœuf arrosés de sauce piquante. On est calé et cela donne soif. Je ne me suis pas consolé d'avoir manqué le jeudi rotarien de Puerto Williams.

En effet, les distractions sont rares. Pas de cinéma, mais le coiffeur loue des cassettes vidéo. On trouve aussi trois bazars qui vendent exactement la même chose, notamment d'inimitables lampes de chevet et des services à thé comme on en gagne dans les loteries de foire, une boutique de marchandises détaxées, le comptoir de la compagnie d'aviation où une grosse Chilote engoncée dans trois chandails compulse d'un index douteux le registre manuscrit des deux vols hebdomadaires qui est son seul outil de travail, et un supermarché flambant neuf, avec caddies et caissières, où les Madames quartier-maître et les Madames lieutenant-de-vaisseau initient leur progéniture aux joies du shopping en famille. Quand le cargo passe, deux fois par mois, dès le lendemain il y a foule aux gondoles d'alimentation. Les moules du Beagle ne sont plus comestibles, et hormis les centolas et le mouton, Puerto Williams ne produit rien. On y vit pourtant plutôt bien — les salaires y sont majorés —, avec cette sorte de gaieté triste qui est la marque des Chiliens. Les enfants jouent au ballon et sillonnent les trois rues en VTT.

Je m'étais installé chez Kitty, à l'enseigne de la Pensión Temuco (Ambiente familiar), une maison de tôle, de planches et de papier goudronné avec des fenêtres bancales et une gouttière rafistolée. Quand la camionnette de la grosse Chilote nous y déposa, nous avons échangé, ma femme et moi, un regard quelque peu inquiet. Nous avions tort. Certes les chambres étaient minuscules, nous y trébuchions sur nos valises, les lits étroits et cintrés, on s'entendait ronfler et tousser d'une pièce à l'autre, mais il y faisait divinement chaud. On dormait dans des draps propres, la salle de douche était impeccable, les ragoûts de mouton, les tourtes à l'oignon et les gâteaux de riz de Kitty, arrosés d'un convenable vin chilien, puissamment roboratifs et servis à une table d'hôtes où nous avons passé de bons moments à regarder la télévision en compagnie de chefs de chantier, de contremaîtres et de conducteurs d'engins (on construisait un *centro cultural* et on cimentait rues et trottoirs) qui nous pardonnèrent sportivement notre qualité de Français en dépit de l'appui militant de la France à l'arrestation de Pinochet par les Anglais, parce que nous avions eu l'immense mérite à leurs yeux de remporter la Coupe du monde de foot. À une portée de ballon du cap Horn, c'est Zidane qui nous a dédouanés ! Même si j'avais eu des réserves à exprimer, je me serais bien gardé de leur en faire part. Tous les soirs, au journal télévisé, ils suivaient le feuilleton Pinochet avec passion, sans cacher leur indignation. Car le général Pinochet, c'est le grand homme du Chili austral. C'est lui qui l'a fait décoller. Pendant ses quinze ans de présidence, la population et l'activité économique des petites villes côtières de l'Extrême-Sud chilien ont triplé. C'est à sa seule obstination et à son gouvernement que le Chili doit l'extraordinaire *carretera austral* qui de Puerto Montt au lac Viedma, en une succession de prouesses techniques, se glisse sur douze cents kilomètres à travers fjords, montagnes et glaciers, découvrant des paysages fabuleux et arrachant à l'isolement les courageux qui s'y étaient installés. Plus encore qu'au Montana ou dans les parcs nationaux américains et canadiens, là se trouvent les grands espaces et la pure nature triomphante. C'est d'ailleurs en pensant au tourisme que le gouvernement actuel du Chili a renié l'initiateur de cette route. Construite et inaugurée sous le nom de *Ruta Pinochet*, elle a été débaptisée. Va pour la *carretera austral*...

À Puerto Williams, toutefois, le développement du tourisme ne semble pas pour demain. Une récente tentative hôtelière s'est soldée par un échec. L'hôtel Wala, près de l'aéroport, unique bâtisse à étages, et en dur, de la petite capitale, qui pratiquait des prix américains, n'a pas tenu deux saisons, mais la porte est restée ouverte. On y entre comme dans un moulin, on appelle et personne ne vient. Le téléphone est débranché. Le chariot à bagages rouille. La poussière recouvre les tables et les chaises de l'immense salle à manger déserte. C'est la Marine qui a gagné. Ici, guerre ou paix, c'est Verdun. *No pasaran*, les Argentins ! Le « front » s'étend sur cent cinquante kilomètres, toute la rive nord de l'île Navarino. La Marine surveille tout, la pêche, le mouvement des navires sur le canal Beagle et celui des petits voiliers charters français dont la mobilité agace les autorités maritimes, jusqu'au trafic routier sur la piste côtière, pourtant quasi inexistant. Vers Caleta Eugenia, à l'est de Puerto Williams, une mine d'or désaffectée où la Marine élève quelques vaches confiées à un péon solitaire et analphabète, la piste longe d'anciennes tranchées et des postes de tir bétonnés. Les abords ont été déminés en attendant la prochaine alerte, mais y marcher reste déconseillé. Pas question de lâcher des touristes en pleine zone de combats virtuels. Ce n'est pas un terrain de manœuvres, c'est un terrain de jeux, et la Marine ne prête pas ses billes. Elle bloque également toute extension des communications civiles maritimes et aériennes. Il est pratiquement impossible de trouver un embarquement pour traverser le Beagle et gagner Ushuaïa, presque en face, de l'autre côté. La liaison aérienne a été supprimée à l'époque du dernier conflit et n'est pas près d'être rétablie. J'ai déjà raconté comment il faut faire un détour insensé de plus d'un millier de kilomètres alors que dix minutes suffiraient. Le seul avion pour Puerto Williams vient de Punta Arenas et survole toute la Terre de Feu. On se console car la vue est superbe, mais l'appareil ne comporte que neuf places. À raison de deux vols aller-retour par semaine, parfois trois, on arrive au chiffre de vingt-sept passagers hebdomadaires. La Marine chilienne peut jouer tranquille sur son terrain de *kriegspiel* naval. Ce n'est pas moi qui vais m'en plaindre. Tout ce qui rend difficiles les voyages du plus grand nombre dans les bouts du monde encore préservés me satisfait. Puerto Williams, c'est Ushuaïa il y a cinquante ans. Merci à l'Armada Chilena, mais nul ne sait si cela durera. Rien ne résiste au tourisme de masse.

C'est à Ukika, dix minutes à pied, que j'ai rendu visite à Ursula et Christina Calderon. Pendant que je marchais sur le chemin, un gros hélicoptère militaire dont le bruit caractéristique avait soudain empli le ciel, se posa sur le terrain, à un kilomètre de là. Aucun appareil de ce type n'étant basé à Puerto Williams, il devait s'agir d'un visiteur important. Il a sa place dans cette histoire. J'y reviendrai...

Ursula a soixante-quinze ans, Christina soixante-trois. Trapues, bien plantées, les cheveux portés longs sur les épaules, de beaux visages massifs, parfaitement typés, le menton carré, un regard qui croise le vôtre d'égal à égal, à la fois franc et indifférent, ni contentes, ni fâchées de votre visite, la routine, mais sans ennui, car elles ont vu tout de même pas mal de monde depuis leur établissement à Ukika, photographes, ethnologues, universitaires, journalistes, le *Geographical Magazine*. Le Smithsonian Institute de New York, le musée de l'Homme, elles sont célèbres à leur façon, elles ont été mille fois photographiées, elles ont répondu simplement, sans se lasser, à toutes les questions qu'on leur a posées, elles ne se prennent pas pour des vedettes mais elles savent parfaitement ce qu'elles représentent sur cette terre et pourquoi on vient les saluer. Ursula et Christina sont les deux dernières Yaghans de race pure.

Ukika : cinq maisons au bord de l'eau reliées entre elles par de petits chemins de planches jetés par-dessus la boue. J'y retrouvai le désordre extérieur propre à tous les nomades — Gitans, Yaghans, Sioux et autres déracinés — que les conditions de la vie ont obligés à se fixer. Sur l'une d'elles, la plus décrépite, une inscription maladroitement peinte annonçait : *Iglesia evangelica*, Église évangélique. Pas rancuniers, les Yaghans ! Il y avait aussi des chiens, de vrais chiens d'Indiens, qui n'aboient jamais, mais hurlent parfois. Ceux-là ressemblaient en tous points aux chiens que l'on voit sur les photos du XIXe siècle et les dessins du XVIIIe, embarqués à bord des canots. Ils descendaient en ligne directe des chiens espagnols de Port-Famine recueillis par les Indiens en 1586. La maison des sœurs Calderon semblait la mieux tenue. Je n'y suis pas entré. Je n'aurais pas aimé faire preuve d'une curiosité déplacée. Ce ne fut d'ailleurs pas nécessaire. Ursula et Christina se tenaient un peu plus loin au bord du chemin, debout derrière un présentoir fait de trois planches sur lequel elles avaient disposé leur travail, des petites maquettes de canots yaghans, plutôt sommaires, et des paniers en osier, répliques réduites de ceux que les Indiennes emportaient avec elles en plongeant à la pêche aux moules. Avaient-elles plongé, autrefois, Ursula et Christina, comme leur mère et leurs grands-mères et toutes les jeunes femmes yaghans avant elles depuis la nuit des temps ? Je ne leur ai pas demandé. D'elles, je savais déjà tant de choses qu'elles n'auraient rien pu y ajouter. Leurs visages, voilà des années qu'ils m'étaient familiers. J'avais lu et retenu à peu près tout ce qui avait été publié sur elles en français, dans les revues du musée de l'Homme, notamment, par Annette et José Emperaire, et par l'ethnologue Anne Chapman. Je me contentai, en leur présence, tandis qu'elles m'observaient silencieusement et que j'examinais longuement les paniers et les petits canots que j'achetai d'ailleurs sans marchander, d'évoquer au-dedans de moi ce que je venais de relire le matin même, le récit de Christina recueilli par Anne Chapman quelques années auparavant et qui pourrait s'intituler : « La Geste de l'abuela Julia » :

La *abuela* [grand-mère] Julia m'a parlé des missionnaires de Douglas. Il fallait faire ce qu'ils ordonnaient. Elle disait qu'une fois un bateau de ces mêmes Anglais était venu apporter des vêtements, des provisions, et des couvertures avec du poison et presque tous en sont morts. C'est de cela que m'a parlé la grand-mère Julia parce qu'elle y était à cette époque. Elle disait qu'ils donnaient des vêtements aux compatriotes et que ceux-ci s'habillaient avec, et peu après ils disparaissaient tous, tous les anciens. Lorsqu'ils mangeaient du pain ou n'importe quoi, s'il y avait du poison, ils mouraient. Les *gringos* [les missionnaires] leur donnaient du poison parce qu'ils ne leur obéissaient pas — de tout cela la grand-mère Julia nous a parlé. Les *gringos* se fâchaient contre eux car ils ne voulaient pas apprendre, pas étudier l'anglais. Les missionnaires voulaient en terminer avec les compatriotes parce qu'ils étaient mauvais, parce qu'ils se tuaient entre eux — tout cela, la grand-mère Julia nous le disait...[1]

Christina insistait là-dessus :

Les Indiens devenaient malades par contagion. Ils disaient que les vêtements apportaient des maladies. La *abuela* Julia disait que c'était à cause de cela qu'ils devenaient malades, à cause des vêtements. C'est pour cela qu'elle n'en voulait pas. Si quelqu'un lui donnait des vêtements, elle les mettait de côté. Elle disait : « Ils sont jolis mais je ne vais pas les mettre. Les maladies doivent venir dans les vêtements et c'est à cause de cela que tant de compatriotes meurent. » C'étaient toujours des vêtements usés...[2]

1. *Cap Horn., rencontre avec les Indiens Yaghans, op. cit.*
2. *Idem*

Commentaire d'Anne Chapman :

Les Yaghans ne pouvaient pas comprendre les raisons précises mais ils savaient qu'ils mouraient de contagion, des maladies des Blancs, que par cette contagion passait un poison qui provoquait des maladies et la mort. Ils pensaient que le poison était peut-être dans la nourriture que les étrangers leur offraient, ou peut-être dans les couvertures de laine, ou dans les vêtements usés, ou dans tout à la fois. Une telle catastrophe ne pouvait pas se produire par hasard. Ils savaient ce que ces étrangers cherchaient : leurs âmes, leurs terres, leurs images en photographies, des moulages de leur corps, des mots de leur langue, de l'or, les baleines, les phoques, les peaux de loutre, tout, sauf eux-mêmes. Ils se savaient de trop, et les étrangers les faisaient mourir par les poisons des maladies contagieuses... [1]

Et Christina avait raconté à Anne Chapman :

La *abuela* Julia s'est échappée de la mission de Douglas avec son canot fabriqué d'un seul tronc d'arbre. Elle est passée par le cap Horn [sans doute plutôt le faux cap Horn] et elle a fait le tour de l'île Hoste en passant par *cabo Rables* [le cap Kekhlao, au nord-ouest de Hoste] pour arriver jusqu'ici à Navarino.

Il lui a fallu des mois pour faire le tour. L'île Hoste est bien grande [pourquoi cet immense détour de quatre cent cinquante milles marins ? Que craignait-elle ? Qui craignait-elle ? C'était encore l'époque des chercheurs d'or...]. Les *gringos* voulaient la faire travailler, étudier là-bas, dans la mission, mais elle ne voulait pas. Elle m'en a beaucoup parlé. Elle ne voulait pas prier.

1. *Op. cit.*

Les missionnaires étaient arrivés là-bas pour leur apprendre à prier, à tricoter des bas, à tisser la laine — toutes ces sortes de choses. En plus il y avait des maisons séparées, une pour les hommes et une pour les femmes. Ils leur donnaient de ces biscuits qu'apportent les *gringos*. Elle les jetait. Et ces navets qu'ils semaient, elle ne les aimait pas non plus. Le café, elle n'en prenait pas, le thé, pas une goutte. Elle buvait de l'eau bouillie avec des feuilles de ces branches rouges. C'est pour tout cela qu'elle s'est échappée. Elle ne voulait pas rester. Elle fit tout le tour de Hoste puis vint de ce côté. Toute seule, en pagayant, se servant d'une pagaie, d'une petite pagaie. Elle avançait vite lorsque la mer était calme, pagayant et pagayant. Elle avait du feu dans le canot, placé sur de la terre mouillée. Elle avait un chien, avec lui elle attrapait des oiseaux. En plus elle mangeait des œufs, des moules, d'autres coquillages. Toute seule elle n'arrivait pas à tuer un phoque. Elle mangeait trois coquillages par jour. Parfois rien d'autre. Cela suffisait. Elle prenait un peu d'eau et voilà elle avait mangé à sa faim. Elle naviguait dans la mer au large, par la passe Noire [cap Negros et îles Negros, à l'extrême sud-ouest de Hoste]. Au large, la mer peut devenir dangereuse, quand les grandes vagues se lèvent et qu'une force contraire, sous l'eau, tire dans l'autre sens. Je lui demandais si elle avait peur car elle n'avait vu personne pendant tout ce voyage. Elle me disait que non, elle n'avait pas eu peur, qu'elle avançait bien. Elle se servait des algues pour y arrimer le canot avec une corde de cuir[1].

Le récit s'arrêtait là. Tandis que je tournais entre mes doigts le petit canot de l'*abuela* Julia, Christina avait attendu en silence. Se tenant ainsi devant moi,

1. *Op. cit.*

c'était comme si elle m'avait parlé et que je l'avais écoutée, le récit défilant dans ma mémoire et rendu vivant par sa présence, même si elle ne s'en doutait pas. Je payai canots et paniers et je pris congé.

Au moment où j'allais partir, un minibus vert et blanc aux couleurs des Carabiñeros de Chile — les mêmes que celles de l'hélicoptère — stoppa devant Ukika. En sautèrent lestement une demi-douzaine de gradés accompagnant, avec toutes les marques de respect, un officier supérieur à casquette chamarrée qui se révéla être le colonel des carabiniers de la province de Magellan, résidant à Punta Arenas, et qui, nouvellement nommé, effectuait son tour d'inspection pour marquer sa prise de commandement. Je compris pourquoi Ursula et Christina s'étaient mises sur leur trente-et-un et avaient dressé leur éventaire. Ce n'était pas moi qu'elles attendaient, mais le colonel des carabiniers. Elles avaient été prévenues. Le colonel avait apporté deux petits paquets joliment emballés qu'il offrit cérémonieusement à Ursula et Christina après leur avoir serré la main. Ensuite il acheta tout le reste du stock, trois canots et deux paniers. On aurait dit qu'il était venu signer un traité avec une tribu indigène enfin soumise. C'est alors que je réalisai qu'il ne s'était pas passé vingt minutes entre le moment où l'hélicoptère vert et blanc avait atterri à Puerto Williams et celui où le colonel, débarquant du minibus à Ukika, s'était avancé sur le chemin de planches pour aller saluer courtoisement, de façon quasi officielle, Ursula et Christina. J'en conclus qu'il leur avait réservé la première de ses visites, avant celles dues au contre-amiral commandant la base, au maire de Puerto Williams et au capitaine de port, inversant l'ordre du protocole pour donner la préséance aux deux gardiennes de la mémoire yaghan. Il n'y avait pas d'autre sens à son geste et il me le confirma quelques jours plus tard lorsqu'il nous reçut, ma femme et moi, au quartier général des carabiniers — les meilleurs piscos sawa de Punta Arenas servis dans un salon luxueux par le sergent barman avec des claquements de talons sous le portrait du général Pinochet, tandis que d'autres claquements de talons accompagnaient le déclic du briquet d'un autre sergent en tunique blanche qui allumait la cigarette que je venais de choisir dans le coffret qu'il me présentait. J'avais de la sympathie pour ce colonel qui portait d'ailleurs un nom savoyard mais ne parlait pas un mot de français. Ce salut aux deux Indiennes, c'était une initiative personnelle de sa part. Rien ne l'y obligeait. Peut-être son ascendance française le prédisposait-elle à cette sorte de respect fraternel que les Français, notamment ceux de la Grande Louisiane au XVIIIe siècle, ont toujours témoigné aux tribus indiennes. Ce sont les Anglais, ensuite les Américains, qui ont fait la guerre aux Indiens avec les résultats que l'on sait. Jamais les Français. Quand ceux-ci durent abandonner les rivages du Mississippi après le traité de Paris de 1763, le grand sachem Pontiac, chef de la nation des Outaouais, s'adressant à M. d'Artaguette, commandant du fort de Chartes, qui s'apprêtait à plier bagage, déclara : « Mon père le roi de France m'a fait français. Je mourrai français. » Il périt en combattant, coiffé du tricorne galonné d'argent des officiers des compagnies franches de la Marine. Est-ce que Christina et Ursula avaient envie de mourir chiliennes ? J'avais raconté cela au colonel. Il était enchanté. Je devinai chez lui une autre raison : emm... er la *Armada.* Les carabiniers sont une puissance au Chili. Ils ne perdent pas une occasion de l'affirmer, de se démarquer des autres armes.

Au demeurant, à Ukika, ce qui reste des Yaghans est sous l'autorité de la Marine. Leur plus vif désir actuel, tout ce qu'ils souhaitent encore en ce monde, c'est de quitter Ukika et de retourner s'installer à Puerto Mejillones, là où ils avaient été enfin heureux et où sont enterrés les leurs. Mais la Marine s'y oppose, toujours au nom d'impératifs stratégiques. Puerto Mejillones se situe sur la ligne de front, face à la rive argentine toute proche, car le canal Beagle, précisément, se rétrécit à cet endroit-là. J'ai parlé de tout cela avec un jeune Chilien d'origine flamande qui est conservateur de l'émouvant petit musée récemment ouvert à Puerto Williams, M. Maurice Van de Maelen. En plus des fouilles et du musée, de la bibliothèque et du cimetière yaghan qui sont sous sa juridiction, il est aussi plus ou moins, mais de sa propre initiative, une sorte de « préposé aux Affaires indiennes ». Il a recensé les Yaghans, au nombre de cent trois, tous métis sauf Ursula et Christina, pour moitié dispersés au Chili, les autres fixés à Puerto Williams et Ukika. Ses pronostics sont mélancoliques. Entre les grands-mères et les enfants, la génération intermédiaire est perdue : elle s'abrutit à boire, elle boit à en mourir. Ce sont les vieilles femmes qui prennent soin des enfants. On tente de leur réapprendre le yaghan avec l'aide de Christina et d'Ursula, les seules à le parler encore, et du dictionnaire du pasteur Bridges dont c'était le testament. Mais peut-on ressusciter une langue qui n'a plus que deux locuteurs et qui dans le meilleur des cas, si la vingtaine d'enfants d'Ukika lui témoignait de l'intérêt, ce qui n'est pas le cas, ne trouverait plus aucun emploi au-delà des cinq bicoques de la réserve ?

On voit à l'entrée du canal Beagle, à la hauteur de Puerto Eugenio, émergeant aux deux tiers de l'eau, son avant seul étant submergé, une assez réjouissante épave, celle d'un élégant petit cargo avec une jolie cheminée blanche venu se planter en beauté, vingt ans plus tôt, sur un plateau rocheux non signalé. À des intervalles de quatre ans, j'ai eu le plaisir de la saluer à trois reprises. Elle vieillit gentiment, perd l'un après l'autre ses mâts de charge et la peinture de sa coque, rouille avec un art consommé de la composition picturale mais ne s'enfonce pas d'un pouce. On est content de la retrouver là. On espère qu'elle servira de symbole, comme les carcasses de voitures sur les routes, et qu'elle découragera définitivement d'autres tentatives du même genre. Ce cargo s'appelait le *Logos*. Tout l'équipage fut sauvé. On déplora seulement la perte irrémédiable de la cargaison (car le papier n'aime pas l'eau), des centaines de bibles, mais pas n'importe quelle bible : la bible des mormons ! Les élucubrations du « prophète » Joseph Smith qui sévissent encore à Salt Lake City et que des « missionnaires » tentent aujourd'hui d'exporter à coups de millions de dollars... On imagine les derniers Yaghans face à cette ultime invasion. Cette cargaison leur était destinée, généreusement comptée, avec les « missionnaires » en prime, sous l'aile de l'ange Moroni, l'intercesseur favori des mormons. Dieu s'est tout de même fâché cette fois. Alléluia !

14

*Où les Onas sont pris au piège. — Une race superbe. — Mgr Fagnano et ses salésiens. — Tempêtes d'or à Magellan. — Des colliers d'oreilles. — Julius Popper, dictateur de Terre de Feu. — Encore des colliers d'oreilles. — Mort des Onas à l'île Dawson. — Braun Menendez nie les massacres. — La dernière des Onas, Lola : une voix de dix mille ans. — Campement au lac Escondida en 1951. — Le lac Escondida aujourd'hui : tour-opérateurs et pédalos. — Pèlerinage à l'*Indiecito* du cimetière de Punta Arenas. — Dernier hommage à José Emperaire.*

S'il y a des degrés dans l'extinction d'une race, les Onas de Terre de Feu ont aussi complètement et définitivement disparu que les Guanches des îles Canaries, ou encore les Taïnos d'Hispaniola dont j'avais autrefois tenté de suivre la piste mythique parce qu'on m'avait raconté, là-bas, que certaines nuits on les entendait hurler dans le massif montagneux de La Selle qui sépare Haïti de Saint-Domingue. Je n'y suis pas retourné depuis. Il paraît que la montagne de La Selle ressemble aujourd'hui à un paysage lunaire aussi pelé que le cône d'un volcan. Les faméliques charbonniers (charbon de bois) sont passés là et le ruissellement des pluies a emporté les dernières couches d'humus forestier en même temps que les derniers souvenirs des Taïnos...

De nos jours il n'existe plus un être humain qui se rattache encore aux Onas, soit par le sang, soit par la mémoire. À Puerto Eden, à Ukika, Alakalufs et Yaghans se survivent tant bien que mal — jusqu'à quand ? — par deux petites communautés homogènes de métis, une vingtaine d'âmes chez les Alakalufs, une quarantaine chez les Yaghans, mais cette chance, si l'on peut dire, a été refusée aux Onas qui furent pris dans un triple piège. Massacrés au fusil par les éleveurs et les chercheurs d'or, ensuite rassemblés et déportés — pour leur sauver la vie, ce qui était vrai, mais aussi pour débarrasser le plancher — par ordre des autorités de la partie argentine de Terre de Feu, il ne leur restait d'autre espoir que de se jeter dans les bras des missionnaires catholiques salésiens auxquels le gouvernement argentin les confia. Pour ma part, je suis catholique. J'avoue aussi une certaine méfiance à l'égard du protestantisme dont la parthénogenèse a fini par engendrer une multitude d'Églises et de sectes incontrôlées, mais je ne puis m'empêcher de constater que les missionnaires catholiques de Terre de Feu, avec la même bonne volonté que leurs frères séparés protestants et certainement plus de moyens d'ordre matériel ou spirituel, ont tout autant effroyablement échoué. Le face-à-face était cependant différent : un autre type d'Indiens face à un autre type de missionnaires.

Ces Indiens sont des Onas, des terriens, assez grands, costauds, très beaux, prodigieux marcheurs, coureurs de fond, chasseurs, qui attrapent les cerfs et les guanacos à la course. En 1886, à l'aube de la colonisation, leur nombre ne dépasse pas deux mille, femmes et enfants compris. Ils vivent nus eux aussi, enveloppés d'une courte peau de guanaco qui leur bat les fesses. Nomades — il faut suivre le gibier —, ils sont sans cesse en mouvement, parcourant prairies et forêts du nord et de l'ouest de la Terre de Feu par clans d'une vingtaine d'individus, les hommes devant, portant arcs et carquois, les femmes derrière, chargées de tout le barda. Fiers, belliqueux, méfiants, polygames mais fort sourcilleux, ils ont la flèche et le coup de massue faciles. Les chercheurs d'or de la fin du XIXe siècle l'apprendront à leurs dépens. Plutôt coquets, parés de colliers d'os d'oiseau, les Onas sont des guerriers bavards qui aiment le soir, auprès du feu, se raconter sans fin leurs exploits. Les missionnaires, eux, sont italiens, d'une espèce montagnarde piémontaise particulièrement industrieuse et obstinée. Frères de la Société de Saint-François-de-Sales, autrement appelés salésiens, ils ont pour supérieur en Terre de Feu un homme d'une grande énergie, monseigneur José Fagnano. J'ai campé il y a cinquante ans au bord du lac qui porte aujourd'hui son nom...

Mgr Fagnano a d'abord été aumônier militaire

lors de la campagne dite « de pacification » menée par l'armée argentine en territoire tehuelche, au sud de la Patagonie continentale. On connaît ce type de combat : carabines et canons contre lances et flèches ; les Tehuelches, grande tribu de cavaliers, abattus comme pipes à la foire. Mgr Fagnano a pleuré toutes les larmes de son corps devant les champs de cadavres indiens. Il a tenté courageusement de s'interposer. Il a supplié l'état-major argentin de l'envoyer parler aux Indiens pour éviter l'effusion de sang. Un homme de paix, de charité. En 1887, nommé préfet apostolique de Punta Arenas et de Terre de Feu, il s'est tout de suite penché sur le sort des Onas pris entre les feux croisés des chercheurs d'or et des cavaliers de Julius Popper, dictateur autoproclamé.

Il y avait de l'or, en effet, au détroit de Magellan. On l'avait découvert au cap des Vierges, juste après l'entrée du détroit. On le découvrit d'étrange façon. En 1885, trois naufragés d'un petit voilier avaient réussi à gagner la côte et à y installer un campement de fortune. Et voilà qu'en plein ouragan, tandis qu'ils grelottaient, à demi-nus, la fortune leur tomba dessus. Les énormes rouleaux des vagues, battant le sable de la plage, jetaient à leurs pieds... des pépites d'or ! C'est la mer qui lançait l'or sur la côte. L'or se trouvait dans la masse rocheuse sous-marine, dans le gravier, le tuf, le sable des falaises et des ravins. Il suffisait de se baisser pour le ramasser et chaque tempête renouvelait le miracle.

Immédiatement ce fut la ruée. Dalmates, Serbes, Chilotes, chasseurs de phoques, aventuriers de tout poil, on se disputait les plages à coups de fusil. La loi du plus fort. Puis la horde traversa le détroit. Il y avait aussi de l'or, en face, en Terre de Feu. Les Onas gênaient. Les Onas pillaient les campements, attaquaient par surprise, en embuscade, pour s'emparer des armes à feu, et puis les Onas avaient des femmes, beautés sauvages aux longs cheveux, à l'œil oblique. À peu près équilibré au début, l'affrontement tourna rapidement à la déroute des Onas et la sauvagerie changea de camp, femmes captives poussées en troupeaux au milieu des campements avec les conséquences qu'on imagine, oreilles des guerriers morts ou blessés enfilées en colliers autour du cou des assassins. C'est alors qu'apparut Julius Popper, envoyé pour « mettre de l'ordre » par le gouvernement argentin et les milieux d'affaires de Buenos Aires : il s'agissait surtout de gagner de l'argent, des flots d'argent. Ancien colonel de l'armée roumaine — du moins est-ce ce qu'il prétendait —, spécialiste des questions minières, une sorte de Stanley, tout aussi brutal, avec des éclairs de génie, une mégalomanie galopante, le sens du théâtre et de l'épopée, j'en aurais bien fait un personnage de roman si le sang n'avait tant ruisselé de ses mains, du sang indien. On lui pardonnerait volontiers le massacre des chercheurs d'or blancs dont il nettoya les plages pour s'installer à leur place, mais pas le massacre des Indiens. Des Blancs, il y en avait des milliers, interchangeables, sac et corde, qui rameutaient de l'Europe entière, d'Argentine, du Chili, mais chaque fois qu'un Ona tombait sous les balles de ses hommes de main, c'était une vie qui n'avait aucune chance d'être jamais remplacée.

Julius Popper débarqua, tel un conquérant, dans la baie de San Sebastian, en un lieu nommé *El Paramo,* le désert, où il fixa sa capitale. Il avait soigné la mise en scène : vingt mercenaires, baptisés « gendarmes », en uniformes austro-hongrois et casquettes cylindriques à taud de fourrure, avec fifres, clairons et tambours, une grande tente ronde pavoisée, un arroi de chevaux et de mulets, et une cinquantaine d'ouvriers civils charroyant des pompes à vapeur, des bâtiments préfabriqués et même un chemin de fer Decauville avec rails et wagonnets. Après quoi il se mit au travail. On construisit un donjon percé de meurtrières où prirent position les « gendarmes » armés de carabines de précision, un dortoir de quatre-vingts couchettes, et, tout de suite, la grande affaire, le pompage par tuyaux des sables marins aurifères sans qu'il fût nécessaire pour cela d'attendre le bon vouloir des tempêtes. Résultat : un kilo d'or par jour. La fortune. Cela ne suffisait pas à Popper. Il voulut y ajouter l'épate. Il battit monnaie d'or à son nom (*Popper 1889 — Tierra del Fuego,* et au revers : *El Paramo*), il imprima des timbres-poste, il s'inventa un drapeau, il arma en guerre sa goélette *Maria Lopez,* il lança des expéditions dans le « blanc de la carte » pour étendre son royaume, et quand il avait par trop dégarni les meurtrières de son donjon, il emmanchait sur des chevaux des mannequins en tunique à boutons dorés, une carabine de bois à l'épaule, qu'il faisait galoper autour du camp pour décourager d'éventuels attaquants.

Pendant ce temps-là, les Indiens mouraient. Ce sont les Onas qui occupaient le « blanc de la carte » où les « gendarmes » de Popper les tiraient comme des lapins. M'étant placé, dans ce récit, résolument de leur côté, l'aventure de Popper ne me séduit plus, bien qu'il se fût agi, reconnaissons-le, d'un de ces rêves de conquistador que notre monde archibouclé, cent dix ans seulement après Popper, ne saurait plus offrir à personne. On peut émettre un soupir de regret... D'ailleurs, il en fit trop, Julius Popper, il poussa le bouchon trop loin, et puis le temps était passé, comme pour Antoine de Tounens. Les Argentins et les Chiliens venaient de se partager la Terre de Feu en deux moitiés séparées par une surprenante frontière verticale et rigoureusement rectiligne où Popper et ses « gendarmes » n'avaient plus leur place. Invité à Buenos Aires pour traiter avec le gouvernement, il fut reçu comme une puissance. Le président de la République l'appela « mon ami ». C'était un piège, le piège classique. Le 6 juin 1893, on le retrouva mort à son hôtel d'une prétendue crise cardiaque. Par ordre de la police secrète argentine, il n'y eut ni autopsie, ni enquête. Après de grandioses funérailles, le gouvernement lui éleva une statue. Le plus grand aventurier de Terre de Feu, doublé d'un cabotin de génie, toujours le sabre au côté, secoué de ce formidable rire qui avait accompagné toute sa vie, passe en revue, pour l'éternité, au galop — et en enfer, lui qui avait tué tant d'Indiens —, son légendaire escadron de mannequins. Pour cela seulement je le saluerai : peut-être avait-il lu Théophile Gautier, le coup des épouvantails, dans *Le Capitaine Fracasse* :

Agostin, brigand de grands chemins, plantant des mannequins empaillés en embuscade parce qu'il était le seul survivant de sa bande...

Le tableau de chasse de Popper et des chercheurs d'or ? Nul ne tenait ce genre de statistiques. Faut-il compter en paires d'oreilles ? On évalue à douze cents Onas environ les rescapés de la ruée vers l'or. Sauvés par la mort de Julius Popper ? Ce fut pire. Dans les années 1890-1895, les gouvernements argentin et chilien, s'étant partagé le gâteau, le découpèrent et le bradèrent par tranches de dizaines de milliers d'hectares sur lesquelles se précipitèrent les seigneurs de la laine qui n'eurent qu'à franchir le détroit de Magellan pour se répandre sur le nord de la Grande Île et y appliquer les mêmes méthodes qui leur avaient si bien réussi en Patagonie continentale. Impropre à tout autre usage, le pays se prêtait à l'élevage des moutons, vaste steppe humide maigrement herbeuse traversée par une multitude de rios : en y ajoutant le vent, la neige, la grêle, la pluie, un endroit tout à fait désolé. M'y étant aventuré en 1951, j'en ai gardé un souvenir de boue où disparaissaient les roues de nos voitures, de pentes qu'il fallait franchir au palan à main démultiplié, de navigation à la boussole sur des pistes incertaines et de vêtements jamais secs. Le mouton qui vivait là (il faut un hectare pour nourrir un mouton), d'une espèce particulièrement résistante et adaptée au climat, avait été importé des Falkland. C'est lui qui causa la perte des Indiens. Il faut savoir que l'élevage du mouton entraîne la pose d'interminables clôtures de fil de fer barbelé. Les nomades n'aiment pas les clôtures. Et puis, le mouton, c'était plus facile à chasser que le guanaco. Les Onas l'appelaient le guanaco blanc. Ils en firent de grands massacres, suivis de mémorables ventrées, à la suite de quoi les éleveurs et leurs péons se livrèrent à de grands massacres d'Onas, les rabattant, comme du gibier, sous le feu des longues carabines. On se remit à couper allègrement les oreilles, assorties, cette fois, de récompenses : un peso d'argent la paire. Les chasseurs de primes affluèrent. Là-dessus débarqua Mgr Fagnano.

Il jugea vite la situation : cohabitation impossible. Puisqu'on ne pouvait plus renvoyer les colons, il fallait protéger les Indiens. De quelle façon ? En les installant ailleurs et en leur apprenant un autre mode de vie. La même erreur funeste qu'aux Falkland — y avait-il une autre solution ? —, mais sans dépaysement géographique : une courte « transportation », comme on disait en ce temps-là. Mgr Fagnano s'était fait attribuer la concession de l'île Dawson, dans le détroit de Magellan, entre la Terre de Feu et le cap Froward. C'est la même histoire qui se répète. La mort frappe pour la troisième fois mais on connaît sa funèbre chanson. Le refrain n'a pas varié. J'abrège. La machine salésienne s'est mise en marche. Des navires, un port, une école tenue par des religieuses aussi inflexibles que dévouées, filles de Marie-Auxiliatrice en plastron blanc et robe noire que les Onas appelaient « pingouines », un hôpital, une scierie, une charpenterie mécanique, des ateliers de filature et de tissage, une fabrique de fromage, des bergeries, des étables, un moulin, une église, tout le bataclan de l'homme blanc bardé de certitudes, et des alignements de maisonnettes bien convenables où loger les Onas nomades. Les malheureux n'avaient pas d'autre choix. Ils le savaient et s'y résignèrent. Des navires chiliens les recueillaient sur les grèves où ils s'étaient réfugiés pour échapper aux battues et les débarquaient à l'île Dawson, sous la protection des salésiens. À l'exception de deux ou trois oubliés, telle Lola, que j'évoquerai, il n'y avait plus, au bout d'un an, un Indien Ona en Terre de Feu.

La vie suivait son cours à l'île Dawson, mais avec la mort à ses trousses. Arrachés à leurs terrains de chasse, les Onas ne montraient guère d'intérêt pour les travaux qu'on leur apprenait. Ils restaient hébétés, désœuvrés. Grands bavards et conteurs intarissables, ils perdirent même le goût de la parole. Heureusement, il y avait les enfants. Ils étaient curieux, avides d'apprendre. Mais écoutez leur maître d'école salésien, le père Del Turco : « Hélas, écrivait-il en 1907, la plupart de ces enfants commencèrent à se ressentir du fléau qui décime cette race, le mal de poitrine, maladie rebelle à la science, et je dus suspendre l'instruction profane pour m'en tenir à l'instruction religieuse. *Ils y progressèrent tant que je dois avouer qu'ils passèrent maîtres dans l'art de mourir chrétiennement...* » Est-elle sublime ou monstrueuse, cette phrase ? Je pencherais pour le premier de ces qualificatifs. Les salésiens étaient hommes de cœur. On ne peut douter de leur tristesse, de leur désolation devant leur impuissance à sauver ceux auxquels ils avaient consacré leur vie.

Mais pas un mot, dans leurs lettres et dans leurs rapports, sur le fait que « le mal de poitrine » ne tuait pas les Onas au temps où ils nomadisaient librement. Peut-être les salésiens, tout comme les pasteurs protestants, n'avaient-ils pas osé ce rapprochement ? Ou l'ayant fait, peut-être l'avaient-ils chassé de leurs pensées pour ne pas ouvrir les portes de leur âme au doute et au découragement ?

L'historien argentin Armando Braun Menendez, qui avait visité la mission de Dawson en 1934, y avait compté trente Onas, soit huit femmes et vingt-deux enfants. Aujourd'hui, personne. La mission est fermée depuis cinquante ans. Toujours établis à Punta Arenas, les pères salésiens y tiennent un collège renommé. Voici ce qu'en écrit assez curieusement Braun Menendez : « Pour protéger, conserver, civiliser et instruire les tribus, les salésiens prodiguèrent le même zèle et les mêmes talents qu'ils consacrent aujourd'hui à enseigner, avec une pégagogie consommée, la jeunesse civilisée... [1] » Doit-on craindre l'effet de leur « zèle » et de leurs « talents » sur la vie de ces jeunes gens ? On pourrait croire à une sorte d'humour noir mais ce n'était pas le genre de Braun Menendez. Je l'ai rencontré autrefois à Buenos Aires, un vieux monsieur très érudit et charmant, rejeton de cette richissime famille qui possédait des millions d'hectares en Patagonie et en Terre de Feu, descendant de Sarah Braun et de José Menendez dont les mausolées funéraires, en style que j'appellerais Plaine-Monceau, dominent de leur masse imposante,

1. *Chroniques australes*, Gallimard, 1961.

marbre, colonnes et portes de bronze, le cimetière de Punta Arenas. Précisément, c'est là le hic. Loyal à sa famille — trop loyal ? —, Braun Menendez a toujours nié les massacres qui entraînèrent le regroupement et la transportation des Onas, assurant qu'il s'agissait « d'un de ces racontars, parmi tant d'autres, qui furent mis étourdiment en circulation par certains, et que d'autres s'entêtèrent à répéter par sectarisme, par goût des informations sensationnelles, voire dans une intention nettement malveillante... ». Plutôt la fatalité que le génocide, on doit en convenir, mais de là à prétendre, comme il le fait, que « parmi les races indigènes de la république Argentine, aucune n'a été protégée avec autant de soin que l'ont été les tribus fuégiennes », c'est peut-être pousser un peu loin le patriotisme et l'esprit de famille. On peut cependant l'écouter quand il affirme : « La cause principale de l'extinction des races indigènes de la Terre de Feu doit être cherchée uniquement dans leur incapacité absolue à s'adapter physiquement et mentalement à la vie civilisée. » En somme, c'est la faute aux Indiens. J'y ajouterai ce théorème en deux points, de mon cru, que j'ai pu hélas vérifier auprès d'un certain nombre d'autres « tribus » :

1/ toute minorité ethnique qui refuse de s'adapter est perdue ;

2/ toute minorité ethnique qui s'adapte est à plus forte raison perdue.

Mais alors, que reste-il ? Parfois, quelque chose comme cela :

Adiós, Tierra del Fuego

Cœur de beauté, Lune au visage ample,
Lune au visage brûlé,
Visage coléreux !
Partons chez la fille du Ciel...

Apollinaire ? Non, Lola. La dernière des Onas. Anne Chapman, ethnologue au musée de l'Homme, a recueilli au magnétophone ce chant funèbre que chantait la vieille Indienne du lac Escondida en 1974, quelques mois avant sa mort. Une voix de dix mille ans...

Je l'avais manquée, cette voix, en novembre 1951, alors que nous campions, l'équipe Marquette et moi, sur la rive du lac Escondida.

Je l'avais manquée pour des raisons techniques. Le premier magnétophone portable, l'inoubliable Nagra de ce bricoleur suisse de génie qui s'appelait Kudelski, dont certains sont toujours en service aujourd'hui, n'avait pas encore été mis au point. Il s'en fallait de deux petites années. Les magnétophones existants, encore que rares dans les studios, étaient de lourdes machines allemandes qui supportaient mal les déplacements. Au moindre choc un peu brutal, leurs circuits fragiles se détraquaient. Mon camarade Guy Morance avait donc équipé l'une de nos voitures d'appareils traditionnels d'enregistrement et de mixage sur disque — le burin gravant son sillon dans le vernis cellulosique du disque —, matériel encombrant mais robuste protégé contre les cahots des pistes par tout un système d'amortisseurs qu'il fallait souvent remplacer.

Nous en avions emporté tout un stock. Je me rappelle encore leur nom : des *apex*. Notre « communication », comme on dirait à présent dans le jargon, fut suspendue — c'est le mot — pendant un an, de la Terre de Feu en Alaska, à l'action protectrice de ces apex. Dans le domaine des expéditions lointaines, nous avions innové, en effet. Radio Luxembourg diffusait chaque dimanche à midi moins cinq un reportage de cinq minutes que nous expédiions par séries de deux ou trois à la station de la rue Bayard, dès que nous trouvions un aéroport et un pilote complaisant, lequel transmettait le paquet à un autre, qui le confiait à un troisième, quelles que fussent leurs compagnies aériennes, et ainsi de suite jusqu'à Paris. La chaîne n'a jamais manqué et l'émission, très populaire, avait duré toute une année.

Nous avions choisi comme indicatif une de ces musiques indiennes des Andes que personne n'avait encore entendues en France et que nous avons contribué à faire connaître. Ensuite ma voix annonçait : « Ici l'équipe Marquette qui vous parle de... Rio Gallegos en Patagonie... Punta Arenas sur le détroit de Magellan... Laguna Escondida en Terre de Feu..., etc. » Je n'aurais pas été plus fier si j'avais lancé cela depuis la Lune. Suivait un reportage serré, avec récit épique de l'étape, interviews, musique locale et bruitages sur le vif, vent, pluie, cris d'oiseaux, appels, abattages d'arbres, fracas de moteurs, enregistrés par un froid vif qui nous obligeait à chauffer les disques comme des crêpes, sur un feu de bois, afin de ramollir la cellulose qui sans cela se durcissait sous le burin en copeaux qui en bloquaient le fonctionnement, bref, on s'amusait beaucoup. Ce contrat avec Radio Luxembourg coopéra (modestement) au maigre budget de l'expédition. À la fin de chaque émission, une voix qui cette fois n'était pas la mienne mais celle d'un *speaker* de la station ajoutait : « L'équipe Marquette a choisi Lip pour vous donner l'heure exacte... » Il était midi pile et cela fut répété quarante-deux fois. Je ne l'appris qu'en rentrant. Rien de tel n'avait été convenu. Lors d'une petite réception rue Bayard, un sous-fifre de chez Lip (l'horloger, pas la brasserie) nous remit à chacun une montre qui devait bien valoir huit cents francs d'aujourd'hui. Nous avons remercié bien poliment sans songer une seconde qu'on s'était fichu de nous. C'est seulement quand le *sponsoring* a fait irruption dans l'Aventure que j'ai fini par réaliser à quel point on nous avait roulés. Je ne le regrette pas. L'élégance était de notre côté...

Tout ce bazar radio antédiluvien fonctionnait au courant cent dix volts et pompait pas mal d'énergie. Nous avions donc emporté à cet effet un groupe électrogène monté sur patins qui pesait dans les soixante kilos (on était encore loin des miniaturisations d'aujourd'hui). Le soir, il éclairait nos trois tentes. Je me souviendrai toute mon existence — c'est-à-dire que voilà cinquante ans que je m'en souviens — de cet îlot de lumière qui brillait dans la noirceur de la forêt primitive fuégienne comme un rêve de conquérant (nous avions vingt-cinq ans) aventuré en pays inconnu. Puis nous coupions le courant et terminions la veillée autour du feu. Vu du ciel, un point lumineux à peine visible dans l'océan de la nuit. Nous étions les seuls hommes sur cette terre. Cette impression-là, je l'ai retrouvée dans les premières images de *La Guerre du feu* où la caméra magique de Jean-Jacques Annaud balaye en travelling un immense paysage désert pour y découvrir la lueur d'un foyer solitaire, un unique signe de vie...

Voilà déjà plusieurs jours que nous n'avancions plus que mètre par mètre. Aucune route, à peine un sentier, obstrué par des troncs d'arbres morts. À la cognée, à la scie de scieur de long, nous y avions dégagé un passage de la largeur des voitures que nous tractions à la main, au palan, moteurs coupés pour économiser l'essence : les voitures les plus australes du monde. Tant d'efforts ne nous menaient à rien, sinon au mont Olivia, infranchissable, et cependant, nous nous obstinions. Au pied du mont Olivia, au-delà du lac, dans une clairière, se dressait une solide cabane qui avait appartenu autrefois à l'estancia Harberton du pasteur Bridges. On ne pouvait y accéder qu'à pied ou à cheval. C'était là que vivait Anjela Loij, dite Lola. La voix de Lola... Enregistrer la voix de Lola... Après avoir essayé sans succès de traîner le groupe électrogène sur ses patins et de démonter le graveur de disques au risque de les bousiller tous les deux, nous nous épuisâmes à remorquer à bras nos voitures sans aucune chance d'arriver au but. Simplement la volonté d'avoir tout tenté avant de renoncer. Ce fut notre dernière route au sud. Puis nous fîmes demi-tour, vers l'Alaska.

En 1994, je suis revenu là depuis Ushuaïa avec une bête voiture de location du modèle le plus ordinaire. Sur la *ruta nacional* 3, presque aussi large qu'une autoroute et en partie déjà goudronnée, qui traverse le mont Olivia, roulaient camions et autocars. Là où nous avions campé en notre splendide solitude se dresse aujourd'hui un hôtel, l'hôtel Petrel, équipé pour séminaires, sports d'hiver, groupes de randonnée-nature. En été, on y loue des pédalos sur le lac. La cabane a disparu et nul ne sait où est enterrée Lola. Son nom même est oublié. Le directeur de l'hôtel n'avait jamais entendu parler d'elle.

Avec le recul des années, je ne regrette aucunement d'avoir manqué la voix de Lola. Je ne connaissais rien des Onas à cette époque-là. Nous étions des jeunes gens ignorants et nous ne faisions que passer, tandis qu'il a fallu des semaines de patience, d'affection et de compétente curiosité à l'ethnologue Anne Chapman pour recueillir enfin cette voix-là. Et quel usage en aurais-je fait ? « Cœur de beauté, Lune au visage ample, Lune au visage brûlé... L'équipe Marquette a choisi Lip pour vous offrir la voix de Lola... »

Peut-on imaginer cela ?

C'est au cimetière de Punta Arenas que les Onas se survivent dans l'imaginaire populaire. Debout sur la tombe anonyme où reposent les derniers morts de l'île Dawson, un Indien de bronze est planté sur ses deux larges pieds aux orteils écartés, costaud, les cuisses charpentées, les épaules musclées, le sexe dissimulé par un pagne, les cheveux taillés en casque noir au ras des sourcils et de la nuque. Les bras allongés, il n'est pas armé. Il n'a nullement l'air menaçant. Un léger sourire triste barre son visage d'où se dégagent une grande compassion et une insolite bienveillance. Ses yeux de statue n'ont pas de regard, mais il est difficile de s'en détacher, tant la mélancolie qu'ils expriment semble l'exact reflet de notre condition humaine. Sa tête est légèrement inclinée. Il est revenu de toutes ses souffrances et se penche à présent sur les nôtres. Il reçoit beaucoup de visites. On pique des fleurs entre ses bras, on lui passe des colliers au cou, des gerbes de graines, des images pieuses. Ses mains sont devenues cuivrées à force d'être touchées, caressées, par tous ceux qui viennent le prier, le plus souvent à haute voix. Il est rarement seul dans la journée. Toute la misère de Punta Arenas est déposée à ses pieds sous forme de petits lumignons. Il lui arrive souvent de la soulager si l'on en croit les ex-voto fixés au mur blanc, derrière lui, où on peut lire des remerciements *por favor concedido.* Il n'a pas de nom. On l'appelle simplement *Indiecito,* le petit Indien. Nul ne doute que son tragique destin lui ait valu une place de choix à la droite de Dieu où il peut faire entendre sa voix...

En quittant le cimetière de Punta Arenas, on peut aussi saluer José Emperaire, enterré près de l'entrée, à droite dans la grande allée. C'est la *Municipalidad de Magallanes* qui a fait poser la plaque sur la tombe. Il n'y figure nulle mention — ni ambassadeur, ni consul — d'une quelconque présence française ce jour-là.

15

Les chevaliers de la pluie et le drame de Mayerling. — Où l'on fait la connaissance de l'archiduc Jean-Salvator — Une mystérieuse cassette. — Naufrage de Jean-Salvator au détroit de Magellan. — Sa réapparition sous le nom de Jean Orth. — Cavale solitaire en Patagonie. — Où l'explorateur Jean de Liniers croit y rencontrer Jean Orth et où je finis par perdre sa trace dans les caves de la Société de géographie. — Lionel Terray et Jean Delaborde prennent le relais. — Mlle Christina von Falkenberg entre en scène. — Où l'on reparle de la mystérieuse cassette. — Je retrouve la piste à mon tour au bar du Cabo de Hornos. — Qui était et que cherchait Mlle von Falkenberg ? — Fin de piste à El Chaltén.

C'est une de ces histoires peu connues que se passent de relais en relais certains chevaliers de la pluie, voyageurs du bout du monde en Patagonie australe. Certains y croient, d'autres moins, ou pas du tout, mais nul ne connaît la réponse. Elle court depuis plus de cent ans, transmise par l'explorateur Jean de Liniers, son découvreur, au début du XXe siècle, à l'ambassadeur Maurice Paléologue, puis à l'écrivain officier de marine Jean Delaborde, à l'alpiniste Lionel Terray, à l'ethnologue José Emperaire, tous trois disparus aujourd'hui, le premier plutôt convaincu, les seconds carrément incrédules, enfin à l'auteur de ce livre, qui a pris la piste à son tour, là-bas, et de façon plus inattendue à une jeune historienne autrichienne, Christina von Falkenberg, qui semblait en avoir renoué le fil en quelque sorte généalogique depuis le berceau des Habsbourg, à Vienne...

On connaît la tragédie de Mayerling, le suicide vrai ou mis en scène de l'archiduc Rodolphe, héritier du trône, et de sa maîtresse, la très jeune Marie Vetsera. Ce que l'on sait moins, c'est le rôle ambigu et majeur qu'y joua le cousin de Rodolphe, l'archiduc Jean-Salvator de Habsbourg. Jean-Salvator et Rodolphe étaient des jeunes gens ambitieux, généreux, romantiques, rêveurs, à la fois nationalistes et pétris d'idées libérales. Le vieil empereur François-Joseph s'en méfiait.

Rodolphe haïssait l'Allemagne de Guillaume II. Il jugeait l'Autriche trop germanique et se rêvait roi de Hongrie sous la simple suzeraineté de l'empereur d'Autriche, son père. Très populaire chez les Hongrois, il en défendait assez crânement les aspirations nationales. Une conjuration se noua pour le proclamer roi de Hongrie. Le complot devait éclater le 29 janvier 1889, sous un excellent prétexte, précisément le jour même où allait être discutée, par la diète hongroise de Budapest, un nouveau statut de l'armée hongroise la rendant plus dépendante encore des Autrichiens. Jean-Salvator était du complot, mais qui manipulait qui ? Ce point restera obscur. Pour le reste, l'ambassadeur Paléologue, biographe de l'impératrice Sissi (Elisabeth), familier de la cour de Vienne et intime de plusieurs personnages ayant tourné autour du drame de Mayerling, a minutieusement reconstitué les faits.

Deux jours auparavant, le 27 janvier 1889, dans le plus grand secret, l'archiduc Rodolphe, en personne, remit à sa cousine fidèle, la comtesse Marie Larish, une mystérieuse cassette. Elle a raconté dans ses souvenirs que le prince paraissait très agité. Ses mains jouaient nerveusement avec son étui à cigarettes. Il aurait confié à sa cousine que beaucoup de choses graves s'étaient produites et que d'autres, plus terribles encore, l'attendaient dans les jours à venir. Au nom de leur amitié d'enfance, il la supplia de cacher la cassette et de ne la remettre ensuite qu'à celui qui viendrait la lui réclamer en se servant d'un mot de passe formé seulement de quatre lettres dont le sens n'a jamais été éclairci : R.J.U.O.

Le 29 janvier, le complot de Budapest avorta. La loi de sujétion de l'armée hongroise fut votée et les régiments qui devaient se soulever restèrent l'arme au pied dans leurs casernes. Ainsi se brisait définitivement le rêve de l'archiduc Rodolphe. C'est justement durant cette même nuit du 29 janvier 1889 qu'éclata le drame de Mayerling. Double suicide, enseveli sous la chape de plomb dont on recouvre les secrets d'État... Sans doute Rodolphe avait-il été impuissant à hisser son courage chancelant à la hauteur de ses rêves politiques. Grisé par ce rôle romantique que son cousin Jean-Salvator et les autres conjurés avaient voulu lui faire jouer, il s'en était, par moments, cru capable. Et puis, la solitude, sa peur, son angoisse maladive l'avaient repris : neveu, par sa mère, de Louis II de Bavière, le sang des Wittelsbach coulait dans ses veines. La mort était sa seule porte de sortie et l'amour ne fut qu'un alibi : il n'aimait plus Marie Vetsera, mais cela est une autre histoire...

Peu de temps après le drame, un inconnu qui cachait son visage remit une lettre à Jenny, la femme de chambre de la comtesse Larish, en précisant que la prudence l'empêchait d'attendre une réponse, après quoi il disparut. Le billet, écrit au crayon, à la hâte, fixait un rendez-vous le lendemain soir à dix heures et demie dans les jardins de la place Schwartzenberg pour reprendre la mystérieuse cassette. En guise de signature, les fameuses initiales R.J.U.O. Marie Larish fut au rendez-vous. Un homme s'approcha, la salua, répétant seulement le mot de passe. Il semblait pressé, tendu, jetait des coups d'œil inquiets autour de lui. C'était l'archiduc Jean-Salvator, vêtu d'un habit râpé de bourgeois et emmitouflé jusqu'au nez dans une écharpe. En emportant la cassette, il avertit la comtesse Larish de la décision qu'il avait prise de changer d'identité, de disparaître et de ne jamais revenir. Sa vie, disait-il, était menacée. Là se bornèrent ses confidences. On est à peu près certain que ce n'est pas le seul choix délibéré qui poussa l'archiduc Jean-Salvator à renoncer à ses titres et à ses terres, à devenir M. Jean Orth et à prendre ensuite la mer pour un long voyage sans retour avec la cassette dans ses bagages, la cassette dont la police avait découvert l'existence sans savoir où elle était cachée. Sans doute l'entourage politique de François-Joseph facilita-t-il cette disparition : en faisant l'économie du sang, on débarrassait la cour de Vienne de ce prince compromettant qui en savait trop sur Mayerling. On dit même qu'un accord secret fut signé...

Toujours est-il que M. Jean Orth (Orth était le nom d'un de ses châteaux, près de Salzbourg), négociant et armateur, acheta quelques semaines plus tard à Liverpool un trois-mâts rebaptisé *Santa Marguerita* en hommage à la princesse Marguerite des Deux-Siciles, sa mère. Le 26 mars 1890, selon les registres du port de Liverpool, il s'embarqua pour La Plata, en Argentine, avec, à son bord, une chanteuse d'une grande beauté, Mlle Ludmilla (Milly) Stubel, qui partageait sa vie depuis longtemps. Une lettre datée du 10 juillet 1890 parvint encore à Vienne, puis, plus rien, le trou noir. La comtesse Larish, dans ses souvenirs, assure que Jean-Salvator vécut en Chine avec Milly et mourut en 1920, en Iran, dans la vallée des Roses. D'autres chercheurs ont affirmé qu'il ne mourut qu'en 1946, à l'âge de quatre-vingt-quinze ans, en Norvège où il se cachait encore. Du trois-mâts, plus aucune trace. Les Lloyd's sont muets à ce sujet. C'est l'hypothèse d'un naufrage dans les parages du détroit de Magellan qui est aujourd'hui admise. Naufrage vrai ou provoqué, on ne sait, de même que l'on ignore tout du sort de la belle Milly Stubel. De l'épave de la *Santa Marguerita*, on ne retrouva rien, pas un espar. De l'équipage, rien non plus, englouti sous les flots déserts du détroit de Magellan ou débarqué secrètement, les poches pleines d'or, prix du silence. En tout cas, nul n'en parla.

Rescapé du naufrage ou machinateur de génie, l'archiduc en profita pour laisser croire à sa mort, ce qui était la meilleure façon de s'échapper définitivement du monde. De nos jours encore, il est facile de disparaître, ou de se faire oublier, en Patagonie. Les commandos israéliens du chasseur de nazis Simon Wiesenthal n'y retrouvèrent jamais les survivants de l'ordre Noir. L'écrivain Marc Augier, alias Saint-Loup, s'y camoufla pendant dix ans sous l'uniforme d'instructeur des troupes de montagne argentines, et j'ai rencontré, pour ma part, en 1951, deux hauts dignitaires de Vichy, condamnés à mort par contumace, qui y coulaient des jours tranquilles, convertis en estancieros. En 1890, à plus forte raison, disparaître en Patagonie était à la portée de n'importe qui. Punta Arenas, unique ville et seul port chilien des territoires magellaniques, n'était encore qu'une bourgade d'une dizaine de milliers d'habitants, formée de petites maisons de bois et de palissades dessinant les rues, où commençaient à peine à sortir de terre, sur la Plaza de Armas, en pierre cette fois, la cathédrale, le théâtre et les hôtels particuliers, aujourd'hui clubs ou musées, des Menendez, des Braun, des Behety, les trois familles prédatrices, millionnaires en hectares et en dollars. Parmi la population des faubourgs et de l'immense région avoisinante (0,1 habitant au kilomètre carré), gens de mer ou de la terre, bien peu pouvaient justifier d'un état civil ou d'un métier. Chacun menait sa vie comme il l'entendait, ou plutôt comme il le pouvait au sein de cette nature hostile. Chercheurs d'or, bergers, chasseurs de phoques, marins déserteurs, aventuriers, criminels en fuite, ils avaient tous un point commun : la rupture totale avec leur passé. Jean Orth se fondit parmi eux, oubliant son titre et son rang, loin des intrigues et des drames de Vienne.

Plaçant mes pas dans ceux de Jean de Liniers, de Maurice Paléologue, de Jean Delaborde, j'ai pu me faire une idée de la cavale solitaire de l'archiduc. Après avoir parcouru la Terre de Feu et les îles au sud du canal Beagle, Jean Orth chevaucha vers le mont Fitz-Roy et les lacs de la Patagonie australe, lac Argentino, lac Viedma, et là, il décida de se fixer. Il construisit un rancho rustique, qu'il baptisa Cañadon Largo, où il vivra dans la solitude, avec ses chevaux, ses moutons, ses bœufs. Il dort sur des peaux de guanaco. Il s'éclaire avec des lampes à graisse. Il chasse. Il herborise. Il répertorie les arbres et les animaux, puis se passionne pour un seul but : rechercher un passage vers l'ouest à travers la cordillère des Andes, vers le Chili et le canal Messier qui conduit à l'océan Pacifique. La région est inexplorée, la cartographie néante. Pendant des années, il va s'obstiner, butant à chaque tentative sur cet océan de glace qu'est le Hielo Patagonico, le plus long et le plus hostile de tous les glaciers du monde, un enfer. La cordillère est infranchissable, mais il croira jusqu'à la fin de sa vie à ce col qui n'existe pas et qu'il imagine comme une porte du ciel, tandis qu'il médite, le soir, dans sa cabane de rondins, corrigeant sans fin ses croquis. C'est là que Jean de Liniers le trouva sans l'avoir cherché, un jour de l'été 1909.

Contemporain du comte Henry de La Vaulx, explorateur de la Patagonie et auteur de plusieurs récits qui furent publiés à l'époque par la célèbre revue *Le Tour du Monde,* Jean de Liniers est un chevalier de la pluie, de ceux qui se sont immergés corps et âme dans les solitudes australes comme d'autres s'en allaient vivre au désert, au Sahara ou au Gobi. La Patagonie était un mythe. Jean de Liniers raconte qu'ayant sollicité un ordre de mission du ministère de l'Instruction publique, il s'était entendu répondre « que la Patagonie n'existait pas, que c'était un pays purement chimérique » (ce qui n'est pas faux, par certains côtés), après quoi le fonctionnaire qui le recevait « lui avait serré la main avec inquiétude... ». C'est finalement la Société de géographie qui lui accorda son patronage en 1908, tout comme au comte de La Vaulx dix ans plus tôt. On n'imagine plus à présent la puissance et le renom de cette grande dame des voyages qui tenait le haut du pavé en son hôtel particulier du 184, boulevard Saint-Germain dont le porche est toujours flanqué de cariatides exotiques encadrant un cartouche marqué à son nom. Ses conférences voyaient affluer tout Paris. Brazza, Stanley, Laperrine, Charcot y parlèrent. Les médailles d'or et d'argent qu'elle décernait avaient valeur de consécration. On peut verser un pleur aujourd'hui. Vieillie et ruinée, fantôme du passé, cette grande dame a dû léguer ses archives à la Bibliothèque nationale où elles sont ensevelies, et bazarder son hôtel à une boîte de cours de gestion, n'y conservant qu'un demi-étage ainsi que la jouissance occasionnelle de l'auditorium décoré de fresques coloniales (classées ?). Le club des Explorateurs, auquel j'ai eu l'honneur d'appartenir, y tient encore ses assises crépusculaires avec une constance émouvante et une digne obstination.

Jean de Liniers, lui aussi, cherchait un passage à travers les Andes. Il s'agissait d'une expédition légère, un guide, deux ou trois péons, quelques mules, conduite et organisée à ses frais, en gentleman-explorateur. J'ai connu cet usage-là, autrefois, et si je comprends le *sponsoring*, je ne m'y habitue toujours pas, ces voiliers-sandwichs, notamment, qui portent des noms de charcuteries, de banques ou de produits de beauté, au large du cap Horn, là où les avaient précédés la *Lorraine*, le *La Rochejaquelein*, la *Grande-Duchesse-Olga*, le *François-Coppée*, la *Blanche-et-Louise*... Comme Jean Orth, Liniers se heurta très vite à l'obstacle infranchissable du Hielo Patagonico. Après quelques tentatives, il renonça, et se contenta de vagabonder, pour son plaisir. Étant son propre commanditaire, il n'avait de comptes à rendre à personne, et aucune obligation de résultat. Il en rapporta un, cependant, dont il ne comprit le sens que plus tard, longtemps après son retour.

Il faudrait un tunnelier pour forer une galerie à travers les strates de dossiers enfouis de la Société de géographie et retrouver la relation du voyage de Liniers. Encore n'est-on même pas sûr qu'elle existe. Elle n'a été publiée nulle part. Le 184, boulevard Saint-Germain a perdu la trace de sa référence. Il n'en reste qu'un témoignage fragmentaire, oral, recueilli de la bouche même de Liniers par Maurice Paléologue, selon lequel Jean de Liniers rencontra dans les contreforts des Andes, à mi-chemin entre le lac Viedma et le mont Fitz-Roy, un personnage d'une soixantaine d'années, abondamment barbu, servi par deux gauchos métis qui s'occupaient de ses troupeaux et par un vieux péon faisant fonction de domestique auquel il s'adressait en allemand et qui lui répondait dans la même langue avec toutes sortes de tournures de déférence qui étonnaient, compte tenu de l'extrême dépouillement du lieu et de la rustique simplicité de la cabane où vivait le maître de Cañadon Largo, lequel s'était présenté sous le nom de Jean Orth. Jean de Liniers fut frappé par la courtoisie de son accueil, soulignant son aisance, son allure, l'élégance avec laquelle il portait ses vêtements ordinaires de ranchero, et surtout son intelligence, sa curiosité. Ils s'entretinrent en allemand et en espagnol, que Jean de Liniers comprenait parfaitement, puis uniquement en français à la demande de Jean Orth qui semblait heureux de s'exprimer dans cette langue qui était encore, à cette époque, en Europe, la langue des personnes cultivées. Ils parlèrent du passage à travers les Andes, des cerfs huémuls, des grands condors qui nichaient dans des creux de rochers sur les contreforts du Fitz-Roy. Jean Orth ouvrit ses herbiers, ses cahiers de croquis topographiques et de dessins, tous annotés en allemand, mais resta muet sur sa vie antérieure et sur les raisons qui l'avaient conduit là. À un moment, il dit seulement : « J'ai connu la satiété du monde, à présent j'ai trouvé la paix. » Respectant cette discrétion, Jean de Liniers ne posa aucune question. Ils se quittèrent enchantés l'un de l'autre et Jean de Liniers dit qu'il reviendrait.

Il revint en effet deux ans plus tard, pour apprendre de la bouche de son ancien guide que le vieux péon qui parlait allemand était descendu des montagnes afin de déclarer sans commentaires au vice-consul honoraire d'Autriche-Hongrie à Punta Arenas que son maître Herr Johannes Orth, sujet autrichien, était décédé le 12 décembre 1910 à Cañadon Largo où il l'avait lui-même enterré sur place selon ses propres volontés, après quoi il avait embarqué sur le premier cargo partant pour l'Europe. Jean de Liniers interrogea le vice-consul. Celui-ci, un négociant chilien en poste depuis peu de temps, n'avait rien trouvé dans ses archives concernant la mort de ce Jean Orth dont il n'avait jamais entendu parler. Jean de Liniers n'insista pas et reprit le cours de ses recherches sur les derniers Indiens Tehuelches de la Patagonie australe. Il faut se souvenir aussi que Jean de Liniers, même s'il avait rencontré Jean Orth et s'était posé des questions sur sa solitude volontaire, n'avait aucune raison de se douter de sa véritable identité. Il revint en France en 1912. Deux ans plus tard la vieille Europe s'écroulait et le XIXe siècle avec elle. Alors, Jean Orth, dans ce naufrage, ces millions de morts, ces empires engloutis...

Ce n'est que vingt ans après que les deux bouts

de l'histoire se renouèrent quand Jean de Liniers, fortuitement, rencontra l'ambassadeur Maurice Paléologue chez la duchesse de La Rochefoucauld. Paléologue savait qui était Jean Orth, et pourquoi et comment il avait disparu, mais il ignorait ce qu'il était devenu. Jean de Liniers, ce jour-là, lui apporta sur un plateau le troisième et dernier acte. L'ambassadeur en fit un livre épatant, *Le Destin mystérieux d'un archiduc*, ouvrage désormais introuvable ailleurs qu'à la Nationale, hormis les extraits publiés en 1957 par la revue *Historia*. C'est à partir de ce livre que cette histoire se répandit parmi les chevaliers de la pluie. La mission ethnologique José Emperaire et Louis Robin, en 1946, descendant en automobile (un exploit, à cette époque) de Santiago et Bariloche jusqu'à Punta Arenas par la *ruta cuarenta* qui longe le versant argentin des Andes, s'arrêta pour bivouaquer au petit refuge que le Club andin venait de construire cette même année en un lieu totalement inhabité, El Chaltén, à une trentaine de kilomètres du Fitz-Roy. Le gardien solitaire qui y vivait n'avait pas vu vingt personnes ce premier été. José Emperaire ne croyait guère à la version Paléologue et Liniers de la disparition de Jean Orth. Il interrogea tout de même le gardien, lequel connaissait bien la région, travaillant le reste de l'année à l'estancia San Lorenzo, sur les bords du lac Viedma, à deux journées de cheval d'El Chaltén. Le nom de Jean Orth lui était inconnu, de même que celui de Cañadon Largo. Emperaire laissa filer. Il n'était pas venu en Patagonie pour cela. Les Indiens de Terre de Feu l'attendaient. Il allait y consacrer sa vie, et sa mort...

L'alpiniste Lionel Terray, en 1951, installa à El Chaltén le camp de base de son expédition au Fitz-Roy. Lui aussi connaissait l'histoire. Le gardien avait changé, mais son remplaçant n'était pas plus renseigné. Terray avait engagé des muletiers fournis par les estancias du lac Viedma. Aucun n'avait entendu parler de Jean Orth. L'un d'eux, tout de même, plus âgé que les autres, déclara qu'en effet, il y avait des années, un étranger s'était installé par là — et il montrait la vallée sinueuse et sauvage de la petite rivière de Las Vueltas qui passe au pied du refuge d'El Chaltén —, mais que l'homme avait vite renoncé, avant le deuxième hiver, rejoignant sagement Punta Arenas avec ses chevaux et son baluchon, sans doute afin de s'embarquer pour l'Europe, car on ne l'avait jamais revu. Lorsque Lionel Terray me raconta plus tard l'épisode, j'avais tout de suite songé au vieux péon protocolaire qui ne parlait qu'allemand, seul personnage qui pût recouper le récit de Jean de Liniers. Terray avait d'autres chats à fouetter, un sommet qui le défiait, dont il fut le premier vainqueur, précurseur de « l'alpinisme andin », ouvrant la voie aux montagnards et randonneurs qui viennent aujourd'hui du monde entier, faisant la fortune d'El Chaltén. En tout cas, de près ou de loin, lors de sa marche d'approche vers le Fitz-Roy, il ne vit rien qui ressemblât aux vestiges d'une cabane de rondins...

En 1958, et durant les années soixante et soixante-dix, au cours de plusieurs voyages là-bas, Jean Delaborde ne fut pas plus heureux. C'était pourtant un fouineur-né. Il avait fouiné pendant quarante ans d'une retraite bien remplie toute tournée vers la Patagonie ; notre doyen, jusqu'à sa mort le 6 décembre 1997, le doyen des chevaliers de la pluie. Un petit mot pour le saluer, en passant. Officier du corps du commissariat de la Marine nationale (lui, comme moi, et tant d'autres, disait : la Royale), il avait servi avant la guerre, en Chine, sur les canonnières du Yang-Tsé, puis dans les Forces navales françaises libres, et enfin en Indochine jusqu'à sa retraite en 1957 avec cinq galons pleins à sa manche. Dans la grande tradition du XVIIIe siècle, comme beaucoup d'officiers de marine, il dessinait admirablement, le même coup de crayon que Paul-Émile Victor. Il écrivait tout aussi bien. Le consulat général de Patagonie, dont il était l'un des archivistes, s'enorgueillit de posséder plusieurs de ses dessins et croquis. Célibataire endurci, marié sur le tard à soixante-quinze ans, c'était un homme délicieux qui racontait ses aventures sur le ton et dans la langue d'un officier de Bougainville débarquant de la *Boudeuse*.

Pour en revenir à El Chaltén et au rancho fantôme Cañadon Largo, Jean Delaborde ne poussa jamais jusque-là (son univers, comme le mien, c'était la Patagonie fuégienne), mais il avait tout de même, disposant de plus de temps et de relations que moi, à Punta Arenas notamment, interrogé pas mal de monde. Nous avons longuement correspondu. Voici ce qu'il m'écrivait en 1990 : « Les recherches que j'ai menées, en Patagonie comme en Europe, ne m'ont malheureusement pas permis de confirmer l'exactitude du récit de cet auteur [Paléologue], qui, à ma connaissance, est seul à penser que le prince [Jean-Salvator de Habsbourg] n'a pas trouvé la mort dans le naufrage de son bateau et a survécu, sous des noms d'emprunt, dans l'Extrême-Sud argentin jusqu'en 1910... » Plus tard il avait changé d'avis, à la suite d'une visite qu'il avait reçue et qui l'avait laissé songeur. Retiré à Dijon, il ne voyageait plus, mais sa porte était toujours ouverte à la relève des chevaliers de la pluie. Le mythe patagon renaissait, son cortège de grandeur, d'âpreté, de solitude et de mystère (Hulot n'avait pas encore sévi). Des jeunes gens venaient le consulter, surtout des marins, skippers de petits voiliers en partance pour le labyrinthe fuégien. Certains d'entre eux s'y sont fixés, avec Karadec, Alex Foucard, Bertrand Dubois et d'autres, basés à Ushuaïa, tous Français, voiliers charters de l'infini, cap Horn, Shetlands du Sud, canal Beagle, île des États..., embarquant un petit nombre de passagers qui n'oublieront jamais, jamais, le bonheur le plus intense de leur vie[1]. Ils déployaient leurs cartes marines sur la table de la salle à manger, écoutant Jean Delaborde, qui savait tout, comme jadis les capitaines de caravelles buvaient les paroles de Martin Behaïm, à Nuremberg. Dijon, pèlerinage des initiés, porte bourguignonne et inattendue de la Patagonie maritime...

La visite que me décrivit dans une de ses lettres Jean Delaborde se présenta sous la forme d'une jeune femme (jolie, selon lui, entre vingt-cinq et trente ans, légèrement rousse, le visage un peu anguleux, le regard grave, il avait même joint un

1. Une agence compétente les représente à Paris, 15, rue du Cardinal-Lemoine.

dessin), de nationalité autrichienne, se déclarant historienne et journaliste. Son nom, celui qu'elle donna : Christina von Falkenberg. Élégante, rien d'ostensible, mais semblant avoir les moyens, Vienne-Genève par avion, puis grosse berline rapide de location. Elle revenait de Patagonie et s'apprêtait à y retourner. Ce n'était pas les canaux fuégiens, le canal Cockburn ou le cap Froward qui l'avaient amenée à Dijon, mais un nom, celui de Jean Orth, et un lieu, Cañadon Largo. Maurice Paléologue étant mort en 1944, Jean de Liniers peu après, José Emperaire en 1958, Lionel Terray en 1965, rattrapé par le destin lors d'une simple escalade d'entraînement, en France, et enfin, en 1977, Annette Laming-Emperaire, continuatrice de l'œuvre de son mari, Christina von Falkenberg était donc venue interroger à Dijon le dernier des chevaliers de la pluie. Dans sa lettre (fin 1996), Jean Delaborde ne m'avait rien dit de leur conversation, ni de ce qu'elle lui avait appris pour qu'il jugeât désormais plausibles la survie de l'archiduc et sa mort sous le nom de Jean Orth dans son rancho des Andes australes. Il avait seulement ajouté que Christina lui avait promis, en rentrant de Patagonie où elle se disposait à partir pour une seconde expédition de recherches, de passer à nouveau par Dijon lui raconter ce qu'elle avait trouvé — elle semblait certaine du succès — et que lui, à son tour, m'en informerait. La mort de Jean Delaborde, un an plus tard, annula ce rendez-vous, et Christina von Falkenberg ne réapparut jamais à Dijon.

Pendant des dizaines et des dizaines d'années, à Punta Arenas, le bar de l'hôtel Cabo de Hornos fut le lieu stratégique de toutes les rencontres, où tout se savait, où il était de bon ton et utile de se montrer et où les oiseaux de passage les plus étranges se croisaient le verre à la main. Un bar chic, pur modern style 1930, haut de plafond, décoré d'immenses glaces biseautées et meublé de fauteuils et de tables basses dignes des salons du *Normandie*, une sorte de Harry's Bar du bout du monde qui surprenait divinement au rez-de-chaussée de cette grosse bâtisse plantée en face de la statue de Magellan. J'y ai bu mon premier pisco sawa en 1951, et mon dernier — du moins là-bas — en février 1999. Recette transmise de barman en barman, un subtil dosage de pisco, de jus de citron vert et de sucre en poudre, une perfection que je ne suis jamais parvenu à égaler. C'était même la seule chose qui n'avait pas changé en 1999 au bar du Cabo de Hornos. Pour le reste, un massacre ! Le plafond indignement rabaissé, les panneaux masqués par d'ineptes fausses plantes vertes, l'espace réduit par une cloison à un étroit couloir encore trop vaste pour le petit nombre de clients que contemplait avec mélancolie un vieux barman désenchanté. La mode s'en était allée ailleurs, emportant le mythe et la grâce des lieux. J'étais désolé. C'est là que j'avais rencontré José Emperaire, et le petit-fils du mystérieux capitaine Pagels [1], et le colonel des carabiniers

1. Cf. le chapitre suivant.

escorté d'officiers d'ordonnance qui claquaient des talons en se présentant, et le commandant du *Micalvi* quand je fus invité sur son bateau qui ressemblait à une arche de Noé, d'autres encore dont les ombres s'étaient perdues, fuyant ce décor croupion où je ne me retrouvais plus moi-même, excepté le goût du pisco sawa.

Le barman faisait partie de l'ancien mobilier auquel il avait survécu. Il m'avait semblé le reconnaître. C'est lui qui m'avait servi lors de mes deux précédentes escales, en 1990 et 1994. Je posai devant lui, sur le bar, le portrait au crayon que Jean Delaborde avait croqué en traits rapides de Christina von Falkenberg. Se souvenait-il de cette jeune femme ? N'avait-elle pas séjourné à l'hôtel, en 1996 ou 1997 ? Il jeta un coup d'œil distrait au dessin. C'était un homme qui avait cessé de rêver. Il ne servait plus, dans son bar, que des guides de tourisme et leurs clients débarqués du Boeing de Santiago, qui s'engouffraient dès le lendemain matin dans des minibus tout terrain, bardés d'appareils photo et harnachés comme des trappeurs, en route pour El Calafate et El Chaltén. Non, cette jeune personne ne lui disait rien. J'insistai, lui signalant deux particularités que Jean Delaborde m'avait précisées : ses cheveux légèrement roux et surtout son élégance naturelle. Ce dernier point le réveilla : élégante, ça, il s'en souvenait ! Elle s'était habillée pour dîner, ce qui ne se voyait quasiment plus depuis que les Chiliens de la bonne société boudaient l'hôtel Cabo de Hornos. Un rang de perles autour du cou, les bras nus, elle avait bu deux ou trois piscos avant de passer au restaurant où elle avait choisi une table à l'écart, sans un regard pour les trappeurs en blouson et chemise à carreaux. Elle n'était pas seule. Un homme d'une quarantaine d'années l'accompagnait, vêtu d'une veste noire à boutons carrés argentés et sans col (je reconnus, à cette description, la traditionnelle veste du soir autrichienne). Ils parlaient allemand. Comment s'appelaient-ils ? Le barman n'en savait rien. Peut-être le directeur...

J'obtins le renseignement le lendemain, après que l'hôtel s'était vidé de son contingent quotidien de touristes, libérant le directeur qui put consulter son fichier, d'où il me tira deux noms : Mlle Christina von Falkenberg, journaliste, domiciliée à Vienne, et M. Herbert Richter, conseiller de l'ambassade d'Autriche à Santiago du Chili. Passeport diplomatique tous les deux. Ils avaient passé trois jours à l'hôtel, chambres séparées, du 17 au 19 mars 1997, recevant dans un petit salon quelques vieilles personnes appartenant aux plus anciennes familles de la ville, parmi lesquelles le conservateur de la Bibliothèque provinciale et le président de la Société d'histoire magellanique. Le vénérable Club de la Union leur avait ouvert ses portes et ce qui restait du Club Alemán ses archives. Le directeur ignorait ce qu'ils cherchaient. Ils avaient quitté Punta Arenas tôt le matin à bord d'une rutilante Range Rover que Mlle von Falkenberg conduisait elle-même, avec brio, et gantée. La piste s'arrêtait là. Le temps me manquait pour reprendre le fil, Club Alemán, Société d'histoire, etc. Cela n'aurait pas changé grand-chose. Une fois revenu en France, ayant abordé l'affaire sous un autre angle, le mystère ne fit que s'épaissir.

J'ai quelques amis diplomates. À l'un d'entre eux, en poste à Vienne, j'avais communiqué ces deux noms assortis d'un bref résumé de l'histoire. Il me répondit, après enquête, qu'aucun Herbert Richter ne figurait sur l'annuaire diplomatique autrichien et qu'au demeurant le personnel de la modeste ambassade d'Autriche au Chili ne comportait pas de conseiller, enfin que le dernier représentant des Falkenberg, très ancienne famille de Carinthie, était mort sans postérité aux alentours de 1937. Alors ? Un pseudonyme de journaliste ? Non plus. Nulle Christina von Falkenberg n'avait jamais signé la moindre ligne dans un quelconque journal autrichien. J'en suis là et j'abandonne. Évidemment, on pourrait rêver, échafauder d'autres hypothèses. Les services spéciaux de la République autrichienne se réveillant cent ans après et lançant Herbert-James Bond et la belle Christina sur les traces de la mystérieuse cassette en pleine Patagonie australe... Ou encore une initiative privée des Habsbourg — ils sont nombreux, descendant des quatre fils et des trois filles du dernier empereur, Charles, et de l'impératrice Zita, sans compter les collatéraux — renouant, mais pour quelle raison, avec le secret de Mayerling emporté à Cañadon Largo par l'archiduc Jean-Salvator...

Parvenu au terme de ce jeu de piste, je ne puis retenir que deux vérités. La première est l'identité du premier pionnier à s'être installé dans la région d'El Chaltén, au pied du Fitz-Roy. Elle est connue et confirmée par les archives argentines et chiliennes. Il s'appelait Andreas Madsen, un Allemand, établi là en 1903, et non en 1890, l'année de l'arrivée supposée de Jean Orth. Peut-être y a-t-il eu confusion, volontaire et romanesque — la tentation est courante —, à partir de laquelle Jean de Liniers aurait brodé vingt ans après, attribuant à cet Allemand le nom d'emprunt de l'archiduc qu'il venait seulement d'apprendre de la bouche de l'ambassadeur Paléologue, et tous deux auraient fini par y croire. Cela ne nous explique tout de même pas, si cette piste-là était fausse, pourquoi Christina von Falkenberg, sous un autre nom d'emprunt, s'y était à son tour engouffrée...

La seconde de ces vérités, c'est que nul, dans la région, n'a jamais entendu parler d'un lieu-dit s'appelant Cañadon Largo, et encore moins d'un Jean Orth qui y aurait été enterré dans les années 1910, ce qu'aucun vice-consul d'Autriche à Punta Arenas ne saurait infirmer ni confirmer, le poste ayant été supprimé dès la fin de la Première Guerre mondiale. En revanche, Andreas Madsen est connu et l'on a baptisé de son nom un sentier de grande randonnée. Il a même laissé une jolie légende, celle d'un monde à l'état originel où régnaient beauté et harmonie. Des milliers de cerfs y broutaient sereinement, et les renards, le soir autour du feu, se mêlaient sans crainte à ses chiens pour attendre sagement, comme eux, un os ou un bout de viande. Plus tard on fit brûler la forêt. Les moutons remplacèrent les cerfs et les chiens exterminèrent les renards qui dévoraient les moutons...

C'est à peu près ce qui se passe aujourd'hui. Il faut ajouter à ces prédateurs d'autres encore plus redoutables, gros porteurs du monde entier qui se posent sur la piste toute neuve d'El Calafate, évitant aux touristes pressés un long détour par la route depuis Rio Gallegos ou Punta Arenas. On va même bitumer les cent quatre-vingts kilomètres de la *ruta cuarenta* et de la *ruta veinte y tres* qui relient Calafate à El Chaltén et jusqu'au pied du Fitz-Roy.

J'ai tout de même fini par y aller, à El Chaltén. Le filon touristique est ouvert. On y compte à présent quinze hôtels, deux campings, une gendarmerie, une usine électrique, une école, un salon de thé-pâtisserie, une poste et un hôpital, ainsi qu'une compagnie de guides et quarante et un habitants permanents. Revenez dans dix ans, tout aura décuplé. Le même boom qu'à Ushuaïa. Chamonix les jours de pointe et la queue au Fitz-Roy comme au mont Blanc. Quant au refuge d'origine où bivouaquèrent il y a deux mille ans José Emperaire et Lionel Terray, il a été transformé en musée. Hormis la signature énergique et sans commentaires de Christina von Falkenberg sur le livre d'or des visiteurs, inutile d'y chercher le moindre souvenir de Jean Orth, archiduc Jean-Salvator de Habsbourg.

Ainsi s'est éteinte, en Patagonie, la lumière cachée de Mayerling.

16

Retour au cimetière de Punta Arenas : le ténébreux capitaine Pagels. — La Kriegsmarine *n'oublie pas ses morts. — Où apparaît en pleine bataille navale des Falkland (1914) un mystérieux trois-mâts blanc dont nul n'a plus jamais entendu parler. — Je rends visite au capitaine Lacroix, qui savait tout des grands voiliers. — Hommage au capitaine Louis Lacroix et au prince Mario Ruspoli, mais je ne suis pas plus avancé. — Fin de piste au bar de l'Univers, à Saint-Malo, avec les derniers cap-horniers.*

Je suis tombé dessus par hasard lors de mon dernier séjour à Punta Arenas, en février 1999, au fond et à droite de l'allée principale du cimetière, à l'ombre d'un épais rideau de cyprès qui prive de soleil, en son repos éternel, ce très mystérieux capitaine des archipels fuégiens.

Voilà près de cinquante ans que j'avais découvert son existence, l'oubliant puis le retrouvant à l'occasion de lectures ou de voyages en Terre de Feu. Au début, il n'avait même pas de nom. Le capitaine de corvette John Irving, de la Royal Navy, qui a publié en 1928, chez Payot, l'histoire de la bataille navale des Falkland, ignorait son identité. Il ne parlait que d'un « agent allemand », ou encore d'un « ami allemand » de l'amiral von Spee et du capitaine de frégate Lüdecke qui aurait embarqué nuitamment, à Punta Arenas, après la bataille perdue, sur le croiseur léger *Dresden*, unique rescapé de l'escadre allemande détruite. Pendant longtemps, je n'en ai pas su davantage, puis j'ai appris qu'il s'appelait Pavel, sans autres précisions à son sujet. En fait il se nommait Pagels. C'est le nom qui est peint au pochoir en lettres noires sur une petite stèle qui n'est qu'une simple pierre dressée :

ALBERT PAGELS
05.07.1878
20.07.1968

Je remarque qu'il est né un 5 juillet, et je suis moi-même né un 5 juillet. Voilà peut-être qui expliquait pourquoi j'avais cheminé si longtemps en compagnie de son souvenir. Un autre détail me frappe : la peinture noire des lettres est toute fraîche, comme si elle était ravivée régulièrement. On a même déposé récemment sur sa tombe un bouquet de fleurs, à peine fanées, de vraies fleurs, alors que la boutique du cimetière ne vend que des fleurs artificielles. Enfin, bien qu'il fût chilien, au moins germano-chilien, et non allemand, Pagels est enterré dans le carré allemand, le plus peuplé de ce cimetière où les défunts étrangers du bout du monde sont rassemblés par nationalités. On me le confirmera, c'est lui qui a voulu être inhumé là, au sein de cette arrière-garde germanique de Terre de Feu. Même au-delà de la mort, il avait fait allégeance à l'Allemagne, y compris au IIIe Reich, le Reich nazi. Sa stèle est plantée comme un petit satellite de granit au pied du monument que la colonie germano-chilienne de Punta Arenas éleva en 1925 « à la mémoire de l'amiral comte von Spee et des héroïques équipages de son escadre composée des croiseurs lourds et légers *Scharnhorst*, *Gneisenau*, *Leipzig*, *Nürnberg*, *Dresden*..., morts pour leur lointaine patrie allemande à la bataille des Malvinas (Falkland), 8 décembre 1914, gloire à eux... » le tout gravé en lettres gothiques et en allemand. Un martial petit enclos fait d'une chaîne de navire tendue entre quatre obus en carré complète le monument. Les obus avaient été envoyés d'Allemagne. Un ex-voto le signale...

Falkland, décembre 1914. D'abord françaises sous le nom de Malouines au temps de Bougainville, puis anglaises à partir de 1833, les Falkland font partie de l'univers fuégien, à trois cents milles marins et plein est du détroit de Magellan, sous les grands vents d'ouest hurleurs qui y soufflent en permanence. Pas un arbre. Rochers, broussailles, fondrières, herbe à moutons, oiseaux de mer. Au fond d'une rade protégée, Port Stanley, la capitale — un village —, offre un mouillage sûr aux navires. Les Anglais y avaient installé un dépôt de combustible et une station de radio (on disait alors : T.S.F.), mais l'endroit n'était pas défendu. Ni fortifications, ni armement, ni garnison.

C'est là que l'amiral comte von Spee — navire amiral *Scharnhorst* — avait décidé de relâcher quelques heures en profitant du dépôt de charbon, puis de détruire la station de T.S.F. et de ramener en Allemagne, prisonnier, le gouverneur anglais des Falkland. Il croyait la rade déserte, mais ce qu'il ne savait pas, c'est que dès la veille au soir l'escadre de l'amiral Sturdee, accourue à toute vapeur d'Angleterre, l'avait précédé à Port Stanley, deux cuirassés et quatre croiseurs lourds, une force infiniment supérieure à la sienne en tonnage et en armement. Si bien qu'à l'aube du 8 décembre, dans le brouillard qui se levait, il découvrit que la mort l'attendait, une forêt de mâts tripodes et de formidables tourelles de tir pareilles à des donjons d'acier. Les quintuples cheminées de ces monstres crachaient une épaisse fumée noire. La flotte anglaise appareillait, tandis qu'en tête du mât de l'*Invincible*, vaisseau amiral de Sturdee, montait une série de pavillons ordonnant : « Chasse générale. » Sur l'immense plaine liquide grise et verte semée d'énormes déferlantes et d'embruns se déployèrent comme des cavaliers géants fervêtus les deux escadres ennemies. Semblable au galop de milliers de chevaux, l'écho des salves croisées roulait de vague en vague à la surface de l'océan austral...

Là se place un épisode qui n'a cessé de me faire rêver et dont j'ai longtemps cherché le sens.

Au plus fort de l'action, vers midi, apparut audessus de l'horizon la silhouette prodigieuse d'une cathédrale de toile qui naviguait droit vers la bataille. C'est alors que spontanément, et sans s'être donné le mot, tandis que les deux amiraux, sur leur passerelle, la contemplaient avec ahurissement, les combattants cessèrent le feu. Ainsi que le raconta plus tard un officier de l'*Invincible* qui avait l'âme lyrique, « on vit un grand voilier blanc passer entre les lignes adverses, toutes ses voiles hautes et gonflées, comme pour glisser un souffle de paix et de tranquillité au milieu de cette scène sanglante. Personne ne savait ce qu'il faisait là, et plus d'un vieux marin, se souvenant des récits du "Vaisseau fantôme", dut s'imaginer que ce n'était pas un navire réel, mais une ombre de navire. Ce pouvait bien être un envoyé des royaumes du glorieux passé de la Marine royale anglaise, chargé d'une précieuse cargaison de traditions, de Nelson, Hood, Howe, Drake, Grenville et bien d'autres, venus tous pour voir de nouveaux lauriers s'ajouter au front de la Navy... [1] » Le voilier s'éloigna vers le sud-ouest en direction du cap Horn. Pas un instant il n'avait dévié de sa route, dédaignant de signaler son identité, ainsi que l'usage l'impose, en envoyant à la basse vergue d'artimon les pavillons composant son nom. À travers les meurtrières des tourelles, les jumelles et les périscopes de tir, ou dans leurs nids-de-pie blindés et derrière les rambardes cuirassées des passerelles, des centaines d'hommes, muets, le regardaient disparaître peu à peu. Ainsi les deux escadres ennemies, abaissant un moment leurs lances comme les chevaliers d'autrefois, saluaient-elles

1. John Irving, *op. cit.*

la beauté et la perfection. Quand il fut assuré pour tous que cette énigmatique et sublime apparition avait quitté le champ de bataille, hors de l'azimut de tir des artilleurs anglais et allemands, et qu'elle ne risquait plus d'être coulée, la canonnade reprit de part et d'autre, à la seconde près, simultanément.

Après quoi, la mort frappa.

L'océan austral, aux Falkland, est un cimetière allemand. Des cinq navires, en quelques heures, quatre disparurent de la surface des flots, pavillon haut, entraînant dans les abysses, à la suite de leur amiral, deux mille deux cent soixante officiers et marins. Seul le *Dresden*, commandant Lüdecke, en réchappa. Au crépuscule de la chevalerie de la mer, l'ultime scène était jouée. L'épilogue est à la hauteur de la tragédie. Juste au moment où le *Leipzig*, dernier vaisseau allemand coulé, achevait d'être englouti, raconte ce même officier de l'*Invincible*, chantre de la bataille des Falkland, « l'ombre d'un grand navire à voiles apparut, tout blanc, sortant des ténèbres brumeuses et s'effaça à nouveau dans le silence sépulcral, aussi mystérieusement qu'il était venu. Il sembla véritablement être le Vaisseau fantôme. C'était le même qui, au début de l'après-midi, était passé au milieu des escadres combattantes... » Sans doute tirait-il un autre bord, plus au sud, vers le cap Horn. C'est lui qui traça le trait final.

Ce voilier devait être un navire neutre. Le plus étrange dans cette histoire, c'est qu'on n'a jamais su son nom ni sa nationalité. Nul à son bord ne laissa de témoignage, ce qui semble difficilement croyable. Mettons-nous à la place de son commandant : voilà un homme assurément audacieux et pressé qui, plutôt que de changer de cap et de retarder sa descente vers le Horn, fait route sans dévier d'un degré au plus fort d'une bataille navale qu'il lui est impossible d'ignorer, qu'il voit et qu'il entend de sa dunette sur cette mer couronnée de fumées noires, de lueurs d'incendie et de coups de canon, qui en réchappe miraculeusement et qui revenu à son port d'attache n'écrit ni ne dit quoi que ce soit à quiconque de sa prodigieuse aventure, imité par tout son équipage saisi d'un inexplicable mutisme ! Aucune archive, dans aucun pays, n'en a conservé le souvenir. Jusqu'au capitaine Lacroix qui avait dû baisser les bras devant ce mystère !

Le capitaine Louis Lacroix, ce n'était pas n'importe qui dans l'univers de la vieille marine à voiles. Il savait tout ! Nul ne l'a remplacé. Né à La Bernerie-en-Retz, près de Pornic, en 1877, il comptait je ne sais combien de capitaines, y compris quelques corsaires, dans son arbre généalogique. Capitaine au long cours lui-même, son premier embarquement, à vingt-deux ans, comme lieutenant sur le trois-mâts nantais *Duchesse-Anne*, le tint éloigné de chez lui pour deux ans, ce qui était la règle à cette époque, entre l'Inde et le Chili par Bonne-Espérance et le Horn. Il commanda ensuite le *Maréchal-de-Gontaut*, puis le *Babin-Chevaye*, des trois-mâts-barques cap-horniers. Toujours il dédaigna la vapeur, n'acceptant de naviguer qu'à bord de ces cathédrales de toile dont le déclin, déjà, s'annonçait. Au début de 1922, il déposa son sac à terre. L'un après l'autre, les grands trois-mâts (ou quatre, ou même cinq), ayant livré leur dernière cargaison dans un lointain port étranger, revenaient s'amarrer pour toujours sur les berges du canal de La Martinière, parallèle à la rive gauche de la Loire entre Paimbœuf et Le Pellerin, transformé en cimetière des navires nantais, un nom qui lui est resté. Avec leurs mâtures géantes, leurs vergues brassées en pointe et dépouillées de leurs voiles, ils étaient alignés en file sur plusieurs kilomètres et formaient une véritable forêt plantée au milieu des roseaux et des grasses prairies de la Basse-Loire, attendant les démolisseurs. Il fallut vingt ans pour en venir à bout. Aujourd'hui il n'en reste rien que quelques photos qui serrent le cœur. Passant par Nantes, je ne manque jamais d'aller m'y promener. L'endroit est presque désert, le canal désaffecté, mais si ces navires avaient une âme, ce que croyait dur comme fer le capitaine Lacroix, c'est bien elles dont on sent la présence d'une façon presque palpable.

Dès lors le capitaine Louis Lacroix se fit l'historien de cette Marine-là et y voua le reste de sa vie, laquelle fut longue et bien remplie puisqu'elle ne se termina qu'en 1958, à l'âge de quatre-vingt-deux ans. Les anciens armateurs étaient morts, leurs archives dispersées ou perdues, leurs compagnies dissoutes après la casse des derniers navires, mais tout ce qui subsistait encore, documents, photos, journaux de bord, convergeait à La Bernerie-en-Retz chez le capitaine Lacroix. Il avait des correspondants dans le monde entier. Il a laissé une œuvre considérable qui est régulièrement rééditée[1]. C'est bien le moins de lui avoir consacré, pour le saluer, quelques lignes de ce livre dont le cap Horn et les îles australes de la Terre de Feu forment la trame et le pivot...

J'ai eu l'honneur de rencontrer le capitaine Lacroix en revenant de mon premier séjour en Terre de Feu au début des années cinquante. Impossible en le voyant de douter de son état : un marin. Il était court, trapu, costaud, le visage tanné, les yeux clairs. Il avait une barbiche blanche et tanguait un peu en marchant. Il ne recevait pas n'importe qui. On ne le dérangeait pas sans motif, ni surtout sans recommandation. La mienne émanait de mon vieil ami Mario Ruspoli. Ce n'était pas rien non plus, ce prince Ruspoli ! Il avait chassé le cachalot à la voile et aux avirons avec les dernières chaloupes baleinières des Açores où il avait risqué sa peau, et présidait dans la mouvance du consulat général de Patagonie le Comité royal patagon pour la défense et l'illustration de la chasse au harpon à bras en haute mer dont lui et moi, statutairement, étions les deux seuls membres. Il est mort il y a dix ans. J'use ici de mon droit d'écrivain pour dire qu'il manquerait beaucoup de moi-même aux horizons imaginaires des lointains confins maritimes s'il ne m'en avait parfois montré le chemin, un verre de vieux scotch des Hébrides à la main. À La Bernerie, sa recommandation fit merveille.

Ce que je voulais savoir du capitaine Lacroix, c'était le jugement qu'il portait sur ce mystérieux trois-mâts blanc qui avait traversé, voiles hautes, la

1. Éditions Maritimes et d'Outremer, Paris.

bataille des Falkland en décembre 1914. Naturellement, il connaissait l'histoire. Il la tenait pour véridique. Il avait trouvé des recoupements dans d'autres ouvrages sur les Falkland que celui de John Irving, notamment les mémoires du capitaine de frégate Hans Pochhammer, ancien commandant du *Gneisenau*, qui signale également le passage fantomatique de ce bateau.

— Ces gars-là avaient dû souffrir, me dit le capitaine Lacroix en évoquant l'équipage de ce voilier. Les vents soufflaient d'ouest et du sud, en plein dans le nez, la règle habituelle au cap Horn quand on passe de l'Atlantique au Pacifique. Savez-vous combien de temps il fallait pour descendre des Falkland au cap Horn et se placer en position de le franchir ? Souvent un mois. Parfois plus. Un exercice exténuant, et déjà, à cette époque-là, les capitaines avaient de la peine à recruter des gabiers qui préféraient la chaleur des postes d'équipage des vapeurs à ce métier de singe dans la mâture, où l'on se bat les mains nues avec des voiles mouillées et des manœuvres roides de glace, en équilibre sur des filins gelés, dans un vent polaire qui coupe la respiration. Il faut les comprendre. On naviguait avec des équipages réduits. Les bordées étaient à peine suffisantes par beau temps, et le beau temps, ça n'existe pratiquement pas au cap Horn. Il y avait des blessés, parfois des morts. Même en se remontant à coups de tafia, on atteignait vite ses limites. Ce bateau-là ne devait plus avoir assez de monde à envoyer dans les huniers. Les virements de bord répétés, faute de bras, devenaient de plus en plus difficiles et dangereux. On ne pouvait les renouveler trop souvent avec une douzaine d'hommes éreintés. Le capitaine n'avait pas le choix. Il tenait un bon et long bord qui le rapprochait du but. Il a pris ses risques. Il a repéré une portion de mer libre entre les escadres et a foncé droit dans la bataille. Je ne vois pas d'autre hypothèse naturelle. Mais qui ?

Là-dessus aussi, il avait réfléchi. La seule explication possible au mutisme de l'équipage et du capitaine du voilier blanc, c'est qu'il avait fait naufrage corps et biens, par fortune de mer ou torpillé, avant d'atteindre sa prochaine escale ou de rejoindre son port d'attache. En décembre 1914, la guerre sous-marine était à peine commencée qui envoya cruellement par le fond des centaines de grands voiliers (rien que pour ceux de Nantes, trente-six !), mais deux seulement pendant l'hiver 1914-1915, dans les parages de l'île de Pâques où furent recueillis les survivants. Et point de naufrages de trois-mâts cet hiver-là, à l'exception d'un seul et à l'autre bout du monde, au large de la Tasmanie, dûment répertorié par les Lloyd's de Londres. Ce ne pouvait être ce navire-là. Le mystère demeurait entier.

— J'avais perdu de vue cette affaire, me dit-il en remettant de l'ordre dans ses fiches, mais j'ai encore quelques vieux camarades dans des ports étrangers avec lesquels je corresponds. Je vais leur écrire. Nous verrons bien. Ce n'était tout de même pas un fantôme, ce bateau-là...

Je n'ai rien vu. Ensuite je n'ai pas osé relancer le vénérable capitaine. Ses camarades avaient dû mourir l'un après l'autre, qui savaient peut-être quelque chose, là-bas, dans leurs ports étrangers. Puis ce fut le tour du capitaine Lacroix, mémoire de la Marine disparue. Un peu plus tard, à Saint-Malo, place Chateaubriand, au merveilleux bar de l'Univers qui n'était pas encore à la mode et où se tenaient les réunions, de plus en plus rares, des derniers membres encore vivants de l'Association des anciens caphorniers (leur président portait le titre de « grand-mât »), j'ai interrogé quelques vieux loups de mer à casquette. Les capitaines étaient morts. Puis les lieutenants. Restaient ceux qui dans leur jeunesse avaient été mousses, ou pilotins, à bord des cathédrales de toile, mais les traditions orales fonctionnaient. Des histoires de toutes sortes, ils en connaissaient. Les navires surgissaient tout armés de leurs souvenirs, mais le trois-mâts blanc des Falkland, ils n'en avaient jamais entendu parler. Certains me promirent de se renseigner, quelque vieux copain qui ne bougeait plus de son fauteuil et qui avait peut-être bien franchi le Horn à bord du *Général-de-Sonis*, à moins que ce ne fût sur le *Boieldieu*, à peu près à cette époque-là, ou alors c'était en 1915... Mais le voilier blanc n'a pas réapparu. Les pilotins ont pris congé à leur tour. Comme pour Verdun ou Douaumont, il n'existe plus aujourd'hui de témoins et ceux qui les écoutaient naguère approchent du terme de leur vie.

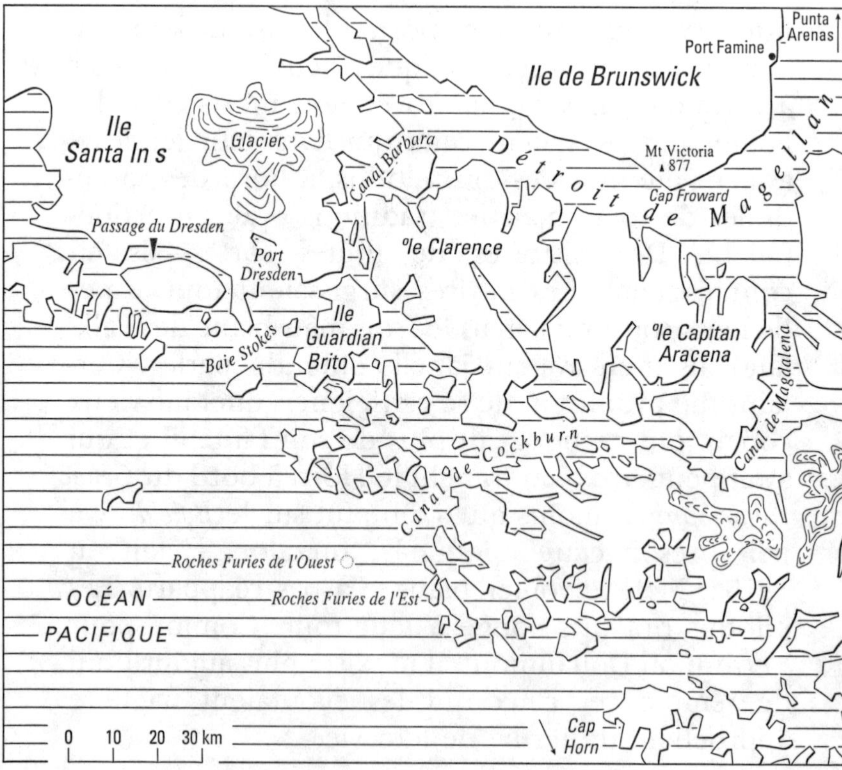

L'épopée du croiseur allemand *Dresden*
après la bataille des Falkland.

17

Le croiseur fugitif Dresden *s'enfonce dans le labyrinthe. — Où le lecteur s'initie aux cartes marines d'autrefois. — J'ai navigué aussi par là-bas. — Le* Dresden *à Punta Arenas : il embarque secrètement le capitaine Pagels. — La flotte anglaise bloque les sorties du détroit de Magellan. — Pagels escamote le* Dresden *en* terra incognita. *— Témoignage de l'écrivain Saint-Loup, qui se cachait en Argentine, et comment il a connu Pagels. — Étrange dîner chez un mystérieux Suisse : Saint-Loup évoque le fantôme du* Dresden. *— Trois mois dans la désolation fuégienne. — Le* Dresden, *à bout de souffle, abandonne sa cachette. — Sa mort chez Robinson Crusoé.*

De l'escadre de l'amiral von Spee, au soir de la bataille des Falkland, ne restait donc à flot, et intact, que le croiseur léger *Dresden*, modeste bâtiment de trois mille cinq cents tonnes armé par un équipage d'une centaine d'hommes sous le commandement du capitaine de frégate Lüdecke. Sa situation n'était guère enviable. L'Amirauté britannique — Winston Churchill, déjà !, étant premier lord de la mer — avait donné l'ordre de le retrouver et de le détruire. Il lui restait à peine une dizaine de jours de charbon et le cargo ravitailleur allemand avec lequel il avait rendez-vous à l'île Picton, entre l'île des États et le cap Horn, au sud de la Terre de Feu, avait disparu des ondes radio, sans doute arraisonné ou coulé. Un unique espoir, Punta Arenas, port chilien neutre, sur le détroit de Magellan, mais un obstacle majeur et infranchissable, le cuirassé *Inflexible* flanqué de deux croiseurs anglais qui patrouillaient au cap des Vierges, à l'entrée atlantique du détroit. Une seule route demeurait ouverte, passer le cap Horn en direction de l'ouest et longer l'archipel fuégien, inexploré à cette époque-là, puis trouver l'entrée du canal Cockburn, à la hauteur du 55e parallèle, cachée derrière un labyrinthe de rochers et d'îles désertes et glacées, pour rejoindre enfin, par un autre canal tout aussi tortueux dénommé Magdalena, le détroit de Magellan, cette fois au sud de Punta Arenas. Une seule route libre, mais quelle route ! À l'exception des canots des derniers Indiens Yaghans et des chaloupes de chasseurs de phoques, nul navire ne s'y aventurait.

J'ai eu l'occasion de naviguer *in situ* il y a quarante-cinq ans, en me référant aux cartes françaises du service hydrographique de la Marine dont on se servait encore ces années-là. Hormis quelques modifications apportées à des dates irrégulières, elles dataient de 1885, avec réimpression en 1917, et avaient été levées en 1882-1883 par les officiers de notre vieille connaissance l'aviso *La Romanche*, lors de sa mission dans les archipels du cap Horn. J'en possède un jeu complet, inestimable trésor aujourd'hui, dans sa typographie d'époque noir et blanc héritée du XVIIIe siècle, œuvre d'imprimeurs gens de mer. C'est presque exactement sur ces cartes-là que le commandant Lüdecke traça son impossible route par un temps de plus en plus mauvais, au milieu des terreurs d'une navigation près d'une côte bordée de récifs que dissimulait une brume épaisse. J'ai cette carte (n° 5488) devant moi, sous les yeux. Une certaine partie de son dessin y figure en pointillé, c'est-à-dire qu'on n'est sûr de rien. Telles se présentent, notamment, les îles de la Desolación et de la Ultima Esperanza dont les noms évocateurs sont à la mesure de l'angoisse qu'inspirait autrefois au marin la découverte de cet univers. Pour embouquer le canal Cockburn à la faveur d'une éclaircie momentanée de la brume, le *Dresden* dut se glisser entre deux amas de rochers avancés, les Furies de l'Ouest et les Furies de l'Est, et laisser à bâbord une autre île hérissée de rocs menaçants et précisément baptisée île Furia. Aucune balise, aucun feu, seulement des alignements naturels incertains signalés avec des réserves appuyées par les *Instructions nautiques* (« Pourquoi voyager ? disait Giono. Pour la mer, j'ai les *Instructions nautiques*, pour la montagne, quelques poèmes tibétains... »). Le balisage des canaux Cockburn et Magdalena ne sera entrepris par l'Armada Nacional chilienne qu'à partir des années soixante-dix et même à présent qu'il est achevé et récemment automatisé, l'autorité maritime chilienne n'en impose pas moins deux pilotes à bord des rares navires qui empruntent ce chemin. Je les ai observés à l'ouvrage, en 1999, sur la passerelle du vieux *Mermoz*, le dernier paquebot intelligent de croisière, lors de son voyage d'adieu. Les yeux vissés aux jumelles, aux écrans de radar, aux compas de visée, dans un silence tout juste rompu par les fréquents changements de cap qu'ils notifiaient au timonier, nul ne se serait avisé de leur parler ni de distraire en quoi que ce soit une attention de tous les instants. À un degré près on passait. À un degré de trop à droite ou à gauche on s'empalait sur un rocher. Une belle partie qu'ils jouaient là.

La chance servit le commandant Lüdecke. La chance et quelques fiches manuscrites qu'il consultait l'une après l'autre au fur et à mesure de la route, engoncé dans son ciré, debout dans le vent et le froid, sur l'aileron extérieur de sa passerelle. Ces fiches indiquant des alignements plus précis et plus fréquents que ceux des *Instructions nautiques*, il les tenait du capitaine Pagels, celui-là même qui se nicha plus tard, dans la mort, au cimetière de Punta Arenas, à la façon d'un chien fidèle, au pied du monument von Spee. Pagels avait expédié ces fiches à l'Amirauté allemande quelques mois avant le déclenchement de la guerre. J'ai eu l'occasion d'interroger le petit-fils du mystérieux Albert Pagels au bar de l'hôtel Cabo de Hornos lors de mon dernier séjour à Punta Arenas. Pagels n'était pas un vulgaire espion à la solde de l'Allemagne. Agent de renseignements, assurément. À la solde, certainement pas. Par patriotisme, par idéal. Pagels avait laissé son cœur en Allemagne. Chilien par nécessité, il se voulait avant tout allemand. On verra que cela le mènera très loin...

Le 13 décembre au petit matin, tandis qu'une partie de la flotte anglaise le guettait vainement au cap des Vierges, à l'entrée du détroit de Magellan, et que le reste patrouillait en pleine tempête au large du phare des Évangélistes, à la sortie de ce même détroit sur l'océan Pacifique, le *Dresden*, émergeant de la brume, mouilla en rade de Punta Arenas. Aussitôt entouré de barges, il embarqua du charbon, de l'eau douce et des vivres frais. Germano-chilien lui aussi, le capitaine de port avait autorisé l'opération. Suivit une intense activité diplomatique par radio. On se parlait en alphabet morse de ce temps-là. Le mât de T.S.F. de Punta Arenas crépitait. Les Britanniques et les Français protestaient. À Santiago, le gouvernement siégeait sans désemparer. L'amiral Sturdee menaçait de violer la neutralité chilienne et d'aller cueillir le *Dresden* au canon sous les fenêtres de la ville et les télégrammes s'accumulaient sur le bureau du gouverneur.

Au milieu de l'après-midi, l'autorisation de charbonner fut rapportée. Le *Bristol* et le *Glasgow* franchirent le Horn à toute vapeur, et toujours dans la tempête, pour se poster au large des Furies que j'ai évoquées tout à l'heure. Les trois portes de l'archipel étaient verrouillées, soit les deux entrées est et ouest du détroit de Magellan, et au sud la sortie du canal Cockburn. Le piège se fermait sur le *Dresden*. Tout cela est un peu compliqué pour le lecteur égaré en plein labyrinthe fuégien, mais ces précisions sont nécessaires.

Car il existait une quatrième porte. Plutôt une sorte de poterne, plus à l'ouest dans le détroit de Magellan et difficile à découvrir, connue sous le nom de canal Barbara, un couloir tortueux cerné de montagnes et prolongé par un autre passage à peu près aussi introuvable entre deux îles encore inexplorées aujourd'hui, l'île Santa Inès et l'île Guardian Brito, appelé le canal Gonzalès, lequel donnait sur l'océan Pacifique par une baie, la baie Stockes, tellement encombrée de plateaux rocheux, d'îles sans nom, de rocs émergeant de l'eau comme des chevaux de frise qu'il semblait inconcevable de s'y frayer sans périr une route vers la sortie. J'ai déployé, sur ma table, la carte marine chilienne de 1981, révisée en 1988 et en 1998. À l'exception de quelques tracés qui ont été quelque peu affinés et d'un certain nombre d'îles et de sommets qui ont changé de place, elle ne diffère pas de la carte française de 1885, révisée en 1917. Les côtes sont dessinées en pointillé et les *Instructions nautiques* les plus récentes déconseillent fortement de s'y fier. Pas plus de balisage ni de feux aujourd'hui qu'en décembre 1914. La nuit noire. Le labyrinthe opaque. Autant dire que cette route était déserte et qu'elle le restera longtemps. *Terra incognita...*

C'est par là que le *Dresden* échappa à la flotte anglaise. Il appareilla de Punta Arenas à la nuit tombée et fila par le détroit de Magellan vers la « poterne » du canal Barbara. Le capitaine Pagels, sur la passerelle, dirigeait la marche du croiseur. Le capitaine Pagels était en ce temps-là le seul marin au monde, avec les derniers Indiens de la mer, Alakalufs et Yaghans, à connaître dans sa vérité l'archipel fuégien. À bord de son cotre, depuis des années, il explorait l'inextricable dédale. Il y levait des schémas de route et des plans, des croquis et des alignements qu'il conservait pour son seul usage, découvrant des mouillages inviolables qui n'existaient pas sur les cartes, des passages à l'emplacement desquels ces mêmes cartes situaient une terre ou une montagne. Il était le seigneur solitaire de ces lieux. Là où tout commandant de navire raisonnable eût refusé de risquer ne fût-ce qu'une chaloupe, il pilota et escamota, littéralement, le *Dresden* par des chemins connus de lui seul. Je n'y ai pas navigué moi-même. Le *Micalvi* à bord duquel j'avais embarqué et qui était dans les années cinquante l'unique et courageux rafiot de la Armada Nacional chilienne à patrouiller au sud de l'archipel ne s'aventurait jamais jusque-là, mais j'ai parlé avec des marins, là-bas, et avec le petit-fils de Pagels : cet exploit, encore aujourd'hui, relèverait de l'impossible. Je possède là-dessus un témoignage de première main, celui de l'écrivain Saint-Loup.

Quelques mots nécessaires sur Saint-Loup. Jugé par beaucoup infréquentable, l'homme vaut la peine qu'on le considère, ne serait-ce que parce qu'en 1953 la quasi-totalité des académiciens Goncourt s'étaient mis d'accord pour décerner leur prestigieux prix à son roman *La nuit commence au cap Horn* et que le matin même de la réunion décisive du jury, chez Drouant, un inspecteur des Renseignements généraux fit le tour de tous les jurés pour les prévenir de l'épouvantable scandale qui s'ensuivrait s'ils persistaient dans leur choix : sous le masque de Saint-Loup se cachait un fasciste impénitent réfugié en Argentine, condamné à mort par contumace, gracié, amnistié en 1953 par la IVe République qui tentait en ce temps-là de réconcilier les Français, et qui s'appelait en réalité Marc Augier, rédacteur en chef de l'hebdomadaire collaborationniste *La Gerbe* et combattant sur le front de l'Est dans la L.V.F.[1]. Seule Colette refusa de s'incliner. Elle s'obstina dans son vote jusqu'au dernier tour de scrutin et le prix fut attribué à Pierre Gascar pour son roman *Le Temps des morts*... Je ne discuterai pas ce choix. Simplement ai-je voulu rappeler que Saint-Loup ne manquait pas de talent, lequel lui fut en quelque sorte reconnu par un Goncourt *in partibus.* Le reste de son œuvre l'a confirmé et on lit encore aujourd'hui Saint-Loup, mort il y a une dizaine d'années. « Les Indiens, écrivait-il, ont emporté l'âme de la Cordillère australe et ce désert surnaturel représente pour nous le poids du péché... »

J'ai rencontré Saint-Loup deux fois, longuement, quelques années avant sa mort. Il vivait dans les environs de Paris, mais peu de gens savaient où. Je ne connaissais ni son adresse ni son numéro de téléphone. De sa longue traque, bien qu'amnistié, il avait conservé des habitudes de prudence et de secret. Mon intermédiaire dans ces rendez-vous était un mystérieux personnage, apparemment de nationalité helvétique, correspondant officiel ou

1. Légion des volontaires français contre le bolchévisme.

officieux (je n'ai jamais su) d'une station de radio suisse romande et qui possédait dans le VIIe arrondissement un petit studio d'enregistrement confidentiel et capitonné qui datait de 1933 et avait conservé son mobilier. Il nous avait invités, Saint-Loup et moi, dans une propriété tout aussi cachée des environs de Fontainebleau où il collectionnait les Rolls Royce et les vieux millésimes de bourgogne. Je l'ai depuis perdu de vue. On m'a dit qu'il avait acheté un château cathare (Saint-Loup avait aussi célébré les Cathares), qu'il y avait planté là sa femme et que nul ne l'avait plus revu. Il n'aimait pas l'électricité et nous avions dîné ces deux soirs-là à la lueur de superbes chandeliers qui projetaient nos ombres mouvantes sur les murs tapissés d'écussons médiévaux.

C'est la Terre de Feu, les canaux fuégiens et les Indiens que nous avions en commun, Saint-Loup et moi. Par une filière qu'il ne révéla jamais, il avait pu gagner l'Argentine en 1945. Alpiniste, homme de plein air et d'action (du temps qu'il était socialiste, avant la guerre, il avait fondé avec Léo Lagrange le mouvement des Auberges de jeunesse), il fut recruté par le général Perón qui le bombarda conseiller spécial des troupes de montagne, et s'enfonça lors de diverses missions au plus profond de la cordillère australe, là où la mer et les glaciers qui descendent des sommets s'enchevêtrent inextricablement. C'était, me disait-il, un pays de grandes libertés où l'on pouvait vivre indéfiniment sans papiers et changer d'identité selon son humeur du moment, la température ou l'orientation des vents. Sa route y croisa celle du capitaine Albert Pagels. Leur germanophilie nationale-socialiste réciproque et inconditionnelle les rapprocha aussitôt et c'est ainsi que Saint-Loup-Marc Augier partit à son tour sur les traces du *Dresden* et d'autres fantômes plus récents.

Décor : le sud de l'île Santa Inès et la baie Stokes, ouverte sur l'océan Pacifique à la sortie du canal Gonzalès, que j'ai évoqué plus haut. Saint-Loup avait frété un cotre mixte, le *Catalina*, avec un équipage de quatre vieux marins dalmates originaires de Raguse et dépositaires des traditions maritimes de la République de Venise en ces lointains confins de Terre de Feu (il existe un club dalmate à Punta Arenas et un carré dalmate au cimetière, un club allemand et un carré allemand, mais pas de club français...), et deux pilotes, Bob et Ernst Pagels, les fils du capitaine Pagels.

C'était en janvier (en janvier aussi, le *Dresden*, trente-six ans plus tôt), l'été austral, la pluie qui se changeait en grésil et le grésil qui se changeait en pluie, le brouillard qui se changeait en brume et la brume en épais nuages noirs déversant une grêle furieuse. Non loin de Santa Inès, au phare des îles Évangélistes qui se dresse à l'embouchure ouest du détroit de Magellan, la station météo chilienne relève une moyenne de cinq jours d'ensoleillement... par an. Le *Catalina* avait mouillé dans un fjord qui s'appelle aujourd'hui le passage du Dresden, c'est-à-dire que, selon les cartes marines dont disposaient les navires britanniques de l'amiral Sturdee en janvier 1915, il était, sur le papier, tout comme le *Dresden,* mouillé à quatre cents mètres d'altitude, en plein glacier ! Le croiseur s'y cacha trois mois, tandis que le capitaine Pagels, revenu à Punta Arenas sur son propre petit navire qui l'avait accompagné, laissait filtrer dans les bars à marins quelques brèves informations selon lesquelles il avait conduit le *Dresden* à Last Hope Inlet — la Ultima Esperanza — au nord du détroit de Magellan, un cul-de-sac cerné de glaciers au fond d'un autre labyrinthe sauvage où s'engouffrèrent le *Bristol* et le *Glasgow.* Le *Bristol* y laissa son gouvernail...

Ce n'était pas un séjour idyllique que ce passage, innommé à cette époque, où s'était réfugié le *Dresden.* Un classique de la désolation fuégienne. D'abord un rivage inhospitalier, quelques rares plages minuscules à l'abord semé d'algues et de rochers recouverts d'une extraordinaire variété de mousse semblable à des pieuvres végétales, le reste de la côte étant composé d'humus, de boue et de bois pourri où l'on enfonce jusqu'à mi-cuisses, puis, tout de suite, une forêt dense et en pente raide, quasiment impénétrable, hêtres antarctiques, fuchsias magellaniques, calafates (une variété de houx) de taille plutôt rabougrie mais de caractère hargneux, si l'on peut appliquer ce qualificatif à des arbres. Quatre cents mètres plus haut apparaît la neige hérissée de rochers noirs, puis les rochers se couvrent de glace, annonçant les glaciers eux-mêmes dans leur sinistre majesté. Quelques combes et ravines permettraient peut-être de grimper si les cascades qui y dévalent des sommets acceptaient miraculeusement de se tarir. Or elles ne tarissent jamais. C'est tout le Hielo patagonico qui fond en sa frange inférieure. J'ai connu cela, autrefois, en d'autres lieux un peu moins hostiles de l'archipel, quand le *Micalvi* ravitaillait quelques petits groupes de forestiers qui campaient sur trois mètres de rivage abordable, leurs tentes installées sur des claies de branchage qui s'enfonçaient sous les pieds et qu'il fallait sans cesse renforcer. Les haches, les cognées, les scies, tout rouillait. Leurs vêtements et leurs couvertures ne séchaient jamais. Seuls les Alakalufs, jadis, avaient pu survivre là, sans le secours de personne, le corps nu oint de graisse de phoque.

Le moral de l'équipage du *Dresden* s'en ressentit. Sa santé aussi. Rien à attendre de cette terre, dans l'odeur froide de la forêt pourrie. Ni réconfort ni vivres frais. Peu ou pas de gibier. Les cerfs huémuls ne s'aventurent pas jusque-là. Les outardes passent très haut dans le ciel. Peu ou pas de poisson non plus. Les moules géantes, comestibles, gisent par cinq mètres de fond. Il aurait fallu plonger dans l'eau glacée pour les détacher des rochers au couteau, mais les marins du *Dresden* n'étaient pas des Alakalufs. Ils n'avaient pas la clef de cet univers. Ils s'y sentaient tout aussi désarmés que les malheureux colons de Port Famine à la fin du XVIe siècle. Bientôt ils ne descendirent plus à terre, sauf pour y couper du bois qu'on brûlait dans les chaudières du navire pour économiser le charbon. Un peu plus loin, sur un bout de rivage un peu moins spongieux, un faisceau de perches blanchies, armature d'un ancien tchelo, était le seul signe de vie, ou plutôt l'unique signe que la vie, en dépit des apparences, était peut-être possible en ces lieux. Des

Indiens avaient campé là récemment. L'équipage désœuvré du *Dresden* scrutait le fjord sous la pluie en espérant que d'autres êtres humains viendraient rompre leur solitude. Au début de février, ils crurent apercevoir une petite embarcation à rames qui longeait prudemment le rivage et les cent marins du *Dresden* se massèrent sur le pont du navire en écarquillant les yeux et en agitant leurs bérets à rubans tandis que les officiers tentaient de rapprocher, avec leurs jumelles, ces lointaines apparitions, mais le canot, sans doute par peur, fit demi-tour et s'enfuit. Le maigre dîner, à bord du croiseur, fut encore plus triste que les autres jours. Le bois mouillé brûlait mal dans les chaudières et on l'économisait. Il faisait froid et humide dans le bateau. Les parties d'échecs ou de jeu de dames, les championnats de palets sur le pont entre deux averses, les concours de chant, les concerts de la chorale, les corvées de bois à terre et les séances de gymnastique ne parvenaient plus à tirer l'équipage de l'état de langueur où il s'enlisait. Est-ce qu'on avait fait le tour du globe, est-ce qu'on avait échappé au désastre des Falkland pour en être réduits à compter les jours et les heures dans cette lugubre prison maritime ?

« L'endroit n'avait pas changé, me disait Saint-Loup, quand j'y ai navigué en 1951 avec mon *Catalina.* J'y ai retrouvé les coupes encore visibles dans la forêt, ainsi que du bois empilé et en voie de pourrissement, surmonté d'une petite pancarte métallique : *Port Dresden 18.XII.1914 — 5.III.1915.* J'ai conservé la pancarte et j'ai emporté aussi ce qui restait des arceaux du tchelo dont m'avait parlé Pagels, souvenirs de deux mondes disparus... »

Dresden, Catalina, Micalvi, et le cotre du capitaine Pagels dont je n'ai jamais su le nom, jusqu'au vieux *Mermoz* qui était à peine leur cadet, ces navires et ces navigations se confondent, se mêlent : c'est cela, l'éternité, aux confins de la Terre de Feu.

Le capitaine Pagels réapparut à « Port Dresden » au tout début du mois de mars, apportant ce qui pouvait passer pour une bonne nouvelle : un cargo ravitailleur allemand, camouflé en navire neutre, faisait route vers un lieu de rendez-vous fixé au large de l'île Juan Fernandez, à l'écart des itinéraires maritimes, par 37° de latitude sud et 80° de longitude ouest. Quant aux croiseurs britanniques, ils venaient à peine de se dégager du piège de Last Hope Inlet. Par mesure de prudence, la radio du cargo resterait muette. Pagels repartit aussitôt, et le commandant Lüdecke fit ses calculs. À condition de réduire la vitesse, ce qui lui restait de charbon lui permettait tout juste d'atteindre Juan Fernandez, mais pas de soutenir un combat. La dernière chance. Le 5 mars 1915, à l'aube, il donna l'ordre d'appareiller et rejoignit l'océan Pacifique par un passage qui s'appelle Wakefield dont les abords figurent toujours en pointillé (côtes incertaines) sur les cartes les plus récentes de l'Amirauté chilienne. « Port Dresden », repéré à la fin de la guerre puis aussitôt oublié, n'est même pas mentionné sur les modernes *Instructions nautiques.* Qui irait se perdre là-bas, aujourd'hui, et pourquoi ? Et l'on n'a jamais retrouvé les croquis et les fiches du capitaine Pagels...

Le *Dresden,* à faible vitesse, brûla d'abord ses stocks de bois. Le 7 mars, ses vigies signalèrent une voile à l'horizon, au nord, plusieurs voiles, une cathédrale de voiles, un majestueux quatre-mâts qui courait au largue vers le Horn. Le *Dresden* manœuvra pour lui couper la route. Au coup de semonce, le voilier mit en panne, ses huniers dans le lit du vent. Arraisonnement. Contrôle. Déception. Le *Conway Castle*, un anglais, ne transportait pas un gramme de charbon, mais du grain. Le laisser aller sain et sauf et rallier le port chilien le plus proche, et toutes les amirautés concernées apprendraient au même instant la résurrection du *Dresden*. Il n'y avait pas d'autre solution que de le couler. Le temps pressait. Ordre fut donné au capitaine du *Conway Castle* de l'abandonner en l'état, toutes voiles dehors, et c'est ainsi qu'il fut englouti, vivant, comme les pages d'un livre rare, d'abord les voiles basses, misaine et brigantine, ensuite les huniers fixes, puis les huniers volants, suivis par les perroquets, petits et grands, enfin les deux cacatois et la perruche d'artimon jusqu'à ce qu'il ne restât rien à la surface des flots qu'un ultime reflet, vite effacé, de cet univers de toile blanche. Tout le temps que dura l'agonie, le commandant Lüdecke, immobile sur sa passerelle, la main à la visière de sa casquette, saluait. Il exprimera plus tard, publiquement, « la tristesse ressentie par tout vrai marin devant la destruction d'un tel navire », et c'était certainement vrai. Telle fut la dernière et amère victoire du *Dresden*.

La fin approchait. Chacun, à bord, le savait. Les chauffeurs raclaient le poussier dans les soutes à charbon vides. Au large de Juan Fernandez, l'île de Robinson Crusoé, le 13 mars, pas la moindre trace du cargo, mais des panaches de fumée qui grossissaient à vue d'œil, annonçant les silhouettes grises des croiseurs *Kent* et *Glasgow*. Le *Dresden* se traînait. Il encaissa quelques coups de canon auxquels il riposta, pour l'honneur, puis amena son pavillon de guerre et le remplaça par un pavillon blanc. Enfin, ayant mis ses chaloupes à la mer, avec officiers, marins et prisonniers, il coula lentement, puis explosa, ses prises d'eau grandes ouvertes et sa soute à poudre piégée. Le commandant Lüdecke et son équipage furent internés à Valparaiso jusqu'à la fin du conflit.

La bataille des Falkland était terminée.

18

Où la guerre de 39-45 nous ramène en Terre de Feu. — Second dîner avec Saint-Loup chez le mystérieux Helvétique. — Faut-il croire au Matin des Magiciens *? — Le capitaine Pagels à Berlin en 1944. — Sous-marins et voiliers de l'ordre Noir. — Qu'est devenu l'équipage du* Falken *? — Où Alphonse de Châteaubriant vient s'intercaler dans cette histoire. — Un « maquis mystique » à l'île Santa Inès. — Doute final et conclusion de Saint-Loup-Marc Augier. — Qui fleurit à Punta Arenas la tombe du capitaine Pagels ?*

Changeons de guerre. Passons à celle de 39-45, car nous n'en avons pas encore fini avec le capitaine Albert Pagels et avec Saint-Loup-Marc Augier. Ce fut l'objet de notre second dîner aux chandelles chez le mystérieux Helvétique. Surréaliste, ce dîner-là. Les choses devenaient difficiles à croire. On entrait dans un domaine qui n'est véritablement pas le mien. La gnose, les initiés grands et petits, le mythe des surhommes, la survivance souterraine des Cathares ou des chevaliers du Graal, la Connaissance avec un grand C, les Seigneurs de Thulé et d'ailleurs, ne rencontrent chez moi qu'incrédulité. J'ai déjà assez de mal à admettre les mystères de l'Incarnation et de la Résurrection du Christ pour m'encombrer de suppléments. Les livres de René Guénon me tombent des mains et, si j'ai pris un immense plaisir naguère à lire *Le Matin des Magiciens*[1] de Louis Pauwels et Jacques Bergier, je n'en ai rien retenu que je pusse accepter comme vrai. C'est excitant pour l'esprit, mais on se fait balader sans preuves. L'histoire des ordenburgs de Terre de Feu relève de cette catégorie-là. Ordenburgs, châteaux de l'ordre, l'ordre Noir, celui des SS à tête de mort, on peut consulter Pauvels et Bergier, pages 343 à 367...

Au tournant de la Seconde Guerre mondiale, quand la chute de Stalingrad et le débarquement allié en Italie annoncèrent le commencement de l'inéluctable fin, Hitler fit venir à Berlin le fidèle capitaine Pagels. Il accourut avec ses cartes marines secrètes, ses croquis, ses plans, ses photographies, et l'on réunit autour de lui certains officiers de la Kriegsmarine triés sur le volet, des commandants de sous-marins et des *Hauptsturmführer* des services spéciaux. Des « initiés », selon Saint-Loup. Entre le perdreau rôti et le fromage qui assortissaient ses propos d'un accompagnement gastronomique qui les rendait plus irréels encore, il nous rapporta

1. Gallimard, 1960.

cette phrase sibylline de Hitler qui selon lui expliquait tout et que j'avais d'ailleurs déjà lue dans le livre de Pauwels et Bergier : « Celui qui croirait que le national-socialisme représente un simple mouvement politique se tromperait grossièrement... » Les élèves de Pagels à Berlin étaient des nazis fanatiques. Retenons les noms de deux d'entre eux : Heinrich Garbers et von Allenburg. Garbers commandait le *Passim* et von Allenburg le *Falken*, deux voiliers à l'allure de yachts.

En mars 1945, tandis que les villes allemandes brûlaient et que les Russes approchaient de Berlin, le *Passim* débarqua sur une grève déserte de la Patagonie australe argentine, un peu au nord de Magellan, un lot de caisses mystérieuses convoyées par deux SS en civil. Puis le *Passim*, faisant route au sud avec le reste du chargement et un an de vivres à bord, s'enfonça dans l'archipel fuégien. Nul n'aura plus jamais de ses nouvelles... En août 1945, trois mois *après* la capitulation de l'Allemagne, c'est à l'île Santa Inès, précisément, non loin du passage Dresden retrouvé grâce aux cartes marines de Pagels, que le *Falken* débarqua à son tour d'autres caisses, lesquelles contenaient, toujours selon Saint-Loup, « un trésor difficile à définir ». Le *Falken* continua sa route. Il rejoignit le détroit de Magellan et s'engagea dans l'étroit canal Messier où, pris dans une série de williwaws, il s'échoua sur les rochers. L'équipage put gagner la rive, bivouaquant près de l'épave. On connaît la fin de l'histoire par les deux seuls marins chiliens du *Falken*, recueillis quelques jours plus tard par un bateau de pêche de Chiloé. Von Allenburg et les Allemands, sans donner d'explications, s'étaient enfoncés dans la forêt où ils disparurent définitivement. Enfin, en juillet 1946, deux revenants vinrent se livrer aux autorités argentines du port de Mar del Plata. C'étaient deux grands sous-marins-cargos du même type que ceux qui s'en allaient au Japon chercher certains aciers précieux nécessaires à l'industrie de guerre et que l'Allemagne ne fabriquait pas. Or ceux-là arrivaient vides, montés par des équipages réduits, quatorze mois après la fin de la guerre ! Qu'avaient-ils fait entre-temps ? Qu'avaient-ils débarqué, eux aussi ? *Qui* avaient-ils débarqué ? Et où ? À bien écouter Saint-Loup, ils revenaient de l'île Santa Inès.

D'autres opérations de ce genre eurent lieu dans d'autres pays perdus de ce monde. On parla d'avions allemands ayant rallié le Tibet, l'Afghanistan, la Bolivie, le Paraguay. Pauwels et Bergier y font allusion. Saint-Loup avançait les mêmes hypothèses : ce n'était pas un maquis militaire que ces mystérieuses expéditions préparaient, ni même un maquis idéologique, mais un *maquis mystique* ! L'expression n'était pas de lui. Il la tenait d'un autre écrivain « maudit » qui s'appelait Alphonse de Châteaubriant. En dépit d'un nom lourd à porter, à la lettre finale et à un accent près, il a tout de même laissé de lui un souvenir littéraire qui lui est propre : *Monsieur des Lourdines,* prix Goncourt 1911, et *La Brière,* un classique (1924). Alphonse de Châteaubriant, directeur de l'hebdomadaire *La Gerbe* pendant l'occupation allemande, était encore plus engagé que Saint-Loup. On se demande comment l'auteur de *La Brière,* un livre de terroir aussi purement français, avait pu en arriver là. Énigme. Ayant fui Paris à la Libération, il s'immergea si parfaitement dans ce qu'il avait appelé le maquis mystique, caché dans les montagnes du Tyrol, qu'on ne le retrouva que mort et enterré en 1951...

On n'apprit qu'après la guerre l'existence de ces Ordenburgs où l'ordre Noir, à la vingt-cinquième heure, continuait d'initier ses « surhommes », mais nul n'a pu percer le secret de cet enseignement. De ceux qui l'avaient reçu, la plupart avaient péri au combat ou s'étaient suicidés, et s'il y avait eu des survivants, aucun n'avait jamais parlé. À l'heure de la vieille fine 1815 qui terminait en majesté ce dîner, j'entendis Saint-Loup nous assurer que c'était précisément cet effroyable savoir que contenaient dans leurs flancs cerclés de fer les mystérieuses caisses débarquées en Terre de Feu et gardées par les derniers fantômes rescapés des derniers Ordenburgs.

Mais en était-il persuadé, vraiment ?

Il semble que non. Lors de son expédition de « Port Dresden » à bord du *Catalina*, il avait fouillé minutieusement alentour tous les rivages abordables, emporté par son imagination plus que par sa conviction. Alpiniste expérimenté, il s'était frayé un chemin dans les combes glacées de Santa Inès jusqu'à la limite de l'impossible, puis dans celles de l'île Clarence, également inexplorée à l'époque, qui dominait de ses montagnes l'autre rive du canal Gonzalès. Je crois qu'il savait qu'il ne trouverait rien ni personne et que c'était précisément pour cette raison qu'il cherchait. Entre le doute et la vérité, il existe un immense espace vierge d'une extraordinaire intensité. Il l'a lui-même raconté et son récit ne manque pas de grandeur :

Adiós, Tierra del Fuego

Au sud du détroit de Magellan, il faut dominer quelque chose d'infiniment contraignant, l'effrayante solitude qui nous poigne, cette pesanteur incluse dans le mouvement de nos gestes, la moindre de nos pensées et qui semble les paralyser. Nous voici dans un monde d'âmes mortes ou disparues depuis les premiers âges. J'ai peine à croire que von Allenburg ou Garbers soient venus se réfugier là, que des sous-marins aient débarqué des hommes sur cette côte, fussent-ils des *Ubermenschen* [surhommes] ! Et s'ils étaient à l'arrivée, en admettant qu'ils aient survécu, ils ne le sont plus maintenant, rongés comme les marins du *Dresden* par le silence, l'humidité, le froid, la pluie chargée de neige fondue, le ronflement du vent qui vient du Horn et clame là-haut, sur le glacier, son avertissement : « Laissez ici toute espérance ! » [1]...

Un mot encore : à bord du *Catalina*, Saint-Loup avait embarqué deux pilotes, Bob et Ernst, qui étaient les fils du capitaine Pagels et qui remplaçaient leur père, lequel se trouvait en Allemagne où il avait été « soudainement appelé » ! Qui, quel groupe occulte, quel service secret, quelle autorité servait en 1951 Pagels, lequel avait servi tour à tour fidèlement le Kaiser et la Marine impériale, puis Hitler et ses sous-mariniers nazis ? Saint-Loup ne m'avait pas répondu. Peut-être n'en savait-il rien.

Nous a-t-elle entraînés assez loin, la pierre tombale du capitaine Albert Pagels au cimetière de Punta Arenas ? Quand j'y suis retourné le lendemain — c'était en février 1999 — quelqu'un l'avait à nouveau fleurie.

---

1. *Monts pacifiques*, Arthaud, 1951.

19

Où l'on apprend que la Royale entretient d'excellentes relations avec la Patagonie. — Récit de l'amiral de Castelbajac, ancien commandant de la Jeanne-d'Arc *en Terre de Feu. — Le président Georges Pompidou et son « cousin » Orélie-Antoine de Tounens, roi de Patagonie. — Les biographes de Sa Majesté : ambiguïtés et certitudes. — Je découvre les mémoires du roi, publiés en 1863. — Qui était, en réalité, Orélie-Antoine de Tounens ? — Il est temps de frapper les trois coups.*

Le consulat général de Patagonie a toujours entretenu avec la Marine française des liens de forte sympathie réciproque. Pour ma part, j'ai eu l'honneur d'être invité à deux reprises sur l'un ou l'autre de ses bateaux croisant au cap Horn et en Terre de Feu. Bien que notre attaché de défense fût un amiral anglais, le *rear admiral* John Templeton'Cotill, C.B., de la lignée du corsaire Cavendish et du commodore sir John Byron, ses deux adjoints navals sont français, le capitaine de frégate Philippe B. et le capitaine de corvette de réserve Stéphane Denis, écrivain de son état. Paul-Émile Victor, dont on n'a pas oublié qu'il navigua avec Charcot et qu'il était officier de réserve de la Royale, représenta jusqu'à sa mort la Patagonie à Bora Bora. Le poste d'attaché de l'air est tenu par un officier supérieur de l'Aéronavale, tandis que différentes fonctions importantes de consultant sont également confiées à des marins : les archives et la cartographie au commissaire général de la Marine Jean Delaborde, auquel j'ai rendu hommage dans un chapitre précédent, les phares et balises au commandant Francis Mosser, enfin l'hydrographie et l'océanographie — c'est bien le moins — à l'amiral Le Boucher d'Hérouville, lequel a succédé à ce poste à l'amiral de Castelbajac.

L'amiral Gérard de Castelbajac nous a quittés en 1986, à l'âge de soixante-trois ans. Pacha de la *Jeanne-d'Arc* de 1971 à 1973, il avait effectué de nombreux relevés dans les canaux et détroits des parages de la Terre de Feu. Il avait ensuite commandé le Centre d'expérimentations nucléaires du Pacifique et les forces armées de la Polynésie française, pour prendre de 1978 à 1982 la tête de l'escadre de la Méditerranée, avant d'être nommé quelques mois plus tard inspecteur général avec cinq étoiles à sa manche, l'un des deux plus hauts grades de la Marine. Un jour que nous évoquions la Patagonie, il me raconta l'histoire suivante :

— En août 1971, je pris le commandement de la

Jeanne, d'autant plus surpris qu'étant « aéro », je ne m'attendais pas à ce qu'on me confiât ce navire-école dont le commandement semblait jusque-là réservé à des « chie dans l'eau ». Début septembre tomba la nouvelle : le président de la République viendrait en personne donner le coup d'envoi à cette croisière qui allait nous conduire tout autour du monde, par le Horn et le détroit de Magellan, naturellement. Vendredi 22 octobre, jour fixé pour cette visite, jour de notre départ aussi, le bateau était fin prêt. L'annonce de la venue à bord du président de la République avait eu comme un effet magique. Les ingénieurs s'étaient mis en quatre, les essais menés tambour battant, les ouvriers de l'arsenal avaient été pris d'un zèle soudain. On avait répandu des tonnes de peinture sur toutes les surfaces du bâtiment. La *Jeanne* rutilait.

« À midi se présenta la vedette présidentielle, saluée par les bâtiments de l'escadre, équipages rangés à la bande. Je fis tirer par les canons de la *Jeanne* les vingt et un coups réglementaires, pendant que l'équipage, aligné tout le long des rambardes, poussait les non moins réglementaires cris de "Vive la République !", accueillant ensuite à la coupée un Georges Pompidou escorté de quatre ministres et d'une suite nombreuse d'amiraux, d'élus du peuple, de journalistes et de photographes. Le Président avait l'air morose. Il venait de se faire méchamment chahuter en ville par des Bretons contestataires. Il passa devant les midships alignés sur le pont d'envol et gagna aussitôt mes appartements. Un whisky bien tassé eut vite fait de le remettre en forme et de lui rendre son légendaire sourire. Au déjeuner, comme le veut le protocole, le Président présidait la table et il m'avait fait l'honneur de me placer en face de lui. Assis entre nous, les quatre députés du Finistère, et chacun de lui expliquer en long et en détail les délicats problèmes des chantiers navals, de la desserte Paris-Brest, de la mévente des artichauts ou des prochaines élections municipales de Landerneau. En quelques reparties pleines d'humour, le Président renvoya la balle, puis, soudain, s'adressant à moi : “Alors, commandant, parlez-moi de votre campagne.” Je m'exécutai. Le sujet était vaste mais facile à exposer. Je lui expliquai comment j'avais prévu de passer à la fois par le Horn et par Magellan, pour remonter ensuite par les canaux de Patagonie. “Patagonie, dites-vous ! Mais mon cher commandant, avec un peu de chance, vous devriez rencontrer Antoine de Tounens, roi de Patagonie et d'Araucanie, ou à tout le moins son fantôme. Si vous les voyez, transmettez-lui l'amical salut de son cousin, le président de la République française...”

« À cette époque, me dit l'amiral, je ne savais rien de cet Antoine de Tounens. Si seulement vous aviez écrit votre livre dix ans plus tôt, je n'aurais pas paru aussi ignorant. Constatant mon air éberlué, le Président était ravi : “Comment vous, un gentilhomme gascon, vous n'avez jamais entendu parler de ce charmant fantaisiste périgourdin !” Nous en étions au dessert. Heureux d'échapper à la crise de l'artichaut et au psychodrame électoral de Landerneau, le Président nous raconta avec verve l'épopée de cet étonnant souverain. Les quatre députés bretons, bouche bée, en oubliaient de manger leurs tartelettes.

« Café, cigares, liqueurs, tout cela allait très vite. Discours sur le pont d'envol : le Président exposa aux midships ce que serait la marine de demain. Pas une note, pas une hésitation. Il possédait son sujet à fond. Arriva le moment des adieux. Georges Pompidou, serein et reposé, quitta la *Jeanne* à regret. Au moment de descendre l'échelle de coupée, il me glissa à l'oreille, en souriant : “Encore une fois, commandant, n'oubliez pas de saluer mon cousin Orélie-Antoine Ier, roi de Patagonie...”

« Nous avons appareillé aussitôt. Il était seize heures précises, 22 octobre 1971. La *Jeanne* en route pour la Patagonie...

C'est vrai qu'en 1971, l'épopée (il faudrait nuancer ce terme) de S.M. Orélie-Antoine Ier, ci-devant Antoine de Tounens, avoué à Périgueux, avait presque sombré dans l'oubli. Il fallait un esprit normalien, comme celui de Georges Pompidou, sensible aux extravagances, pour avoir conservé le souvenir du « charmant fantaisiste périgourdin » et l'appeler « mon cousin » comme autrefois les rois entre eux. En effet, à cette époque, tout juste le voyait-on réapparaître de temps en temps, à la façon du serpent de mer, dans de divertissantes publications du genre de *L'Intermédiaire des chercheurs et des curieux* en compagnie d'un échantillonnage savoureux de majestés de fantaisie, Marie Ier, roi des Sédangs (Indochine), Onésime Dutrou-Bornet, roi de l'île de Pâques, Charles du Breil, marquis de Rays, roi de Port-Breton (Papouasie), Jacques Lebaudy, empereur du Sahara, d'autres encore, aventuriers, mythomanes, souvent escrocs, pas toujours conscients, tous ayant rêvé dans le même laps de temps, les quarante dernières années du XIXe siècle. Le monde était déjà presque entièrement découvert. Ce qui restait à conquérir, les grandes puissances se l'étaient partagé. Ne demeuraient çà et là que quelques terres de chimère où nos chères têtes brûlées plantèrent leurs drapeaux d'illusion. La mode, au XIXe siècle, était aux rois, aux empereurs, aux grands-ducs souverains. L'Europe regorgeait de majestés et d'altesses sérénissimes. Même dans notre républicaine France, jamais on ne vit autant de ducs, de princes, de marquis, de barons aux titres douteux mais que la ronde accueillait pourvu qu'ils fussent mirobolants. Il suffisait d'ouvrir *Le Gaulois* à la rubrique des mondanités pour avoir l'œil tout éclaboussé de bals, de réceptions, de cortèges de landaus princiers, de grands-cordons de l'Éléphant ou de l'Étoile du Septentrion et d'uniformes étincelants se pressant dans les salons des ambassades et des légations, de quoi enflammer jusqu'au délire les derniers guetteurs de royaume qui se rêvaient encore un destin. Ils se voulaient rois, et pas moins que rois. Certains le furent, à leur façon. Une sorte d'arrière-garde du rêve, comme s'ils avaient pressenti que ces temps touchaient à leur fin et ne reviendraient jamais plus. Antoine de Tounens est l'un d'entre eux, mais il mérite une place à part.

Lors de mon premier voyage en Patagonie, nul, jamais, ne m'en parla, ce qui est tout de même assez étrange. Il y a du mystère chez cet homme-là. C'est par un livre qu'il entra dans ma vie, *Le Roi blanc des Patagons*, de Saint-Loup, une époustouflante cavalcade illustrée par Amandine Doré qui fut l'épouse de t'Serstevens. Cyrano de Bergerac en Patagonie ! Car il avait la plume généreuse, Saint-Loup. Il venait de rentrer en France quand je fis sa connaissance. Naturellement, je lui posai la question : « Est-ce que tout cela est vrai ? » Je fus déçu, et mon enthousiasme douché. Il en avait, me répondit-il, inventé la plus grande partie en s'inspirant librement des mémoires d'Antoine de Tounens, sur lesquels nous reviendrons. Je me mis à fouiller les bouquinistes. Ma pêche initiale fut maigre, deux livres seulement qui se répétaient parce qu'ils puisaient aux mêmes sources, les fameux mémoires de Sa Majesté, mais avec plus de rigueur que Saint-Loup, sans fioritures inventives, plutôt essais que biographies, procédant faute de mieux par hypothèses et soulevant d'évidentes questions dont ils n'avaient pas les réponses. On sentait bien, également, qu'il leur avait fallu meubler les blancs du texte de Tounens — comme on dit les blancs d'une carte —, puzzle dont il manquait trop de pièces pour qu'on en eût une vision nette. M. de Tounens, assurément, s'était camouflé par omission.

Le livre de Léo Magne (*L'Extraordinaire Aventure d'Antoine de Tounens*, 1950) est un travail de défrichage comme en sont souvent capables les érudits « de province ». Documentation scrupuleuse, correspondance authentifiée, extraits de presse, citations pourvues de références. Léo Magne est périgourdin. Il a travaillé sur place. Ce qu'il a découvert l'enchante mais il est un peu embarrassé. Il flaire ce que l'édifice a de boiteux mais il en a pris son parti. Compatriote d'Antoine de Tounens, il lui restera loyal. J'ai longtemps considéré son livre comme une bible et ce n'est que beaucoup plus tard que je l'ai tout de même surpris à fermer les yeux sciemment sur de flagrantes contradictions. L'autre ouvrage est plus littéraire. Son auteur, Marc Blancpain, est un véritable écrivain. Publié en 1970 et intitulé joliment *Orélie-Antoine Ier, un roi sans divertissement* (« sans discernement » eût été tout aussi vrai), il s'attache, mais sans insister, à cerner la personnalité de son héros. C'est vrai qu'il ne se « divertissait » guère, Tounens, drapé dans les plis de sa défroque tragique. On ne lui connaît aucun trait d'humour. Statufié sur le socle qu'il s'était construit, c'est à se demander s'il riait jamais. Tout en acceptant de jouer le jeu et y trouvant un vrai miel d'écrivain, Marc Blancpain, dans sa conclusion, a tout de même laissé passer le bout de l'oreille. Secrétaire général de l'Alliance française pendant trente ans, son nomadisme professionnel l'a souvent conduit au Chili où se trouve l'Araucanie de Sa Majesté Orélie-Antoine, et voilà ce qu'il écrit : « À Traiguen, au cœur du royaume incréé, nous avons lié conversation, un jour de juin 1956, avec de jeunes Araucans de la “réserve” voisine. C'était des garçons intelligents et doux qui aspiraient à des emplois de fonctionnaires de la République chilienne. Ils fréquentaient assidûment le Petit Collège de l'Alliance française, fondé en 1915 dans cette ville de “colonisation” par un émigrant solognot. Ils ignoraient, hélas, jusqu'à l'existence de leur ancien roi périgourdin... »

Cela ne me suffisait pas. J'ai voulu en savoir plus. Des amis chassaient pour moi. J'ai trouvé des textes de Charles Cros, de Jules Claretie, de José Maria de Heredia, de Camille Flammarion, de Louis Veuillot, entre autres, qui avaient connu Antoine de Tounens à Paris, du commissaire Gabriel Macé, ancien chef de la Sûreté, qui avait enquêté sur son compte et l'avait raconté dans ses souvenirs. J'ai dépêché des limiers à la Bibliothèque nationale, aux Archives du Quai d'Orsay. Un correspondant chilien est même parvenu à me dénicher la partition et les paroles de ce que nous considérons aujourd'hui, au consulat général, comme l'hymne national patagon. La célèbre revue *Le Tour du Monde*, qui présentait à l'époque les mêmes garanties de sérieux que le *Geographical Magazine*, m'a livré par défaut quelques réponses à des questions que je me posais : ni le comte Henri de La Vaulx, qui a exploré la Patagonie en 1895, ni le malheureux Auguste Guinnard, qui avait été pendant trois ans prisonnier des Patagons au début des années 1860, ne font la moindre allusion à Sa Majesté Orélie-Antoine. J'ai entrepris des recherches en Dordogne, à Périgueux et à Tourtoirac, le village natal d'Antoine de Tounens. J'ai interrogé l'éditeur périgourdin Pierre Fanlac et les membres de la très éminente Société archéologique et historique du Périgord qui avaient des idées motivées sur la question. Des lettres m'ont été communiquées. Je suis aussi tombé sur des faux nez, pseudo-comtes Noli di Castro ou barons Mahon de Monagan, pseudo-princes d'Araucanie, tant il est vrai que Sa Majesté, morte ou vivante, en fut toujours entourée, ce qui ne facilite pas le tri entre affabulation et vérité. De même faut-il lire entre les lignes quand on se penche sur les mémoires du roi. Intitulés grandiosement *Orélie-Antoine Ier, roi d'Araucanie et de Patagonie. Son avènement au trône et Sa captivité au Chili, relation écrite par lui-même*, ils furent publiés à compte d'auteur en 1863 par la librairie Thévelin, passage Jouffroy. Il est indiqué à la première page qu'« on peut se procurer le présent ouvrage, par la poste, moyennant 3 fr. 80 c., par mandat sur la poste ou sur un banquier, ou en timbres-poste. S'adresser à l'auteur (M. de Tounens), à Paris, place de la Bourse, hôtel de Tours. Affranchir ». Je suis le chanceux, mais perplexe, propriétaire d'un des rares exemplaires encore existants. Ajoutons à tout cela, pour finir, que je suis retourné souvent en Patagonie et que du rio Negro au cap Horn, j'y ai suivi pas mal de chemins. Il me semble même, au bout du compte, y avoir beaucoup plus longtemps séjourné que son infortuné souverain...

Tel qu'il m'apparaît à présent, je ne le trahirai pas. Je l'ai servi pendant trente ans, à ma façon. J'ai joué le jeu du roi. Je me suis servi de lui autant qu'il s'est servi de moi. À défaut de célébrité et de consécration historique, je lui ai rendu sa notoriété perdue. Je n'ai pas rejoint le camp des rieurs qui s'en amusaient comme d'un pantin, sans égard pour l'aspect pathétique de son incertaine aventure. En échange de quoi, sa Patagonie, son royaume d'illusion, j'en ai fait ce qu'on pourrait appeler une sorte d'univers littéraire. Sa Majesté n'a pas à s'en plaindre. Je lui ai déjà consacré deux livres où j'ai flatté son portrait. Le moment est venu d'y gratter quelques couches pour retrouver la vérité. La grandeur sous la dérision. La dérision sous la grandeur. Le miroir où il se regarde, malheureux et solitaire. Authentique héros de théâtre, personnage shakespearien sans le savoir — être ou ne pas être le roi —, le pauvre Tounens aurait également fait merveille dans une pièce de Pirandello : je pense à *Henri IV*, naturellement.

Il est temps de frapper les trois coups :

Orélie-Antoine Ier, acte I. Le rideau se lève sur un décor campagnard, un pont de bois enjambant un ruisseau. Penché par-dessus la rambarde, un petit garçon regarde couler l'eau. On comprend que cela fait longtemps qu'il est là, absorbé dans sa contemplation. Ses copains l'appellent (on ne les voit pas). Il y a de la moquerie dans le ton de leurs voix : « Eh, toi, le roi ! Pourquoi ne viens-tu pas jouer aux billes avec nous ? » Le petit garçon ne répond pas. Le petit garçon ne joue pas aux billes, ni à aucun autre jeu de son âge...

Le double royaume d'Antoine de Tounens :
l'Araucanie et la Patagonie.

20

Où je reçois de Tourtoirac (Dordogne) ma 443e carte postale. — Un petit garçon qui se rêvait roi. — Où l'on voit poindre un triste secret. — Innocent délire nobiliaire. — Me Antoine de Tounens, avoué, constitue à Périgueux le premier gouvernement royal araucan. — Le voilà prince, à Paris : il bat monnaie et prépare son départ. — « Mon cousin l'empereur Napoléon III ». — Sa Majesté prend la mer au Havre. — Lacunes et imprécisions d'un très mystérieux voyage. — 17 et 20 novembre 1860, fondation du double royaume d'Araucanie et de Patagonie : deux époustouflants décrets. — Les ministres fantômes de Sa Majesté. — Mirobolants projets du roi : la presse en fait un roi de carnaval. — L'envers du rêve : le roi est seul et sans ressources. — Grandeur d'Antoine de Tounens : le roi de carnaval saute sur son cheval et part pour l'Araucanie.

À trente-trois kilomètres de Périgueux, au bord d'une petite rivière, l'Auvézère, s'élève le bourg de Tourtoirac, département de la Dordogne, six cent cinquante-quatre habitants. Trois pancartes à l'entrée du village annoncent ses ressources touristiques : Tourtoirac, son camping ombragé, sa pêche, Tourtoirac, sa gastronomie, jusque-là rien que du classique, mais la troisième pancarte sort de l'ordinaire : Tourtoirac, sa tombe du roi d'Araucanie et de Patagonie. Dans ce paysage aimable et rural du Périgord vert, à des milliers de kilomètres des immensités australes qu'elle évoque, cela surprend. Au cimetière, la tombe est fléchée. On la repère facilement. À la belle saison, elle est presque constamment visitée. Des jeunes gens viennent ici comme en pèlerinage et m'envoient souvent une carte postale, toujours la même, la tombe du roi, en vente au café du village. J'ai reçu récemment la quatre cent quarante-troisième. La stèle est gravée d'une couronne royale et on y lit cette étonnante épitaphe : « Ici repose de Tounens Orélie-Antoine Ier, roi d'Araucanie et de Patagonie, décédé à Tourtoirac le 17 septembre 1878. » Le visiteur qui connaît la géographie siffle d'admiration : l'Araucanie et la Patagonie, trois fois la surface de la France !

Antoine Tounems, ou Thouneims, ou Tounens — *de* Tounens, ce sera plus tard — était né en 1825 à La Chèze, commune de Chourgnac, un hameau proche de Tourtoirac, huitième enfant d'une famille de paysans aisés mais à l'horizon borné. Les seules nouvelles du monde extérieur arrivaient une fois par semaine par une feuille de chou hebdomadaire, *La Gazette du Périgord*, que le père, Jean Tounens, lisait à haute voix le soir auprès du feu, tandis que le jeune Antoine rêvait de pays lointains. Lui, sa lecture favorite, c'était un grand livre épais, bourré de descriptions, de gravures et de cartes, que son père, qui l'adorait, avait rapporté pour lui de Périgueux, *La Géographie universelle* de MM. Malte-Brun et Cortambert. C'était le seul livre de la maison. Il en savait par cœur les chapitres sur l'Argentine et le Chili. Il les relisait jusqu'à l'obsession. Nous tenons là le point de départ. Il en parle dans ses mémoires, mais je n'ai pu y trouver un mot, ainsi que dans ses autres écrits, sur Cook, Bougainville ou Darwin, et pas la moindre allusion aux ouvrages d'Alcide d'Orbigny, célèbre explorateur de la Patagonie dans les années 1830 et 1840. Déjà emporté par son idée fixe, on eût dit qu'il refusait de mettre ses pas dans les pas d'un autre. Il se voulait le premier. Il n'admettait pas d'avoir été devancé. Alors, Alcide d'Orbigny, connais pas ! Napoléon, en revanche, il connaissait. Le seul exemple qu'il acceptait. Son maître d'école, un nommé Chabrier, ancien grognard de la garde impériale, farcissait la tête de ses élèves de récits de batailles grandioses, d'uniformes mirobolants et de charges de cavalerie. Enfin il y avait la rivière, l'Auvézère, bien modeste, mais elle se jetait dans la Dordogne, laquelle se jetait dans la Gironde, qui elle-même se jetait dans le grand océan Atlantique au-delà duquel on trouvait l'Amérique, et le garçon taillait au couteau, dans des bouts de bois, des flottes de petits bateaux qu'il lançait dans le courant, les contemplant intensément, penché par-dessus la rambarde du pont, pour qu'ils s'en allassent conquérir l'Amérique et la Patagonie, ce dont il ne doutait pas.

Il n'y a rien là d'original. Avant la grande bascule électronique de l'imaginaire juvénile, tous les enfants un peu romanesques ont joué de cette façon. J'ai moi-même lancé, autrefois, des foules de petits bateaux dans une rivière, chargés de mes espoirs et de mes rêves, mais devenu adulte, hélas, je n'ai pas conquis de royaume, à peine une île de temps en temps et jamais pour bien longtemps. Lui, Antoine de Tounens, l'a fait. Roi un jour, huit jours, un mois, nous verrons cela. S'il franchit la frontière de son rêve, c'est parce qu'il était resté le petit garçon de la rivière, en dépit de sa haute taille et sa superbe barbe noire. Devenu adolescent, puis jeune homme, il répétait sans cesse à son père, à ses frères, à ses copains, jusqu'à leur rebattre les oreilles, qu'un jour il deviendrait roi, là-bas, en Patagonie, et on finissait par se laisser convaincre ou par faire semblant d'être convaincu. Son père, surtout, qui l'aidera tant qu'il vivra, et qui, même, s'y ruinera, ce qui surprend énormément de la part d'un paysan qui a les pieds dans sa terre. C'est qu'il existait un secret entre eux, qui explique aussi toute l'aventure. Un secret d'une grande tristesse, d'une mélancolie poignante. Le pauvre roi le traînera toute sa vie dans la solitude de son cœur et dans la misère de sa chair. Qu'on me permette d'en livrer la clef seulement à la fin de ce récit.

Le père Tounens, Jean Tounens, le père d'Orélie-Antoine, avait un surnom, un sobriquet, comme beaucoup de paysans, autrefois, dans les pays d'oc, un surnom qui avait été celui de son père et de son grand-père, et du père de celui-ci et ainsi de suite avant lui, mais on ne l'employait plus guère, l'usage s'en étant perdu avec la généralisation de l'état civil. Ce surnom, c'était « Prince ». L'histoire se perdait dans la nuit des temps. Elle commençait avec un certain Tonnentius Ferreolus, sénateur gallo-romain, ancêtre d'un mythique Ferréol de Tounens, fait comte et prince par l'empereur Charlemagne, et de toute une lignée de seigneurs périgourdins dont le dernier s'illustra aux croisades d'où il était revenu ruiné, contraint de cultiver de ses propres mains le peu de terres qui lui restaient. Et ainsi, de siècle en siècle, les seigneurs de Tounens devinrent-ils Tounens tout court, sans particule, désormais simples paysans. Seul le surnom demeura : Prince. Qu'y a-t-il de vrai dans cette histoire ? Probablement pas grand-chose. La Société historique du Périgord la tient pour un joli fantasme de veillée un peu arrosée et il paraît que le grand-père Tounens était particulièrement doué. Toujours est-il que le jeune Antoine, sans se soucier du ridicule, la reprit fièrement à son compte. Un paysan se prétendant prince ! Les voisins se payaient sa tête, se vissaient l'index sur la tempe, geste que leurs descendants renouvellent encore aujourd'hui si l'on s'obstine à les bassiner avec le roi de Patagonie. Peu lui importait. Prince il était !

Et il ne s'arrêterait pas là ! Il serait roi ! Pour le moment, poursuivant ses études de droit à Périgueux, quand il écrivait à ses amis (je possède quelques-unes de ses lettres), il signait modestement et sans rire : Prince de Tounens. Cette innocente manie porte un nom en psychiatrie : le délire nobiliaire, une maladie qui court encore.

Pourquoi le prince, futur roi, mais encore fils de paysans, à peine sorti de ses sabots, un plouc en quelque sorte, un péquenaud, étudiait-il le droit civil chez Me Lagrange, le plus gros notaire de Périgueux ? Pour changer de classe sociale, précisément, pour faire oublier la glèbe où il était né. Ce fut le début de sa métamorphose, et de la débâcle financière du père Tounens, car cela coûtait cher en ce temps-là, même pour un paysan aisé, d'établir bourgeoisement son fils en ville. Peut-être le père croyait-il en son fils ? Ou plutôt faisait-il semblant d'y croire, en raison de ce secret que j'ai déjà évoqué ? Son diplôme enfin obtenu, il s'acheta séance tenante une petite étude d'avoué à Périgueux, et voilà le père Tounens endetté cette fois jusqu'au cou, pendant que le rejeton prodigue, qui était un teigneux procédurier et le restera toute sa vie, se mettait en tête de se faire restituer par la justice la fameuse particule, procès perdu à Périgueux mais gagné en appel à Bordeaux. Sa particule devenue légale, il la brandissait comme un drapeau, il en fatiguait les oreilles des notables de Périgueux. Il sema dans toute la ville des cartes de visite grandes comme des mouchoirs gravées au nom du prince Orélie-Antoine de Tounens et agrémentées d'une couronne dans le coin supérieur gauche. On en riait à se tenir les côtes mais il n'entendait pas les rires. Il ne les entendra jamais.

Comme il était beau parleur, enthousiaste et original, bien que désespérément sérieux, on lui passa sa mythomanie, parfois même on entra dans son jeu. C'est ainsi que, mis en confiance, il s'en ouvrit à trois amis, un huissier, Me Lamothe, un juge de paix, M. Desmartin (retenons ces noms-là), et un sous-chef de bureau de la préfecture, M. Pouyadou. Ils vidaient ensemble le samedi soir des bouteilles de bergerac et le prince dévoilait son grand dessein... Il existait dans le sud de l'Amérique du Sud des immensités qui n'appartenaient encore à aucune nation, peuplées de tribus indiennes. Du côté de l'océan Pacifique, c'est-à-dire du côté chilien, les Araucans, autrement nommés Mapuches, au nombre de deux ou trois cent mille. Un peuple homogène, des cavaliers, des éleveurs, un peuple guerrier, commandé par des caciques et régi par une sorte de parlement qui présentait la particularité de siéger à cheval ! Intarissable sur les Araucans, Orélie-Antoine racontait, racontait... Les hommes dévoraient de la viande crue et buvaient de l'eau-de-vie de grain dans le crâne de leurs ennemis. Ils étaient armés de lances et de bolas. Les femmes accouchaient sur le dos d'un cheval, ce qui ne devait pas être commode. Ils habitaient dans des huttes qu'on appelait des *rucas*. Il savait tout, le futur roi ! En introduction à ses mémoires, il écrivit même un précis là-dessus, qu'il signa sans vergogne de son nom bien qu'il l'eût copié mot à mot dans un livre du R.P. Housse, missionnaire chez les Araucans à la fin du XVIIIe siècle... Quant à la Patagonie, versant atlantique de son royaume, Sa Majesté n'avait qu'à dévider ses chapitres favoris de la géographie de Malte-Brun et Cortambert qui lui couraient dans la tête depuis l'enfance : des tribus de cavaliers sauvages, une centaine de milliers, les Puelches, les Tehuelches, qui chassaient le cerf et le guanaco, traînaient leurs captifs par une laisse attachée au cou de leurs montures et abattaient les chevaux d'un cacique mort au combat pour qu'ils fussent enterrés avec leur maître...

Mais il avait compris quelque chose, le futur roi, c'est que l'heure inexorable du déclin avait sonné pour les tribus. Les colons chiliens et argentins commençaient à s'installer en masse sur le territoire indien. Les armées, bientôt, allaient suivre, puis l'annexion des territoires, scellant la fin de la liberté. Il fallait saisir l'Histoire au vol ! C'était lui, prince de Tounens, qui était appelé à les sauver ! Il rassemblerait les tribus. Il se proclamerait leur roi ! Il jetterait les bases d'un État moderne ! Comment ? Rien de plus simple. Il apparaîtrait, dans sa splendeur, vêtu de son grand uniforme, et les Indiens l'acclameraient. C.Q.F.D... Voilà ce qu'à ses copains, dans un délire presque génial, Me Antoine de Tounens, petit avoué à Périgueux, racontait.

Ça leur en boucha un coin, aux copains, MM. Lamothe, Desmartin et Pouyadou. Ils hochaient la tête avec enthousiasme. On ouvrit une autre bouteille de bergerac et Sa Majesté forma sur-le-champ le premier gouvernement royal d'Araucanie et de Patagonie, compte tenu des compétences de chacun. Desmartin, le juge de paix, serait ministre des Affaires étrangères, une sorte de Talleyrand patagon, Lamothe, qui était huissier, reçut le portefeuille de la Guerre, tandis que Pouyadou, le sous-chef de bureau, prenait en charge les Finances, les Postes et les Transports. Emporté dans son élan, le roi les titra aussi sec ducs et comtes et grands-officiers de la Constellation du Sud, un ordre qu'il venait à l'instant de fonder. Le besoin se faisant immédiatement sentir d'accréditer un ambassadeur en France auprès de son impérial cousin Napoléon III, le roi désigna dans la foulée l'une des hautes notabilités de Périgueux, qui l'avait employé naguère comme stagiaire, à savoir Me Lagrange, notaire, lequel ne fut d'ailleurs jamais avisé de cette mirifique promotion. Enfin, avant de se séparer, on fixa le jour du grand départ, 25 juin 1858. Rendez-vous au Havre, à bord du steamer *La Plata.* L'argent ? Antoine vendit son étude et, pour boucler son budget, tapa son père et son frère Jean, qui était boucher, de vingt-cinq mille francs. Pour la famille Tounens, ce fut la fin des haricots. Pour Orélie-Antoine, tout commençait.

Il fila en avant-garde à Paris et s'installa comme un prince qu'il était, hôtel de Tours, place de la Bourse. Et d'abord les choses sérieuses ! Chez le plus chic tailleur militaire du boulevard des Capucines, il se fit couper à grands frais deux sublimes uniformes, l'un de général en chef des armées d'Araucanie, gris à parements jonquille, l'autre d'amiral de la flotte de Patagonie — alors qu'il n'avait jamais vu la mer —, bleu à revers réséda. En souvenir du maître d'école Chabrier, un sabre de cavalerie du premier Empire accompagna ce martial équipement. Chez Arthus-Bertrand, place Saint-Germain-des-Prés, illustre maison qui existe toujours au même endroit, il commanda pour barrer sa royale poitrine le grand cordon de l'ordre de la Constellation du Sud, ainsi qu'une vingtaine de croix de commandeur et d'officier destinées à ses plus fidèles sujets. En attendant de battre monnaie sur place, il se fit frapper vingt pièces d'argent d'une piastre et cent pièces de bronze de cinquante centimes, toujours par Arthus-Bertrand, gravées au nom d'Orélie-Antoine Ier, roi d'Araucanie et de Patagonie, assorti de la fière devise de l'État : *Justicia et Pax*. Un grand sceau royal pour authentifier les décrets et deux drapeaux d'Araucanie-Patagonie frangés d'or — c'est lui qui avait choisi les couleurs, bleu, blanc, vert, horizontal — complétèrent l'appareil du pouvoir. La note fut salée, mais le caissier l'appela Majesté, premier succès.

Les dispositions légales ne furent pas oubliées. L'ancien tabellion y apporta tous ses soins. Il fit imprimer chez Dantre, galerie d'Orléans, au Palais-Royal, deux cents exemplaires de la Constitution du royaume, laquelle — il ne s'était pas foulé — n'était autre que la copie de la Constitution française du roi Louis-Philippe en 1830, ainsi qu'un millier de proclamations dans le style ampoulé qui était le sien, destinées à être distribuées au peuple à l'occasion de son avènement : le tout en français, à l'intention d'Indiens qui ne parlaient même pas l'espagnol et qui d'ailleurs ne savaient pas lire. Sa Majesté ne doutait de rien.

Elle doutait si peu qu'elle s'en alla déposer sa carte — Prince de Tounens — au ministère des

Affaires étrangères, s'attendant, grâce à ce sésame, à être reçu incontinent par Son Excellence le ministre en personne, et le futur roi de poireauter une après-midi entière sous le regard goguenard des huissiers. À la fin, par curiosité, un jeune attaché l'expédia entre deux portes, et le fier Antoine put placer la phrase qu'il se répétait depuis le matin : « Je viens avertir Sa Majesté l'empereur des Français que mon départ pour mes États d'Araucanie et de Patagonie est proche », ce qui laissa pantois le fonctionnaire. « Mais qui êtes-vous ? » lui demanda-t-il. À quoi Tounens répondit dans un grand envol de sa barbe noire : « Je suis le Roi ! », ce qui ne manquait pas d'allure. Un huissier le raccompagna prestement, mais dans la tête du pauvre roi, la machine à mythes s'était mise en route : il avait informé Napoléon III et s'était assuré de son alliance.

L'affaire, pour lui, était conclue. Il pouvait partir tranquille.

Acte II. Sa Majesté prend la mer. Fanfares, revues, salves de canon. Les dames agitent leur mouchoir. Le soleil se lève sur le royaume...

Naturellement, au Havre, il se retrouva seul. Desmartin, Lamothe et Pouyadou, le trio de copains, l'avaient lâché. Les fumées du bergerac dissipées, le juge de paix, l'huissier de justice et le sous-chef de bureau étaient probablement revenus à une plus juste appréciation des choses. Périgueux ou la Patagonie ? Ils n'avaient pas hésité. De petites gens... Plus tard, quand Périgueux, tout comme Paris, s'étranglera de rire aux dépens de Sa Majesté Orélie-Antoine Ier, ils jureront ne l'avoir jamais connu, et le coq, peut-être, chantera trois fois. Le roi était donc seul à bord du steamer *La Plata* qui appareilla du Havre le 25 juin 1858, seul au milieu des autres passagers avec sa grande malle-cabine où étaient enfermés ses drapeaux, ses uniformes, sa monnaie, ses ordres royaux et ses proclamations. On le voyait rarement sur le pont et lui qui aimait tant pérorer demeurait le plus souvent silencieux. Il restait enfermé dans sa cabine à contempler en méditant le contenu de sa malle ou à s'habiller en amiral et à s'admirer dans la glace. Ce n'est qu'une supposition de ma part, mais le grand enfant à barbe noire qu'il était ne pouvait se priver de cette scène que le grand enfant que je suis parfois ne pouvait manquer d'imaginer. Un jour, pourtant, il se risqua à sortir de sa réserve. Comme chaque passager de première classe tour à tour, le commandant l'avait invité à passer un moment sur la passerelle. C'est là que Sa Majesté, face à la houle de l'Atlantique, conçut l'un de ses grands projets : la Compagnie royale maritime de Patagonie, déclarant même au commandant : « Quittez ce navire qui est à peine digne de vous et venez prendre la direction de ma compagnie de navigation. Je vous donnerai carte blanche... » C'est le commandant qui l'a raconté. Tounens, dans ses mémoires, n'en dit rien, mais c'était bien dans sa manière.

Revenons-y, à ses mémoires. J'ai ce livre ouvert devant moi. Il est orné d'un portrait sans doute gravé d'après photo. Sa Majesté y est représentée en buste, la main droite glissée dans le revers de sa redingote. On songe à une pose célèbre... Qu'on me permette d'en citer textuellement les deux premières pages du chapitre II (le chapitre précédent étant consacré aux Araucans et, comme je l'ai déjà souligné, emprunté au R.P. Housse). Je demande aussi au lecteur de faire l'effort de les lire attentivement, car elles éclairent comme un projecteur le véritable Antoine de Tounens :

J'avais quitté la France à la fin du mois de juin 1858, et m'étant embarqué au Havre sur un paquebot anglais en partance pour le Chili, j'étais arrivé le 22 août à Coquimbo, où je m'arrêtai tout d'abord et où je me mis non seulement en devoir d'apprendre l'espagnol, mais encore d'étudier le pays et d'acquérir des renseignements de toute nature sur celui que j'avais résolu de visiter.

Ce fut en 1860 que je franchis la frontière araucanienne. J'avais auparavant fait part au cacique Magnil du dessein que j'avais formé, et j'en avais reçu une réponse des plus encourageantes. Pour m'assurer de ses bonnes dispositions, j'inclinai vers le sud et pris le chemin de sa résidence, mais on m'annonça, en route, la mort de ce chef, et, sans intermédiaire autre que mon interprète, j'allai droit aux autres caciques, qui, tout comme Magnil, donnèrent leur assentiment à mon projet.

Je me déterminai alors à rendre le décret suivant :

Nous, Prince Orélie-Antoine de Tounens,

Considérant que l'Araucanie ne dépend d'aucun autre État, qu'elle est divisée par tribus, et qu'un gouvernement central est réclamé par l'intérêt particulier aussi bien que par l'intérêt général,

Décrétons ce qui suit :

Art. 1 : Une monarchie constitutionnelle et héréditaire est fondée en Araucanie. Le Prince Orélie-Antoine Ier est nommé roi.

Art. 2 : Dans le cas où le roi n'aurait pas de descendant, ses héritiers seront pris dans les autres lignes de sa famille, suivant l'ordre qui sera établi ultérieurement par une ordonnance royale.

Art. 3 : Jusqu'à ce que les grands corps de l'État soient constitués, les ordonnances royales auront force de loi.

Art. 4 : Notre ministre secrétaire d'État est chargé des présentes.

Fait en Araucanie le 17 novembre 1860.

Signé : Orélie-Antoine Ier.
Par le roi :
Le ministre secrétaire d'État
au département de la Justice,
Signé : F. Desfontaine.

Le même jour, je décrétais la Constitution. Elle est ainsi conçue, etc.

Examinons ensemble ces deux pages. Voilà un homme qui a entrepris un voyage prodigieux pour l'époque, du Havre au Chili. Par le détroit de Magellan ou le cap Horn ? Il ne précise pas. En franchissant par terre l'isthme de Panama — le canal n'existait pas encore —, ce qui représente déjà une aventure ? Il n'en dit rien. Je ne l'ai appris que par une lettre retrouvée dans les archives de la Société historique du Périgord, lettre laconique adressée à son vieux lâcheur de copain Desmartin où il laisse surtout entendre qu'il a déjà des ennuis d'argent : ce fut Panama. De quelle façon ? Pas une ligne là-dessus. On enjambait alors Panama de l'Atlantique au Pacifique par un chemin de fer à voie étroite. J'ai lu des récits d'époque. Ambiance *wes-*

tern garantie sur fond de pronunciamentos et de cavaliers à sombrero attaquant ou escortant le train, et quelquefois les deux en même temps selon les retournements de situation. Les rebelles décrochaient la locomotive ou pillaient les wagons, au choix. Le trajet, dans ces conditions, durait parfois plusieurs jours. Eh bien, notre Antoine n'en dit rien ! On a l'impression qu'il voyageait comme un sac. Est-ce qu'il dormait ? Était-il incapable d'émotion, de curiosité ? N'éprouvait-il aucun intérêt à l'égard de ses semblables ? Avait-il seulement craint pour sa vie ? Ce sont pourtant ses mémoires qu'il écrivait. Étrange mémoire que la sienne. Même pas l'aumône d'une anecdote, d'un sentiment, rien. Pas un mot non plus sur la traversée à bord du steamer *La Plata*, avec escales à Saint-Thomas, aux îles Vierges, à Cartagène, en Colombie, vieille ville espagnole fortifiée (j'ai vérifié l'itinéraire). Mauvais touriste, Antoine. Il n'a rien vu, rien entendu. Le grouillement tropical du port, les filles à la peau café au lait, le rythme des maracas dans la nuit... Est-ce qu'il se bouchait les oreilles, s'enfermait dans sa cabine et tirait les rideaux de son hublot tant que le navire était à quai ?

Enfin, pas un mot non plus de Coquimbo, terme de son voyage, au Chili, où il arriva le 22 août 1858. À quoi ressemblait-elle, cette ville ? Quel genre de gens l'habitaient ? Où logeait-il ? Comment vivait-il ? Encore une fois, il s'agit de mémoires ! Pourquoi passer tout cela sous silence ? Et d'abord, pourquoi Coquimbo, à plus de quinze cents kilomètres au nord de son futur royaume ? Pour une base arrière, n'était-ce pas tout de même un peu loin ?

Sa Majesté ne s'en explique pas. De quelle façon occupait-elle son temps ? Tout ce qu'elle consent à nous dire, c'est qu'elle y séjourna deux ans et y apprit l'espagnol. À ces deux ans et à ces deux mois de voyage, le mémorialiste Orélie-Antoine a consacré très exactement huit lignes de cinquante signes chacune à la première page du chapitre II. Le second paragraphe n'est guère plus long : « Ce fut en 1860 que je franchis la frontière araucanienne... » Suivent huit lignes, pas une de plus, à l'issue desquelles « les caciques donnèrent leur assentiment à mon projet ». Comment y est-il allé, en Araucanie ? Avec qui ? Par quel moyen ? C'est tout de même un sacré voyage ! En hiver ? En été ? Sous ces latitudes australes, cela fait une fameuse différence. Pourquoi ne pas nous renseigner ? Et quels caciques a-t-il rencontrés ? En quel lieu ? Par quel truchement ? Comment se nommaient-ils ? Aucune précision, aucun commentaire, aucune émotion. Et tout de suite, la grande affaire ! Annoncés par le « Nous » majestatif, les décrets, la Constitution, les proclamations : « Nous, Prince Orélie-Antoine de Tounens, considérant que... décrétons ce qui suit... »

« Ce qui suit » occupe seize pages bien pesées, le décret d'ouverture en quatre articles, puis les titres I à IV de la Constitution, totalisant soixante-six articles, enfin diverses notifications. Dix-sept lignes pour le récit, seize pages pour la sauce constitutionnelle, juridique et législative dont l'ancien avoué, formaliste jusqu'à l'obsession, ne cessera de servir des louches durant toute son existence. On mesure le déséquilibre. De quelque manière qu'il l'ait vécue, son aventure ne compte pas pour lui.

Tounens est l'homme d'une idée fixe. Il en est le sombre prisonnier. Il ne laisse jamais parler son cœur, lequel n'a pas grand-chose à lui dire. Son cerveau trie et ne retient que ce qui concerne son royaume, les apparences de son royaume. Il était déjà roi en France. Il n'a fait que transporter ailleurs son merveilleux jouet en kit, drapeaux, uniformes, décorations, monnaie, Constitution dont il n'aperçoit pas une seconde ce qu'elle a de surréaliste, appliquée à des tribus indiennes (article 62, par exemple, relatif aux ministres et aux députés, article 65 concernant le Conseil d'État, les officiers des armées de terre et de mer, les fonctionnaires publics, les magistrats...). En kit il a même amené avec lui deux ministres, ce mystérieux F. Desfontaine, secrétaire d'État au département de la Justice, qui a contresigné les décrets, et un autre que nous verrons apparaître plus tard et qui signe Lachaise, ministre des Finances et secrétaire du Trésor royal. Ni l'un ni l'autre n'ont jamais existé que dans son imagination. Qu'on se rappelle : Desmartin et Lamothe, le juge de paix et l'huissier, les fidèles copains qui s'étaient bien gardés de le suivre, tous deux ministres, à Périgueux, du premier gouvernement royal. Eh bien, Desfontaine, c'est Desmartin, le souvenir de Desmartin. Et Lachaise, c'est Lamothe, le souvenir de Lamothe auquel il a donné le nom du hameau où il était né trente-cinq ans plus tôt : La Chèze. Abandonné dès le début, le roi peuplait sa solitude d'ombres familières qui l'accompagnent. C'est émouvant. C'est pathétique et ce n'est pas dénué de grandeur. Ce sont des choses comme celles-là que je sais d'Antoine de Tounens qui ont fait également de moi une autre ombre familière dans le sillage du pauvre roi...

Après quoi, toutes dispositions légales étant prises, le roi signa son courrier, toujours dicté à l'improbable Desfontaine, lequel se vit promu dans la même journée du rang de secrétaire d'État au département de la Justice à celui de ministre des Affaires étrangères d'Araucanie. Deux lettres on ne peut plus royales. Le grand ton. La première était adressée au président de la République du Chili :

> Excellence,
>
> Nous, Orélie-Antoine Ier, par la grâce de Dieu, roi d'Araucanie,
>
> Avons l'honneur de vous faire part de notre avènement au trône que nous venons de fonder en Araucanie.
>
> Nous prions Dieu, Excellence, qu'il vous ait en sa sainte et digne garde !
>
> Fait en Araucanie le 17 novembre 1860.
>
> *Signé* : Orélie-Antoine Ier.

On notera qu'en plus de Desfontaine et de Lachaise, Antoine s'est trouvé un supporter de poids. S'étant autobombardé roi, il a annexé « la grâce de Dieu », tout comme ses cousins les souverains d'Europe.

Le destinataire de la deuxième lettre est le ministre des Affaires étrangères du Chili. Simple routine diplomatique. Le roi ne s'est pas abaissé à la signer lui-même :

> Monsieur le ministre,
>
> Je vous prie d'avoir l'obligeance de transmettre à Son Excellence le président de la République du

Chili la lettre autographe de Sa Majesté le roi d'Araucanie, que je joins à la présente.

Veuillez agréer, monsieur le Ministre, l'assurance de ma considération très distinguée.

Le ministre des Affaires étrangères d'Araucanie,

Signé : F. Desfontaine.

Et Sa Majesté poursuit, toujours au chapitre II de ses mémoires, pages 30 et 31 :

Ces dépêches étaient à peine parties que je recevais la réponse des Patagons, à qui j'avais fait la même proposition qu'aux Araucaniens : c'était un acquiescement. Je rendis alors l'ordonnance suivante :

Orélie-Antoine Ier, par la grâce de Dieu, roi d'Araucanie, à tous présents et à venir, salut.

Considérant que les indigènes de la Patagonie ont les mêmes droits et intérêts que les Araucaniens, et qu'ils déclarent vouloir s'unir à eux, pour ne former qu'une seule nation sous notre gouvernement monarchique constitutionnel,

Avons ordonné et ordonnons ce qui suit :

Art. 1 : La Patagonie est réunie dès aujourd'hui à notre royaume d'Araucanie et en fait partie intégrante, dans les formes et conditions énoncées dans notre ordonnance du 17 novembre courant.

Art. 2 : Notre ministre secrétaire d'État au département de la Justice est chargé de l'exécution des présentes.

Fait en Araucanie le 20 novembre 1860.

Signé : Orélie-Antoine Ier
Par le roi :
Le ministre secrétaire d'État
au département de la Justice,
Signé : F. Desfontaine

Soulignons la date, 20 novembre, et saluons l'étonnante vélocité des messagers royaux qui ont parcouru des centaines de kilomètres aller-retour dans un pays où n'existait aucune route et franchi par deux fois la cordillère des Andes, qui n'est pas n'importe quoi, pour apporter aux Patagons, cavaliers nomades dispersés à travers l'immense steppe, les propositions de Sa Majesté et en rapporter leurs réponses, tout cela en trois jours, pas un de plus, du 17 au 20 novembre... C'est ainsi que Sa Majesté, qui n'avait jamais mis les pieds en Patagonie ni rencontré aucun Patagon, décupla par simple décret la surface de ses États.

La double monarchie orélienne était née.

Satisfait d'avoir créé son royaume sur terre en trois jours, quatre de moins qu'il n'en avait fallu à Dieu, et de l'avoir si bien gouverné, le roi prit ses cliques et ses claques et fila à Valparaiso d'où il était plus facile de communiquer avec l'Europe et d'en recevoir appuis et subsides, ce dont il ne doutait pas. Il conclut ainsi son chapitre II :

> J'envoyai copie de ces deux actes aux journaux suivants : *Le Mercure*, de Valparaiso, le *Ferro-Carril* et la *Revue catholique*, de Santiago. *Le Mercure*, dans son numéro du 29 décembre 1860, en inséra intégralement le premier ainsi qu'un extrait de la Constitution, ce qui fut imité par les autres journaux. Et c'est ainsi que la fondation du royaume d'Araucanie fut rendue publique...

Enfin, la consécration ! Voilà son rêve imprimé, écrit noir sur blanc dans les journaux. Déballé par morceaux de sa malle-cabine, il avait tout de même de l'allure, son royaume ! On peut imaginer sa fierté, sa joie. Je le vois d'ici se rengorger. Comme je connais mon Antoine, je partage le petit-lait qu'il boit, mais j'en ai le cœur serré. Car ce qu'il ignorait, le pauvre roi, et qu'il ignorera toujours à moins que Dieu n'ait la cruauté de lui gâcher son repos éternel en lui révélant la vérité, c'est que le 29 décembre, au Chili, c'est quelque chose comme le 1er avril, jour des poissons, chez nous : la presse chilienne, ce jour-là, rivalise d'invention pour tenter de piéger ses lecteurs. *El Mercurio* et les autres n'avaient eu nul besoin d'inventer. Sa Majesté, dans sa grandeur, leur avait fourni toute chaude sa copie. Il leur avait suffi d'attendre, pour la publier, le rendez-vous farceur du 29 décembre...

La presse française ne fut pas plus charitable. Ayant réservé le scoop au journal de sa province, *Le Périgord*, par une lettre adressée à « monsieur le rédacteur », il eut la mauvaise surprise de la voir reproduite à Paris, par *Le Temps*, le plus fort tirage de l'époque, assortie de commentaires assassins sur « cet avoué devenu roi ». Mais quelle idée d'avoir annoncé d'entrée, avant toute autre information, que s'il mourait sans descendance, ce serait aux mâles de sa famille, par ordre de primogéniture, de relever la couronne ! Avant de faire le tour de Paris, la nouvelle fondit sur Tourtoirac où, la première stupeur passée, les paysans se tapèrent les cuisses. Au café, en rigolant, on siffla force chopines à la santé de Sa Majesté et de sa royale famille. Jean

Tounens, le frère aîné, dynaste d'Araucanie malgré lui et boucher de son état, son fils Adrien, boucher aussi, le beau-frère Mouneix, cultivateur, troisième dans l'ordre de succession, se mirent à raser les murs. Ils avaient beau protester, clamer qu'ils n'en avaient rien à f... de cet héritage patagon, que l'Antoine n'avait pas toute sa tête, rien n'y faisait, les quolibets pleuvaient de plus belle dès qu'ils avaient le dos tourné. Chez les Mouneix, encore aujourd'hui, on lui garde une dent, à l'Antoine, on hausse les épaules et on se tait... Ne valait-elle pas aussi son pesant de cacahuètes (toujours dans *Le Périgord*, la lettre à « monsieur le rédacteur »), cette « souscription nationale » que lançait Sa Majesté « pour faire face aux premières dépenses : réunir une force armée de terre et de mer afin de faire respecter les lois et les autorités de mon royaume... » ? Enfin, et nous y reviendrons, oubliant curieusement qu'elle avait levé son étendard royal « pour protéger les Indiens de la colonisation chilienne et sauver leur liberté », Sa Majesté, bazardant ses idéaux premiers, précisait que « cette souscription nationale avait pour but de l'aider à fonder un peuple français dans tout le sud de l'Amérique, sous le nom de *Nouvelle-France...* » et qu'il organiserait bientôt l'émigration des colons français volontaires, « par la ligne de vapeurs que j'établis dès ce jour de Bordeaux en Araucanie par le détroit de Magellan et tous les ports de l'Atlantique. Il me semble que toute la presse française devrait être unanime en ma faveur. »

La presse fut unanime, en effet, mais pas dans le sens espéré. « Les forces armées de terre et de mer » et « la ligne de vapeurs » du petit avoué de Périgueux, sans compter « la compagnie de chemin de fer » qu'il fonda dans la foulée « pour relier l'Europe à l'Araucanie par la Sibérie, le détroit de Béring, la Californie et la Colombie » — il énumérait même les gares et les lignes de correspondance — achevèrent d'écraser le pauvre roi dans les salles de rédaction. *Le Charivari* en tête, les journaux satiriques se jetèrent sur lui. Chaque courrier arrivant d'Europe déversait sur sa personne son poids d'avanies imprimées. Alors il s'enfermait dans sa chambre, un meublé miteux où il vivait seul, sans femme, sans amis, et grattait, grattait, grattait du papier, jour et nuit. Il écrivit à la France entière, au pape, au gouvernement, à ses « frères » francs-maçons, à son « cousin » l'empereur Napoléon auquel il rappelait les promesses qu'il s'imaginait avoir reçues, aux journalistes, surtout, parce qu'il se refusait à admettre « ce débordement de sarcasmes », ajoutant, et il n'avait pas tort, « qu'en France on ne cherche que les occasions de rire et qu'on leur sacrifie souvent les intérêts les plus graves et les espérances les plus sérieuses... »

Mettons-nous un instant à sa place. N'étaient-elles pas sérieuses et graves, ces espérances qu'il brassait dans sa tête fantasque au son des fanfares royales ? Il ne riait pas, Antoine. Quant à rire lui-même à ses dépens, c'était une disposition d'esprit, une soupape qui lui fut toujours étrangère, et plus on riait de lui, plus il enfourchait ses grands chevaux, noircissant des pages et des pages pour se justifier, s'expliquer, dans un style de plus en plus royal, et l'hilarité redoublait. Je le trouve sublime dans ce rôle, ferraillant avec sa seule plume — plume d'écrivain, mauvais écrivain, quelle différence ? — face à une meute de fines lames qui l'acculaient au désespoir dans la petite chambre humide où il luttait de son verbe jamais fatigué. Se vit-il tel qu'il était ? Ses mémoires n'en donnent pas l'impression. Il contre-attaqua vigoureusement sur le front diplomatique, par courrier clos du sceau royal, enjoignant son « ambassadeur » en France, Me Gilles Lagrange, le notaire de Périgueux — on se souviendra que celui-ci ignorait sa nomination —, de se secouer un peu et d'aller tirer les sonnettes du gouvernement impérial français et des loges maçonniques qui l'avaient aussi « assuré de leur appui ». Je possède un document révélateur qui a fait défaut jusqu'ici, et pour cause, aux rares biographes de Sa Majesté. Il s'agit de la réponse de Me Lagrange, ou plutôt du brouillon raturé et corrigé qu'il en conserva, quatre pages manuscrites que je dois à son arrière-petite-fille qui les retrouva en classant de vieux dossiers et m'en envoya l'original spontanément. Le ton est courtois, presque chaleureux — un ami sage s'adressant à un cadet un peu fou à qui il veut éviter de grosses bêtises. En voici les principaux extraits :

Cher monsieur,

J'ai reçu les deux lettres que vous m'avez fait l'honneur de m'écrire et dans lesquelles vous me parlez de vos grands projets... Le concours que vous me demandez, à ce titre bizarre d'ambassadeur que je vous prie tout de même d'oublier, c'est une tâche impossible à remplir, aussi grande que soit mon envie de vous aider... Je vous avoue franchement que je ne prévois rien qui puisse vous satisfaire et je suis convaincu que tous vos efforts resteront impuissants contre l'inertie, l'envie et la jalousie des méchants et contre la malveillance et la médisance...

La pommade passée, l'ambassadeur de Sa Majesté met les pieds dans le plat :

Je n'hésite donc pas à vous dire combien je regrette pour vous, pour votre famille et pour vos amis, que vous vous soyez hasardé dans une entreprise qui peut être périlleuse, qui ne peut qu'aboutir à diminuer votre fortune personnelle et qui loin de vous donner dans votre pays les marques d'estime que mérite votre tentative, quoique suivie d'[*mot illisible*], ne vous attirera que la qualification d'ambitieux insensé, d'homme ridicule par excès d'orgueil, de vanité et d'inaptitude.

Abandonnez donc des entreprises qui ne peuvent vous conduire à bien, chassez de votre esprit des espérances qui ne peuvent se réaliser, quittez un pays où vous ne pouvez rien faire pour votre avenir et rentrez dans votre famille qui vous attend et qui veut encore faire un dernier sacrifice pour faciliter votre retour en France. Vos amis si cela est nécessaire vous viendront aussi en aide et s'empresseront de vous donner la preuve de leur affection de vous revoir revenir parmi eux...

Ambitieux insensé, homme ridicule, excès de vanité et d'inaptitude... Ce coup-là aurait dû l'achever. Son ambassadeur l'avait trahi, sa souscription ne lui avait rapporté que des lettres de lecteurs qui se moquaient, sa famille et ses amis s'étaient cotisés pour lui offrir son billet de retour, ce qu'il traduisit dans ses mémoires par cette phrase laconique : « J'appris par des lettres particulières le résultat des propositions que j'avais adressées au gouvernement français... » Après quoi, ayant chassé toutes ces petites gens de son esprit, il se remit à rêver. L'argent qu'on lui refusait, eh bien, il le trouverait tout seul et, décidément peu rancunier, il en ferait profiter son « ami » Desmartin ! « Je te prie de faire un voyage à Bordeaux, écrivit-il aussi sec au petit juge de paix de Périgueux, à l'effet de savoir combien y vaut le cuivre et s'il y aurait moyen d'en vendre une grande quantité. Le cuivre vaut en ce moment au Chili 108 francs les 50 kilos, frais compris jusqu'en France. Si cette affaire te convient, je te donnerai un pourcentage sur la vente. Ne parle à personne dans le Périgord de cette affaire...[1] » Pas de réponse à cette lettre et sans doute le roi l'oublia-t-il aussitôt pour chevaucher d'autres chimères. Quelque chose, cependant, le vexait affreusement : à Valparaiso, lui, le roi, comptait pour du beurre ! Voici ce qu'il en dit lui-même : « Je vivais au grand jour à Valparaiso. Les autorités chiliennes, qui ne pouvaient ignorer ce que j'étais allé faire en Araucanie, puisque j'en avais instruit le président de la République, savaient que j'étais là sous leur main ; et pourtant, pendant un séjour d'environ neuf mois, elles ne songèrent nullement à me tracasser... » Ridicule en France, négligeable au Chili, ce portrait-là ne lui plaisait pas. Il le retoucha à sa façon : « Or, je le demande, si le gouvernement du Chili avait effectivement régi et administré l'Araucanie, ne se serait-il pas empressé de faire arrê-

1. Archives de la Société historique du Périgord.

ter celui qui s'instituait roi d'Araucanie ? Me laisser en toute liberté, n'était-ce pas hautement confesser qu'il n'avait aucun droit sur ce pays, ou que ses lois y étaient de nul effet ? Est-il un seul gouvernement au monde qui ne se hâtât de jeter en prison un individu assez osé pour venir en quelque sorte le défier, après s'être taillé un royaume dans son territoire ? » Ainsi, le royaume existait, indépendant du Chili ; il en était l'intouchable roi ! C.Q.F.D.

Futé, Antoine. Le délire, cette fois, croisait la réalité. Les tribus les plus rétives s'agitaient de l'autre côté du rio Bio-Bio. Des cavaliers avaient incendié des fermes de colons allemands en territoire araucan. Des femmes, du bétail, avaient été enlevés. Le gouvernement massait des troupes. Des coups de feu avaient été échangés sous les remparts d'Arauco, poste chilien fortifié. Jetant de l'huile sur le feu, *El Mercurio* titra : *« Bataille à la* frontera. *Les Indiens attaquent ! »* Le signe du destin. Par la grâce de Dieu qui fait les souverains, message reçu ! Antoine relut dix fois l'article, en savourant le titre qui sonnait comme une victoire personnelle. Les Araucans appelaient leur roi ! Après quoi, ayant vérifié ses comptes avec son ministre des Finances Lachaise — c'est-à-dire consulté le carnet noir des *Dépenses de la maison de S.M. le roi d'Araucanie* qu'il tenait de sa propre main en déguisant son écriture —, et après s'être aperçu qu'il avait presque touché le fond, il fila à la cloche de bois et, rassemblant tout ce qu'il lui restait, il quitta définitivement Valparaiso, en route vers le sud, vers le royaume...

Et l'Histoire entre en scène avec son grand H. Celle qui peut se vérifier. Ce qu'il raconte dans ses mémoires, en dépit de ses escamotages et de ses raccourcis habituels, recoupe cette fois, au moins en partie, les archives chiliennes, notamment la relation du colonel Saavedra, commandant les troupes de la frontière. Saluons Antoine. Il va passer de l'autre côté du miroir. Ah ! on s'était payé sa tête, en France ! Ah ! on le prenait pour un roi de carnaval ! Ah ! le gouvernement chilien le traitait par-dessus la jambe, et la légation de France lui fermait obstinément sa porte ! Eh bien, à bout de ressources et toujours seul (« je proposai à quelques Français de m'accompagner, mais je ne trouvai personne qui eût le courage de me suivre... »), on allait voir ce qu'on allait voir ! On allait leur montrer qui était le roi !

21

Où Shakespeare et Pirandello se penchent sur le destin d'Antoine avec l'aide de Jean Anouilh et posent le décor de l'acte III : Sa Majesté va régner quinze jours. — Un gué sur le rio Bio-Bio. — Transfiguration du roi. — Le désastre de Canglo. — Où l'on voit Sa Majesté redresser la situation par le seul pouvoir du verbe. — Les Indiens crient « Vive le Roi ! » — Tous les caciques sont nommés ministres. — Le roi fixe sa capitale à Angol. — Je recherche sans succès à Angol le souvenir de Sa Majesté. — Surprenante dérobade du roi entre rêve et réalité. — Entrée en scène de Judas : Antoine trahi et arrêté. — La forteresse de Nacimiento.

Orélie-Antoine Ier, acte III.

Un podium occupe toute la surface de la scène. Son plancher est surélevé de telle sorte que soient aménagés au-dessous deux décors. Le premier, côté jardin, figure un cachot de la prison militaire de

Los Angeles, préfecture chilienne de la province. La lumière du jour n'y pénètre que par un pâle rayon oblique à travers une étroite fenêtre fermée par d'épais barreaux. Un grabat, une table grossière, une cruche d'eau. Assis sur un étroit tabouret, le roi écrit. Entièrement absorbé par sa tâche, il ne lève pas la tête. On entend sa plume gratter le papier dont les feuilles s'accumulent en pile près de lui. Il a passé un poncho et noué autour de son front un bandeau de laine rouge, à l'indienne (on s'inspirera de la photo publiée à la page 64 du livre de M. Léo Magne). Une sentinelle, le fusil sur l'épaule, baïonnette au canon, en shako, monte la garde de long en large sur le proscenium. Si l'on dispose de moyens techniques, on peut faire courir quelques rats entre les pieds du malheureux roi et couler des gouttes d'eau sur la pierre des murs pour marquer l'impression d'humidité froide. Ambiance militaire : bottes, commandements, sonneries de clairon en bruit de fond.

Le décor mitoyen, plus étendu, côté cour, représente la salle du tribunal de Los Angeles. Disposition classique avec estrade pour les magistrats, box des accusés et quelques bancs pour le public, mais rien de somptueux comme en Europe, Los Angeles n'est que la préfecture crottée d'une province toute récente. Au mur le portrait en pied du *libertador* O'Higgins, teint rose et favoris abondants. On peut y ajouter une pendule et un crucifix. Le président du tribunal est un civil, mais les juges et le procureur sont des militaires en tunique coupée à l'allemande. Avocat, greffier, secrétaire, gendarmes, public clairsemé.

Le podium lui-même, à l'étage au-dessus, ne comporte aucun décor, tour à tour pampa, sentier, forêt, campement indien, camp militaire, bivouac de marchands, auberge ou maison privée, légation de France à Santiago, consulat de France à Concepción... Comme dans le théâtre élisabéthain, le lieu sera simplement indiqué par une pancarte. Toutes les scènes représentées sur le podium étant vécues en pensée, en imagination ou dans la mémoire du roi, celui-ci, dans son cachot, figé dans le geste d'écrire, restera faiblement éclairé. Ce dispositif simple et vaste permettra l'évolution de très nombreux figurants. Les cavaliers, notamment le roi, les caciques, les officiers et dragons chiliens, seront montés sur des chevaux-jupons, le comique et le tragique étant étroitement mélangés. Les trois lieux scéniques, selon l'action, podium, cachot, tribunal, seront tour à tour éclairés ou plongés dans l'obscurité totale.

Podium au noir lorsque le rideau se lève. Puis les projecteurs s'allument d'un coup, éclairant en poursuite deux cavaliers au petit trot, l'un monté sur un cheval, l'autre sur une mule qu'il partage avec les bagages. On pense à Don Quichotte et Sancho Pança. La pancarte indique : « 22 décembre 1861. Un gué sur le rio Bio-Bio, à la frontière d'Araucanie »...

Sa Majesté va régner quinze jours.

C'est vrai qu'il y eut conjonction de chances, qui ne furent peut-être que des hasards, sans quoi l'aventure de ces quinze jours resterait inexplicable.

D'abord cette vieille légende indienne qui courait chez les Araucans, colportée par les sorciers, selon laquelle le salut viendrait d'un homme blanc de haute taille qui les conduirait à la victoire. Les caciques ne parvenant pas à s'entendre pour désigner l'un d'entre eux, les tribus se cherchaient un chef. Tounens arriva au bon moment. Grand, solennel, majestueux — attitude qui lui était naturelle —, beau parleur, emporté par le flot de son imagination, il tenait des discours enflammés, abreuvant de promesses les tribus qui étaient prêtes à se soulever. On peut aussi considérer comme vrai le fait qu'il eût établi des contacts lors de sa précédente tentative avec le cacique Quillapan, fils du défunt cacique Magnil, bien qu'il n'y fît qu'une allusion et que cela n'eût jamais été prouvé. L'historien Braun Menendez, faute de mieux, s'est rallié à cette hypothèse. Après quoi, lui comme moi, et Saint-Loup, et Marc Blancpain, Léo Magne, Villiers du Terrage[1], nous nous sommes tous mis plus ou moins à broder, à parer de draperies épiques cette aventure finalement ratée, afin que ce pauvre roi entrât tout de même dans la légende, ce qu'il avait bien mérité...

Le 21 décembre, veille du grand jour, Antoine avait couché à Nacimiento, ville-frontière, reçu chez un négociant chilien, M. Lorenzo Leiton, sur la recommandation d'un autre négociant, français cette fois, de Concepción. Il ne leur avait nullement caché ses projets et s'en était même entretenu librement, dans le salon des Leiton, avec M. Faes, préfet

1. *Rois sans couronne,* Éditions Perrin, Paris, 1906.

du département. Si l'on en croit les mémoires de Sa Majesté, voilà un haut fonctionnaire chilien, confronté à l'agitation des tribus et qui écoute calmement, sans lever le petit doigt, ce barbu illuminé qui lui raconte qu'il est le roi et qu'il va rejoindre ses sujets et se mettre à la tête de ses armées ! Ou bien le préfet le tenait pour un aimable détraqué, inoffensif mais divertissant, ou bien il préparait déjà ses filets, attendant que la rébellion se déclarât pour pouvoir en identifier les meneurs. Sans doute les deux hypothèses à la fois. Sa Majesté avala le fil et l'hameçon, écrivant dans ses mémoires : « N'étais-je pas fondé à croire que je n'avais rien à craindre, puisque l'autorité ne cherchait pas à me détourner de la voie dans laquelle je m'engageais ? »

Le 22 décembre, donc, qui était un dimanche — le dimanche des Rameaux de Sa Majesté —, avant de franchir le Bio-Bio, Antoine se métamorphosa en roi. Une sorte de transfiguration que son guide et valet Rosales, un métis, contemplait bouche bée. Sa Majesté remplaça sa redingote de bourgeois par la resplendissante tunique grise à parements jonquille de général en chef araucan barrée du grand cordon vert à liseré rouge de l'ordre de la Constellation du Sud, noua autour de son front le bandeau de laine rouge des Indiens, accrocha à sa ceinture son sabre de cavalerie, et ayant déployé l'un de ses drapeaux, il pria Rosales de lui tailler une hampe dans un boqueteau de coligüé, le bois dont on fait les lances, après quoi, dans ce surréaliste équipage, le roi caracolant en tête, le guide transformé en cornette porte-étendard et promu pour l'occasion lieutenant de la garde royale, Antoine engagea sa monture, avec de l'eau jusqu'au poitrail, dans le gué du Bio-Bio. On ne peut nier l'allure, le panache. Barbe noire au vent, droit comme un I sur sa selle de peau de mouton, le roi a pris sa gueule des grands jours. C'est pour des mises en scène comme celle-là que je l'aime, l'Antoine. Sans doute entendait-il derrière lui les roulements de tambour de son infanterie et le piétinement de ses escadrons. Peut-être avait-il glissé sa main droite dans le revers de sa tunique. Napoléon franchissant le Niémen...

Sur l'autre rive, son interprète l'attendait. Un métis lui aussi, Lopez. Être nommé lieutenant à son tour ne lui fit ni chaud ni froid. Il fallut payer : quinze pesos. Rosales en avait réclamé cinquante. Tous deux mangeaient à deux râteliers, ce que nous verrons plus tard. Son escorte soldée, son cheval et sa mule payés, le roi n'avait plus un sou, que les vingt piastres et les cent demi-piastres de sa royale monnaie, à son effigie, qui n'avaient pas cours par ici et dont les femmes des caciques, une fois l'aventure terminée, se firent des colliers et des pendentifs... Plus d'argent, plus d'amis, plus rien à espérer de la France. La victoire ou la mort ! Et la mort, le roi y pensait. Le cachot aussi. Il l'a écrit. Orélie-Antoine avait brûlé ses vaisseaux.

Première étape aux rucas de Canglo, le village araucan du cacique Leviou. Cela ne se passa pas très bien. Les colporteurs d'alcool venaient de livrer quelques bonbonnes — hasard probablement dû au colonel Saavedra — et la tribu était fin saoule. La nature l'ayant doté d'une voix de champ de bataille, le roi fit face crânement, dressé sur ses étriers : « Le gouvernement chilien a envoyé contre vous son armée. Pour l'arrêter dans sa marche et maintenir votre indépendance, je vous offre ma protection et mon aide. Je vous fournirai des armes et je vous conduirai dans les voies de l'honneur... » Gueulant plus fort que son souverain, Lopez traduisait en mapuche. Comment dit-on « les voies de l'honneur » en mapuche ? On ne sait trop ce que ces ivrognes comprirent, toujours est-il que, se battant entre eux, ils se ruèrent sur les bagages du roi. Il pleuvait, une pluie lourde qui détrempait le sol. Sa Majesté se retira dignement sous sa ruca, seule avec son chagrin. La bamboula dura toute la nuit. Au matin, la tribu ronflait. Le roi sortit de sa hutte et découvrit le désastre. Ses étendards gisaient dans la boue. Il marchait à travers un cimetière de croix de la Constellation du Sud. Quant à son bel uniforme bleu à revers réséda d'amiral de Patagonie, le cacique Leviou s'en était vêtu et avait abondamment vomi dessus.

C'était plus qu'il n'en pouvait supporter. On avait osé porter la main sur les symboles du pouvoir ! On avait attenté à sa dignité de roi ! Il fut pris d'une colère noire et c'est cette colère qui le sauva. Sa voix furibarde réveilla les dormeurs, en français, en espagnol, et Lopez qui hurlait en mapuche, une phénoménale engueulade en trois langues où il leur jetait à la face qu'ils n'étaient pas dignes de lui, qu'il n'était pas venu de France avec l'appui de son cousin l'empereur pour régner sur une bande d'ivrognes ! Subjugué par ce Jupiter tonnant qui avait d'aussi puissantes relations, le cacique Leviou, dessaoulé, inclinant sa lance pour le saluer, vint en personne lui restituer l'uniforme d'amiral que ses femmes avaient frotté à l'eau claire du ruisseau voisin. Les décorations lui furent rendues, et les étendards, nettoyés aussi. Magnanime, il pardonna. La pluie avait cessé. Le soleil, ce matin-là, brillait. Austerlitz après Waterloo. Chapeau, Antoine.

Sans doute chassa-t-il aussitôt de ses pensées cette nuit de lèse-majesté si cuisante pour son amour-propre, se contentant de l'expédier en trois lignes et en note de bas de page : « Il est vrai que le cacique m'avait promis de réunir les Indiens le lendemain, mais il ne put y parvenir, parce que, ayant eu de l'eau-de-vie à leur disposition, ils en avaient bu outre mesure. » Et l'on reprit tout depuis le début comme si rien ne s'était passé : les Indiens à cheval, lance au poing, formés en carré (une centaine, estimeront en chœur Rosales et Lopez, au procès : des milliers, selon Sa Majesté), et le roi, au centre, drapé dans les plis de son drapeau et haranguant ses sujets de sa voix chaude et convaincante. Cette scène se reproduira cinq fois, entre le 25 et le 30 décembre, dans cinq tribus différentes. Hommes du verbe et de la parole, les Indiens adorent l'éloquence. Celle du roi les transporta. D'un discours à l'autre il en rajoutait. Il en faisait des tonnes, Antoine. Il promit des fusils, des canons, des munitions, des instructeurs européens, de quoi équiper quarante mille guerriers, tout cela au nom de son cousin et allié, Napoléon III, le puissant empereur des Français. Il inventa même un bateau qui déjà s'approchait des côtes, bourré d'armes. Il leur fit aussi le coup du chemin de fer qui relierait son royaume à tous les grands pays d'Europe. Qu'on le proclamât roi, l'argent affluerait ! N'avait-il pas négocié un emprunt d'État avec l'un des plus grands banquiers d'Europe ? Mais homme de paix, malgré tout. Il se déclarait prêt à signer un traité de bon voisinage avec le gouvernement chilien, à la seule condition que fussent respectées les frontières intangibles de son royaume ! La ligne bleue du Bio-Bio... Il ne transigerait jamais, mais il souhaitait ardemment la paix. Le gage de sa sincérité, eh bien, c'était la jeune reine, sa pure épouse, qui allait bientôt le rejoindre, à bord du bateau que tous attendaient — songeons au secret dont j'ai parlé, pauvre Antoine... Ce n'est pas aux Indiens qu'il mentait, mais à lui-même.

Chez les Indiens, ce fut du délire. On l'acclamait comme un sauveur. Il leur apprit à crier « Vive le Roi ! » Il leur distribua des drapeaux bleu, blanc, vert et les pesos d'Arthus-Bertrand que les guerriers se passaient de main en main, s'apercevant, la mine ébahie, que le visage de leur roi y était gravé. Chacun des caciques fut décoré, après force accolades, de la cravate de commandeur de la Constellation du Sud. Certains la nouèrent à leur lance, mais le roi fronça les sourcils. Une cravate de commandeur, c'est au cou que cela se porte ! Il avait tant de choses à leur apprendre... Après quoi, le dernier jour, il forma son gouvernement. Tous les caciques nommés ministres. Des Finances, il n'y avait pas de finances. Des Postes, il n'y avait pas de postes. De la Marine, il n'y avait pas de Marine. Des Transports, il n'y avait pas de transports, etc. La plupart de ces caciques ne savaient pas lire et aucun n'avait la moindre idée de ce que pouvait bien être un ministre. On en a retrouvé la liste. Desfontaine et Lachaise n'y figurent plus. Auraient-ils démissionné, ou, dans l'apothéose de son règne, le roi les avait-il semés en route ?

Le roi ne nous en dit rien. Pour que tienne à peu près debout son histoire, on ne peut que se référer au rapport de campagne du colonel Saavedra, aux dépositions de Rosales et de Lopez, et aux minutes de son procès, avec un petit coup de pouce, tout de même, pour envelopper joliment le paquet, au service de Sa Majesté. Car voilà ce qu'il écrit, Antoine, dans ses mémoires. Il récidive dans le laconisme.

> Je partis de Nacimiento, un dimanche, à dix heures du matin, c'est-à-dire en plein jour et non comme un conspirateur, convaincu jusqu'au dernier moment que mon entreprise, basée sur les décisions électorales des tribus, ne pouvait aboutir à un cachot.
>
> Maintenant, je vais laisser un instant la parole aux procès-verbaux que je dressais à la suite de chaque séance électorale.

> Aujourd'hui 25 décembre 1861, jour de Noël.
>
> Les électeurs de la tribu de Canglo se sont réunis sous la présidence du cacique Leviou, à l'effet de délibérer sur ma proposition d'établir en Araucanie et en Patagonie une monarchie constitutionnelle, et de m'élire roi, avec droit perpétuel d'hérédité dans ma famille, suivant un ordre déterminé [il voit loin, Antoine, il pense au roi de Rome...]
>
> Après en avoir délibéré, lesdits électeurs m'ont élu

et proclamé roi d'Araucanie et de Patagonie, dans les termes indiqués.

Fait en Araucanie, les jour, mois et an que dessus.
Signé : Orélie-Antoine Ier.

Voilà tout ce que l'on sait : le roi partit de Nacimiento un dimanche, et le reste tient en trois lignes... La cavalcade n'était pourtant pas ordinaire, elle méritait qu'on la racontât avec quelques beaux effets de plumes en prime, alors pourquoi cette brièveté ? L'idée fixe, toujours l'idée fixe. Son aventure ne l'intéresse pas. La seule chose qui comptât pour lui, c'est le royaume, les apparences du royaume, et qu'on ne pût, *juridiquement*, rien lui reprocher. Le petit avoué de Périgueux, à peine descendu de son cheval, se précipita sur son écritoire de voyage et rédigea en jargon des actes notariés dont il était le seul signataire et l'unique dépositaire, ce qui était infiniment commode ; il ne risquait pas la contradiction... Trois pages, cette fois :

Aujourd'hui 26 décembre 1861.

Les électeurs de la tribu de Canglo, auxquels sont venus se joindre ceux de la tribu régie par Melin, se sont réunis de nouveau en assemblée générale, dans le lieu ordinaire de leurs séances, en plein air, sur un plateau, sous la présidence des caciques Leviou et Peoucon, ce dernier fils aîné de Melin et délégué par lui.

Un vieillard [qui ? il n'en dit rien] a été chargé de prendre la parole, et, après de longs pourparlers, lesdits électeurs m'ont élu et proclamé roi d'Araucanie et de Patagonie dans les termes indiqués.

Fait en Araucanie, les jour, mois et an que dessus.
Signé : Orélie-Antoine Ier

Il grattait, grattait, maître Tounens :

Aujourd'hui 27 décembre 1861.

Les électeurs de la tribu de Quicheregua se sont réunis en assemblée générale... sous la présidence du cacique Millavil.

Après délibération, lesdits électeurs m'ont élu et proclamé, etc., etc.

Aujourd'hui 30 décembre 1861.

Les électeurs de la tribu de Traguien se sont réunis sous la présidence du cacique Guentucol... Après délibération, m'ont élu, etc., etc.

Pourquoi s'être contenté de cinq tribus au lieu de poursuivre une chevauchée qu'il décrivait triomphale ? Pourquoi ne pas avoir poussé jusqu'aux rucas du puissant cacique Quillapan, pourtant nommé ministre de la Guerre, une fonction qui était la seule à représenter quelque chose de concevable au sein de son royal gouvernement ? Or il fila, il se défila, comme la première fois, tournant le dos à ses nouveaux sujets. Cette dérobade ne sera pas la dernière. On entre dans les zones obscures du secret qu'il traînait avec lui. À quoi bon concrétiser son rêve puisqu'il savait, là aussi, que le fiasco le guettait ? Conscient d'avoir atteint l'ultime frontière où le rêve n'a plus d'autre issue que d'affronter la réalité, il sonna prudemment la retraite et préféra se replier en emportant son précieux jouet avec lui plutôt que de le voir se briser...

Voici comment, laconiquement, il s'en explique à sa façon, pressé de tourner la page :

Ces élections successives terminées, je revins sur mes pas pour gagner Angol, où je voulais fixer ma résidence, et d'où je devais être plus que partout ailleurs à portée de communiquer mes ordres aux indigènes qui venaient de m'élire, et de correspondre avec les gouvernements étrangers, principalement avec le Chili, qui avait autant d'intérêt que moi à conclure des traités de paix... Je partis de grand matin, avec mon domestique...

Je suis naguère passé par Angol, *capital de provincia*, fondée par des Suisses et des Allemands, quarante mille habitants en 1999. Héros des guerres du XVIe siècle entre Mapuches et Espagnols, le cacique Lautaro, Vercingétorix araucan, y a son avenue et sa statue. *L'Araucana*, poème épique du chevalier Alonso de Ercilla, contemporain de Philippe II, le célèbre en trente-sept chants sublimes qui forment le socle de l'âme chilienne, son *Iliade* et sa *Chanson de Roland*. Ce que l'on en sait en France, on le doit à Voltaire. Les Mapuches, c'est au musée Bullock qu'on les retrouve, au moins leurs armes et leurs costumes, en vitrine. Je n'y ai pas vu mentionné Antoine. Il ne fut pas un second Lautaro. Les descendants de ses sujets habitent la campagne avoisinante et les clairières des forêts de pins. On croise leurs grosses bouilles rondes et brunes de Navajos sud-américains dans les rues commerçantes où ils font leurs courses au volant de camionnettes japonaises bourrées d'enfants. Ils furent le fer de lance d'Allende lors de la réforme agraire, trente-huitième et dernier chant de leur épopée. Aucun souvenir chez eux ni personne que Sa Majesté eût choisi Angol comme résidence dans les jours qui suivirent son avènement en janvier 1862. La gare date de 1876, année où le premier train y fit son entrée, en provenance de Santiago et non d'Europe par le détroit de Béring, après avoir franchi un viaduc de fer construit par les Schneider du Creusot, mais le roi n'y fut pour rien...

Allons le rejoindre sur la route d'Angol, en ce temps-là bourgade frontière de colons fraîchement installés, de marchands et d'Indiens ralliés, où le roi avait décidé de régner par correspondance. Ainsi le rêve pourrait-il perdurer sous forme de roman épistolaire. Débarrassé de la promiscuité capricieuse de ses turbulents sujets, c'est par courrier, désormais, qu'il leur « communiquerait ses ordres » frappés du grand sceau royal on s'en doute. À lui aussi les délices et délires diplomatiques de la « correspondance avec les gouvernements étrangers » signée de son royal paraphe : Orélie-Antoine Ier. Il n'arriva jamais à Angol.

Sa Majesté avait pris la route, seul avec Rosales. Roi *élu et proclamé*, pourquoi ne s'était-il pas fait escorter par quelque escadron de ses fidèles sujets ? Les tribus l'avaient-elles déjà oublié ? Était-il en réalité si peu roi pour en être si vite réduit là ? Trahi par Rosales et Lopez en échange de trente deniers payés en monnaie locale par le colonel Saavedra qui suivait l'affaire depuis le début grâce à de multiples complicités, y compris dans les tribus et chez certains « ministres » du roi, il fut cueilli à son bivouac le 5 janvier 1862, au bord du rio Malleco, par un caporal et quatre hommes. On ne lui fit même pas l'honneur de déplacer un régiment, pas même une compagnie, ou une simple section. Le caporal lui mit les mains aux épaules et lui dit :

— Ne bougez pas. Il ne vous sera fait aucun mal.

Et le roi, qui savait ses classiques, dégrafa son baudrier et dans un geste d'une grande noblesse remit son sabre au caporal en signifiant qu'il se rendait :

— Étant victime d'une trahison, toute résistance est impossible. Je suis à vos ordres, dit-il.

L'endroit s'appelait Los Perales, les Poiriers, un joli verger sauvage ombragé d'arbres fruitiers touffus. Ce fut son jardin des Oliviers. À la forteresse de Nacimiento — l'un des plus beaux forts du Chili colonial (*monumento nacional*) —, M. Faes, le préfet, l'attendait. On se souviendra que quinze jours plus tôt, à la veille de s'élancer à la conquête de son royaume, c'est à ce même don Manuel Faes que dans sa naïveté (calculée ? il y a là un mystère), Orélie-Antoine s'était confié...

22

Où l'on est surpris d'apprendre où et comment fut composé l'hymne national patagon par un Prussien de Nacimiento. — Sa Majesté au cachot. — Procès du roi : il chevauche ses chimères. — Sa Majesté perd ses cheveux, craint pour sa vie et rédige son testament. — M. de Cazotte, consul de France, intervient. — Querelle d'experts : le roi est-il fou ? — Rapatriement de Sa Majesté comme « passager à la ration » à bord du Duguay-Trouin. *— Le roi fait comtes et barons les midships. — Fin de l'acte III à Brest le 6 mars 1863.*

L'arrivée du prisonnier à Nacimiento ne passa pas inaperçue. Judas-Rosales, radieux, paradait en tête de la petite troupe. Des soldats écartaient les curieux qui, selon le rapport du préfet au colonel Saavedra, « déjà plaignaient ce pauvre fou, quoiqu'il eût pu faire beaucoup de mal, vu l'ignorance des Indiens, toujours enclins à croire au merveilleux et à l'imposture... » Le mythe du roi venait de naître. Dans la foule qui regardait passer le roi déchu et chevelu, se trouvait là, par hasard, un colon germano-chilien du nom de Guillermo (Wilhelm) Frick, compagnon d'études de Bismarck dans sa jeunesse, l'un des notables éminents de l'immigration allemande au Chili. Guillermo Frick, en amateur, composait un peu de musique. L'aventure manquée d'Antoine de Tounens, entrevu l'espace d'une minute sous les murs de la forteresse, l'émut et le fit rêver, comme un jour ou l'autre tous ceux qui se sont intéressés au pauvre roi. Il lui dédia une fanfare, assez enlevée, à la bavaroise, qu'il intitula *Himno de Antonio-Orelie I, Rey de Araucania y Patagonia.* L'hymne ne fut jamais joué, Guillermo Frick ayant dû y renoncer pour des raisons de politique intérieure chilienne, mais il avait été édité à Valdivia en 1863. C'est dans les archives de cette ville que mes enquêteurs du consulat général en retrouvèrent la partition en 1984. Sa longueur, quatre minutes trente, en fait l'hymne national le plus long du monde, digne du livre Guinness des records. Harmonisé par Georges Barboteu, professeur au conservatoire et cor soliste de l'Orchestre de Paris, exécuté et enregistré par son quintette Ars Nova, il fut diffusé pour la première fois le 20 novembre 1984, jour de la fête nationale de Patagonie, sur les ondes de RTL à l'émission nationale du musicologue Pierre-Petit. Il provoqua tellement d'appels que le standard de la station sauta. Le mythe du roi courait, courait...

Sa Majesté fut transférée deux jours plus tard à la prison militaire de Los Angeles où commença aussitôt l'instruction de son procès. Antoine est descendu du podium illuminé où il galopait sur son cheval-jupon à la tête de ses escadrons, et pénètre dans son cachot. Cliquetis de chaînes. Claquement de verrous. La lourde porte se referme en grinçant. On l'a fouillé, on lui a tout pris, son dernier drapeau, ses derniers pesos, ses décorations, ses proclamations, pièces à conviction de l'accusation. On ne lui a laissé que son atlas, où il avait dessiné de sa main les frontières de son royaume et le tracé de son chemin de fer, et son dictionnaire français-espagnol. Il a aussitôt réclamé une plume, de l'encre, du papier qu'un soldat vient de lui apporter. On entend le grattement de la plume :

> À Monsieur le ministre plénipotentiaire de Sa Majesté le roi de Prusse.
>
> Monsieur le ministre,
> Les autorités du Chili m'ont fait arrêter et me retiennent prisonnier aux Angeles... Je proteste donc contre la violation de ma personne et des droits y attachés, tant comme particulier que comme roi d'Araucanie et de Patagonie... Les Indiens d'Araucanie et de Patagonie m'ayant librement proclamé leur roi et adopté mon drapeau bleu, blanc, vert, je proteste contre toute usurpation dont l'Araucanie et la Patagonie seraient l'objet. Je proteste solennellement devant vous et devant le monde entier, etc.

La Bavière, l'Espagne, l'Angleterre, l'Autriche-Hongrie, la Russie, la Belgique, les États-Unis, le Pape, la France, l'Empire ottoman, le Portugal, le Mexique, le Honduras, le Nicaragua, il alerte la terre entière mais nul ne lui répondra. Il maigrit. Il tombe malade. Il perd ses cheveux mais pas un pouce de sa haute taille. Sa dignité, même, le grandit. Plus besoin d'affabuler : au fond de son cachot humide, cette fois, enfin, il est le roi. Il tient là son meilleur rôle. Roi prisonnier. Roi martyr.

Le royal festival commença dès l'interrogatoire d'identité : nom, prénom, âge, occupation ? La réponse claqua :

— Prince Orélie-Antoine de Tounens, prince mais sans principauté, célibataire sachant lire et écrire, trente-six ans, sans profession hors l'emploi de roi d'Araucanie et de Patagonie.

Les trois juges militaires commis à l'instruction se tenaient la tête entre les mains, échangeant à voix basse des propos effarés. La question fut répétée. Réponse hautaine : « Je suis le roi ! » Toute révérence gardée, on pense à une autre question : « Es-tu le roi des Juifs ? — Je le suis... » Les témoins défilèrent : le colonel Saavedra, don Manuel Faes, les deux Judas, des émissaires des tribus, des marchands colporteurs de la frontière qui avaient entendu les harangues du roi. Il commença par nier ses déclarations belliqueuses, affirmant que ses intentions étaient d'ordre purement philanthropique : « Civiliser les Indiens en instituant des écoles et des paroisses, en développant l'industrie agricole et les travaux d'art... », ce qui était déjà, fit remarquer l'un des juges en affectant l'admiration, « un fameux programme pour un homme seul ». Sa Majesté expliqua plus tard cette reculade par sa crainte d'être assassiné sans autre forme de procès. Il ne fermait pas l'œil de la nuit de peur qu'on ne l'étranglât dans son sommeil, encore une preuve qu'il était le roi puisqu'on voulait attenter à sa vie. Ainsi tissait-il sa légende sur la trame de son imagination... On lui plongea le nez dans ses mensonges. L'interprète de Sa Majesté, Lopez, soldé trente deniers, répéta quasi mot à mot, à l'audience, les proclamations enflammées que le roi avait à cinq reprises adressées aux tribus. En vérité, il buvait du petit-lait, Antoine, à s'écouter ainsi déclamer par Judas interposé. Comme elles étaient belles et nobles, ses paroles, s'envolant dans le prétoire aux oreilles des juges médusés ! N'étaient-ce pas des paroles de roi ! Il tenta tout de même une parade. Il reconnut que peut-être, sans doute, en effet... mais que ce n'était que la première étape de son véritable grand projet : « Une fois son gouvernement reconnu, établir une confédération des États sud-américains, avec Santiago pour capitale ! » L'un des juges se frappait la tempe de l'index, un autre, plus charitable, dissimulait avec peine son hilarité, quant au troisième, qui présidait, et qui avait de la sympathie pour Antoine, c'est à ce moment-là qu'il entrevit un moyen de le sauver : conclure à l'incompétence du tribunal militaire pour cause d'irresponsabilité mentale de l'accusé. Il ne restait plus, pour cela, qu'à donner la parole au roi.

Sa Majesté la conserva plus de quatre heures et la reprit les jours suivants. On le laissa chevaucher ses chimères. Un grandiose fatras verbal, avec tout de même une vérité que l'on doit reconnaître au roi et que ses juges encaissèrent mal : ni le Chili ni l'Argentine n'avaient en 1862 aucun droit sur l'Araucanie et la Patagonie (lesquelles ne furent annexées, par la force, qu'à partir de 1873). Le président le coupa aussitôt. Tendant une main secourable au noyé, il lui demanda sur un ton appuyé, avec l'ironie qui convenait, « quels étaient ses droits, à lui ? ». La réponse fusa, attendue : « Le droit qu'avaient les Indiens de m'avoir proclamé roi ! » À partir de là, il suffisait de le laisser courir. Il galopa. Tout y passa par le menu, la Constitution, les décrets, sa correspondance diplomatique, les encouragements de Napoléon III, les origines princières de sa famille qu'il fit sur-le-champ descendre de Charlemagne, le chemin de fer du détroit de Béring, les paquebots, le grand emprunt bancaire, la souscription nationale, et pour la note sentimentale, la douleur de la future reine à le savoir en prison, malade, disputant son pain aux rats, et cela au moins était vrai... Ce torrent emporta la conviction du tribunal : incompétence et renvoi devant la justice civile, ce que confirma le 19 mars la cour d'appel de Concepción.

Reconduit à son cachot, Orélie-Antoine, aussitôt, se rua sur sa plume et son papier. De cette façon-là, au moins, tenait-il ferme les rênes du pouvoir. Assurant « qu'on ne parlait autour de lui que de son exécution prochaine », il rédigea son testament politique :

> Moi, Orélie-Antoine Ier, détenu dans la prison publique des Angeles comme fou, quoique en possession de tous mes moyens, je déclare ce qui suit...

Suivaient en effet des pages et des pages, une avalanche de paragraphes motivés sous forme de considérants : « Considérant que notre ordonnance du... Considérant que dans les assemblées des tribus tenues par les caciques Leviou, Millavil, Guentucol... Considérant que le gouvernement chilien, ayant appris notre avènement au trône... Considérant que cet infâme guet-apens perpétré sur ma personne par une puissance étrangère, etc., etc. » Ensuite de quoi, dans le détail et « en prévision de sa mort », il régla sa succession. Son père bien-aimé, d'abord, puis ses frères et ses neveux, mais comme il fallait bien aussi envisager le pire, il conclut en précisant que « dans les cas où les branches de nos cinq frères viendraient à s'éteindre, les mêmes droits incomberaient, d'après le même mode, à nos trois sœurs bien-aimées... », le tout expédié en plusieurs exemplaires au consul général de France à Santiago.

Celui-ci, M. de Cazotte, après lecture du testament qu'il était prié, par-dessus le marché, de contresigner en tant que témoin, jugea que cette fois, diplomatiquement, le moment était venu pour lui d'intervenir. Le premier paquebot emporta sa dépêche pour Paris, adressée à Son Excellence Monsieur Thouvenel, ministre des Affaires étrangères. Les communications étaient longues en ce temps-là. Sa Majesté, dans son cachot, avait perdu presque tous ses cheveux quand la réponse parvint trois mois plus tard : on ne pouvait, en effet, laisser patauger ce malheureux sans secours. Reçu au ministère des Affaires étrangères du Chili où certaines assurances lui furent données, M. de Cazotte délégua sur place son vice-consul honoraire à Talcahuano et Concepción, un jeune Français généreux du nom d'Antoine d'Aninot, qui ayant visité le roi dans sa prison se jura de le tirer de là. Il s'en fallut seulement de quelques semaines. Le juge civil, M. Mathus, qui avait repris l'affaire, ordonna une nouvelle expertise médicale au terme de laquelle le roi fut une seconde fois déclaré fou. On apercevait le bout du tunnel. C'était compter sans Sa Majesté. Le roi clamait qu'il n'était pas fou. Il se remit furieusement à son courrier. La folie le sauvait. Il la refusait ! Saluons. De guerre lasse il se résigna. Le 19 juillet, le juge Mathus prononça enfin sa sentence : « Le procès serait suspendu et l'accusé confié à l'asile d'aliénés de Santiago d'où pourraient le faire sortir, si tel était leur désir, une personne quelconque de sa famille ou le chargé d'affaires de France, en vue de le rapatrier... »

La chance voulut qu'au même moment le croiseur *Duguay-Trouin,* navire de guerre français de passage, en route pour Brest, fit escale à Talcahuano, dans la baie de Concepción. Le vice-consul sauta sur l'occasion et signa pour le capitaine de vaisseau de Trinquay, commandant le *Duguay-Trouin,* la lettre d'embarquement de M. Antoine de Tounens comme « passager à la ration », c'est-à-dire nourri avec l'équipage. Nouvelles clameurs furieuses d'Antoine. Est-ce de la sorte qu'on traitait un roi sur un navire de l'empereur des Français ? Il n'accepterait d'embarquer que sous le nom d'Orélie-Antoine Ier, flanqué de sa double royauté ! Bien embêté, le vice-consul. On transigea. À condition que figurât sur le document son titre de prince de Tounens, Sa Majesté, noblement, accepta l'incognito. Avec la permission du commandant, les midships du *Duguay-Trouin* le recueillirent à leur table pendant toute la traversée. Ils l'appelaient « sire », ou « majesté ». Dérision ? Déférence ? Est-ce qu'ils se jouaient de lui, pour se distraire, ou est-ce qu'ils le considéraient avec respect, compassion, comme un roi qui a eu des malheurs ? Probablement tout cela à la fois, mais le roi, lui, ne jouait pas. Il fit comtes et barons les petits midships.

Au grand air de l'océan, Antoine retrouva son moral et ses cheveux « qui repoussèrent aussi épais et aussi noirs qu'auparavant ». Il retrouva aussi son aplomb. Au commandant de Trinquay, amusé, qui l'avait invité sur sa passerelle, il déclara fort sérieusement, une main dans le revers de son gilet, « que son rapatriement en France ne signifiait rien pour lui, car d'être éloigné de son royaume ne pouvait le dépouiller de sa royale investiture et qu'en conséquence il considérait son séjour en France comme un bannissement forcé, à la rigueur un temps d'attente... ».

Débarqué à Brest le 6 mars 1863 sans salves ni trilles protocolaires, il se retrouva seul sur l'appontement, son maigre bagage à la main.

Ses mémoires parurent six mois plus tard, en octobre. En voici la conclusion :

> Qu'importe la prison que j'ai subie ! Si je ne craignais que l'on ne se méprît sur la portée de mes paroles et que la grandeur des noms ne compromît la justesse de la comparaison, je dirais en terminant : Louis XI après Péronne, et François Ier après Pavie, étaient-ils moins rois de France qu'avant ?

C'est cet Antoine-là que nous aimons, roi de Patagonie pour l'éternité !

23

Où Shakespeare et Pirandello récidivent et plantent le décor de l'acte IV. — Sa Majesté, en exil à Paris, écrit des centaines de lettres. — Words, words, words... *— Sombrero noir et col de velours : le roi du boulevard des Capucines. — Une légation surréaliste. — Banqueroute et fuite à Londres. — Entrée en scène de Charles Cros et de la bande du Chat Noir. — Jeu cruel : une Majesté de dérision. — Nina de Villard chasse le roi qui décide de reconquérir son royaume.*

Orélie-Antoine Ier, acte IV.

Un grand rideau transparent tombant des cintres donne une impression de flou et d'irréalité. Comme à travers un léger voile de brume, les personnages que l'on aperçoit semblent plus suggérés que présents. On se prend à douter de leur existence. Côté cour, un groupe d'Indiens, lance au poing. Côté jardin, un escadron de uhlans chiliens commandé par le colonel Saavedra entouré de son état-major, à cheval. Seul au centre de ce tableau, le roi, debout, de face, jambes écartées, bras croisés, en uniforme, la mine grave. Tous sont rigoureusement immobiles. C'est la vérité qu'ils attendent. On ne sait s'ils s'animeront...

En avant du rideau, en revanche, les personnages sont des êtres de chair, bien vivants. Des guéridons et quelques chaises figurent une terrasse de café sur le boulevard des Capucines. Nombreux figurants élégants. D'un coup de gibus appuyé, des messieurs à la boutonnière fleurie saluent des dames coiffées d'immenses chapeaux. On entend rouler des fiacres au son d'une musique légère. Deux cloisons au centre de la scène forment le décor d'une chambre d'hôtel d'aspect miteux, un lit de fer, une table, une chaise, une cuvette de toilette et son pot à eau, et accroché à une patère le grand uniforme du roi. Enseigne réversible en façade : *Hôtel de Tours, place de la Bourse, Paris,* ou : *Crown Apartments. Bedford Square. Londres.* Enfin, à l'opposé, la devanture brillamment éclairée d'une boutique chic, 6, boulevard des Capucines, *Maxime Meunier, drapier.* La fenêtre du premier étage porte à son balcon un écusson bleu, blanc, vert, couronné : *Légation de Sa Majesté le roi d'Araucanie et de Patagonie.*

Au lever du rideau, le roi est assis à sa table, dans sa chambre d'hôtel, à Paris. Il écrit. On frappe à sa porte. C'est un créancier, furieux, qui lui brandit sa note sous le nez. La scène sera répétée : tailleur, bottier, logeur. Le roi, excédé, signe des billets à l'ordre du Trésor araucan en disant d'un ton hautain : « J'ai triplé la somme, mon ami. Bien que vous ne le méritiez pas, avec moi, vous deviendrez vite riche ! » Puis il se remet à écrire fébrilement...

Paris, le 14 octobre 1863.
À M. le Directeur du journal *Le Droit*
24, place Dauphine à Paris.

Monsieur,

Le livre que je publie et que je vous adresse a un double but : c'est d'abord de prouver que le gouvernement du Chili a violé en ma personne le droit que les Araucaniens et les Patagons avaient de me confier leur destinée. C'est, en outre, de démontrer que ma prise de possession de l'Araucanie et de la Patagonie n'était que le point de départ d'une colonie française.

J'ai trop confiance en votre patriotisme pour ne pas compter sur votre concours.

Je vous remercie donc d'avance de la publicité que vous voudrez bien donner à mon livre.

Recevez l'assurance de ma considération distinguée.

Pce O.A. de Tounens.

P.S. En vente 2, passage Jouffroy, chez Thevelin, libraire, 3 F 80.

Cette lettre, je l'ai sous les yeux, autographe et bordée de noir (le roi venait de perdre le prince Jean, son père). Pour soutenir sa cause perdue, il dut en écrire des centaines, toujours le même texte à quelque variante près selon la qualité du destinataire. On en trouve une de temps en temps dans les catalogues des marchands. C'est ainsi qu'il fit sa trace, Antoine, têtu, inlassable, pendant que toute la presse se fichait de lui. S'il s'était contenté de vendre son livre, mais il fallait qu'il en rajoutât, qu'il développât « son grand projet » ! Les archives du Quai d'Orsay ont conservé le *Manifeste d'Orélie-Antoine Ier* que le roi adressa, dédicacé, le 23 octobre 1863, à « Son Excellence le ministre des Affaires étrangères ». Il faut pêcher dans la logorrhée mais je n'aime pas beaucoup ce que j'y ai ferré : « À mon pays, écrivait le roi, je ne demande d'autre faveur que celle d'accepter de ma main une colonie riche en pâturages, en forêts, en mines. Où trouver un pays qui offre autant d'espace et de ressources à l'émigration... Ce que je demande pour concourir à l'œuvre de civilisation que j'ai entreprise, c'est une émigration d'honnêtes gens. Je fais appel à ceux des déshérités de la vieille Europe dont l'intelligence et les bras restent inactifs... Aux uns j'offre des fonctions ; aux autres des terres qui deviendront leur propriété et l'argent nécessaire pour couvrir le voyage et les frais d'établissement... Que les vaillants se tiennent prêts, je ne leur ferai pas défaut... »

Et il concluait modestement :

« Si l'ancien avoué a étonné le monde par la soudaineté de son avènement au trône, il l'étonnera davantage encore par la supériorité du plan de colonisation qu'il se propose d'inaugurer... »

Que comprendre à ce grandiose fatras ? Si le roi offrait son royaume à la France pour en faire une colonie et que cela eût un sens quelconque, dans ces conditions il n'était plus roi, or il y tenait, à son jouet ! Que dire aussi de ce roi qui avait juré devant les tribus que jamais il ne céderait un seul pouce de territoire, et qui, sans les consulter, distribuait leurs terres à toute l'Europe ? Ne s'agirait-il pas, cher Antoine, d'une vilaine trahison ? Assurément, si tout cela avait la moindre importance et correspondait à une réalité. *Words, words, words...* Le rêve était détraqué, mais dans le même temps il s'emballait.

Il fallait vivre, soutenir son train.

Une fois posté son courrier du jour, il se promenait longuement sur les boulevards en manteau à col de velours, pantalon blanc et sur la tête un sombrero noir à larges bords d'où s'échappaient les longues boucles de son extravagante chevelure. On le reconnaissait, on le saluait. Il rendait tous les saluts, même ceux qui étaient de dérision, soulevant noblement son chapeau, imperturbable. Il eut toujours le sens du théâtre. Ce fut sa cuirasse. Puis il allait s'asseoir dignement et chaque jour à la même table dans un café proche de la Madeleine où un orchestre jouait des airs à la mode. Le serveur l'appelait « Majesté ». Aux tables voisines on se poussait du coude et on se chuchotait à l'oreille avec de petits rires faussement discrets, mais parfois avec sympathie. On finissait par s'habituer à lui. Il faisait partie du paysage. Quelles étaient ses ressources ? Mystère. Il changeait souvent d'hôtel, trois ou quatre, par roulement, pour égarer ses créanciers. Grâce au Périgourdin Pierre Magne, ministre de Napoléon III, qui connaissait un peu sa famille, on lui proposa un emploi à quinze cents francs par an de rédacteur dans un ministère. À cette offre inespérée, il répondit avec hauteur qu'un roi ne saurait travailler...

Le salut vint, momentanément, de l'excellent M. Maxime Meunier, drapier boulevard des Capucines, qui venait de temps en temps s'asseoir à sa table. Un doux rêveur, ce drapier, ébloui par cette

Majesté en exil qui l'honorait de ses confidences et sous le sceau du secret lui dévoilait ses « grands projets ». Le pigeon type, mais on eût dit cela à Antoine qu'il se serait de bonne foi récrié. Le pigeon offrit ses services. Il ouvrit sa porte, sa table et sa bourse. Monsieur Meunier, c'était le bourgeois gentilhomme à la cour du roi de Patagonie. D'une fidélité de gros chien triste, il prenait sa part des sarcasmes et faisait de son argent, sinon de son corps, un rempart à son souverain. Antoine le nomma grand chambellan, ministre plénipotentiaire, comte de Valdivia et autres lieux, et s'installa dans le bel appartement du premier étage élevé à la dignité de légation de Sa Majesté le roi d'Araucanie et de Patagonie. Escroquerie ? Je ne le crois pas. Ils furent plutôt dupes l'un de l'autre, l'avoué devenu roi et le drapier grand chambellan.

Dès lors le roi reçut beaucoup, des personnages étranges, qui roulaient des yeux égarés, parlaient bas, jetaient des regards inquiets par la fenêtre, craignant d'être espionnés, et l'entretenaient de projets plus insensés encore que les siens. Le grand chambellan, ravi comme le santon de la crèche, vit défiler dans son salon des majestés mirobolantes. Citons le prince George Scanderberg (un repris de justice nommé Del Prato), prince d'Épire et d'Albanie, S.A. le roi des Mosquitos (saltimbanque né faubourg Saint-Antoine), le prince prétendant d'Arménie Ostanik der Marcariantz, le prince Abdallah del Guennaori, héritier du trône marocain, qui ne savait pas un mot d'arabe et n'avait jamais mis les pieds au Maroc, le duc de Marignan Bustelli-Foscola, général d'armée du shah de Perse, le baron Bardotti, commandeur de l'ordre équestre de Santa Rosa dont il vendait les décorations aussi imaginaires que son titre, des généraux mexicains en exil et toute une foule d'envoyés secrets et extraordinaires de familles régnantes déchues traquées par toutes les polices... Le chef de la sûreté, Gabriel Macé, a très bien décrit cette faune, avec une pointe d'indulgence et une vraie sympathie pour Antoine, qu'il ne mettait pas dans le même sac.

La chancellerie royale, tout de même, entraînée dans ce tourbillon d'illusions, délivra à tour de bras des titres de baron ou de marquis. L'ordre de la Constellation du Sud qui avait orné la poitrine de tant de vaillants caciques se gonfla de nouveaux contingents d'officiers et de commandeurs, bourgeois et riches boutiquiers. On engagea des secrétaires, car le roi s'était remis à écrire, au Sénat, au Grand Orient de France, au Conseil d'État — correspondance à sens unique puisque jamais suivie de réponses — et encore une fois à toute la presse pour lancer son fameux emprunt de cent millions de francs « à convertir en rente sur le Trésor araucan jusqu'à concurrence du capital et des intérêts à 6 p. 100 à partir du jour de la souscription ». Sentant venir la déroute, M. Meunier, exemplaire, se jeta dans la bataille avec ses dernières liquidités qui fondirent en publicité. L'emprunt rapporta 766 francs. Ingrate nation ! La fin de non-recevoir des francs-maçons, notamment, sonna la ruine du grand chambellan : « Tounens entre dans une voie regrettable. Il ferait mieux de songer à sa dignité d'homme qu'à sa dignité d'ancien monarque. Ce ne sont pas des prêts, mais des dons qu'il sollicite en réalité. Or nous devons réserver nos secours à ceux qui le méritent... » Le roi, menacé de poursuites, planta là son chambellan et fila se réfugier à Londres en emportant les 766 francs et le fond de caisse des frais de chancellerie. Le magasin du boulevard des Capucines fut vendu et l'on n'entendit plus jamais parler du preux chevalier Maxime Meunier, comte de Valdivia et autres lieux...

Antoine, à Londres, rasa les murs. Terré aux Crown Apartments qui en dépit de leur enseigne couronnée n'étaient qu'un minable garni, il repassa le royal bébé à son frère Jean, le boucher, à savoir toutes les créances et autres billets à ordre qu'il avait imprudemment émis sur papier à lettres à en-tête du Cabinet de Sa Majesté. Jurant que ce serait la dernière fois, le brave boucher ferma sa boutique et monta courageusement de Tourtoirac à Paris. L'héritage de feu le prince de Tounens, père de Sa Majesté, y passa. Il était temps. Fini les pantalons blancs et les sombreros. De son exil britannique, l'infortuné roi écrivait : « Ma situation à Londres est des plus tristes : je dois cent francs à ma logeuse et je n'ai plus le sou. Je te supplie donc de m'envoyer par le retour du courrier cent francs, afin que je puisse payer lundi prochain. Mes amitiés à ma famille. Tout à toi. Pce O.-A. de Tounens. »

Le roi put rentrer à Paris tête haute, et comme on dit dans les feuilletons, prêt à de nouvelles aventures !

Le destin, qui a plus d'un tour dans son sac, se présenta par une belle fin d'après-midi de printemps au café des Capucines où le roi avait repris ses habitudes, sous la forme d'un élégant jeune homme à la fine moustache blonde, drapé d'une cape noire doublée de soie écarlate, qui vint s'incliner devant lui en balayant le sol de son chapeau : « N'êtes-vous pas, monsieur, ici, incognito, Sa Majesté Orélie-Antoine, roi d'Araucanie et de Patagonie ? » Du pur Théophile Gautier, lequel venait de publier *Le Capitaine Fracasse.* Le jeune homme se présenta : « Docteur Antoine Cros, un de vos sujets inconnus. » Le même jeu qu'avec le drapier Meunier, mais à rôles renversés : la dupe, cette fois, c'était le roi. Le jeune homme ajouta : « Demain, sire, à la même heure, un messager viendra vous chercher. Nos amis seront heureux de vous recevoir... » Et c'est ainsi que dans la vie d'Antoine fit irruption en fanfare la plus grande bande de farceurs surréalistes que Paris ait jamais connue, célèbre sous le nom de bande du Chat Noir, l'auberge où elle tenait ses assises.

Le messager avait soigné son entrée. Il n'arriva qu'à la nuit tombée, « ayant eu quelque peine, disait-il, à semer les sbires de la police impériale lancée aux trousses de Votre Majesté ». Il s'appelait Charles Cros mais ne ressemblait pas à son frère. Maigre, le teint basané, il avait l'air d'un Tzigane égaré dans Paris, avec un regard d'enfant. Volubile, puis muet, il passait sans transition de l'exubérante gaieté à la plus profonde mélancolie. Dans le fiacre, il se présenta : « Poète et savant, ce qui revient au même... » Ces quelques vers de Charles Cros le sacrent prince des poètes patagons :

Et si je meurs, soûl, dans un coin,
C'est que ma patrie est bien loin,
Loin de la France et de la terre...[1]

Le roi fut immédiatement conquis. Charles Cros lui raconta comment, après avoir remarqué que le fond de son chapeau vibrait quand il parlait, il avait construit une machine pour recueillir la parole humaine, et comment la nuit il observait les astres, Vénus, Mars et Neptune, pour chercher si ces planètes ne nous adressaient pas des signaux. Sa Majesté le nomma sur-le-champ astronome en chef du royaume et comte de Fitz-Roy, ainsi que se nommait le plus haut sommet de Patagonie où ils prirent ensemble la décision de construire un observatoire.

Le fiacre s'arrêta au 14 de la rue Royale (aujourd'hui rue de Birague), chez le docteur Antoine Cros. Celui-ci attendait sur le seuil, la main à la poignée d'une épée passée dans une large écharpe aux couleurs du double royaume : « Sire, dit-il, vous êtes ici chez vous. Veuillez me considérer comme votre chambellan. » Ainsi fut remplacé l'infortuné Meunier. Dans les salons illuminés se pressait une foule de dames et de messieurs déjà un peu éméchés, verre à la main, champagne ou absinthe, la liqueur verte des poètes. À l'entrée du roi, tous se turent. Un huissier à chaîne et à trogne d'alcoolique annonça d'une voix de stentor : « Sa Majesté Orélie-Antoine, premier du nom, roi d'Araucanie et de

1. *Charles Cros, l'homme et l'œuvre,* de Louis Forestier, Éditions Minard, 1969.

Patagonie. » C'était le célèbre Cavalier, dit « Pipe-en-Bois », compagnon de beuverie de Verlaine et gloire du quartier Latin. Cette seule présence aurait dû mettre la puce à l'oreille du roi, l'avertir qu'on se jouait de lui, mais le pauvre Antoine avala tout. Jamais on ne l'avait ainsi fêté. Paris, enfin, le couronnait !

On l'installa dans un fauteuil. Le nouveau chambellan, debout, avec le sérieux de sa fonction, lui présentait les invités. Tout le Chat Noir était là, Verlaine, François Coppée, José Maria de Heredia, Alphonse Daudet, le peintre Manet, l'astronome Camille Flammarion, Jean Richepin, Jules Claretie, Paul Arène avec qui le roi parla patois, l'occultiste Henri Delage, le naturaliste Jules Marey, certains ont raconté plus tard cette scène, Claretie, Heredia, Flammarion... Gracieusement assise sur le tapis, à ses pieds, s'était installée pour une cour ostensible la plus dangereuse lionne de Paris, Nina de Villard. Égérie des soirées du Chat Noir, elle avait couché avec à peu près tout le monde et lançait des œillades enflammées au roi qui en avait les mains moites et rougissait comme un puceau. Les messieurs s'inclinaient très bas, les dames se ployaient en sublimes révérences. Très majestueux, plus roi que nature, il avait un mot aimable pour chacun, les invitant au palais, dans sa future capitale, dès sa restauration assurée, ce qui n'allait pas tarder, déjà ses sujets le réclamaient... Il fit aussi ce soir-là plus de vingt comtes, ducs ou marquis. On avait déployé sur ses genoux une carte marine de Patagonie. Il en distribua les îles désertes en fiefs. Nina devint duchesse de Wollaston, Heredia comte de Dawson et gouverneur de la Terre de Feu, Flammarion duc de Santa Inès, le docteur Cros duc de Niacalel. À Claretie il proposa la présidence du Grand Conseil araucan, qu'étrangement celui-ci déclina, prétextant, selon Heredia, de son peu d'attrait pour les honneurs et de ses goûts casaniers. Peut-être Claretie, tout simplement, avait-il été pris de remords et de pitié, préférant se retirer d'un jeu qu'il jugeait par trop cruel.

Le jeu dura l'espace d'une saison. La bande traînait le roi comme un singe savant dans tous les restaurants à la mode où les traitait fastueusement une sorte de Brésilien champennois lancé à la conquête de Paris, millionnaire et négociant à Reims, Achille Laviarde. Orélie-Antoine présidait. On s'occupait moins de lui mais on l'appelait toujours « sire » ou « majesté ». Les échos mondains de la presse alignaient les noms des dîneurs sous la rubrique : « Aperçu à la table de Sa Majesté le roi d'Araucanie et de Patagonie... », puis les fidèles de Sa Majesté se lassèrent. La marionnette avait trop servi. Elle n'amusait plus personne. Ils l'abandonnèrent l'un après l'autre. Titré pourtant prince des Aucas à hauteur de son compte en banque, Achille Laviarde cessa de l'inviter. Le duc de Santa Inès, Camille Flammarion, qui recevait somptueusement près du nouvel Opéra, l'imita. Charles Cros, pour prendre congé, lui dédia tout de même un joli quatrain, très patagon :

Roi des illusions ardues,
Nous pleurons tes déserts perdus.
Les déserts ont des chemins longs
Plus gais vraiment que nos salons...

et l'oublia. Seule Nina, l'année suivante, le convia encore de loin en loin, sans doute en souvenir de la tendre pitié qu'elle avait éprouvée naguère pour le pauvre Orélie-Antoine dont elle avait percé le secret, en femme qui savait tout des hommes. Il s'installait dans un coin du salon, solitaire et silencieux. Personne ne lui adressait plus la parole ; seulement, de temps en temps, un petit sourire las de Nina. Au moins pouvait-il se nourrir ces soirs-là. L'ambiance avait bien changé, rue des Moines, chez Nina. On mangeait parmi les papiers gras et les verres brisés au milieu d'une myriade de chats, de chiens, de cochons d'Inde. Aux plafonds étaient pendus des bancs entiers de harengs saurs qui puaient dans la chaleur. Verlaine et Rimbaud menaient le branle, ne sortant de la torpeur mortelle de l'absinthe que pour s'entre-déchirer. Les Goncourt, dans leur *Journal*, parlent du salon de Nina de Villard comme d'un « atelier de détraquage cérébral ». La liqueur verte des poètes ouvrait les portes de l'enfer. Épaissie par l'alcool, la chair flétrie, son sourire d'ange tordu en grimace, un soir, Nina dit au roi :

— Majesté, Paris ne te vaut rien. Paris ne pardonne rien. Retourne-t'en dans tes États et rapporte-moi la couronne...

Bien qu'elle eût bu plus que de raison, c'était encore gentil, affectueux, mais un peu plus tard dans la nuit, elle y revint sur un autre ton, les yeux sanglants, méconnaissable :

— Toi ! le roi ! disparais ! Tu n'es qu'un...

Et Sa Majesté reçut en pleine face la vérité. Le bon docteur Antoine Cros, l'ami fidèle, sans doute le seul véritable ami de Tounens, le raccompagna dans la rue.

— Monsieur le grand chambellan, dit le roi, le visage blême, donnant le coup de pied du noyé pour tenter de refaire surface, je prépare mon retour triomphal dans mes États. Mon départ ne saurait tarder. De là-bas, je vous appellerai afin que vous me rejoigniez...

Il ajouta sentencieusement : « Femme ! Femme ! Cercueil de chair... », puis après quelques pas ensemble ils se séparèrent en silence.

24

Retour au théâtre et changement de décor. — Questions que l'on peut se poser sur le deuxième voyage du roi (1869-1871). — Version glorieuse de ce voyage publiée par La Couronne d'acier. *— Rectifications biographiques : Antoine de Tounens prisonnier de ses « sujets ». — Un sublime tête-à-tête.* — Soy el rey de Patagonia ! *— « Le polichinelle français est revenu seul. » — Performance à cheval et fuite du roi. — Une mirobolante invention. — Le roi demande vingt mille volontaires pour s'en aller conquérir Berlin ! — Du danger de pousser le bouchon trop loin. — Piteux retour de Sa Majesté à Paris : elle annonce son impossible mariage. — L'ombre insaisissable d'une reine. — Où l'on dévoile enfin le secret qui pesa sur la destinée d'Antoine.*

Nous sommes au tournant de l'acte IV, scène IV ou V. Les décors au premier plan figurant Paris et

Londres, chambre d'hôtel, café à la mode, grands boulevards, légation de Patagonie, salons d'Antoine Cros et de Nina de Villard, sont plongés peu à peu dans l'obscurité. Musique légère et bruits de fiacre s'estompent progressivement. En même temps que baisse la lumière, messieurs en redingote et dames en chapeau quittent la scène comme des ombres en se donnant le bras... Noir absolu de quelques secondes. On entend des hennissements de chevaux et de lointaines sonneries de trompettes. Surgissent alors de la nuit, dans les lueurs accélérées de l'aube, les personnages qui attendaient immobiles depuis le début de l'acte derrière le rideau transparent, cavaliers indiens et chiliens se faisant face de chaque côté de la scène, et le roi, au centre, qui décroise lentement les bras et reprend vie tandis que deux accessoiristes en salopette noire lui fixent autour de la taille un cheval-jupon blanc. Ainsi monté, le roi piaffe, tenant fermement les rênes, puis, imitant le galop, caracolant, il s'en va se placer résolument à la tête de l'escadron indien. Tirant son sabre, face aux Chiliens, il crie de sa voix de champ de bataille : « Le royaume ou la mort ! » et tous se mettent en mouvement, sono poussée au maximum, fanfares du côté chilien, hurlements frénétiques côté indien. Juste au moment de l'affrontement, tout s'éteint. Le podium est à nouveau plongé dans le noir. On entend la bataille. On ne la voit pas. Galopades, ferraillements d'épées, détonations, cris sauvages, gémissements de blessés, commandements, appels de trompette, quelques coups de canon assourdis pour finir. La puissance du son ira décroissant jusqu'à devenir imperceptible au moment précis où un unique projecteur s'allumera, éclairant le roi, en civil, assis à une table encombrée de papiers dans un décor de chambre d'hôtel bon marché. Il écrit fébrilement. Une pancarte derrière lui indique : *Marseille, septembre 1871...*

Sa Majesté avait en effet quitté la France en février 1869 « pour reconquérir son royaume d'Araucanie et Patagonie rebaptisé Nouvelle-France ». Un certain Planchu, avocat normand qui disparut dans l'aventure sans qu'on sache pourquoi ni comment, avait fourni trois mille francs « dont les deux tiers se trouvèrent absorbés par le prix de la traversée... ». Ce deuxième voyage est celui qui suscite le plus d'interrogations, dont beaucoup demeurent sans réponse. Il en existe plusieurs versions radicalement différentes. Tounens a tant brouillé les pistes que ses biographes s'y sont perdus. On possède toutefois deux témoignages sur la réalité de sa présence là-bas, l'un de notre vieille connaissance le colonel Saavedra qui précise dans un rapport : « Le polichinelle français est revenu seul », l'autre, sur le mode ironique, du journal argentin *La Tribuna*, dans sa rubrique « Bulletin du jour », « Buenos Aires abrite en ce moment le célèbre Orélie Ier, roi d'Araucanie en exil. Nous ne voyons pas qu'on lui ait réservé la réception due à son haut rang... » On tient aussi les deux bouts du fil : le départ de Sa Majesté en février 1869, son retour en septembre 1871. Voilà, il était entré et sorti. Pour en savoir plus, il nous faut le rejoindre à Marseille où après avoir débarqué, solitaire, il a fixé sa résidence.

Pourquoi Marseille ? Il ne s'en explique pas, mais connaissant mon Antoine, j'entrevois facilement ses raisons. Pendant que Sa Majesté perdait pour la seconde fois son royaume imaginaire, la France avait perdu la guerre et Napoléon III son trône, Paris se remettait à peine des bains de sang de la Commune, les Prussiens campaient sous les remparts et l'on avait d'autres chats à fouetter que de s'occuper d'Antoine de Tounens. Assuré de se ramasser une royale gamelle à Paris, notre expert en communication borna donc sagement ses ambitions à l'aimable cité phocéenne que l'éloignement avait épargnée et s'installa à l'hôtel de Pologne, rue Vacon. À nous deux, Marseille ! Messieurs de la presse, le roi est revenu ! Tirant la plume de son fourreau, il reprit noblement le combat.

Salve d'entrée : la fondation d'un nouvel ordre plus prestigieux encore que la Constellation du Sud, l'ordre civil et militaire de la Couronne d'acier (dix pages de statuts, soixante-dix articles... le bicorne sera galonné en or et orné de plumes noires pour les grand-croix... le pantalon aura une bande d'or de cinq centimètres... les titulaires porteront épée, éperons et épaulettes d'or...), avec un contingent de croix de chevalier réservé « aux journalistes qui défendront la cause du prétendant araucan ». Suivit aussitôt la publication, ou plutôt l'annonce de la publication du journal hebdomadaire *La Couronne d'acier*, moniteur officiel du royaume, siège social à Marseille, 59, rue Vacon, au domicile de Sa Majesté. On y trouve dès le premier numéro, pour lancer la campagne d'abonnement, le sommaire détaillé sur trois pages du *Deuxième Voyage du Roi en Araucanie et en Patagonie*, à paraître chaque semaine en feuilleton. Prix de l'abonnement : dix francs, au comptant ou par mandat, mais « non point en timbres-poste », précisait cette fois le roi, ce qui lui attira la réplique un peu lourde d'un plumitif malveillant qui n'avait pas été décoré : « Dans son impuissance à “affranchir” les Indiens, Sa Majesté refuse les timbres-poste... » *La Couronne d'acier* ayant fait faillite dès le deuxième numéro, ce récit ne fut jamais publié et sans doute jamais écrit, car on n'en a retrouvé aucune trace. Seul nous reste le synopsis, mais avec un luxe de détails auquel le roi, d'ordinaire prudent, ne nous avait pas habitués. Quelle mouche, soudain, l'avait piqué, et pourquoi être sorti des brumes où sa notoriété avantageusement naviguait ? Sans doute parce que le roi « ne se vendait plus » et qu'il fallait forcer la mise. Il avait compris cela, Antoine, entre deux fantasmes, prenant tout de même le soin de préciser : « Ce n'est pas un roman, c'est de l'histoire la plus authentique, j'ai des documents en main pour établir ce que j'avance... » Naturellement, il n'en avait aucun. Encore une fois, il ne mentait pas, il rêvait. C'est sans doute en pensant à Tounens qu'il avait d'ailleurs bien connu, que Villiers de L'Isle-Adam écrivit dans les *Contes cruels* : « ... Quand je marche ainsi avec mes rêves [...], je sens, alors, que je porte dans mon âme le reflet des richesses stériles d'un grand nombre de rois oubliés. » Derrière le rideau transparent où l'imagination du roi patagon tire les ficelles de son cheval-jupon, pourquoi ne pas rêver avec lui ?

Ah, cela ne manquait pas de mouvement ! On galope en tous sens dans ce synopsis. D'abord on manque se noyer « par la faute du capitaine » sur le navire de l'expédition qui remonte le rio Negro où le roi a décidé d'établir sa capitale à Choel-Choel, en Patagonie argentine. Là-dessus, la forêt brûle dans un grand envol d'oiseaux et le colonel argentin Murga disperse un rassemblement d'Indiens « qui étaient venus accueillir leur bien-aimé souverain ». Que fait le roi ? Des observations astronomiques d'où il déduit « des lois naturelles que la masse du peuple ignore et je puis dire, je crois, sans me tromper, les plus grands astronomes... ». Coup de patte à Camille Flammarion, qui l'avait vilainement laissé tomber... L'anarchie règne dans les tribus. Les unes veulent traiter avec les Blancs, les autres sont « assoiffées de sang ». Entre les deux, le roi balance au nom de son message de civilisation, et ses sujets deviennent nerveux. Le cacique des Puelches, Calfucura, lui vole ses chevaux et le surveille de près... Murga a fait des prisonniers. Le roi est furieux. Discours : « Il faut fédérer au plus vite les tribus et rendre coup pour coup à l'ennemi. » Calfucura se laisse convaincre. On lui rend ses chevaux. Il dépêche des courriers en Araucanie, et en attendant leur retour, il « découvre des hiéroglyphes ». Le voilà Champollion patagon... Arrivée du cacique Lemuano, un fidèle d'Orélie-Antoine qu'il avait servi dix ans plus tôt. Escortés de lanciers indigènes, tous deux traversent les cordillères à la rencontre du général Quillapan, ministre de la Guerre de Sa Majesté, et d'autres chefs araucans importants. Le roi se met à leur tête. Proclamation... Les troupes chiliennes font mouvement et le roi retrouve son vieil adversaire, le colonel Saavedra. Escarmouches, combats d'avant-garde. Saavedra envoie des émissaires aux caciques « avec ordre de leur dire qu'il ne vient point pour leur faire la guerre, mais seulement pour se saisir du roi afin de lui couper la tête et de l'envoyer en trophée au président de la République du Chili ». Juste colère du roi. Sa Majesté « ordonne de cerner les soldats chiliens, de les réduire par la famine et de les pendre tous, non comme officiers et soldats chiliens, car ils sont indignes de ce titre, mais comme assassins... », etc., etc., etc. On connaît la suite : fuite du roi, Bahia Blanca, Montevideo, Buenos Aires, Marseille. Certes il y eut des combats. Ils appartiennent à l'histoire des guerres indiennes, qui prirent fin cette année-là. Calfucura, Quillapan se battirent bravement avant de se soumettre, mais le roi avait déjà filé...

Les lecteurs marseillais de *La Couronne d'acier* ne connurent jamais le développement promis de ce mirifique sommaire. En se référant à d'autres sources, qu'est-il possible d'en retenir si l'on se risque à descendre en marche de ce rêve ? Une histoire étrangement plus belle que celle qu'il avait voulu nous faire avaler.

Bien qu'il l'eût « annexée » par décret, on s'en souvient, le roi n'avait jamais mis les pieds en Patagonie. Il n'y connaissait aucun cacique et les caciques ignoraient tout de lui. C'était folie de s'y aventurer, mais l'idée fixe tournait dans sa tête : je suis le roi, mes sujets m'attendent... À Carmen de Patagones, poste fortifié sur le rio Negro, il tomba en plein désordre d'estafettes couvertes de poussière et de colons apeurés entassant femmes et enfants dans des chariots qu'escortait l'armée. Un nom courait sur toutes les lèvres : Calfucura ! Calfucura ! Dans l'affolement général, nul ne prêta attention à ce voyageur solitaire. Plus loin il croisa quelques cavaliers, chasseurs de nandous ou de guanacos qui s'enfuyaient vers la mer. *« A regresar ! Señor, los Indios ! los Indios ! »* lui lançaient-ils au passage, galopant sans se retourner. Les Indiens ! Enfin ! songeait Antoine, pressant l'allure de sa rosse. Il vit encore d'autres fuyards, des huttes fraîchement incendiées, une chapelle saccagée. L'endroit s'appelait Fortin Coronel Castre, dernier poste avancé en territoire indien, face au village puelche de Choel-Choel d'où montaient dans le vent des colonnes de sable : les escadrons de Calfucura. Le poste était solidement tenu par une troupe disciplinée. Immobile sur son cheval, un officier observait attentivement l'horizon à la longue-vue. C'était le colonel Murga. D'où tombait ce barbu chevelu, un bandeau rouge autour du front ?

— Je ne sais qui vous êtes, monsieur, mais il faut vous sauver d'ici. Les Indiens...

— Les Indiens m'attendent, coupa Antoine. Je suis le roi de Patagonie !

Sur quoi il mit son vieux cheval au galop.

— Hé ! cria le colonel Murga. Vous êtes fou ! Ils vont vous tuer !

Ils ne le tuèrent pas, mais le roi passa de sales moments. Jeté à bas de sa monture, entouré d'une horde hirsute, on le jeta comme un paquet aux pieds d'un grand vieillard à cheveux blancs qui se tenait debout devant sa hutte, une lance à la main. Calfucura !

— *Théoaouignecaï* ! Chien de chrétien !

Tel fut l'accueil du cacique.

Les Indiens ont la colère démonstrative. Le cacique hurlait en espagnol approximatif.

— Chien de chrétien ! D'où viens-tu ? Qui es-tu ? Tu vas mourir !

Antoine parvint à se lever. On lui avait délié les jambes. Il y a des instants qui sacralisent toute une vie. Le tout est de ne pas les manquer.

— *Soy el rey*, répondit le roi dignement, comme s'il se trouvait dans le salon de Nina. *Soy el rey de Patagonia.*

Roi il fut, quelques secondes, face à un Calfucura interloqué. « Le rêve, a écrit Roger Caillois, est un facteur de légitimité. » Ce propos royal a été rapporté par un métis marchand d'eau-de-vie qui s'était bien gardé d'intervenir. Il valut au prisonnier un respect inespéré et le sauva de la mort lente et de divers raffinements d'usage, comme être traîné nu par un cheval, lapidé par les enfants ou déchiré à l'ongle par les mégères de la tribu. On ne sait combien de temps dura sa captivité. Quelques semaines ? Trois mois ? Il ne s'en est jamais vanté.

Ici les deux interprétations du récit se rejoignent : il fut bel et bien tiré de là par le cacique mapuche Lemuano, venu de l'autre côté de la cordillère, envoyé par Quillapan qui se cherchait des alliés chez les Puelches. Lemuano se souvenait-il de lui, de sa tournée dans les tribus en 1861 ? Toujours est-il qu'il le fit libérer et que tous deux, repassant les Andes, déboulèrent en Araucanie. Tribus rebelles, tribus soumises, la situation y était confuse, mais Saavedra la tenait en main. Il avait des espions à tous les cols et fut aussitôt averti, d'où la phrase : « Le polichinelle français est revenu seul. » Il n'en fit qu'une bouchée. On est loin de « la tête coupée promise au président de la République du Chili... ». Quelques cadeaux bien placés aux caciques les mieux disposés, et le piège se referma, avec toutefois une chance de fuite que le roi s'empressa de saisir. Ayant compris que le rêve se casserait s'il le confrontait aux réalités, il en ramassa les morceaux et fila, déclarant « qu'il allait chercher des renforts, qu'il fallait rétablir les communications, qu'il reviendrait avec des armes... ». Ses sujets le regardèrent partir dans la plus parfaite indifférence et aussitôt chacun l'oublia. Belle performance à cheval, tout de même, pour un avoué de Périgueux. La suite ne change pas : Bahia Blanca, Montevideo, Buenos Aires, Marseille...

Telle est à peu près l'histoire vraie.

Que ne s'en était-il contenté ! Au lieu de quoi, il s'enferra. Toujours en septembre 1871, à Marseille, il déclara au journal *Le Sémaphore* — lequel, pince-sans-rire, le publia — que s'il n'avait pas été retenu dans ses États au moment de l'offensive prussienne, la France aurait au contraire gagné la guerre grâce à sa dernière invention, qui « neutralisait les projectiles lancés par des armes à feu et supprimait les blessures de guerre dans le même temps qu'elle facilitait la destruction totale de l'ennemi... ». J'ai cité textuellement. On n'en a jamais su davantage, sauf qu'il s'agissait d'un secret pour lequel le gouvernement allemand lui aurait offert des ponts d'or. Ainsi lancé, rien ne l'arrêtera. Dans une lettre à « Messieurs les Officiers de l'Armée française », il demande vingt mille volontaires que, grâce à son invention, « il conduira jusqu'à Berlin, lui, le roi de Patagonie, pour dicter ses conditions au prince de Bismarck ! ».

Un gâchis.

Désolant, parce qu'à trop pousser le bouchon, il mettra en pièces la légende qu'il s'était donné tant de mal à bâtir avec tout de même quelque panache. À partir d'une folle aventure dont certains faits doivent être considérés comme vrais, il a tant trafiqué la réalité que finalement, pour son malheur et sa confusion, on rejettera tout en bloc et l'on n'en conservera que le ridicule dont il faut hélas reconnaître qu'il ne fut jamais économe...

Le roi se répète. Il a perdu la main. L'action languit. Abrégeons.

Installé en garni rue de Grammont, à Paris, il vend diplômes et décorations aux naïfs, pour survivre. Une grande affaire pourtant l'occupe en cette année 1873 : son mariage. Enfin le roi va convoler. L'avenir de la dynastie en dépend. Il est temps que les Patagons aient une reine, il la leur avait si souvent promise. Le 19 février, il écrit à son frère Jean :

> Samedi dernier je fus chez Mademoiselle de Percy, ma future.
>
> Mon mariage doit avoir lieu prochainement, aussitôt que mes occupations me le permettront...

Nul n'a jamais su qui était cette Mlle de Percy, ni même si elle avait existé autrement que dans les divagations du roi. Une ombre qu'il s'était inventée pour peupler sa solitude, tout comme ses ministres fantômes, MM. Desfontaine et Lachaise, et Planchu, d'autres encore : combien de marionnettes l'Antoine avait-il manipulées dans le secret de ses pensées pour s'entourer royalement d'une cour et d'un gouvernement ? Salons brillamment éclairés... Hussards de Patagonie sabre au clair... Dignitaires empanachés... Ambassadeurs étrangers... Les portes s'ouvrent à deux battants... Le grand chambellan annonce : Sa Majesté la reine d'Araucanie et de Patagonie...

L'actuel comte de Percy n'a conservé aucun souvenir de ce projet d'union chimérique. Les archives de sa famille sont muettes. Peut-être le roi avait-il croisé sa « future » dans l'un des derniers rares salons où il parvenait encore à se faire inviter ? Avaient-ils échangé quelques mots ? On ignore même son prénom. J'imagine qu'il l'avait choisie sans l'avoir jamais rencontrée ailleurs que dans les rubriques mondaines dont il était un lecteur assidu. Dieu sait l'image qu'il s'en faisait... La fille du comte de Percy, blonde enfant tendre et ravissante, cou de cygne, port de reine, regard éclatant de bonté... Ses sujets, assurément, l'adoreraient... Ainsi passa dans la vie du roi l'unique femme qui ait compté pour lui, et cette femme n'existait pas.

Ce qui nous conduit au secret que j'ai déjà évoqué et qui liait le père et le fils au point d'entraîner le vieux paysan à soutenir jusqu'à la ruine les fantasmes de son fils préféré. Préféré parce que malheureux. Incurablement malheureux. J'ai découvert la vérité grâce à la Société historique de Périgueux, laquelle a retrouvé un échange de correspondance datant de 1846 entre le préfet de la Dordogne et son ami le docteur Ménard, médecin à Tourtoirac. Le jeune Tounens, cette année-là, le 26 juin, avait été convoqué à la mairie d'Excideuil pour le conseil de révision des appelés du canton. On sait comment cela se passait de ce temps-là : les conscrits à poil, devant le major, examinés à peu près comme des chevaux. Le docteur Ménard l'en fit exempter — je cite sa lettre au préfet — « pour lui éviter une humiliation qui aurait pu le conduire à des troubles mentaux graves dont il avait déjà éprouvé des symptômes ». Il en donnait les raisons : une déformation génitale (qui s'opère très bien aujourd'hui) et s'appelle varicocèle (varices de la verge et des testicules), mais qui ne se soignait pas en ce temps-là et rendait l'objet imprésentable aux dames et inapte à sa fonction. Bref, le roi était impuissant et portait son hideux malheur entre ses jambes. D'où la tendresse désolée de son père et la revanche après laquelle il courut dès son enfance et tout au long de sa vie. Cela éclaire sa destinée, ses rêves fous, tous ses rêves avortés. Mais il l'aura, sa revanche, Antoine...

25

Les quatre décors de la transcendance. — Juillet 1876 : dernier voyage du roi. — Il n'y a plus de royaume, les Indiens sont morts : M. de Tounens, enfin roi, est parti reconquérir le néant. — On le retrouve inanimé dans une rue de Buenos Aires. — Son rapatriement à Bordeaux. — Fin du rêve à Tourtoirac, là où il avait commencé. — Mort de M. de Tounens le 17 septembre 1878. — Ingratitude et absence des ducs et comtes patagons. — Où l'académicien André Maurois découvre en 1947 la tombe d'Antoine de Tounens. — Lendemain de Toussaint au cimetière de Tourtoirac. — Ultime vérité : la tombe de Sa Majesté est vide.

Orélie-Antoine Ier, acte V et Final.

Dispositif scénique à plateau tournant offrant quatre décors.

1/ Un quai du port de Buenos Aires où est amarré un paquebot figuré par une paroi noire à hublots, une cheminée et une échelle de coupée que descendent à la file des émigrants pauvrement vêtus, en casquette, chargés de baluchons ficelés. Voix en anglais, en allemand, en italien, en serbo-croate. Des gendarmes, assis à une table, contrôlent minutieusement leurs papiers. 2/ Une rue de Buenos Aires. Des gens campent sur la chaussée. D'autres dorment sous les porches, enroulés dans une couverture. Deux gendarmes contiennent la foule devant une porte surmontée d'une pancarte : *Imigración.* 3/ Une salle commune d'hôpital. Quelques lits de fer alignés. Des religieuses en cornette et tablier blanc d'infirmière. 4/ La place de l'Église à Tourtoirac, avec le café du village et la maison de Jean Tounens, le boucher, attenant à sa boutique. Un banc de pierre est scellé au mur de la maison. C'est sur ce décor n° 4 que le rideau se lèvera. Un vieil homme est assis sur le banc, les mains croisées sur sa canne et le menton posé sur ses mains. Barbe et cheveux presque blancs, Sa Majesté Orélie-Antoine Ier, recueilli par charité, rêve à son royaume perdu. Ce jour est celui du Mardi gras. Les enfants de Tourtoirac se sont costumés en « Patagons ». Ils roulent des yeux et braillent des onomatopées « sauvages ». S'avançant l'un après l'autre, ils s'inclinent très bas devant le vieil homme qu'ils appellent en se moquant : « Majesté », lui riant ouvertement au nez, puis se retirent en gesticulant, sans pitié pour le pauvre homme, accablé. Le roi se lève péniblement. Il a pris sa décision. On le voit entrer dans la maison d'où il ressort peu après, un baluchon de chemineau accroché à son épaule, le front ceint de son bandeau rouge. Il s'en va à petits pas fatigués, indifférent aux enfants qui font les pitres sur ses talons en criant : « Hou ! Hou ! Le roi ! Le roi ! » Il est le roi. Il va reconquérir son royaume.

Changement tournant de décor. Mêlé à la foule des émigrants, le roi descend l'échelle de coupée du paquebot et présente ses papiers aux gendarmes...

Le dernier voyage du roi est celui de la transcendance. Seul, malade, à bout de ressources, M. de Tounens, plus que jamais, est convaincu de sa légitimité. Il débarque à Buenos Aires en juillet 1876. Il a dissimulé son identité sous le nom de Jean de Tourtoirac. Profession : cultivateur. Précaution bien inutile. Les temps ont changé. Tout le monde l'a oublié. Il n'y a plus de royaume. La Patagonie et l'Araucanie ont été annexées par l'Argentine et le Chili. Les Indiens se sont soumis. Beaucoup ont été massacrés ou empoisonnés à la strychnine mélangée à de la viande de mouton que les éleveurs feignaient de leur abandonner. Les survivants servent dans les estancias, comme domestiques. Mulato, le dernier cacique des Tehuelches, s'est rendu. Il n'y a plus de tribus. M. de Tounens est parti reconquérir le néant. Il est le roi du néant. Il a loué une mule hors d'âge avec laquelle il parvient à quelques journées de marche au sud de Buenos Aires, à l'orée de la pampa patagone. La police montée le refoule. On n'entre plus en Patagonie sans un titre de concession.

Chaque matin, à Buenos Aires, il se rend au service de l'Immigration, qui est protégé de la foule par des grilles. Il a déposé une demande de concession à Choel-Choel, sur le rio Negro, qui fut naguère sa capitale mythique. Il attend dans la foule qui progresse lentement. Comme il est branlant, épuisé, manifestement inapte à toute besogne, il s'entend chaque jour répondre : « *Mañana*, demain. » Il loge dans une pension abjecte, quatre lits doubles crasseux par chambre. Venus de Sicile, d'Irlande, d'Arménie, de Calabre, ses compagnons, entassés, dorment en rêvant à la fortune et se reproduisent dans la promiscuité. Il ne voit rien. Il n'entend rien. Il est seul. Il est le roi.

Les semaines passent. Il a oublié pourquoi il se trouvait là. Le royaume n'est plus qu'une idée, vaguement matérialisée par les hautes grilles fermées du service de l'Immigration. *Mañana.* Il n'a plus un sou. On l'expulse de sa pension sordide. Il erre dans les rues, sans but. De temps en temps il s'assied sur une marche. Il griffonne sur un carnet noir des proclamations, des décrets. On le retrouvera un matin gisant sous un porche, inanimé. Dans sa poche, deux pièces de bronze à son effigie, les dernières de sa propre monnaie avec lesquelles il avait vainement cherché à s'acheter de quoi manger. Soigné avec les indigents, puis recueilli à l'hôpital français Saint-Louis, à Buenos Aires, il est enfin rapatrié en quatrième classe aux frais du consulat de France où quelqu'un s'était vaguement souvenu du roi de Patagonie.

Dès son arrivée à Bordeaux, on le transporte en civière à l'hôpital où il traîne de longues semaines après une opération pénible et douloureuse. Lui qui n'avait provoqué que rires et sarcasmes rencontre maintenant quelque pitié. Dans le journal *La Guyenne*, un journaliste écrit de lui : « Cet homme méritait mieux que les railleries dont on l'a poursuivi... » D'hôpital en asile, il se retrouve à nouveau à Tourtoirac, chez son neveu Jean, qui est boucher, et qui a repris la boutique de son père. C'est là que, le 17 septembre 1878, M. de Tounens, définitivement, ferma les yeux sur son rêve. Il avait demandé à sa famille et à ses derniers amis de crier « Vive le Roi ! » autour de son lit de mort, dès qu'il aurait rendu l'âme. Nul ne sait s'ils accédèrent à son désir. J'en doute. Je les vois plutôt se regardant, s'épiant, n'osant plus respirer, de peur d'avoir l'air d'ouvrir la bouche le premier, attendant que l'un d'eux se dévoue et commence : « Vive le... » La volonté d'un mort, cela se respecte, mais de là à se laisser aller à ces acclamations ridicules... Si on l'apprenait dans le village, on en rirait, et qui rirait déjà en sortant de la chambre mortuaire ? J'entends seulement un murmure timide, presque inaudible, deux enfants pris de remords au souvenir de leur méchanceté et qui remuent faiblement les lèvres en se cachant, les larmes aux yeux, derrière les grandes personnes. C'est ainsi que j'imagine la scène. Peut-être la réalité fut-elle plus moche encore. On l'enterra au cimetière du village. Aucun compagnon du Chat Noir ne s'était déplacé, pas même le gentil docteur Cros.

Ce n'est qu'en 1947, près de soixante-dix ans après sa mort, qu'André Maurois entendit parler de l'histoire d'Antoine de Tounens. Périgourdin d'adoption, par sa femme, l'illustre écrivain possédedait une propriété dans la région. Passant un jour par Tourtoirac, il se fit conduire au cimetière pour saluer la tombe du roi, et s'étonnant de la trouver anonyme et presque à l'état d'abandon, il signa aussitôt un chèque, à charge pour le conseil municipal de Tourtoirac d'y élever une stèle gravée. Ce qui fut fait. La couronne qui y figure est celle du roi de cœur des jeux de cartes. Peu versé en héraldique, le marbrier du village était allé consulter au café ses copains joueurs de belote. Au pauvre roi que n'aima jamais aucune femme, cette couronne de cœur sied à merveille.

J'ai fait plusieurs fois le pèlerinage pour déposer quelques fleurs barrées d'un ruban bleu, blanc, vert sur la tombe de Sa Majesté. Un jour — c'était le surlendemain de la Toussaint —, le colonel Henri Noullet, périgourdin lui aussi, attaché militaire du consulat, et moi, nous découvrîmes le cimetière plus fleuri qu'un reposoir à l'exception de quelques tombes, et particulièrement celle du roi, dépourvue de tout hommage, pas le moindre petit bouquet. Tous les fleuristes à la ronde étaient fermés, leurs affaires de la Toussaint faites. On ne pouvait laisser passer cela. Un tel oubli méritait une éclatante réparation. Le cimetière était désert. Nous décidâmes, le colonel et moi, de lever l'impôt dû à la mémoire de Sa Majesté et, pendant que nos femmes assuraient le guet au portail, nous parcourûmes les allées en faisant ample moisson de fleurs, si bien qu'après une demi-heure d'une intense activité, la tombe d'Orélie-Antoine Ier, roi d'Araucanie et de Patagonie, disparut sous un amoncellement de pots, de gerbes et de couronnes qui nous parut du plus bel effet, et sachant ce que je savais, précisément parce que je le savais, cet hommage carrément appuyé n'en prenait que plus de hauteur.

Voici ce que m'avait révélé en effet il y a une vingtaine d'années M. Villot, instituteur à la retraite, qui avait enseigné plus de quarante ans à Tourtoirac et pour qui Antoine de Tounens était encore plus familier qu'à moi-même : la tombe de Sa Majesté est vide ! Les vieilles gens du pays pourraient encore le confirmer. En 1947, lors de la visite d'André Maurois, personne n'osa avouer au célèbre académicien que la tombe du prince infortuné avait été laissée à l'abandon et que plus personne ne savait où elle se trouvait dans le cimetière, probablement désaffectée et les restes augustes de Sa Majesté dispersés depuis belle lurette dans la fosse commune. Plutôt que de perdre la face, le maire de l'époque, M. Raoul Devort, désigna donc au hasard à l'illustre André Maurois un vague renflement de terre, ancienne tombe anonyme et vide. Et là fut érigée la stèle.

Que cela ne décourage pas les pèlerins. Au contraire. La méditation devient sidérale. Le trône et la tombe sont vides. Vive le Roi !

26

À Tourtoirac, les rejetons ne rêvent plus. — Vacance du trône. — Les barons patagons se réveillent en 1882. — Très sérieux Conseil du royaume. — Les « successeurs » d'Orélie-Antoine : deux souverains entre guillemets. — Mythomanes et bouffons. — Escartefigue, roi d'Araucanie : « Sa Majesté » Achille Ier. — Bonnes et mauvaises plaisanteries. — Bonnes et mauvaises escroqueries. — Mort d'Achille et avènement d'Antoine II. — Une énigme : Antoine Cros, dernier roi d'Araucanie. — Fin finale de la « dynastie » en 1903. — Où l'on se pose des questions sur un très ambigu « prétendant ». — Les surprises de Tourtoirac : « Retour des cendres » d'Achille Ier et fausse maison natale d'Orélie-Antoine. — Où le romancier se piège lui-même et devient consul de Patagonie.

Le roi est mort. Sa tombe est vide.

Aucun des membres de sa famille, à commencer par son neveu Jean, qui est boucher à Tourtoirac, n'a revendiqué sa succession. Ils s'en sont gardés comme de la peste. Tout ce qu'ils demandent, dans leur village, c'est qu'on oublie une bonne fois leur mirobolante royale parenté et qu'on cesse de ricaner dans leur dos et de se payer leur tête au café. Ils y parviendront assez vite, mais encore maintenant ils veillent au grain. Un roi ? Quel roi ? Ah, l'Antoine... Leurs rejetons ne jouent pas au petit prince mais aux billes et les trois heures de télévision qu'avalent chaque jour les petits Français viendront bientôt effacer chez les rejetons des rejetons tout souvenir de cette aventure.

L'histoire, cependant, ne s'arrête pas là. On pourrait intituler ce chapitre : les « successeurs » du roi, à condition de poser d'emblée des guillemets dubitatifs et de ne jamais les perdre de vue. On ne sait d'ailleurs par quel bout prendre les deux Majestés à guillemets, Achille Ier (1882-1902) et Antoine II (1902-1903), et leurs cortèges mirifiques de chambellans, de ministres secrétaires d'État, de conseillers, d'aides de camp, de ducs et princes et chevaliers qui s'avancent à leur tour en cette fin du XIXe siècle sur la scène du théâtre patagon pour nous présenter une sorte de divertissement posthume dont le sens est difficile à cerner, probablement parce qu'il est multiple. Et d'abord, y croyaient-ils ? Gustave-Achille Laviarde, par exemple, qui ne mit jamais les pieds en Araucanie et encore moins en Patagonie et borna prudemment ses déplacements officiels au cabaret du Chat Noir et au café Tortoni, se prenait-il véritablement pour le roi Achille Ier ? Est-ce que les membres de sa « cour », parmi lesquels on trouvait tout de même au milieu des bouffons, des escrocs, des mythomanes et des imbéciles quelques esprits à peu près sensés, s'imaginaient pour de bon servir un roi ? Ou bien jouaient-ils, et s'ils jouaient, de quelle façon et jusqu'où repoussaient-ils les limites du jeu ? Je me suis parfois demandé s'ils n'avaient pas sans le savoir inventé la pataphysique vingt ans avant Alfred Jarry. Quand Sa Majesté Achille Ier, le jour de son « avènement », dans les salons de sa légation du 110, boulevard Rochechouart, déclare imperturbablement à ses partisans : « Et vous verrez bientôt le pavillon national flotter au sommet des Andes sous le souffle puissant des vents de la pampa ! », on se dit que ce n'est pas possible qu'il leur eût balancé *sérieusement*, au premier degré, cet hénaurme cabochon d'éloquence...

Après la mort d'Antoine de Tounens en septembre 1878, il se passa d'abord quatre ans pendant lesquels le « trône » resta vacant. Les « barons » avaient oublié leur roi. Ils l'avaient même abandonné, malade, brisé, réduit pendant les deux dernières années de sa vie à l'état d'idiot du village à la charge de sa famille. De Paris ne vint nul réconfort. Aucun ne fit le voyage de Tourtoirac ni n'envoya le moindre secours. Aux obsèques du pauvre Antoine, pas un d'entre eux ne se déplaça. Ni fleurs ni couronnes, pas un message. L'ingratitude et le silence... Et puis coucou, en 1882, les revoilà ! Je me suis demandé pourquoi. Est-ce qu'ils s'ennuyaient ? Ou peut-être pensaient-ils que le filon pouvait encore être exploité ? Titres ronflants, décorations, médailles, grands cordons, uniformes, illusion de l'apparat, seul un roi pouvait leur rendre tout cela. Ils en tenaient un sous la main, le plus riche d'entre eux, le plus « parisien », celui qui réglait naguère l'addition à la table de Sa Majesté Orélie-Antoine Ier, roi d'Araucanie et de Patagonie, aux terrasses du boulevard des Capucines, et que le bon Antoine, reconnaissant, avait bombardé prince des Aucas, duc de Kialéou, en un mot Gustave-Achille Laviarde, négociant en champagne, lequel ne se fit pas prier.

J'ai sous les yeux les dix pages de texte serré concocté à cette occasion le 16 mars 1882 à Paris par les « membres du Conseil ministériel du royaume » miraculeusement réapparu après une clandestinité de quatre ans. Le moins qu'on puisse en dire, c'est qu'ils ont fait sérieux. Style *Journal officiel*, pesant, juridique. Signatures certifiées, témoins. On n'a pas du tout l'impression qu'ils jouent. Au contraire, ils ont pensé à tout, conseillés par Me Chincholle, faux baron mais vrai avocat. La grande affaire, c'est la succession. Comment changer de dynastie alors que l'héritier légitime du « trône », selon l'ordre établi par Orélie-Antoine lui-même, n'est autre qu'Adrien-Jean de Tounens, le boucher, baptisé « Monseigneur » pour l'occasion. Il débarque à Paris en costume du dimanche, son parapluie sous le bras, nanti de sa photo dûment certifiée par le maire de Tourtoirac. On lui a payé l'hôtel, un aller-retour Périgueux-Paris en seconde classe, une soirée au café-concert, un souper chez Tortoni. Trop content d'être débarrassé d'une encombrante succession et de tous ces hurluberlus qui affectent de l'appeler « Monseigneur », il signera tout ce qu'on voudra, à commencer par son abdication en faveur de « Son Altesse royale » le prince des Aucas, Achille Laviarde. L'acte est enregistré devant notaire moyennant trois timbres fiscaux d'un montant total de 7,50 francs, ce qui n'est pas une grosse dépense pour un avènement. Achille est roi. Vive Achille Ier ! Soixante signatures l'attestent, suivies des noms et qualités dont l'énoncé occupe plusieurs pages tant ces gens croulent sous les honneurs et les décorations, parmi lesquels le duc de Saint-Valentino, grand-croix de..., grand-collier de..., ministre secrétaire d'État, le prince grec en exil de Maurocordato, chevalier de l'ordre souverain de..., M. Alfred Parron, comte de Santa Elena, le comte d'Amboise (non, ce n'est pas un Orléans), le commandeur Don Miguel de Losada, grand prieur de..., le marquis de Sala de Palerme, le comte de Constantin, titulaire de nombreux ordres impériaux de Russie, etc., le rôle du lampiste étant tenu par le moins titré de tous, un certain Léon Allain, sous-lieutenant au 10e hussards de l'armée territoriale, ancien membre de la Société hippique française. Après quoi l'on forma le gouvernement, et Sa Majesté Achille Ier, qui était également président des Hospitaliers-Sauveteurs de Reims, des Ambulanciers honoraires et des Auxiliaires de la défense aérienne en ballon, s'en alla se commander illico, dans la pure tradition orélienne, un uniforme d'amiral araucan. Des Indiens, il ne fut pas question. Ils ne figurent nulle part dans le document.

Contrairement à Antoine de Tounens qui, en dépit des ridicules et des incertitudes de son règne, avait de sa majesté royale une telle certitude fondamentale qu'il l'incarnait en toutes circonstances avec le plus grand naturel, Achille n'avait pas le physique du rôle. Petit, gros, rond et joufflu, le visage jovial et satisfait orné d'une barbichette en bouc et d'une moustache à retroussis frisés, sa photo le représente en pied, poing sur la hanche, accoudé à une fausse colonne tronquée. Étoiles d'amiral aux manches, épaulettes à feuilles de chêne, il s'est généreusement décoré : deux cravates de commandeur, trois crachats de grand-croix, et en travers de la poitrine le cordon aussi large qu'une serviette de grand-maître de l'ordre de la Constellation du Sud. Sa casquette carrément inclinée sur le côté, on dirait qu'il va se mettre à chanter ou à nous en raconter une bien bonne. C'est Escartefigue sans Pagnol ou Tartarin de Tarascon ayant troqué la chasse au lion pour l'opérette marseillaise. Au surplus, il est marié. Sa Majesté « doña Maria », la reine, née Élisa-Alexandrine Guerry, est la fille d'un ferblantier.

Achille régnera vingt ans et y engloutira sa fortune, ce qui n'est déjà pas si mal et prouve qu'il ne jouait pas, à moins que ce ne fût précisément le contraire, mais j'en doute. Par tout ce que je sais de lui, ce gros bonhomme à contre-emploi se prenait véritablement pour le roi. Il réussit quelques jolis coups, attirant, par exemple, dans les salons de la légation, une ambassade persane très mamamouchi qui s'ennuyait à Paris. Passant au cou de l'ambassadeur la cravate de commandeur de la Constellation du Sud, il lui remit officiellement, devant les journalistes médusés, une lettre de sa main destinée au shah Nasr el-Din, « notre grand, illustre et bien-aimé ami... ». Les États-Unis tombèrent aussi dans le panneau. Quand le président Cleveland fut élu en 1885, Achille sauta sur l'occasion. Il envoya ses meilleurs vœux et ses félicitations, avec sa photo en uniforme assortie de quelques mots célébrant l'indéfectible amitié entre la grande République du Nord et le royaume d'Araucanie. La Maison Blanche avala l'hameçon et remercia. La photo du nouveau président dédicacée en retour « à son ami le roi Achille Ier d'Araucanie » fut disposée à la place d'honneur sur le piano à queue du salon pour l'édification des gogos. Ainsi ne pouvait-on plus ignorer que les États-Unis d'Amérique avaient reconnu *de facto* le royaume d'Araucanie. Le truc, d'ailleurs, resservira.

Les choses, ensuite, se gâtèrent. Sa Majesté, se croyant vraiment roi, se pencha sur le sort des Indiens, ses sujets, ou du moins ce qu'il en restait. L'affaire est obscure et antipathique. Apprenant que Dom Bosco installait ses salésiens au détroit de Magellan, Achille ouvrit une souscription, mais en inversant vilainement les rôles. Voici le texte de son communiqué à la presse :

> S.M. Achille Ier, dans le but de civiliser les Indiens, a décidé l'envoi de missionnaires catholiques en Araucanie-Patagonie. Il a obtenu le précieux concours du R.P. Dom Bosco, de Turin, infatigable apôtre de la charité...

Les dons pouvaient être adressés soit aux salésiens de Turin, soit... au commandeur Giustini, délégué général du roi d'Araucanie pour l'Italie, et à tous autres diplomates araucans en poste en France ou en Italie. Le Vatican leva le lièvre grâce à un prélat chilien de passage qui fit hautement savoir « que le royaume d'Araucanie n'existait que dans la cervelle malade de quelques sots ». Les « diplomates » s'emplirent les poches, mais on ne sait si Sa Majesté toucha. Sans doute non, car elle se précipita aussitôt dans une histoire encore plus louche où il était question d'un emprunt, par le truchement de banques anglaises, destiné au financement d'une émigration massive en Araucanie-Patagonie, avec distribution de terres aux volontaires. Le roi touchait une commission de cinq pour cent. L'affaire fut finalement enterrée, « les Anglais étant devenus trop gourmands... ».

Vint la période des vaches maigres. La légation déménagea plusieurs fois, laissant ses loyers impayés et des drapeaux dans tout le quartier. On augmenta les frais de chancellerie attachés aux promotions pléthoriques de l'ordre de la Constellation du Sud et aux titres nobiliaires qu'Achille signait à tour de bras. Cela ne sauva même pas les meubles et la pauvre doña Maria eut la bonne idée de quitter ce monde quand son salon fut vendu. Au moins le roi, jusqu'à sa mort, put-il souper royalement. On se souvenait encore de lui à Paris. Son uniforme d'amiral, quoique défraîchi, faisait encore illusion. Avec le retard qui convenait à une personnalité de son poids, il apparaissait le soir dans les restaurants à la mode où le maître d'hôtel, qui était de mèche, l'installait à une table d'où il pouvait être vu de tous en le saluant haut et fort du titre de Majesté. Les clients étaient ravis de ce prestigieux voisinage et le roi dînait gratis. Il creusa sa tombe avec ses dents et mourut d'une apoplexie en mars 1902, intestat et sans héritier. Il eut droit à un bel enterrement, à Reims, et les survivants des « barons », réunis en « Conseil du royaume », lui désignèrent comme successeur le docteur Antoine-Hippolyte Cros, duc de Niacalel, qui prit le nom d'Antoine II.

La personnalité d'Antoine Cros se situe à cent coudées au-dessus de toute cette bande de médiocres, d'aigrefins et de faux-nez qui gravitent dans l'orbite araucane. Il détonne parmi ces bouffons. Sa présence est une énigme. Issu d'une famille connue chez qui le talent foisonne, il est le petit-fils du grammairien Auguste Cros et le fils du philosophe Sébastien Cros. Ses deux frères n'ont pas démérité : l'un, Henri, peintre et sculpteur, l'autre, célèbre, le poète et inventeur Charles Cros, à qui l'on doit le premier phonographe et la première photographie en couleur et à la mémoire duquel est décerné chaque année le Grand Prix du disque qui porte son nom. Longtemps médecin de l'empereur Pedro II, Antoine Cros a fréquenté de vrais souverains à la cour du Brésil. Il sait trier le vrai du faux. Confident et intime de l'explorateur Brazza, qui était le contraire d'un illuminé, c'est un homme qui ne se trompe pas sur le compte de ses semblables et qu'on verrait mal accepter de ceindre une couronne de fantaisie à l'âge de soixante-neuf ans. Et pourtant il n'hésita pas. J'imagine qu'il s'y résolut par fidélité au souvenir. En dépit des mascarades où il avait dupé le pauvre Tounens, il fut son seul ami sincère, le seul qui eût découvert dans le désordre de ses pensées et l'incohérence de sa conduite cette précieuse petite lumière qui veillait et qui jour et nuit lui rappelait les certitudes essentielles : « Je suis le roi. » Il me semble que, pour Antoine Cros, Antoine de Tounens fut vraiment roi. Je ne vois pas d'autre explication. Sa Majesté Antoine II joua le *jeu*, et cette fois on peut employer ce mot-là.

Le jeu dura peu, le temps de frapper une monnaie dont certaines pièces circulent encore chez les numismates et de délivrer quelques brevets rédigés dans le style ampoulé hérité d'Orélie-Antoine. Là se bornèrent les grandeurs du règne. Le troisième et dernier souverain d'Araucanie et de Patagonie décéda chez lui, à Asnières, le 1er novembre 1903, jour de la Toussaint. Il avait régné dix-neuf mois. François Coppée, de l'Académie française, prononça l'éloge du défunt au cimetière Montparnasse. L'écrivain Léon Rétif le salua d'un long article : « La Mort d'un roi ». Survécut quelque temps à ces fastes perdus la Société des médaillés de la Constellation du Sud. Son dernier président et unique membre encore vivant, Louis Girardot, baron araucan, décéda nonagénaire au début des années cinquante.

Ainsi disparut la « dynastie ».

Quant aux descendants d'Antoine Cros, ils laissèrent filer un jeu qui ne les amusait plus qu'au titre de l'anecdote familiale. Jacques Bernard, notamment, petit-fils d'Antoine Cros, par sa mère, Laure-Thérèse, ne se voulait ni roi ni prince, et se contentait de diriger les éditions du Mercure de France où ses démêlés avec Léautaud demeurent célèbres et où son engagement, sous l'occupation, dans la collaboration avec les Allemands, lui valut à la Libération d'être emprisonné à Clairvaux et privé de ses droits civiques. Aucun des membres actuels de cette éminente famille ne revendique cette couronne fantôme, à commencer par le plus connu d'entre eux, l'académicien Maurice Druon, avec lequel je m'en suis entretenu et qui m'a communiqué ses dossiers. Il y a déjà quelques années, j'ai eu également l'occasion d'en parler avec M. François Cros, de qui je tiens d'autres documents. Il en ressort que les descendants actuels d'Antoine Cros, bien qu'ils se fussent sagement abstenus de relever « l'héritage » araucan, considèrent néanmoins qu'ils en restent dépositaires comme d'une sorte de patrimoine moral familial et tiennent donc pour nulle et non avenue une prétendue « abdication » de Jacques Bernard, lequel n'avait jamais « régné », pas plus que sa mère Laure-Thérèse Cros, le 12 mai 1951, en faveur d'un M. Philippe Paul Alexandre B., journaliste et publiciste, lequel s'intitule depuis ce jour et sans rire avec une constance obstinée et parfois même quelque succès : prince Philippe d'Araucanie, prince héritier d'Araucanie et de Patagonie, prince des Aucas, duc de Kialeou, comte d'Alsena, prince d'Angol et d'Arauco, prince d'Ushuaïa, duc de Chilos, prince de la

Terre des Feux, comte de Sainte-Agnès, duc d'Isla Coibo, prince de Pessimonte, prince de Medelin, prince de Zota, baron de Lorme et de Torchefelon, protecteur des peuples d'Araucanie et de ceux des terres australes du continent sud-américain, vutha-apotoqui (quelque chose comme chef suprême honoraire) des Mapuches, Tehuelches, Tacunmachaves, et protecteur naturel des Rauquiches, des Ghueneches, des Chechechets, des Malouches, etc., titres extravagants comme le brave Antoine de Tounens ne s'en inventa jamais et qui figurent depuis plus de trente ans sur les actes officiels du « prince ».

La liste ne s'arrête pas là. Le « prince » est également dignitaire d'un grand nombre d'ordres de chevalerie de fantaisie — il a d'ailleurs fondé le sien, sans oublier celui qu'il a réservé aux dames, l'ordre de la reine Laure-Thérèse, un sommet d'affabulation qui fait bondir Maurice Druon — et entretient des relations suivies avec tout ce que la mythomanie nobiliaire compte de prétendants à des trônes imaginaires. Enfin le « prince » descend de Charlemagne — il adore déployer pour ses visiteurs son arbre généalogique —, ce qui lui assure au moins un cousinage avec Orélie-Antoine qui le prétendait aussi.

À Tourtoirac, on est comblé. Le « prince » y a fixé son exil et l'illustre avec ingéniosité. On trouve même qu'il en fait trop. Au hameau de La Chèze, à Chourgnac-d'Ans, où se situait la ferme du père Tounens, il a commencé par acheter une maison qu'il a restaurée et qu'il présente comme la maison natale du roi Orélie-Antoine, ce qu'elle n'est assurément pas, tout le pays vous le dira. Il y séjourne assez souvent en compagnie de la « princesse » Élisabeth, sa seconde femme, la première, la « princesse » Dominique, reposant dans la sépulture royale qu'il a fait construire au fond de son jardin et où son caveau est déjà prêt, la dalle funèbre déjà gravée : il n'y manque que la date fatidique et l'ombre de Chateaubriand méditant sur les trônes engloutis. Sa Majesté Achille Ier, en revanche, est enterré à Tourtoirac, ce qui ne laisse pas d'étonner si l'on se rappelle que ce gros bouffon n'y avait jamais mis les pieds et avait été inhumé en 1902 à Reims où nul ne troubla son repos jusqu'au jour où le « prince » Philippe, tel Joinville à bord de la *Belle-Poule* cinglant vers l'île de Sainte-Hélène, s'en alla en terre de Champagne afin de ramener les cendres du roi au berceau de la dynastie. Le convoi fit un stop à Paris, chapelle Saint-Germaine, avenue des Ternes, où Mgr Ducaud-Bourget, très vieux prélat chenu, charmant et abusé, célébra la messe de Requiem à l'ancienne devant un parterre mirobolant d'une vingtaine de dames et de chevaliers des ordres royaux araucans en cape noire à chaînette d'argent et de quelques bigotes du quartier qui depuis les réformes liturgiques n'avaient plus été à pareille fête. Puis le convoi reprit sa route. Tourtoirac, nécropole royale... À côté de la tombe d'Antoine de Tounens s'élève à présent une tombe jumelle qui en est la copie à l'identique, le « prince » Philippe y a veillé. Seule l'épitaphe varie : « Ici repose Achille Ier Laviarde, roi d'Araucanie et de Patagonie. » Enfin le « prince », parachevant son œuvre, a ouvert récemment dans les communs de sa maison un petit musée royal dont il est le plus bel ornement. On y voit aussi, à la place d'honneur, présentée sur un coussin brodé, la couronne d'acier des souverains araucans qu'il a fait fabriquer à ses mesures et qu'il ceint de temps en temps, en privé, sait-on jamais...

Pour en revenir aux tombes jumelles du cimetière de Tourtoirac, peut-être celle du transplanté enferme-t-elle en effet quelques restes du défunt Laviarde, mais c'est sa voisine, vide, qui est habitée. Même s'il n'y reposa jamais, c'est là seulement qu'il faut saluer Orélie-Antoine Ier. Morts ou vivants, les autres ne comptent pas. Ils parasitent sa légende. Lui seul a un destin.

Il y a vingt et un ans, terminant un roman que je lui avais consacré, et pas fâché tout de même d'en finir, j'avais clos d'une envolée quelque peu lyrique et appuyée, tapant avec allégresse les derniers mots sur ma vieille machine. Qu'on me pardonne de me citer :

> Ce royaume-là est éternel. Par les temps qui courent et par les temps qui viennent, je tiens désormais pour honneur de me déclarer patagon. Du cimetière de Tourtoirac, en Dordogne, où Antoine de Tounens a transporté son gouvernement et siège jusqu'à la fin des temps, j'ai reçu mes lettres de créance, moi, Jean Raspail, consul général de Patagonie...

Voilà. Une seconde d'inattention et l'écrivain le plus vigilant peut parfois se laisser imprudemment emporter. C'est ainsi que sur un dérapage manuscrit non contrôlé qui me valut chaque matin, au courrier, un flot de demandes de naturalisation et m'en vaut encore aujourd'hui, je suis devenu consul de Patagonie et que j'ai hissé à mon balcon le drapeau bleu, blanc, vert d'Antoine.

27

Où le pavillon de Sa Majesté flotte sur la Provence, l'Himalaya, le Spitzberg, l'Amazone et en cent autres endroits du monde. — L'armée française et la Patagonie. — Hommage à André Frossard, notre vice-consul à Ravenne. — Où l'on retrouve l'archipel fuégien quelque part entre Saint-Malo et Jersey, en territoire britannique. — Une conséquence de la guerre des Malouines : la Patagonie envahit l'archipel des Minquiers et y fixe sa capitale : Port-Tounens. — Un royaume englouti qui émerge au rythme des marées. — Prise de possession de l'archipel par les fusiliers-marins patagons : ils s'emparent du drapeau britannique. — Tempête médiatique en Grande-Bretagne. — Où le consul général, magnanime, restitue leur drapeau aux Anglais. — Rendez-vous à Port-Tounens en 2012.

J'habitais le Comtat Venaissin à cette époque, un de ces villages que les papes d'Avignon avaient fortifiés. Ma maison occupait une tour et un pan de rempart qui dominaient la plaine d'Orange sur laquelle un beau matin apparut flottant à mon balcon le drapeau d'Antoine de Tounens. Plutôt maladroit de mes dix doigts, j'avais gréé tant bien que mal une hampe d'amateur dont la section était si faible qu'elle ployait au mistral comme un roseau jusqu'au jour où elle se rompit dans un enchevêtrement lamentable de drisses, de tissu arraché et de tronçons de bois. Le soir même on frappait à ma porte. C'était Jean Ripert, le menuisier. Je le connaissais peu à ce moment-là. Depuis, nous sommes devenus de vrais amis. Il passait souvent en bas de chez moi, jugeant d'un œil professionnel le piètre résultat de mon bricolage.

— Cela devait arriver, me dit-il. J'attendais ça au premier coup de vent. Voilà ce que je vous ai fabriqué. La tempête peut souffler, vous serez paré.

Il s'agissait d'une superbe hampe en bois noble, polie, vernie, inflexible, digne de la poupe des vaisseaux du roi ou du fronton d'une ambassade. C'était une initiative spontanée. Lui en aurais-je passé commande qu'il m'eût fallu pour le moins attendre six mois, délai minimum de rigueur, avec les relances d'usage, chez tous les bons artisans provençaux. Nous l'avions aussitôt installée ensemble et elle n'a jamais molli en quinze ans, fût-ce sous les pires orages du Comtat. Elle a usé plus de vingt drapeaux de la plus solide étamine. Dans son déploiement de bleu, blanc, vert, elle a été cent fois photographiée par des curieux ou des journalistes, bien ou parfois mal intentionnés. Aux visiteurs étrangers qui les questionnaient sur la signification de ce fier emblème, les habitants du village, qui furent vite complices, déclaraient d'un air entendu : « C'est le drapeau de la Patagonie ! »

Une fois la hampe à poste sur mon balcon, j'avais remercié Jean Ripert, lui demandant combien je lui devais. Il me répondit superbement, avec une pointe d'emphase amusée enveloppée d'accent comme un cadeau :

— Rien du tout ! C'est ma contribution personnelle au royaume de Patagonie !

Il avait tout de suite pigé le jeu, ce qui n'est pas donné à tout le monde.

Ce jeu est plus subtil qu'on ne le suppose. Il exige pas mal de doigté. On aurait tort de le prendre fondamentalement au sérieux, mais il permet d'exprimer, entre rêve et réalité, tant de sentiments qui ont pris le maquis par les temps que nous vivons qu'on se tromperait lourdement en le limitant à ses apparences. Il y a dans le jeu patagon une sorte d'espace de résistance qu'un journaliste a joliment situé « au sud de l'humour anglais et au nord de la poésie ». Le pavillon bleu, blanc, vert y tient un grand rôle. Sans compter la centaine de vice-consulats, en France et à travers le monde, sur lesquels il est hissé le jour de la fête nationale (en principe le 20 novembre, anniversaire de la fondation du royaume de Patagonie, mais également fête mobile à la discrétion des vice-consuls) ou même flotte en permanence, on le voit apparaître çà et là en des lieux symboliques inattendus chargés d'aventure ou d'histoire. Particulièrement, ces dernières années, sur plusieurs très hauts sommets de l'Himalaya et des Andes, en Kirghizie, à Futuna, sur des clochers de cathédrales, des beffrois, des buildings de verre à Tokyo ou São Paulo, à la porte du Soleil de Tiahuanaco, sur la tombe de Chateaubriand à Saint-Malo, au monument des Armées royales à Quiberon ou sur le mont des Alouettes en Vendée, au fort de Kalamdouchi qui s'élève en pleine montagne à un jet de pierre de la frontière afghane, et sur la forteresse de Calvi, au Spitzberg, au Groenland, aux sources de l'Amazone, au cap Horn et cela souvent, au cap de Bonne-Espérance, sur des cairns tibétains, d'anciens bordjs légionnaires au Sahara, et sur de nombreux îles ou îlots inhabités à travers toutes les mers du globe, de la Rance aux Féroé et du lac Huron à l'île Heard qui est perdue dans le Pacifique Sud, etc. Une cinquantaine de petits navires, majoritairement des voiliers, font flotter en tête de mât le guidon du Royal Yacht-Club de Patagonie. On a même vu, un 14 Juillet, dans une grande ville de l'est de la France, défiler un régiment blindé qui arborait à l'antenne de ses chars, jusqu'au char colonel, la flamme de guerre bleu, blanc, vert, de Sa Majesté Orélie-Antoine. Voué à une imminente dissolution dans le grand chambardement des armées françaises, c'est ainsi que ce très glorieux régiment de cuirassiers marquait publiquement son passage dans l'armée fantôme du royaume de Patagonie.

Le corps des officiers de l'armée française pose d'ailleurs parfois quelques problèmes à la chancellerie de Patagonie. J'ai reçu il n'y a pas très longtemps une lettre signée d'une quarantaine d'élèves officiers de l'école spéciale de Saint-Cyr qui demandaient à s'engager dans les forces armées de Patagonie, lesquelles, on le sait, n'existent pas, tout juste à l'état de symbole. Le ton en était militaire, naïf et un peu solennel, bleu horizon, gants blancs, sonnerie de clairon au petit matin. Il y avait comme une sorte de détresse juvénile dans cet appel. Les anciennes vertus y étaient exaltées, l'honneur, la patrie, le drapeau, la défense du sol et de la nation, l'exemple des gloires passées, et l'on sentait que ces jeunes gens dont l'âge débordait d'idéal avaient peine à imaginer qu'elles seraient toutes au rendez-vous de leur carrière sous le casque bleu ou blanc des missions de police internationales. Cette lecture m'avait rendu triste. En étaient-ils déjà réduits, à vingt ans, à se chercher une patrie de rechange pour remplacer la leur qui ne les satisfaisait pas ? C'est un sentiment que j'éprouve souvent et que le jeu patagon tempère. À défaut d'un roi de France à qui engager sa foi, on s'invente un roi de Patagonie, j'en suis là. Mais pour ces jeunes saint-cyriens, et aussi sérieusement qu'ils l'exprimaient, je trouvais que c'était un peu tôt. Ma réponse fut difficile à écrire. J'ai horreur de donner des leçons et ils n'en méritaient aucunement. La Patagonie peut devenir défi, simulacre de conquête, provocation, pied de nez, refus, refuge, rêverie, regret, canular, voire dérision ou dégoût, ou plus simplement une façon de s'amuser peu communément, mais elle doit rester un jeu. C'est ce que je leur avais écrit.

Je ne suscite rien, naturellement, et je ne connais pas personnellement le tiers du quart des sujets patagons que j'ai un jour ou l'autre naturalisés. Chacun « joue le jeu » comme il l'entend. Je me souviens d'André Frossard, qui entre autres qualités et distinctions, dont celle d'académicien français, était vice-consul de Patagonie à Ravenne, en Italie, ville où il séjournait souvent. C'est lui qui avait sollicité cette fonction diplomatique symbolique. Je n'aurais jamais songé à la lui proposer. Quelle ne fut donc pas ma surprise quand au cours de je ne sais quelle réception il me demanda :

— Et moi, cher Raspail, est-ce que vous n'auriez pas un poste pour moi en Patagonie ?

Il faut se souvenir du ton inimitable de sa voix, une gouaille distinguée et amusée qui donnait à ses propos, même les plus sérieux, une sorte de détachement narquois dont il se départait rarement. Ses billets dans *Le Figaro* avaient aussi ce ton-là et l'on s'apercevait qu'il faisait passer, comme en se jouant, des vérités salutaires. Nous tombâmes d'accord sur le consulat de Patagonie à Ravenne, dont il était citoyen d'honneur. Comme je l'interrogeais, un peu éberlué tout de même, sur les raisons de cet enrôlement spontané dans le corps diplomatique de S.M. Orélie-Antoine Ier, il laissa tomber avec le plus grand sérieux :

— Parce qu'il y a plus de Patagons qu'on ne croit.

Sous la drôlerie, l'essentiel. Chacun a un coin d'âme caché, un coin de cœur inexprimé. C'est cela aussi, la Patagonie. Peu d'écrivains y ont échappé. Les archivistes du consulat en ont collationné des dizaines. Je n'en citerai que quelques-uns :

Roger Nimier : « Tu n'as jamais connu Shang-Hai, ni Kleist, ni les grands obliques, ni Hegel, pas du tout Nietzsche, encore moins la Patagonie. Mon

Dieu qu'un petit Français est désarmé devant la vie... »

Alexandre Vialatte : « L'homme ne devrait loger qu'en face des mers ou des grands fleuves, sur les montagnes ou au désert. En Auvergne, en Patagonie. Or il loue à Pantin ou à Massy-Palaiseau... »

Jean de La Varende : « On ne pouvait donc pas lui ficher la paix ! Où faudrait-il se réfugier ? En Patagonie ? »

Antoine Blondin : « Ma position par 75° de longitude Ouest et 55° de latitude Sud indique que je me trouve à hauteur de la Patagonie. En me dévissant hors de l'écoutille, j'aperçois la tour Eiffel à moins de cinq cents mètres... »

Michel del Castillo : « Il envoya son fils à Pampelune, chez les jésuites, car il n'en supportait plus la vue, et s'il l'avait pu, il l'aurait expédié en Patagonie... »

Jacques Perret : « Je pensais que vous étiez homme à vous débrouiller de n'importe quel équipage levé dans n'importe quel port de Patagonie et laissez-moi vous dire que j'ai connu des capitaines... »

Et aussi Pablo Neruda : « Je prends congé, je rentre chez moi, dans mes rêves, je retourne en Patagonie... »

Et Blaise Cendrars, à jamais : « J'ai perdu tous mes paris, il n'y a plus que la Patagonie, la Patagonie qui convienne à mon immense tristesse... »

On m'envoie aussi des photos pour les archives du consulat. C'est ainsi que j'ai appris que le drapeau de la Patagonie avait salué le pape Jean-Paul II au premier rang des Journées Mondiales de la Jeunesse à Rome et que chaque année, au pèlerinage de Chartres, un chapitre patagon qui aurait étonné Péguy déploie haut et ferme les couleurs d'Antoine au-dessus des champs de blé de la Beauce. Sur d'autres photos, de jeunes mariés, à la sortie de l'église, leurs amis formant la haie, passent sous une voûte de drapeaux patagons. Pour ma part, si le célébrant accepte de mener avec moi le jeu jusque-là, j'aimerais que le jour de mes obsèques soit déployé sur mon cercueil le pavillon bleu, blanc, vert, et qu'accessoirement fussent lus ces deux vers de Raymond Queneau : « L'agonie, sur ses petites pattes, pour si grands que fussent les Patagons... » Je reconnais que l'on atteint là les limites du mélange des genres. C'est ainsi qu'il m'a semblé prudent, par exemple, de déconseiller un début de dévotion à Notre-Dame de Port-Tounens.

Port-Tounens, dans l'archipel inhabité et inhabitable des Minquiers (Patagonie-Septentrionale), est depuis 1984 la capitale administrative du royaume de Patagonie. Les forces navales de Sa Majesté ne l'occupent que vingt-quatre heures de temps en temps, mais sloops et cotres du R.Y.C.P. (Royal Yacht-Club de Patagonie) y exercent non sans risques une surveillance régulière à toutes les époques de l'année. Situées géographiquement à mi-route entre Jersey (Grande-Bretagne) et Saint-Malo, et à une quinzaine de milles marins — azimut 139 degrés — des îles Chausey qui sont terre française, les Minquiers s'étendent à marée basse sur une vingtaine de milliers d'hectares où émergent des centaines de rochers et de bancs de sable qui s'engloutissent à marée haute pour n'en laisser qu'un plateau rocheux guère plus grand qu'un mouchoir de poche, l'Île-Maîtresse (en patagon moderne : Port-Tounens) et quelques autres rochers en couteaux aussi dangereux qu'inaccessibles. Naviguer par beau temps dans ce labyrinthe parcouru de courants violents relève déjà de l'exploit. Par grosse mer ou mauvaise visibilité, c'est l'enfer. « Terrifiant et magnifique, un chaos qui fait froid dans le dos », m'a dit un pilote patagon de mes amis tandis que nous embouquions ce qu'on appelle avec indulgence la passe Est, un œil sur le chronomètre pour apprécier la hauteur de la marée (à une minute près, on se plante), l'autre sur un alignement improbable qu'il était le seul à distinguer dans ce fouillis apocalyptique minéral. Rares sont ceux qui s'y aventurent. Quelques pêcheurs de Jersey, et des Chausiais braconnant le homard. Ils y cassent souvent du bois. Ils appellent cela : « brouter du caillou ». Par tempête d'hiver, un cauchemar. Autant dire qu'on n'y croise pas grand monde, pas plus qu'aux îles Wollaston ou dans l'archipel du cap Horn. Je n'y étais donc pas dépaysé : à la seule différence d'altitude près (Port-Tounens culmine à quinze mètres), avec ses chenaux labyrinthiques, ses rochers inhospitaliers, son régime anarchique des courants, ses épaves non signalées, ses milliers d'oiseaux de mer, un morceau de la Patagonie australe détaché des confins du Horn et planté au sud de la Manche. J'y ai même vu une colonie de phoques postés comme des sentinelles sur un rocher à l'extrême ouest de

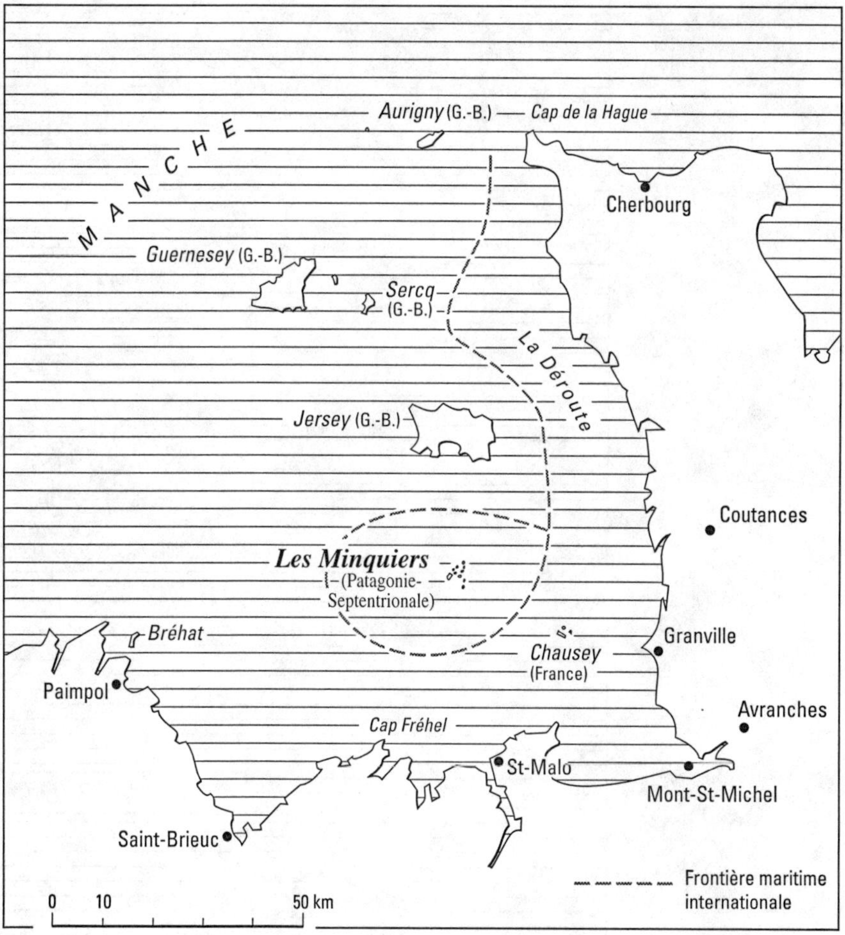

Les îles Anglo-Normandes et les Minquiers (Patagonie-Septentrionale).

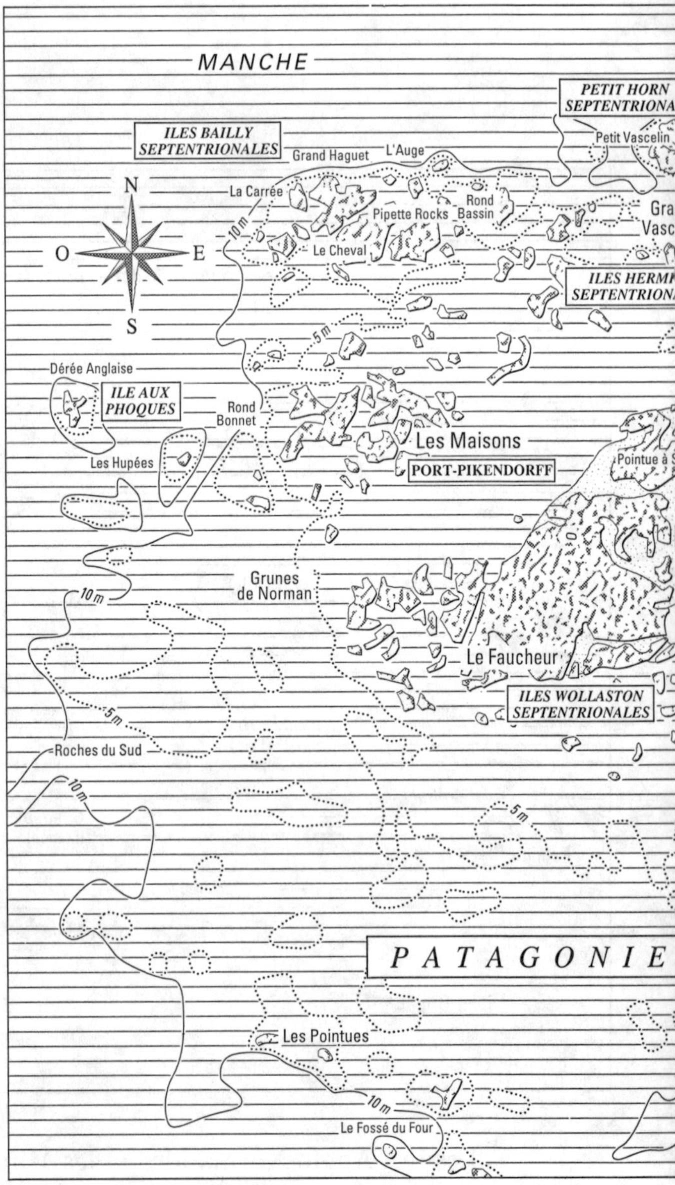

Port-Tounens et l'archipel des Minquiers
(Patagonie-Septentrionale.)

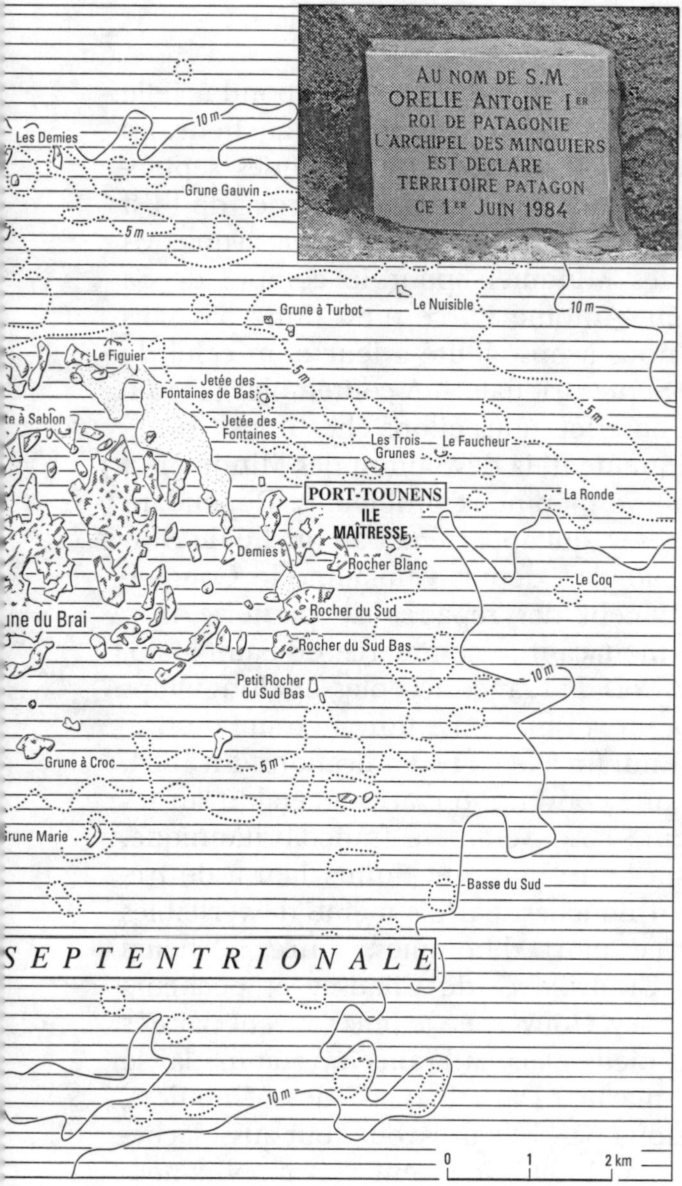
AU NOM DE S.M
ORELIE ANTOINE Ier
ROI DE PATAGONIE
L'ARCHIPEL DES MINQUIERS
EST DECLARE
TERRITOIRE PATAGON
CE 1er JUIN 1984
Les Demies
10 m
Grune Gauvin
5 m
Grune à Turbot
Le Nuisible
10 m
Le Figuier
Jetée des
Fontaines de Bas
5 m
te à Sablon
Jetée des
Fontaines
Les Trois
Grunes
Le Faucheur
5 m
PORT-TOUNENS
ILE
MAÎTRESSE
La Ronde
Demies
Rocher Blanc
Le Coq
Rocher du Sud
une du Brai
Rocher du Sud Bas
10 m
Petit Rocher
du Sud Bas
Grune à Croc
5 m
Grune Marie
Basse du Sud
SEPTENTRIONALE
10 m
0
1
2 km

l'archipel. Jusqu'à la toponymie qui répond à celle du Horn : le Nuisible, la Nuisible, le Faucheur, les Pointues, les Couteaux sont les répliques septentrionales des Furies de l'Ouest, des Furies de l'Est et de l'île de la Désolation. Quand nous avons pris possession des Minquiers pour le compte de Sa Majesté Orélie-Antoine Ier, ce n'est donc pas sans motifs que nous avons ajouté à leur nom celui de « Patagonie-Septentrionale ». À contempler cet univers désolé, en effet, nous étions chez nous.

Géopolitiquement, la dévolution des Minquiers a toujours soulevé d'épineux problèmes. Dépendant de l'île de Jersey, qui appartenait au duché de Normandie, fief anglais depuis Guillaume le Conquérant, elles étaient des repaires de piraterie trop commodes, menaçant le commerce de Saint-Malo, pour que les rois de France acceptassent longtemps cet encombrant voisinage. Le funeste traité de Brétigny (1360) mit fin à leurs revendications. En 1834, cependant, une convention maritime établit sur les Minquiers une cosouveraineté franco-britannique, laquelle resta lettre morte et donna lieu à de fréquentes escarmouches, parfois même de véritables combats, avec mort d'hommes, entre pêcheurs français de Granville et de Chausey et pêcheurs anglais de Jersey. Gouvernée le plus souvent par des terriens aux pieds plats, la France a toujours laissé tomber ses marins. Dans l'affaire des Minquiers, elle n'y manqua pas. Elle désavoua tout aussi lâchement, le 8 mai 1939, cinq cent soixante-dix-neuvième anniversaire du traité de Brétigny, le peintre chausiais Marin Marie qui à la tête d'une flottille de marins normands et bretons débarqua en force sur l'Île-Maîtresse et y construisit une cabane assortie d'une pancarte rappelant les droits de la France et des marins-pêcheurs français sur les Minquiers. La guerre mit fin à ce minuscule conflit, lequel rebondit dix ans plus tard, jusqu'à ce jour de 1953 où la Cour internationale de La Haye, confirmant le traité de Brétigny, accorda définitivement aux Anglais la souveraineté sur les Minquiers, par l'État de Jersey interposé. La blessure n'est pas fermée pour autant. Les pêcheurs de Granville n'ont jamais renoncé à narguer les autorités britanniques et chaluter dans les eaux territoriales des Minquiers, d'où bagarres et arraisonnements. Jersey envoie ses patrouilleurs et Paris abandonne ses marins. C'est dans l'ordre...

Vint alors une guerre très étrange, à l'autre bout de l'autre hémisphère, une sorte de post-scriptum naval aux guerres coloniales d'autrefois, la guerre des Malouines, ou Falkland, au large de la Patagonie, sur le 52ᵉ parallèle sud, un demi-degré de latitude au nord du détroit de Magellan. On en connaît l'issue. En juin 1982, la flotte britannique de la Dame de fer reprit les Falkland aux Argentins qui les avaient envahies deux mois plus tôt sous le prétexte que *las Malvinas* — ainsi les nomment-ils — relevaient de leur souveraineté. Cette guerre une fois terminée, vite fait bien fait, quinze cents morts tout de même, ce fut au tour du gouvernement de Sa Majesté Orélie-Antoine de rendre publique sa position par un premier communiqué publié en 1983 où il était rappelé en termes les plus énergiques que ni l'Angleterre ni l'Argentine n'avaient de droits sur les Falkland, qu'en patagon moderne on appelle Malouines, lesquelles formaient depuis le décret royal du 20 novembre 1860 une province maritime du royaume de Patagonie. La presse lui donna quelque écho. On parla de canular et le gouvernement britannique se réfugia dans un mutisme dédaigneux. Restait le recours symbolique à la force, style commando. C'est la solution qui fut retenue par le consulat général de Patagonie, responsable des opérations. Pour une minuscule puissance comme la nôtre, ce fut long à préparer. Quelques missions d'exploration, d'abord, reconnaissances sur le terrain, photographies, cartographie, statistiques météorologiques, horaire et hauteur des marées, calendrier. Affrétés et commissionnés par le S.D.E.P. (Service de documentation extérieure patagon), plusieurs cotres du R.Y.C.P. appareillèrent de différents ports de la Manche pour croiser secrètement dans les Minquiers, repérant les passes, les mouillages, les sites de débarquement. Ensuite, le recrutement. Créé pour cette occasion, le corps des fusiliers-marins auxiliaires de Patagonie fut limité à treize volontaires dont je ne citerai pas les noms, hormis le mien, naturellement, certains étant fort connus. Pas d'armement. Seulement des loups vénitiens sur le visage pour protéger l'anonymat. Ce que nous risquions ? Tomber sur des pêcheurs anglais musclés ou sur un patrouilleur de la police maritime de Jersey avec un petit séjour à la clef dans les geôles de Saint-Hélier, confiscation des navires, cautions, amendes, enquête, complications diplomatiques, désaveu français, bref des tas d'em... ts.

Jour J : 31 mai 1984.

À J moins 7, je m'en fus dans une antique Rolls de louage battant drapeau patagon à l'aile droite et conduite par un chauffeur à casquette déposer personnellement entre les mains méfiantes du concierge de l'ambassade anglaise, rue du Faubourg-Saint-Honoré, une enveloppe cachetée à l'ancienne adressée à S. Exc. l'ambassadeur de Grande-Bretagne à Paris. Elle contenait un bref ultimatum du gouvernement royal de Patagonie qui établissait en termes polis que si les îles Falkland n'étaient pas évacuées par les Anglais dans les sept jours, la Patagonie, à regret, mais forte de son droit, par mesure de rétorsion, se verrait obligée d'envahir et de prendre possession d'un territoire britannique dont ni le nom ni la situation géographique n'étaient précisés.

Les Falkland ne furent pas évacuées. Je doute même que ma lettre ait remonté jusqu'à l'ambassadeur, plus sûrement bloquée par un petit secrétaire qui prit le parti d'en sourire. Nous aussi, mais lui avait tort. Le 31 mai, une heure avant l'aube, tandis que la nuit enveloppait encore les îles Chausey silencieuses, deux petits navires au mouillage levèrent l'ancre — un cotre et un sloop dont je tairai les noms — et se glissèrent par la passe nord-ouest, laissant les rochers de La Massue à bâbord et les bancs de La Déchirée à tribord. Il faisait un temps superbe. La chance avait embarqué avec nous. Quand le jour se leva, par jolie brise, nous naviguions sur une mer vide, sans témoins, amis ou ennemis. Muscadet, saucisson, café. Comme des corsaires que nous étions, quand nos pilotes eurent estimé que nous avions quitté les eaux françaises pour celles ci-devant anglaises des Minquiers, on procéda sur les deux bateaux à l'échange des pavillons, amenant le tricolore bleu, blanc, rouge pour le remplacer à la hampe de poupe par le bleu, blanc, vert patagon. Ce fut un très joli moment. L'escadre de Sa Majesté Orélie-Antoine Ier, au petit largue et tout dessus, laissant loin derrière elle le monde ordinaire, était entrée dans l'univers des songes où il reste des terres à découvrir et des royaumes à conquérir. Nous hélant d'un bord à l'autre, nous levions nos verres de muscadet à la santé du roi Antoine et de toutes les Patagonies. Des enfants... Pas tout à fait. On se tromperait en se bornant à ce jugement. Hormis le clapotis de l'eau à l'étrave et le sifflement du vent, dans l'intensité du silence qui suivit, on put mesurer que chacun des treize éprouvait la même émotion. Passons sur le reste de la traversée. Nous ne rencontrâmes personne.

En fin de matinée, à l'heure pile, montre en main, portés par un fort courant de marée à la vitesse d'un torpilleur tandis que les rochers défilaient à distance tout juste convenable, nous pénétrâmes en trois coups de barre à l'intérieur de ce mouillage, miraculeux par beau temps, qui est celui de l'Île-Maîtresse. Un espace assez exigu, aux abords plutôt rugueux. Il faut y manœuvrer lestement, couper sec son erre et filer l'ancre, tout cela en même temps. Juste au-dessus de nous, sur le plateau rocheux, une hampe d'une quinzaine de mètres se dressait, d'une solidité toute militaire, et au sommet de cette hampe flottait un pavillon britannique presque aussi grand qu'un drap de lit, celui qu'on appelle l'Union Jack, frappé de la triple croix de Saint-André. Son orgueilleux déploiement dans le ciel où tournaient en piaillant des nuées de goélands nous donna à penser que l'île était gardée. Nous nous trompions. Le détachement de reconnaissance revint au bout de quelques minutes. Il en avait vite fait le tour. Pas une âme. On posta tout de même un guetteur au point culminant du plateau, au cas où surgirait de l'horizon le patrouilleur gris de Jersey avec son radôme sphérique et son petit canon encapuchonné à l'avant.

Il y a comme une sorte de hameau lilliputien coincé entre les rochers sur le plateau de l'Île-Maîtresse, sept minuscules maisons de pierre tassées les unes contre les autres et couvertes de tuiles ou d'ardoises maculées de fiente d'oiseaux de mer, si basses qu'en marchant sur le sentier on a le nez à hauteur des toits. Une seule fenêtre, une porte étroite, parfois fermée par un cadenas. Des gens ont vécu là, autrefois, des carriers de Jersey, au XIXe siècle. On peut leur tirer son chapeau. La vie n'y était ni gaie ni rose. Durant les tempêtes d'hiver, à marée haute, les embruns passent par-dessus le hameau et les toits ruissellent d'eau de mer dans le vacarme du vent et le fracas d'énormes vagues qui se brisent sur les rochers. La Patagonie fuégienne... On songe aux Alakalufs de Terre de Feu tassés sur leur petit morceau de grève au milieu des éléments déchaînés et attendant le lever du jour sans savoir s'ils seront encore vivants. Ces maisons servent de refuge aux pêcheurs et même de « résidences secondaires » mais rarement occupées à de téméraires plaisanciers de Jersey qui viennent y écluser quelques bouteilles certains jours de fête où il fait beau. Autant dire qu'on ne les y voit pas souvent.

Précisément la météo se gâtait, annonçant une forte dépression de nord-ouest pour les prochaines trente-six heures. Il nous restait un peu de temps. D'abord, la prise de possession. Depuis que le droit de conquête n'est plus reconnu à personne et suscite la réprobation générale, on a perdu l'habitude de ce genre de cérémonie. Il nous a fallu innover, nous inspirant du XVIIIe siècle, gentilshommes et vaisseaux de Sa Majesté. Nous avions fait fabriquer par les ateliers du Roi un immense pavillon patagon qui bientôt se déploya au sommet du mât aux couleurs tandis qu'alignés en bon ordre, dans un garde-à-vous adapté à notre condition de réservistes auxiliaires, nous saluions l'envol bleu, blanc, vert dans le ciel chargé de nuages de l'Île-Maîtresse des Minquiers, baptisée Port-Tounens pour l'éternité. Ciment, eau douce, truelle, nous avions tout prévu : une plaque de marbre fut scellée dans le rocher au pied du mât. On pouvait y lire en lettres capitales :

AU NOM DE S.M.
ORÉLIE ANTOINE Ier
ROI DE PATAGONIE
L'ARCHIPEL DES MINQUIERS
EST DÉCLARÉ
TERRITOIRE PATAGON
CE 1er JUIN 1984.

Discours. Hymne national ; il n'a pas de paroles, il se fredonne, et le vent qui se levait le rendait presque inaudible. Bien qu'il n'y eût personne pour nous voir, nous avions gardé nos loups vénitiens de velours noir. Face à la mer qui nous entourait de toutes parts et qui commençait à baisser, doublant de minute en minute le pré carré de Sa Majesté, la scène avait pas mal d'allure. On aurait fini par y croire. Il fut procédé ensuite à l'installation symbolique de l'administration du Territoire. Notre ami A.S., ancien vice-consul à Oujda, fut promu au nom du roi gouverneur civil et militaire de Port-Tounens (il l'est toujours), titre auquel s'ajoutait — tout en se voulant tolérant selon les usages internationaux du moment, le royaume de Patagonie est un État catholique — celui de curateur apostolique de l'archipel. Son discours fut bref, peut-être plus gaullien qu'orélien : « Les Minquiers sont devenues terres patagones. Elles le resteront. » La question se posa enfin de savoir que faire du pavillon britannique, prise de guerre. Guerre en dentelles : nous fûmes magnanimes. Non sans en avoir prélevé au tranchant délicat de nos Opinel quelques significatifs petits morceaux, nous le renvoyâmes en tête de mât, dans l'honneur, sur l'unique drisse, mais au-dessous du glorieux bleu, blanc, vert qui le dominait d'un bon mètre, ainsi qu'autrefois sur les navires de guerre, quand l'équipage de prise hissait ses couleurs au milieu des vivats de la flotte. Les Anglais n'ont pas apprécié.

Et pendant ce temps-là, le jusant avait pris son rythme, nous offrant un spectacle inoubliable que nous contemplions, muets. C'est un royaume qui naissait des flots au fur et à mesure qu'ils se retiraient. À perte de vue, des rochers noirs, des bancs de sable blond immaculé qui peu à peu se découvraient jusqu'à devenir des provinces, des baronnies, des comtés, des places fortes, des châteaux hérissés de défenses, des immensités désertes à peupler de rêves et de songes en mouvement, et cette forêt minérale émergée à dix milles de là, les Brisants du Noroît... Un royaume à notre mesure, un royaume d'illusion qui durerait le temps d'une marée basse, à peine un soupir, pour être englouti à nouveau comme s'il n'avait jamais existé, ne laissant qu'un fantôme de rocher où flottait le drapeau de Sa Majesté. Ce fut X.Y. qui rompit le silence. Connu pour sa causticité vacharde qui lui avait valu des légions d'ennemis, X.Y. était directeur de la rédaction d'un puissant hebdomadaire. Bien qu'il eût accepté assez crânement de participer à l'opération (eussions-nous été surpris par le patrouilleur et emmenés *manu militari* à Jersey qu'il y aurait laissé pas mal de plumes), je me demandais comment il allait sabrer tout cela de mots aiguisés, à sa manière. Eh bien non, il y avait de l'émotion dans sa voix et un sourire sur son visage. Il dit pensivement : « Ah ! Si Antoine de Tounens nous voyait... » Ainsi, Frossard avait raison : il y a plus de Patagons qu'on ne croit. X.Y., depuis ce jour-là, dirige le service de presse du consulat général.

Ensuite la commission des Vocables de l'Institut géographique patagon procéda à quelques changement de dénomination. Le mouillage aléatoire des Maisons, un amas rocheux des provinces de l'Ouest, fut baptisé Port-Pikkendorff, du nom d'un des premiers compagnons mythiques d'Antoine. Au nord, Le Petit-Vascelin devint Le Petit-Horn-Septentrional, à peu près aussi hospitalier que son redoutable homonyme austral. Au sud, le labyrinthe hostile du Faucheur nous parut amplement mériter de s'appeler îles Wollaston-Septentrionales, de même que La Pipette et Le Grand-Vascelin furent promus îles Baily-Septentrionales et îles Hermite-Septentrionales. Ce fut un autre joli moment de cette journée. Nous avions rejoint le XVIIIe siècle où Bougainville, La Pérouse, Cook, Byron, Anson, Wallis, D'Entrecasteaux, Kerguelen de Trémarec, Surville, Beauchêne, Carteret plantaient des croix sur des îles inconnues, enterraient des parchemins aux armes de leurs souverains et baptisaient à leur guise, en français ou en anglais, toute terre à leur portée dans les trois océans australs. L'heureuse époque...

La nuit fut écourtée, au mouillage. Un noroît de force 6 qui avait tendance à grossir nous ramena promptement à Chausey où nul ne s'était aperçu de notre départ et de notre retour. Opération réussie dix sur dix. Restait à la faire connaître. Le communiqué de victoire était prêt. Un coup de téléphone à Paris, et dès le petit matin, les courriers de la chancellerie galopèrent à travers la capitale pour le remettre en mains propres et sans autre explication aux rédacteurs en chef de garde des principales agences de presse. L'A.F.P. canonna aussitôt, puis Reuter. Sur les ondes, Radio France Manche ouvrit le score, bientôt suivie par les radios de Londres et Paris. Les journaux donnèrent dès le lendemain, *Times, Daily Mail, Figaro, Libération*, etc. Un étonnant tintamarre. J'en fus le premier surpris, car enfin, c'est sur parole qu'on nous avait crus !

Nul n'avait vérifié l'information et nous n'avions pas encore diffusé de photos, tandis que sur la Manche dont nous venions la tempête prévue s'était levée, bloquant les navires dans les ports. La tempête souffla trois jours. Au sommet du mât aux couleurs de Port-Tounens, dans les Minquiers, Patagonie-Septentrionale, le pavillon de Sa Majesté flotta trois jours, souverain, et ce n'est que le quatrième jour, précisément le 4 juin, que le patrouilleur gris de l'État de Jersey put enfin prendre la mer et s'en aller constater sur place la réalité de l'invasion. Un fameux décalage, tout de même. J'en ai conservé une certaine méfiance des médias, ou pour le moins quelque scepticisme à l'égard de ces façons parfois cavalières de lancer les informations...

L'affaire fit grand bruit en Angleterre. L'humour britannique craqua, d'autant plus que la nouvelle était tombée à l'heure précise où la vénérée Reine mère débarquait de son yacht à Saint-Hélier (Jersey) pour une visite officielle. Mrs. Thatcher, Premier ministre et Dame de fer, était furieuse. Elle se fit interpeller aux Communes. Elle y tint un langage vigoureux. Les diplomates s'en mêlèrent et c'est ainsi que me téléphona, franchissant le rideau de la liste rouge, un fonctionnaire de haut rang du Quai d'Orsay, qui était, si je m'en souviens, directeur adjoint des affaires d'Europe. Il ne savait trop quel ton adopter, ni par quel bout prendre cette histoire, mais enfin il venait de se faire diplomatiquement secouer par l'ambassadeur de Grande-Bretagne en personne. Il se lança : « C'est insensé ! Vous n'aviez aucun droit... » Justement le mot qu'il ne fallait pas prononcer. Je tenais le bon bout, la ligne droite, le gâteau et la cerise sur le gâteau : « En tant que consul général de Patagonie, dois-je vous rappeler, monsieur le Directeur, que les Anglais occupent indûment les îles Falkland et que les droits de mon souverain sur les Falkland, que nous appelons Malouines, sont antérieurs de plus de trente ans à ceux que prétend détenir la Couronne britannique, et que par voie de conséquence, l'envahissement des Minquiers, etc. »

Je me souviens mot à mot de sa réponse. J'ai encore sa voix dans l'oreille, plus du tout assurée, résignée : « Ah non, je vous en prie, ne commençons pas comme cela... »

Il faiblissait. Nous nous comprenions. Il eut un petit rire joyeux au téléphone. Il a rejoint depuis le lobby patagon.

Nous avons remis ça le 30 août 1998. Là aussi, je tairai les noms des navires et des fusiliers-marins auxiliaires volontaires, F.T., C.V. et les autres, une relève plus jeune et musclée qui cette fois nous rapporta, après avoir envoyé le nôtre à sa place, l'immense pavillon britannique qui flottait sur les Minquiers. Pour ma part, j'étais resté à terre, attendant le résultat de l'opération. Le communiqué d'usage fut aussitôt complété par un engagement sur l'honneur, et dans l'honneur, de restituer ce pavillon à l'ambassade de Sa Majesté britannique à Paris, à condition que l'on m'y reçût à un rang diplomatique pour le moins équivalent. En Angleterre, ce fut du délire. La une du *Times* trois jours de suite, mon salon et mon jardin envahis par les télévisions d'outre-Manche. Le lobby patagon fonctionna si bien que, le 3 septembre, c'est un gentleman fort courtois agrémenté d'un nom de roman, Mr. Sherard Cowper-Coles, ministre plénipotentiaire et conseiller politique, qui m'accueillit à l'ambassade, tandis que les caméras de Reuter patientaient sur le trottoir du Faubourg-Saint-Honoré. Entrevue surréaliste. Comme je lui présentais le drapeau, convenablement plié, en le priant de le transmettre aux autorités de l'État de Jersey « *avec les compliments de Sa Majesté Orélie-Antoine Ier* », il me gratifia en me remerciant, j'en témoigne, d'une petite inclinaison du buste tout à fait diplomatique. Après quoi il me demanda — je crois qu'il s'était mis à jouer lui aussi — ce que la Patagonie comptait faire dans l'avenir.

— Rien ne nous presse pour le moment, lui répondis-je. Nous avons affirmé notre souveraineté vingt-quatre heures sur les Minquiers et cela suffit à notre roi qui a l'éternité devant lui. Mais dans quatorze ans, à nouveau, nous débarquerons, et peut-être pour plus longtemps.

Mr. Cowper-Coles s'étonna : « Pourquoi quatorze ans ? »

Je le lui dis : 1984, 1998, 2012, un cycle de quatorze années. En 2012, Mr. Cowper-Coles aura quitté la carrière, il aura oublié toute l'histoire, le gouvernement britannique également, je ne serai peut-être plus de ce monde, mais je suis prêt à parier que la tradition sera respectée. Le pavillon royal patagon bleu, blanc, vert retrouvera sa place dans le vent, à Port-Tounens, en 2012. Il risque d'y avoir pas mal de monde dans les rangs des équipages. J'en connais qui s'y préparent déjà, qui tirent des plans, qui dessinent des bateaux...

Et pourquoi pas en 2026, 2040, 2054... C'est ainsi que naissent et s'enracinent les légendes. On ne sait jamais... *son cosas de Patagonia.*

Table des cartes

Table

Du même auteur

Albin Michel

MOI, ANTOINE DE TOUNENS, ROI DE PATAGONIE
Grand Prix du roman de l'Académie française 1981
LES YEUX D'IRÈNE
L'ANNEAU DU PÊCHEUR
Prix Prince Pierre de Monaco 1996
Prix des Maisons de la Presse 1996
HURRAH ZARA !
Prix Audiberti 1999
LE ROI AU-DELÀ DE LA MER

Robert Laffont

SEPT CAVALIERS...
L'ÎLE BLEUE
QUI SE SOUVIENT DES HOMMES...
Prix Chateaubriand 1986
Livre-Inter 1987
PÊCHEUR DE LUNES
LE CAMP DES SAINTS
T.S. Eliot Award, Chicago 1997
LE JEU DU ROI
SEPTENTRION
LES HUSSARDS
LE TAM-TAM DE JONATHAN
SECOUONS LE COCOTIER

Bernard de Fallois

SIRE
Grand Prix du roman de la Ville de Paris 1992

Flammarion

LES PEAUX-ROUGES AUJOURD'HUI

Solar

VIVE VENISE
(en collaboration avec Aliette Raspail)

La composition de cet ouvrage
a été réalisée par Nord Compo,
l'impression et le brochage ont été effectués
sur presse Cameron
dans les ateliers de ***Bussière Camedan Imprimeries***
à Saint-Amand-Montrond (Cher),
pour le compte des Éditions Albin Michel.

Achevé d'imprimer en janvier 2001.
N° d'édition : 19152. N° d'impression : 010138/4.
Dépôt légal : février 2001.